徐春林　著

ERDUO

耳朵

中国文史出版社

目 录
CONTENTS

1

序　章　是从记忆开始的

我的记忆是从那年夏天中午开始的。我从昏睡中醒来时，阳光正炙烤着大地，汽车从柏油路面滚过，冒着浓密的青烟。

屋子里又闷又热。我听见有人在高处叫。听不清楚声音是从哪个方向传来的，吵得我的耳朵怪痒痒的。

我还没睡够呢，意识里莫名其妙地发着怒火，梦里正在和一只藏獒进行一场紧张的大战，打不赢便拔腿就跑，还没跑几步，被一双大手抓着，我拼命地挣扎，"刷"的一声，被扔进一洞穴里，深得不见底的黑洞穴，随着黑烟一样的尘土朝着洞里掩来。我吓得尖叫起来，一个翻身滚落在床下。

幸好是个梦。我从地上爬起来时膝盖有点疼痛，倒霉。我一边搓揉着膝盖，一边蹩着腿朝厕所走去，尿胀得下身麻木了，撒了泡尿返回时，听见乱糟糟的声音。像是被风吹翻了什么？哐啷哐啷地响。

我走到窗前，想推开窗门，发现有点紧，像是被锈迹掐住了。猛力一推，一股膨胀的热气朝着窗门的缝隙扑面而来。

楼下一群老人，为几块钱喋喋不休。认真地正在进行口战，争得面红耳赤的，谁也不肯退让。那是他们的生活，原汁原味的。叫卖声，车流声，全都被他们的吵闹声压在树荫下。

章百年，我的父亲。一个年过半百的瘦老头。头发掉得所剩无几，他舍不得剪，几根毛发纠缠在一起，像根牛绳搭在后脑勺上，他想用那几根长发遮挡那大半个光亮的脑壳。可是那几根毛发偏不争气，风一吹像是摇晃的秋千。飘到半空中，他快速用手捞了回来。那个动作滑稽可笑，又让人觉得怜惜。人大概就是这么抚慰自己的内心的，即便是遮挡不住外部，内心的尊严还是被维护着的。也就是这种自我的维护，一个人才会活得开心。

章百年年轻时挺能干的，性格硬得像钢钻，不怕事，也不怕吃苦头。一个人曾大战过三个抢劫犯，都被他收拾得服服帖帖的。那时，他还有个绰号，"民间警察"。这个绰号他喜欢，觉得很威严，即便是正在办案的警察警告过他，冒充警察是要坐牢的，可他仅微微地一笑，笑着的时候眼睛只剩一条缝。"别让我们抓到把柄。"这时他才把微笑收起来，认真地说，"这都是别人喊的。我想当警察，你们会让我当吗？"

"别做白日梦了，不拿镜子照见自己看看"。这话可真伤章百年的心了，"小兔崽子，我干的可都是老百姓的活，你不干还叽叽歪歪的干啥？"见他真急了，警察转身走远了。

章百年退休仅三年，母亲说他像是变了个人。彻头彻尾地变得认不出来了，成天和几个老人围着一张牌桌。

我无数次提醒章百年，这把年纪要注意身体。还跟他举例子，打门球有益健康，练书法能激活脑细胞。章百年根本听不进去，叫他戒烟，转身就买烟，叫他别打扑克，他回个头就去牛牛。牛牛像他脚腕处的牛皮癣一样，涂什么药膏都不顶用。

我看见章百年被一群人围堵在桌子中间，一束残阳穿过屋檐瓦片的裂缝照射在他那光亮的脑门上，折射出一圈圈光晕。就在那一瞬间，我的头颅内产生了一种奇怪的幻觉，耳朵嗡嗡作响，像是有架直升机将要起飞。

这个场景在哪见过呢？在哪见过？我怎么都想不起来。但我有一种不祥的预感，即将会有什么事情发生，什么事情呢？我估摸着，对，一群警察冲进巷子里，把章百年押上警车，然后给他安排个子虚乌有的罪名。怎么会有这种想法呢？我这是在恨警察吗？我在脑海里搜索着，找不着任何记恨警察的理由。难道是章百年还在充当民间警察？要不然怎么会有这种想象呢？难道是我脊背的痛处在作怪？我时常感觉体内有种东西在蠕动，像是要把我的身体翻个底朝天。

我是上周去的宁海县第一人民医院，做了全身体检。宁海县第一人民医院是宁海最好的医院，技术和设备都是一流的。医生说，像我这种情况的人很多，背部神经出了点问题，三个指标不正常，没有看到明显的问题。让我去门诊部三楼的理疗科做推拿，说这种治疗方式比吃药的效果好得多。我听从了医生的话，连续去做了两次理疗，不见半点功效，后来就没有再去了。我记得奶奶在世时，常跟我说："医生啊，只能治病，不能治命。"我相信奶奶的话，人命即是天命。但人的身体，稍微有点异常就不听使唤。关键的问题是，我最近有种奇怪的感觉，感觉就在那个疼痛的地方，有个东西在身体内拼命生长，这让我十分地不安。

"牛八。"

"牛九。"

"哈哈，大王的牛牛。"

"哎，哎，他的牛牛又比你的大，他是黑桃九，你是梅花九，又吃掉了，真是活见鬼，倒霉啊，真他妈的倒霉。"又是一片嘘声。

我站在窗台那会儿，章百年连续抓了三个牛牛。而且都是他的大。我把兴趣转移到章百年洗牌上，他的手法灵活俏皮。手背上的皱纹，在反复地收缩。牌在他的手上不停地变着戏法，像是轻巧的燕子在林间穿梭往来。

我估摸着，章百年真有这么好的运气？这老头，不会是出老千吧，仔细想想，不可能。章百年的人品不至于那么差，退休前，他在乡村小学教书三十余年，品行还是过硬的，关键的是他最痛恨坑蒙拐骗的人。

以前章百年最讨厌的事是玩牌，他说玩牌不是正经人干的事，那么什么才是正经人干的事呢？他想了半天，笑着说，干不得大事，可以干小事，刨地，种菜，摘蜂窝也算是正经事。他冒着风险，半夜用麻袋摘过蜂窝，没有被蜇过。他摘蜂窝有技巧，从不让我们碰蜂窝，说他是天生的降蜂人。

现在章百年是无所事事了，所以彻底地好上了这口。这也怪不得他，我认真地分析过，章百年在农村生活工作了几十年，退休后来到城里，人生地不熟的，的确很难打发时光。认识几个老头，都是玩扑克牌的高手。约章百年去玩了几回，章百年没有拒绝。好歹是个消磨时间的法子。我在巷子里住了十多年，左邻右舍都认不得几个人。他来后，没几天就和街坊邻居混得烂熟，个个打得火热，年节间还像走亲戚般往来。

我母亲是个老实本分的女人，见章百年玩牌就痛恨得咬牙切齿。母亲邀他去逛菜市场，他就站在门口等，母亲提着菜从菜市场里出来，他就像是从人间蒸发了一般，见不着了踪影。

你说他干什么不好，偏要玩牌呢？母亲讨厌的原因有很多，比如再也请不动章百年了，她患有糖尿病，叫章百年陪她去测血糖，章百年口里答应得好好的，出门的时候又找不着人了。再比如，章百年的工资卡以前是放在母亲处的，现在他要独占，一分钱也不愿意给母亲。因此母亲成天板着脸，看见章百年就像见着了仇人。

我在心里责备章百年，他可是个象棋高手，怎么不下象棋，偏偏玩扑克牌呢？玩扑克牌就像是抽烟一样，里面的尼古丁会让人上瘾。上瘾是小，就怕无端生出事来。说不定哪个老头一急，心脏停止了跳动，或者心脑血管炸裂了，这可都是天大的事情。还有些为了几毛钱，磕磕碰碰的，谁能保证不磕碰出点事来？

起初章百年是没有兴趣的，他是慢慢上瘾的。我经常奉劝章百年，尽量不要去玩牌，出了事会弄得鸡犬不宁。章百年是这只耳朵进，那只耳朵出，反而驳斥我说，是我怕他输钱要我还。"都是几个退休老师，不玩大的，就消遣下时间。"章百年说。"老渣的爱好。不能扫兴。"章百年又说，"老渣的儿子是公安局的政委。"章百年见我不放心，又补充说。老渣像是他的护身符。

在章百年眼里，生活发生了很大的变化。空调可以把炼狱般的炎热转化成冰水舒适宜人。

我知道，这也就是他的生活。但在我这，多少还是会存在偏见的。

每天我只有在家吃晚饭的时候才能见着章百年，白天我不在家，晚上到了饭点的时间他才回来，有时早些，有时还得等，就像是等着一个上班族回来。吃完饭又出去了，三更半夜才到家，我们睡得香的时候，听见客厅里弄得噼里啪啦地响，还打开电视机播放球赛。我对章百年越来越看不顺眼，心里生着暗气，压制着满腔怒火。

碗还没放下，饭还噎在喉咙里，电话铃声又嘀嘀地催着。"老渣的电话。"章百年眉飞色舞地说。狗屁老渣，实际是催打牌的电话。心知肚明的事，母亲不想说，我们更是装作未听见。放下筷子，一溜烟又不见了。

一张桌子横亘在青石上，桌子低矮过膝盖。一群老头蹲的蹲，坐的坐，簇拥在周围。像是球迷挤在一块聚精会神地看世界杯。又像是一群北极企鹅，挤着相互取暖。

一条寂静了半世纪的小巷，被他们吵翻了天。就连那些过路的行人，也要滞留几分钟，跟着起兴。章百年不知道什么时候被推到了首席上，牛牛是他做敞庄（就是连着做庄），做敞庄要是手气不好，就算是玩一、二、三块，一天下来也得输好几百，他们早已嫌弃这些小数字，换成了五块、十块，牛七起翻，五块起翻牛牛就是二十五，十块起翻，牛牛就是五十。倒霉时，一

4

天可输两三千。

我时常叮嘱章百年，只能娱乐，绝对不能玩大的。进出要控制在一百块钱之内，超过了一百块钱就算是赌博。

我知道母亲的脾气，她已经对章百年恨之入骨了，成天在我面前说章百年这里不是那里不是，说到底就是章百年给她的钱越来越少了。

对了，我突然想起，母亲出门时有过叮嘱。让我通知章百年晚饭前去浮桥头接她，她去城北帮孩子买奶粉去了，打算顺便带点蔬菜回来，城北的菜市场比城南卖得便宜。"章百年。"我拉着嗓门喊。他哪里听得见，全神贯注集中在牌桌上。

我打电话，那个破烂的摩托罗拉手机却在家里的柜台上充电。一天充到晚，电量还是不足。电话铃声小得像蚊子，我拿起电话一看，满手机都是未接电话，其中有五个是母亲打来的。

我给母亲拨回去。电话刚接通，那边传来一个奄奄一息的声音，听起来不太像母亲。"我被人抢劫了，快点来。"

"抢劫了？"我简直不敢相信自己的耳朵。这大白天，怎么会有抢劫的人呢？我紧张得全身上下冒冷汗。

"啊，在哪呢？"我问。

"杨树潭栈道上。"母亲的声音微弱得有些可怕，就像是蚊子一样，在我的耳朵深处嗡嗡地回荡着。

一遇上紧张的事情，我的腿脚就发软。挂上电话，我一边朝楼下跑，一边拨打110报警。"杨树潭栈道发生抢劫，麻烦你们派人来。"我慌张地说。

"先生，我这里是120指挥中心。先生，请拨打110。"

刚才明明拨打的是110，怎么会是120呢？我翻看了下电话号码，果真是拨错了。

报完警，我正打算把这个消息告诉章百年。下楼后，我发现九井巷里冷清得可怕，一瞬间居然不见了半个人影，一条古旧的街，像是回到了半个世纪前。仅此是半分钟时间，人都去哪了呢？难道是我出现了幻觉？我拍打着脑袋，发现不像是在做梦。远远地看见，小巷的尽头停放着一辆警车，两名警察将"半边光脑勺"拉上了警车。

这"半边光脑勺"像极了章百年。

章百年被抓了？怎么可能呢？我的心里颤抖着。感觉巷子里的空气弥漫着让人窒息的火药味。

我朝着警车跑去，想探个究竟。发现腿脚不听了使唤，怎么使劲就是跑不动。一阵咆哮的警笛声，随之越去越远。

我忽然意识到，还有重要的事，再无心过问章百年，拼命地朝杨树潭栈道奔去。远远地看见栈道中间围着一圈人，像是在看一场热闹，公园里的孩子，手上拉着线，风筝飞得老高。一些老人坐在椅子上，咧咧地笑着。母亲还躺在地上，额头一道血口子染红了半边脸，嘴唇青紫。地上的枯叶上洒落着血迹。"被人抢劫了。"见到我，母亲牙缝里喷出几个字来。

一个年轻的警官不知道什么时候站在我身后，我还未来得及看清楚他的脸部。"你是她亲属？""我是她儿子。"我说。"赶紧送她去医院。"我刚把母亲扶起来，发现旁边的小推车里，小业明溜着眼球盯着我，孩子受到惊吓居然没有哭出声来。"乖，大伯马上回来接你。"我和警察说，麻烦你帮我照看下孩子，我马上就回来。

我费了九牛二虎之力才把母亲背到了就近的同济骨科医院。医生说，我得等母亲缝好伤口才能走。也是，她连路都走不稳，得先做个检查，额头被硬质撞击过，得检查头内部有没有损伤。结果出来时已经是半个小时后，幸好，没有大碍。清洗好伤口，缝好线后，我才想起孩子还丢在现场。我一边朝杨树潭栈道跑去，一边给刘凤凰打电话，让她速来医院照看母亲。

刘凤凰是我现在的妻子。

我回到杨树潭栈道时，栈道上已空无一人。入口处拉上了警戒线，不允许行人通行。我拉起警戒线，打算钻进去。"喂，你要干吗？"一个小老头朝我这边走来，阻拦了我。

"孩子在里面呢。"我着急地说。

"什么孩子？"小老头用警惕带着愤怒的眼神看着我。

"刚刚还在里面的。"我着急地说。

"你没看见吗？警察封锁了现场，禁止任何人通行。"小老头极力制止我。

"对不起，我是来找孩子的，你知道刚那个孩子吗？"我着急地问。

"哦，你说，那个孩子？"他好像知道孩子的事情。

"对，就是那个小孩。"我在事发现场见过这个小老头。他当时就在现场，应该知道孩子的去向。"警察带到公安局去了吧。"他迟疑了一会说。"应该是警察带到公安局去了。"然后又十分肯定地说。

我拔腿朝城南派出所跑去。我知道杨树潭栈道这一带归城南派出所管辖，我认识所长，一个鬼叫精明的人，叫牢小虎。不过他对我倒是挺客气的，几年前，我做过他的负面报道。可谓是不打不相识，之后有了礼尚往来。去的路上，我给牢小虎打电话，可他的话让我感到奇怪。他说，下午派出所的确是接到了110转来的报警，民警没有找到案发的位置，没有联系到报案人，所以就撤回来了。这年头报假案的不少，前些天就处理了一起，你是知道的，县电视台还做了警示报道，民警以为有人恶作剧。被他这么一说，我有些眩晕。对了，我想起来了，我是用章百年的电话报警的。我担心他随时回去，家里没有通讯设备。所以把他的手机撂在楼下的裁缝铺，并叮嘱裁缝铺的老板，见着章百年回来让他来找我们。

　　"有警察。有警察在场。"我仔细地回忆着。

　　"有警察？"牢小虎反问我。

　　"对，当时有警察在场，我请他帮忙照看孩子的。"我说。

　　"不用担心，我帮你问问。"牢小虎说，"警察不会贩卖孩子。"

　　挂上电话，没几分钟。牢小虎打来电话说，他们派出所的确没有人到过现场，叫我打电话问下110，是不是巡逻警去的。

　　我有点着慌，眼皮七上八下地跳。我担心孩子会不会出什么事情。

　　110电话一开始是占线，后来通了也没人接听。打了十几回后，一个女子不耐烦接听了电话，我很生气，责问怎么不接电话呢？女子很愤怒，饭也不吃啊！正好是五点半，差不多是饭点的时间。这110电话能如此随意吗？应该是二十四小时不停值机的。我没有再纠缠，只是问下午哪出的警。她倒是查得仔细，地点和报警人的姓名都无误。然后肯定地说，这案子是城南派出所负责的。城南派出所不知情呢？我说。"天大的笑话，这是他们的管辖区。"说完，不耐烦挂断了电话。我感觉事情蹊跷，难道牢小虎故意隐瞒什么？我想，没有这种可能。是不是他属下没有如实上报呢，或者抢劫犯和公安之间有什么关联。

　　我赶到城南派出所时，在门口撞见了正打算下班的牢小虎。他看着我，老远就说："我已经问过了，的确没有人去过现场。"不过，他见我一脸疑惑，又回头随我回到了派出所内。"今天就这几个人值班，都在。"他指着值班室说。

　　"今天下午四点……"

　　"就我们俩去的。"牢小虎话还没说完，两个小平头打断了他的话，好像知道他要问什么。

"不是他俩。"我肯定地说。

"你还记得现场警察的样貌吗？"牢小虎问我。

"三十来岁的样子。不，好像是四十来岁。"我说。

"我们所的民警大多是二十多岁的，还有什么特征吗？"

我摇了摇头。除了穿着警服外，真没注意其他的特征。

"还有谁出警了吗？我联系过巡逻大队，他们那边没有接警。"牢小虎说。因为涉及孩子的事情，所以他还是很警觉。

"哦，对了。今天下午，宗五出去了一趟，但不知道他去了哪。"一个小平头回答说。

"他人呢？"牢小虎问。

"不知道呢？刚刚还在的，好像上楼去了。"

"打电话叫他下来。"

小平头掏出手机拨出去，但电话那头关机。"我去楼上叫。"另一个小平头朝楼梯跑去。

"看见他带孩子回来吗？"牢小虎问。

"没有。他是一个人出去，一个人回来的。"

"楼上没有人呢？"

"你不要着急，警察在场，孩子肯定丢不了。"牢小虎一边安慰我，一边发着牢骚。"上班时间怎么可以随便外出？赶紧把人给我找回来。"

派出所内的气氛有些紧张，我想警察不至于丢掉孩子。

牢小虎让我回去静候佳音，说，说不定宗五这小子把孩子安放在哪了，只要找到孩子，立即就给我送回来。我想，急也没用，况且母亲还躺在医院呢？我又火急火燎地朝同济骨科医院赶去。刚到医院门口，又想起章百年来，章百年也被警察带走了。这老头，死性不改，活该，让他去吧！反正老渣的儿子在公安局，就玩点小牌，不至于坐牢。我这么想着。

黄昏掩埋着大地。还是不见孩子和章百年的消息。我开始忐忑不安，于是给章百年打电话，我想这个点也该回来了吧。半天没有人接听，后来再打时接了，对方自称是老渣。"你是渣老师？"我质疑地问。电话那头说他就是渣老师。"我爸爸是不是被警察带走了？"我问。"什么警察？"老渣反问我，"我看见我爸被带上了警车。"我说。"没有的事"。老渣肯定地说。过了一会又说，"是不是看见马戏团请我们去做演员？"

"马戏团？什么马戏团？做什么演员？"我突发奇想，现场的警察会不会是马戏团的人。

"人在哪呢？"

"就在牛家洲啊！章百年和我一起去的。"我突然像是明白了什么，挂上电话，拦了辆的士朝牛家洲飞驰而去。不要说马戏团，就连个马蹄印都没有找着。倒是老远看见章百年和两个陌生人在那聊得欢，我庆幸这老头没有被警察抓走。

章百年见我火急火燎的神情，他那放肆的笑脸顿时僵硬了起来。

"马戏团呢？"我问章百年。

"什么马戏团？"章百年瞪着眼睛看着我。

"今天下午，你不是被马戏团请来做演员吗？我见着你被警察带走的！"

"没有啊。"章百年认真地说。

"真是活见鬼了。"我感觉有股强烈的气流压迫着我的心脏。有种剧烈的疼痛在体内奔跑，我的额头上顿时豆大的汗珠滚落在地上。

"我是走路来的。"章百年说。"你看……"他指着牛家洲中心的广告牌说："就是那个志愿者活动。"我真的快疯了，不知道是我中邪了，还是章百年，还是整个下午我的精神都出了问题。"刚刚老渣说你被马戏团请来做演员的？"我说。章百年蠕动了几下嘴唇，连个屁都没有放出来。那是一块水上救援队启动的宣传标语。"你懂水性吗？"他就一只旱鸭，一辈子都没有下过水，还参加水上救援队。

"我可以做搬运工啊！"

"哦，你还真热心。"我讥讽着章百年。

是在捉迷藏，还是演戏呢？我感觉自己快要窒息了。

"孩子会不会出了事？"我嘀咕着。

"发生了什么事？"章百年着急地问。

"业明不见了。"我的声音特别小，只有蚊子的声音那么大。

"什么？"章百年急得跳了起来。

我本想痛斥一番章百年的，见着他着急的样子，再也不忍心了。

我真的很担心孩子，自从剖宫产出来后，就没有离开过我母亲。刚生下来时，医生说，孩子肚里有个淋巴结，在胃部幽门处，吃东西要注意冷热。过冷过热都会影响孩子的成长。业明没有吃过母乳，孩子的母亲，也就是我的弟媳

——鲁小晴，她与我弟弟章小年不太契合，问题是鲁小晴的身体内有一种慢性病，听说有这种病的人，是不宜用母乳喂养孩子的。想想，一个没有母亲照看的孩子，是多么地可怜！

那个淋巴结有一定的风险。要是调理不好，孩子都有可能难以带大。我记得生下来后，医生再三交代过。

母亲不信。我小时候生下来时，医生也是这么说的。"我也有淋巴结？"我问母亲。母亲摇了摇头，她的表情异常地痛苦。显然那些过去的事情，她不愿意重提。

孩子的名字是我取的。我儿子叫业聪，所以给弟弟的孩子取名业明。当时我取这个名字，还是有点私心的。那个时间，还没有放开二孩政策，我是想弟弟的孩子也就像是自己的孩子一样。或者说，哪天弟弟和鲁小晴不在一起了，弟弟要重新结婚，我可以来抚养这个孩子。

业明的妈妈鲁小晴经常是不告而别。丢下业明不知道去了哪？母亲负责照顾业明，我负责业明的吃和穿。刘凤凰负责她的日常用品。

我和刘凤凰的生活价值观有点不一样，所以我们的工资是各自支配的。

那时刘凤凰查出肝脏问题，隔三岔五往医院跑，经济有些吃紧。但她对待孩子，不敢有丝毫懈怠。刘凤凰有我喜欢的地方，比如对待业明，她就像是对待自己亲生的业聪一样，不会分厚薄。她说，她特别喜欢这个孩子。

我知道刘凤凰是真心地喜欢业明。医生说，她的身体不能再生孩子了，她又特别想有个女儿，自己的身体生不了，所以多看一眼业明也会高兴。

业明不能吃从市面上买回来的奶粉，吃过后就会腹泻，拉出来的东西都是白豆腐般的稀水。母亲给业明自调了一些米糊，一点一点地喂，得有耐心。可怜这孩子没有吃过母乳，母亲心疼地说，我们几个都是吃她的奶水长大的。"再好的米糊也胜不过奶水。"

这样的一个孩子哪经得起折腾呢？

"赶紧去找孩子啊！"章百年突然打断了我的思绪。

"先去医院吧！"我说。

我发现章百年真的老了，遇事已是六神无主。以前那张黑得威武的脸，现在居然找不回一点踪迹了。

母亲见我们来了。努力地撑着床沿想坐起来，我抢上前去扶她一把。她的脸有点发黑，嘴唇结着厚茧。

"业明呢？"母亲像是知道业明丢了。

"你还是个婴儿的时候，吃奶像打仗一样，小小的两个巴掌，紧紧地抓着妈妈的奶，嘴巴拼命地吸着……"母亲又说着，眼眶里全是泪水。

"放心吧，孩子不会丢的。"我安慰母亲说。

倒是章百年，不仅没有问及母亲的伤情，反而责怪起母亲来。说是母亲把孩子搞丢的，说她不该去城北买菜，钱没省几个，却把孩子搞丢了。

"你牛什么？要不是你牛牛，孩子会丢吗？你才是真正的罪魁祸首。"我本想忍着的，见章百年气焰嚣张，实在忍无可忍，对着章百年大发雷霆。

护士听到吵闹声，迅速走了过来。"这里是医院，不要影响其他病人。"

章百年抱着头蹲在墙角处，就像是个犯错的孩子，默默地再也没有吭声。

我是章百年的儿子，自然熟悉他的性格，了解他的脾气，他年轻的时候，一遇事张嘴就骂人，自然得罪过不少人。但他也只是骂骂而已，从没有动手和别人打过架。更不会因为这些鸡毛蒜皮的事情去记恨别人，或者想着法子害人。

我讨厌他的时候，多半是因为母亲。他训斥母亲时，就像是训斥家里的猫和狗，不会留半点情面。很多时候，我会为母亲打抱不平，天下男人那么多，怎么偏偏就嫁给了章百年这个遇热怕烫、遇冷怕冰、遇到半点事就急得像热锅里的蚂蚁，想不出半点应付的办法，相反还要打击受害者心灵的章百年？你说，她图个啥呢？

章百年呢？从来不知反思，也从不反思，就像是块又臭又硬的石头顽固不化。活在自己的世界里，怎么都走不出来。我爷爷和我说过，说章百年是又臭又硬的，他这辈子恐怕是改变不了。爷爷说这话不无依据，章百年小时候就养成了这个脾气。

我弟弟章小年就是被章百年气跑的。章小年从小乖巧，上高中时犯了点错。班主任给章百年打电话，章百年不问青红皂白，跑到学校当着全班同学的面狠狠给章小年一记耳光。那记耳光打得特别响，章小年的一颗门牙咔嚓落在地上，弹跳几下朝着墙角跑去。这个事情，章百年在内心有过深刻检讨，可一切于事无补。这个事在章小年的心里烙下了不可弥合的伤疤，章小年有了他人生里的第一次外逃，这次外逃整整三年没有回来。说到底，这一巴掌毫无差池地毁了章小年的一生。

章小年还有过第二次出逃，第三次出逃。当然后来的出逃和章百年没有关

11

系。但我母亲认为，无论哪次出逃都是章百年的过错，要不是他给的那记耳光，章小年的人生不至于陷入不可自拔的深渊。

第二次出逃，章小年被判了五年徒刑。那天，章百年接到章小年判刑的消息，蹲坐在地上，再也没有了辱骂的力气。我看见他的脸色发白，额头上豆大的汗珠朝外流。

章百年去监狱看过他，一个人去的，背着章小年喜欢的玩具，买了些他爱吃的零食。他找到了那座监狱，铁门紧锁着，他在门外朝里望，什么人影都没有见着。就爬到监狱背面的山坡上，山坡高处可以看到监狱内人来人往。远远地他看到一个熟悉的影子，他说，太像章小年了。那个影子像是朝他看了几眼，他定睛再看时不见了。

第三次出逃是在业明出生后。业明的妈妈生下业明的第五天就不知去向，章小年来不及办理出院手续，回家收拾了几件衣服就走了。

孩子只要一哭，母亲就搂在怀里。只要抱着，她就不哭了。母亲说，这孩子和章小年小时候一样，哭起来时两个小酒窝特别好看。

"厨房里还有心肺汤，加点青叶子，再加点面粉，一个鸡蛋。鸡蛋拿冰箱中间的，那是乡下的土鸡蛋。"母亲交代刘凤凰。"孩子怕是饿坏了，你先回去做好。"母亲脸上的干沟凹得很深，她的力气越来越小。她是个经不起折磨的人，瞬间就苍老了好几岁。

黄昏时分，牢小虎给我打来电话，说宗五没有出勤。今天上午追盗贼，摔伤了腿。

我听后，感觉事情不妙。现在的问题是要迅速找到那个警察。我想，光天化日之下，不会有人冒充警察贩卖小孩吧？有了这个念头后，我越想越害怕。

挂上电话后，我火急火燎地给台长打电话，意思很简单，速将这条新闻播出来。

我回到病房时，母亲侧躺在床上，脸的肌肉浓缩在一块，一副无可奈何的神情。我有种莫名其妙的感觉，母亲会不会隐瞒着什么，难道她知道孩子的去向？我摇着头，想想，这根本不可能。我这种胡乱的猜疑，以至于没有相信的人。

栈道弯曲着悬挂在河面的岩石上，以前栈道的墙壁上面是一个建筑群，米粉厂、面厂之类的，少说也有十几家。有个广东的胖子就是办河粉厂的，他的名字可谓是家喻户晓。他的脸胖乎乎的，见人就笑嘻嘻的。倒不是热情，仿佛就长着这样的脸。这些厂从早到晚，不停止地冒烟。乌黑的烟，处积于天空中，一团漆黑漆黑的，长年不散。脚下的河流是清澈的，工人们累了，会站在高处跳舞。前几年，县里号召村民进城，整个县城尘土飞扬，栈道上面的建筑群，全部被拆除。现在建了几栋高大的楼房，高入云霄，楼房还没有封顶，从下面经过不时有碎石落下来，没有安置防护措施。我提醒过母亲，走这条道危险。母亲有喜欢抄近路的习惯，没过几天又走在这条路上。仰头张望，感觉楼房就在眼前，实际上离栈道还有些距离，但不排除掉下的杂物弹跳到栈道上来。不要说木棍、砖头，随便点杂物集中就会瞬间丧命。

母亲突然坐了起来，像是中邪般眼睛睁得很大。问我："业明还没找到吗？"
"在警察那呢。"我回答说。"那不得饿坏啊！"

我感觉内心明显紧了一会。

的确是饿坏了吧。孩子到底在哪呢？我在心里盘算着，可是不见任何有效的信息。我想。孩子离开母亲，必定不会安静。也许哭干了眼泪，就自然睡着了。

如何是好呢？哦，我突然想起个人来，刑侦大队大队长欧阳蜈松，我得迅速去找他，也许他可以帮忙找到业明。我和欧阳蜈松认识有些年，他很热情，第一次见面时客客气气的，而且他这种性格像是一贯的。

几年前，他在小桥派出所当所长时破过一起惊天大案。一名女子残杀了自己的同学和孩子，他仅用了半天时间就侦破了此案。那时我是电视台的记者，负责公安方面的宣传。他就是那个时候树起来的公安楷模，破案能手，后来被业界称为"猎鹰"。"猎鹰"可不是个虚名头。

记得我存过他的电话号码的，可手机上怎么没有了呢？难道是删除了吗？我决定去趟公安局，我得上门去找他。

这时，已是黄昏过后，路上的霓虹灯亮着，天边上挂着彩虹，风从窗外灌进来，像是要带走人间的一切。我感觉背后有丝寒冷，像个盘盖挂着无法抖落。一辆出租车急刹车停在我的脚跟前，我好像没有说去哪，它就疾速而去。

公安楼内一片寂静。110值班室几个字特别醒目。我急匆匆地走到门口，与一个男人撞了个满怀。

"呃，章记者？"

"啊，罗局长。"这是张熟悉的脸，他叫罗饶，不是局长，至少是局领导，具体职务不清楚，我知道这些人虚伪得很，叫他局长，必定会高兴。

"怎么这么急？"罗饶皱着眼皮问我。

"找欧阳蜈松大队长有急事呢！"我说。

"哦，那你不巧了。他去山东办案去了？"

"啊，去了山东？"我急得直跺脚。

"什么急事？说说看，看我能否帮你。"

"那太好了。"我感觉到，如果他愿意帮忙，这不算是啥大事。然后把案情和找孩子的事一五一十地说了。他倒是挺热心的，帮我打电话，说叫我去三楼找程强副队长，现在所有的刑事案件都归他负责。

"太感谢了，太感谢了。"我说。

道别罗饶，我一口气跑到了三楼程强的办公室。推开半掩着的房门，只见一个瘦小的男孩坐在电脑前玩扑克牌，嘴里不停地叫骂着，也不知道在骂谁。

我问，"程强在吗？"

他头也不抬地反问我，"找程强有什么事？"

我说，"今天下午同济骨科医院门前左侧的栈道上发生抢劫案……"

"什么抢劫案？我们赶到现场时，连鬼毛都没有看见。等明天调取监控，确定是否立案。"

"我母亲的额头上被砸碗口大的窟窿，孩子还不知去向，怎么不能立案？"我用质疑的口气问。

小男孩用锋利的眼睛看了我一眼，问，"你母亲现在在哪？"

"在同济骨科医院呢？"

"怎么早不来刑侦队？"小男孩放下手头的活，站了起来。

我傻傻地看着他，不知道如何回答。"我带几个人过去做个笔录。"然后不紧不慢地从桌子上拿起一个破手机打电话。"小肖吧，我是程强，同济骨科医院那边的栈道不是发生了一起抢劫案吗？家属过来了，你过会随我去医院做个笔录。"放下电话，程强继续玩着电脑上的扑克牌游戏。我这才知道他就是程强，我原本以为刑侦大队的副队长是个高大魁梧的人，让我倍感失望的居然是个小屁孩。

"对了，孩子在哪呢？我得先把孩子带回去。"我说。

程强好像没有听见我说话，聚精会神地盯着他的电脑。

"程队长，孩子在哪呢？"我又问了一遍。

"什么孩子？"程强不紧不慢地反问我。

"案发现场的孩子啊，一个两岁的孩子。"我说。

"我当时背着我母亲去了医院，孩子还留在那呢？"我又补充说。

他瞪了我一眼，"孩子怎么可以丢在那呢？你不看好孩子，怎么反而来问警察要孩子呢？"

"我让警察帮我照看的。"我又补充说。

"警察哪有时间帮你看孩子？"我突然发现，程强的脸上露出一丝紧张的神情，立马拿起桌子上的电话。"小肖，现场是不是有个孩子？"程强问。"什么？你们没有看见孩子？"听着程强的通话，我的腿都软了。我隐约感觉孩子出了大事，但我又希望只是一场惊吓。程强立即停止了手中的游戏，带着我和小肖朝同济骨科医院的栈道跑去。现场还原封不动，地上残留着母亲挣扎的痕迹。

"这警戒线是谁弄的？"我问。我发现我的声音有些颤抖，咽喉处像是被什么掐着。

程强皱褶着眉头，半条腿半跪在地上，问我，当时孩子的位置在什么地方，现场有没有见着熟悉的人。

"那个小老头在。"我只记得那个老头。

那老头知道我在说他，走近前来，憋屈地说，"我说过，我没有看见孩子。"

"他是我们的人，还有别人在吗？"我摇了摇头。

程强的脸色凝重，我猜测一定会有大事情发生。

勘查完现场后，程强随我去了医院，重新给母亲做了笔录。母亲不停地问我："业明在哪？"我骗母亲说，已经被刘凤凰抱回去了。她这才放松精神，安静地躺了下来。

第二天凌晨，天还没有亮，程强就给我打来电话，说他们调取了附近所有的监控，巧合出事的这一片是个盲区。但在栈道的另一头发现一个可疑的人。照片拿给母亲做过比对，母亲说不是这个人，那个人戴着帽子，是瓜子脸，有点瘦。关键的问题是，监控里没有发现那名警察。

"孩子到底去哪了？"我和刘凤凰急得就像热锅里的蚂蚁，发动了全城所有熟识的人寻找。就连栈道附近的人家，也是逐家逐户上门询问。想从中获取意外的线索，可是没有打捞到半点有效的信息。

第二天晚上，我正打算再去栈道看看。突然接到医院的电话，说我母亲的病情很不平稳，让我迅速赶去医院。我一边朝回跑，一边捻紧着口袋里的小尖刀。我不知道带着这把小刀干啥，会不会遇见那个人呢？或者遇到了又会不会用小尖刀刺杀他？或者完全是用来防身壮胆的？我都不明白自己的真实意图，我从小到大没有杀过生，我想也不可能去杀人，即便他是个罪犯。

我赶到医院时，母亲吐得很厉害。就像是决堤的河流，不停地往外发出咆哮的声音。见到这种场面，我真的有些惊慌失措。

医生说，母亲的病情不简单，医生建议去大医院做个检查。

章百年坐在走廊的凳子上，脸色有些发白，听了医生的话，嘴角上下不自主地扯动了几下，然后说，去大医院不得花钱？看得出此时，他很紧张，也很担心，找不出别的话来。他的确没有存款。

我狠狠地用眼神瞪了章百年一眼，想骂他，不要说这种连鬼都不爱听的话。

还没等我张开，他就双手抱头埋在两腿间。章百年的性子硬，可已不是当年了，现在遇上点事他还真束手无策。

业明不见了。应该告诉章小年。

可是我拨打章小年的电话时，一直处于关机状态。章小年的手机关机，也不是一回两回了。除非他打电话来，要不然还真没法找着他。

当初，章小年判刑、坐牢的事，母亲是守口如瓶，就连我也是意外发现的。

章小年一直在浙江打工，中途有过几年没有回来。一年两年不回来是常有的事情，可是一连几年没有回来就不正常了。一次，我见过章百年一个人慌慌张张地出门，一去就是好几天，问他去哪也不说。说到底，章百年也不是个出远门的人。除了去过县城外，再没有去过更远的地方。这让我引起了警觉。后来，我无意中发现他的车票，是去了浙江一个叫十里坪的地方。我查过这个地方的准确位置，方圆数十里，只有一个十里坪的监狱。

我问母亲，章小年出了这么大的事情，为什么不告诉我？母亲听了，开始用惊讶的眼神看着我。然后又悠悠地说，人活脸，树活皮，要是把这事说出来，他以后怎么在村子里生活。娶不着媳妇不说，他一辈子都抬不起头来。

章小年回来的那个晚上，我和章百年去接他。在我家前面不远处的路口，我看见一个鬼影般的影子朝着我逼近。这几年，章小年彻底像是变了个人，样子变得令人陌生。就连说话都结巴。我怎么也没想到，小时候的阳光和刚毅，居然一点踪迹都不见了。

章小年回来后，首先干的事就是结婚。婚房是首要的问题，他没有房子，我只好腾间房出来。我开始是不同意的，想他们在外面租个房子，一是新婚有他们的生活自由，二是独立生活更有利于未来发展。

可母亲不同意，说章小年在家待的时间少，租房子少说也得几百块钱。见母亲一脸的皱纹，我只好答应了下来。其实，我最担心的还是他们难以避免看到我的脸色，我是个情绪化很重的人，有些时候会莫名其妙地发牢骚。

章小年和鲁小晴结婚时，我打算把章小年的事抖给鲁小晴。我认为婚姻可不是儿戏，鲁小晴有权知道章小年的一切。母亲坚决反对，说换成是谁，都不可能嫁给一个劳改犯。

婚礼办得简单，但并不顺利。婚宴上，我给章小年送祝福。章百年并不满意，意思是我没有帮到章小年。鲁小晴的两个姐姐，也在婚礼上生事，安排的上席被客人占用了，非要驱赶客人。章小年给两个姐姐包好红包赔礼，才算是勉强平息餐桌事件。可鲁小晴也不愿罢休，结婚头晚就要和两个姐姐回娘家住。这的确是让章小年憋屈，洞房花烛夜得独守空房，我估计哪个男人都受不了。

一些事情，总是无巧不成书。章小年婚后的第二晚，鲁小晴是回来了，可我小姨的儿子来串门，不知何事，趴在章小年的婚房门口大哭，谁都劝不住，比死了亲爹娘还要伤心。

母亲有些担心，害怕哭出问题来。那天晚上，果真不平静。鲁小晴和章小年吵到半夜，凌晨时分听见开门的声音，紧接着从楼下传来哭声。

被这一折腾，母亲开始怀疑起婚房来。说这房不吉利。听母亲这么一说，我就来火了。这房子是我买的，我和刘凤凰就是在这里结的婚，没见有什么事情？"房绝对没有问题。"我说。"那是什么问题呢？"母亲一边思索着，一边问章百年，"是不是你说了什么？"章百年在客厅里抽烟，憋着两条腿搁在茶几上。"没有，没有。"章百年支支吾吾地说。母亲皱着眉头从厨房里走出来，站在章百年的侧面，严肃地问，"你到底有没有说什么？"章百年看着母亲，脸色瞬间严肃起来。"我叫他要努力，要有出息，今后要有自己的房子，难道说错了？""我看你是疯了，这是你教育的时候吗？"母亲很生气。自从章小年坐牢回来后，章百年动不动就臭骂，说章小年是个无用的东西，怎么生了个这么不争气的儿子。母亲呢？则私下到处托媒婆，帮章小年物色个对象。都三十好几的人了，总不能打着光棍过一辈子吧！

章小年呢，彻头彻尾变了个人，像个痴呆。不管章百年怎么骂，就是若无其事。章百年骂的时候，我也劝阻过。怕这么下去，章小年迟早会被逼疯。

我清楚地记得，章小年出狱的那个晚上，他是一个人回来的。章百年说，"小年出狱了，再过半小时就到家。"我一听，心里酸酸的。想想，终于回来了，还是很高兴。我和章百年去路口接他，老远看见一辆车缓缓朝我这边靠近。在我的脚尖前停了下来，借着灯光，看见一个个头高高的、瘦弱的男人提着包从车上走了下来。头特别小，好似只有拳头那么大。我和章百年稳着步子谁也没有动，影子慢慢地朝我们走来。我定了定神，"小年。"我惊讶地叫出声音来。"哥，我回来了。"章百年上前扯住章小年的手，"回来就好。"说着眼泪就滚落下来。章小年瘦得不像人样了，只剩一个影子。

　　章小年回来后，母亲火急火燎地帮章小年物色媳妇。

　　全福表叔和我家是近亲，他母亲和我奶奶是亲姐妹。之前祖辈上还有些过节，中途间断了十多年往来。那天晚上，全福表叔上门来了，和母亲有说有笑的。

　　某天下午，母亲和我说，章小年的婚事不能拖了，她已经帮他找到了对象。我知道，章小年不结婚，母亲是寝食难安的。"在日本留学的呢！是全福表叔介绍的。"母亲高兴地说。"日本留学的那该是人才啊，人家瞧得上咱们家吗？"我问母亲。"人家年龄大着呢？正急着找婆家。"母亲哪知道日本留学是咋回事。听母亲这么一说，我也觉得有可能。之前我们村里来过一个叫杨四兰的女人，她是京华大学英语专业毕业的。她老公是我家上屋的黑皮，黑皮只读过半年书。听说杨四兰从京华大学毕业后就去了厦门，但没有找到工作，后来认识了同厂的黑皮，很快就被黑皮搞大了肚子，黑皮当时只是玩玩，贪图杨四兰的美色，消遣一份孤独。没想到杨四兰有了孩子，他就悄悄地跑了回来，没有料到的是，杨四兰居然找来了。非要嫁给黑皮不可，这个事情就像个传说，在村里热闹了好些年。不要说以前，就是现在，我们县也没有京华大学毕业的。不过谁也不知道她有这么高的学历，就连黑皮也不知道。这是我的同事冬天意外发现的，冬天去年考上了公务员，分在下杭镇政府工作，他结对的扶贫对象就是黑皮。黑皮长年在外打工，家里只留下杨四兰和她的四个孩子。冬天经常往她家跑，无意中在她家的墙壁上发现一张照片。照片上的杨四兰站在京华大学的校门口，那时的她清秀有文气。"你去过京华大学啊？"冬天问。杨四兰已经对这个话题毫无防范，不像是当年谁问都摇头。"俺在京大读过书。"杨四兰半认真半开玩笑地说。冬天看着墙壁上的照片，感觉杨四兰不像是痴人说梦。回乡后，冬天开始打听杨四兰。同事取笑他说："你是想炒作吧！弄个爆炸性新闻。"冬天感

18

觉受到莫大的羞辱，头也不回地走了。

那天下午，冬天给我打来电话。问我有没有兴趣去下杭镇玩，"玩什么呢？兄弟。"我问。

"我来下杭后，你一次都没来吧！"

"明天来。"我开玩笑地说。

实际上，那天晚上冬天就来找过我。我说，这种新闻别做了。炒作得好就好，没炒好是要出大事的。不比咱们那时炒作"六旬老人上小学"，那个新闻后来是火了的。"这样的新闻做了就是造假。"我认真地说。又过了几日，冬天再给我打来电话说，有意外，杨四兰真是京华大毕业的。"冬天啊，不要发神经了，安心工作吧，你已经不是记者了。"冬天去下杭镇之前，约我们几个哥们喝得烂醉。我知道他的理想不是当干部，我们谋划，等他去了下杭镇，一定弄个爆炸性的新闻来，趁机把他炒红。这种想法也仅限于当时，后来我就彻底没想法了。

"我感觉冬天疯了。"晚上，我在饭桌上和刘凤凰说。

"怎么啦！"刘凤凰也认识冬天，在电视台上班时，冬天隔三岔五来我家喝酒。"他又在造假新闻，还想把我拖下水。"

"不会吧！你们不是穿一条裤头的吗？说好兄弟的也是你，现在又说拖你下水。"刘凤凰的性格我有点受不了，关键的时候胳膊总是往外拐。

"你懂个屁。人家现在是谋官职，什么事做不出来？"刘凤凰见我动气了，便没有再说话。

我知道杨四兰的故事是几天后，杨四兰这个名字已成为网络红人。我还在质疑时，京华大学的领导来到了村里，专程来给杨四兰送慰问金，就连县委书记也跑过去了。我不愿相信这一切是真的，可也找不出怀疑的理由。

我在想，如母亲所说，章小年的命算是转了十八弯。我向熟悉鲁小晴的人打听过，都说鲁小晴去过日本，的确在日本待过好长一段时间。具体去干什么？谁也不清楚。鲁小晴说是读书，学日文，我们身边都没有懂日文的朋友，无法验出真假。

数日后，鲁小晴又回娘家了。走的时候，没人听见脚步声。而且一去就是数月，没有要回来的意思。母亲上门跑了几回，回来时脸色发青，大概是碰了钉子。章小年隔三岔五朝那跑，说鲁小晴提出不买房子就不回来了，这个要求真的够呛，章小年没辙，干脆跑到台州打工去了。母亲很是焦心，她感觉这场婚姻是竹篮打水一场空。

某日母亲脸色很难看，说鲁小晴在外放风说只和章小年在一起五年。这是谁谁谁说给她听的，而且有板有眼。"知道这样真不该交彩礼钱。"母亲嘀咕着。我倒是认为，没有母亲说得那么严重，鲁小晴绝对不是来骗彩礼的，只是她对生活条件有要求。

　　几个月后，我听母亲说，鲁小晴怀孕了。"谁的孩子？"刘凤凰神秘兮兮地问我。"屁话，当然是章小年的。""章小年不是出去了吗？"刘凤凰质疑。"你不要胡说八道啊！"鲁小晴检查到自己有身孕，屁颠屁颠地回来了。那天晚上我们都围在电视机前看《射雕英雄传》，她有我家的钥匙，没有敲门直接开门闯了进来。这是我第一次见她微笑，手里还提着半袋苹果。

　　晚上，鲁小晴和刘凤凰嘀咕到半夜，章百年还在看电视。母亲在厨房里忙碌着，刘凤凰说，鲁小晴买好了去浙江的车票，打算过两天就去章小年那，问母亲要不要带什么东西？"嫁鸡随鸡嫁狗随狗，丈夫在哪你就该去哪！"章百年的话就像冰水泼过来，谁都来不及招架。我想打断他的话，发现已经来不及。被章百年这么一折腾，鲁小晴脸上的笑僵硬在那，一个人悄悄地进了屋内，默默地在屋里收拾着行囊。我有前列腺炎，半夜起床尿尿时隐隐约约听见哭声。不知道这声音是从哪传来的，我侧着耳朵靠在鲁小晴的房门听，里面静静的，我的耳朵刚一离开，那声音又重新响起，我怀疑是不是我的耳朵出现了幻觉。鲁小晴走后，我把这事说给母亲听，母亲说她也听到了哭声，她断定哭的人就是鲁小晴。随后母亲又说，声音像是从楼上传来的。母亲责怪章百年，一张臭嘴，狗嘴里吐不出象牙来。章百年抿着嘴笑，母亲气得咬牙切齿，斗不过章百年，只好作罢。

　　消息是黄昏传来的。"老家有移民指标。"章百年和母亲说。母亲站在门口瞪着章百年，她又转身愣怔地望着黑夜。

　　移民的事先前经常有人提起，母亲早有计划，章百年的户口挂在集镇，是非农业户口。母亲是户主，成员是章小年、鲁小晴，还有已出嫁未迁移的妹妹。按照上面的政策规定，章小年可以算三个人口，打一个望丁，意思是打算他生一个孩子。我妹妹虽然未迁出，但不能享受政策。实际上，有效人口还是四个。母亲在心里盘算，按照政策是每人三十五个平方米，按人头算，移民后可换得一百四十平方米的房子。"你给章小年打个电话，商量商量，看能不能分作两套。"最大的面积是一百二十平方米的，得一套房子虽然大点，可还是要浪费二十个平方米。如果得两套，一套八十平方米和一套六十平方米的，那就没得浪费。

我之前听鲁小晴说过，宁可浪费，她也要套大的房子。电话打通后，很快就挂了。章小年的意思是，没有任何意见，一切听从父母的。章百年当然高兴了，他有足够的权力和面子。移民后，村子里的那间土坯房，是要平整为土地的，上面还得报增减挂项目。那可是祖先遗留的财产，章百年是继承人，他有想法也是应该的。章百年以前是不尊重章小年的，现在章小年是有家庭的人了，他也意识到，不论结果如何，大小事情都应该和他通个气，免得事后鲁小晴说三道四。

　　章百年说，事情没有那么简单，这个话题在很长一段时间里，就像满屋子烟雾不得消散。每天下班回家，听得我耳朵发痒的还是房子的问题。我们说了都不算。母亲是希望这事，就这么过去。

　　又过几日，章小年打电话回来。说鲁小晴对房子的分配有意见，她只想得一个一百二十平方米的。章小年不是被逼，是不会给家里打电话的，自从坐牢后，他就忏悔不已，总认为欠了家里的。所以，不敢正眼看章百年。自己干什么都是母亲拿主意。母亲听后满脸乌云密布，气得两眼直冒青烟。母亲是不想浪费那二十个平方米，城里的房价特别贵，浪费二十个平方米就等于浪费了十几万块钱。母亲说啥也不会同意的，这十几万块钱可不是个小数字。

　　我刚进城时，实际上历经了无房的耻辱。最早租住在城郊的一个移民新村，一间屋子，进进出出都难。后来租在一个破旧的门店内，一个月两百块钱的房租，几乎是半个月的工资。再后来，租了两个地方，都是破旧的边缘地带。整个人就像个流浪者，有过几次逼交房租的经历，就痛恨决心买套简易的房子，至少不用看房东的脸色。我最先首选的是二手房，小点，旧点都没关系。那时，城北的二手房是多如牛毛，都是二十世纪八十年代盖的，房屋之间没有间隙，黑是最大的特色，白天都得开灯，否则伸手不见五指。买房的过程有点长，有套六十平方米的，在第五层，总价八万元，我还比较中意。签协议时，对方要求付清款。我整个积蓄只有五千块钱，只好临时找碴说，房子实在太黑接受不了，毁了合约。有了这次购房失败的经验，再次购房时便有了新的计划。

　　那天晚上，我约了老虎洞的一房主，我想购买六楼的一套一百一十平方米的毛坯房。老虎洞位于县城规划区内，是县城核心区未开发部分，也是最偏僻的地方，偏僻的倒不是路程，而是一个交通的死角。当时的环境相当差，到处堆放着臭气熏天的垃圾，连水泥路都没有，可谓是晴天一身灰，雨天一身泥。一些有钱人在这私卖地盘，逢山建房。没有取得政府的合法手续，完全是"违章"行为。每套销售价六万元左右，但没有房产证。像这样的房屋，少说也有几千套。我在心底做了个盘算，计划用工资抵押，在银行贷款三万元。再向岳父借三万，估计能够买下来。我把仅有的五千元付做了订金，剩余的五万五千元分两次兑清。那时，老虎洞的房子根本没人买。所以允许拖欠了些日子。我真的想在县城有套房子，什么样的条件根本不在意。俗话说，金窝银窝不如自己的狗窝。

房子的事总算是定下来了，我心里压着的石头搬开了。我又开始计划生育孩子，可无论如何，那时的生活是越来越艰难。装修还欠了几万块钱。母亲经常会从乡下送米，送腌菜和腊肉来。孩子出生后，她干脆把老家的门锁上，来城里帮我带孩子，这期间偶尔还会回去，搭着种点菜，其他的农作物基本荒废了。连续几年，每年还能割些腌菜来。章百年呢？还在乡间教书，住校的，假日有时回家，有时也会来城里。那是所偏僻的学校，三两个老师相处几十年。在外人看来，那种生活悠哉游哉，实际上非常寂寞，另外两个老师都是本地人，上完课就回家了，夜晚学校里就只剩章百年。临近退休那几年，章百年开始盼望退休。学校的关系搞得很糟糕，校长对他有看法，家长也说他的课讲得不好。所以总是感觉憋屈，当然，他憋屈的可不是这些，评职称时，校长总是设法为难他，其中的缘由，全是章百年的那张嘴，他这张嘴说话从不打折扣，得罪了不少人。

章百年对我这套房子并不满意。刚买时，没那么多意见。生活条件稍微好点的时候，他开始说三道四，说走在老虎洞里，像是走在一个漫长的黑洞里，随时会遇上妖魔鬼怪。当时买这套房时，我也有所忌讳。楼梯下出口处的对面小山坡上，安着两座坟茔，坟茔不大，墓碑也立得不高。春天一过，只见一片绿。看不见了坟茔，清明刚过，坟茔又露了出来。一片绿叶都不见了，一堆矮小的坟茔，显得无比高大，上面还插着些白花。从楼道经过时，内心总会产生些许畏惧。我在这里居住了十余年，没有碰到过整理坟茔的人。

鲁小晴快生孩子时，回来了。她在外面经历了些事情，我想她必定会重新审视生活。晚上我和刘凤凰请她去吃火锅，想让她感受这个家庭的温暖。她并不高兴，而且有一种莫名的失落感噬咬着我的心。

晚饭后，鲁小晴搁下筷子，抬起屁股朝门外走。这是医生的建议，说每天得走几公里，对孩子生育更便利。楼下没有可散步的地方，一条路，本来是清静的，不知道从什么时候开始，各种三轮车、自行车横七竖八地拥挤在一块，喇叭响个不停。各种叫卖声，不绝于耳。"以前巷子就是这样子。"章百年说。他小时候去过九井巷看病，巷子中间有一个抱爱医院。

那天晚上，母亲给我打来电话，说鲁小晴发动了。让我赶紧回家送她去医院，我赶到巷子口时，母亲和鲁小晴等在门口。鲁小晴脸色灰黑，母亲一边责备我不该来迟，一边搀扶着鲁小晴上车。

刚到医院，鲁小晴的几个姐姐也赶来了。在走廊的过道上站着，嘀咕着，在商量着什么，根本不愿意和我说话。医生做完检查说，还未到生产的时间。得先回去。母亲很不放心，问是否可以留院观察？医院的病房有限，医生不同意住院。鲁小晴的姐姐很不满意，在一旁冷眼看着我，说我在电视台上班肯定可以想出办法。我想找院长通融，鲁小晴这些天总是说不适，我给院长打过电话，护士长很快就在走廊里找到了我，说鲁小晴没有大碍，回家休息比在医院里好，胎儿一切正常。我想也是，既然没什么问题，那就该听医生的。

我叮嘱母亲，这几天多买点鸡鸭补充营养。估计最多也就四五天，得准备好衣服和奶粉。

章小年还没有回来，大事小事都得我们帮着料理。

鲁小晴说，她想生个儿子。儿子女儿是一样的。我说。她并不赞成，说女儿是别人家的，迟早都得出嫁，儿子才是自己的。

鲁小晴再次入院时，没有打电话给我。孩子生得并不顺利，开始预计是顺产的，先后耽搁了一个多小时，没能生下来，所以只得选择剖宫产。这种疼痛折磨，的确是让人够受的。章小年在鲁小晴推进手术室半小时后，从外面赶回来了，他的脸色发青，像热锅上的蚂蚁在走廊上踅来踅去。

"什么时候动身的？"我问章小年。

"昨天下午，搭的私家车。"章小年说。

我们都等在门口，再没有说话，等得腿脚发麻的时候，刘凤凰说。孩子生下来了。是个女孩。

大人和孩子都转到了病房。

刘凤凰碰了碰我的胳膊说，章小年的脸色不好看。此时，鲁小晴躺在病床上，咬牙切齿地喊叫着。

我帮忙找到了院长，希望解决疼痛的问题。院长皱着眉头，思考了片刻，拿起桌上的电话。"李科长，想法子去其他医院先借几个镇痛泵来，病人刚刚做完剖宫产，怎么受得了？"我这才松了口气。

镇痛泵是晚上送来的，夜晚疼痛得比白天还厉害。鲁小晴的喊声，在走廊里弥久不散。"让我去死吧！"

鲁小晴出院没有告诉我，大概是对我之前的服务并不满意。

爱需要理由吗？刘凤凰问我。"这还真不好说"。其实爱才是解开心灵的唯一解药，我敢肯定，鲁小晴嫁给章小年不是冲着爱来的，他们之间没有过恋爱，只有一个媒人，也就是我全福表叔。生活的意义，往往是因为爱。没有爱的婚姻会怎么样？悲剧的意义也就更容易扩大。

后来想想，鲁小晴和章小年的婚姻，本身存在的问题是没有找到契合点。这个点就是爱，鲁小晴和章小年的婚姻中间充满了残缺。从一开始到后来，中间那段空白，都找不着合适的颜色去修补。

可无论如何，鲁小晴给章小年生了孩子，生孩子的痛苦是她熬的。如果她不抱半点希望，何必投入自己的青春和别人生孩子呢？我觉得鲁小晴也就是个普通的女人，没有任何的算盘，否则这个孩子就不会生下来。

章小年对鲁小晴是琢磨不透，说鲁小晴对他时冷时热。章小年是个宁愿自己委屈，也从不说别人不是的人，所以他从不会说鲁小晴的不是。看得出，章小年并不爱鲁小晴。说到底，章小年这段婚姻，母亲是罪人。要不是他拿章小年大龄未婚说事，章小年不会和鲁小晴结婚。关键问题，还是章小年那段经历造成的。一个人的一生，很多时候都难以扛起这种经历，有些毕生会变成另外一个。

鲁小晴会去哪呢？章小年像是知道。问他，他又之乎者也。似知，非知。和尚不急，急死太监。母亲是为此，成天愁眉苦脸。父亲更是拉长牙臭骂，章小年就像是只过街的老鼠。说实话，这事换作是落在谁的头上，都承担不起。章小年能忍，再痛都能忍。

章小年可不是没脾气的人，我记得小时候可猛了，在村里和一群孩子打架，一个人可是连战连胜，连败连战。可以说是一统江湖，村里没人是他的对手。记得那时，村里的小姑娘都跟在他屁股后转，他留着平头的时候特别精神，留着三七分的时候显得很潇洒。皮肤古铜色的，与古天乐没有两样。现在呢？彻底换了个人，不是骨子不硬，是头抬不起来了。就连顶撞的话都不敢说了。我发现章小年的确是可怜。当然，章小年内心是什么样子的？谁也说不清楚，也许在他的心里还会有个世界呢？那个世界也许是光亮着的。如果真是这样，我倒是为章小年祝福。

那个晚上吃过饭，业聪趴在桌子上写作业，章百年闲置在旁边发呆，刘凤凰盯着手机。"直觉告诉我，鲁小晴有问题。"刘凤凰说。

"不想和章小年过了？"我猜测。

刘凤凰说，她也说不上来。只是可怜了孩子。一个奶娃，没有娘，就没有奶喝。孩子在屋内"喔喔"地哭闹着。

"脸色怎么这么紫？"母亲突然喊话，让我进去看看。

我仔细端详着。"快，赶紧送医院。"我说。

我怀疑孩子不仅是胃部的问题，会不会还有其他的病。我总感觉事情没有那么简单，我在思考问题时，会出现无数道障碍物。也许鲁小晴知道，可是现在谁也不知道她在哪？

夜晚的风灌进车来，凉飕飕的，我开始担心孩子。

急诊部只有一名护士。医师办公室里空无一人，灯还亮着，电脑屏幕不停地跳动。护士见我们进来，喊着一个名字，说赶紧起来，来病人了。我想她在喊医生，不一会儿，一个男医生打着哈欠从过道的那头走了出来。问我们什么事？我说这孩子脸色发紫，医生用手电筒在孩子身上照来照去，又问我们，孩子平常有没有什么异常。我说，一切都好。医生让我们随他去办公室，在电脑上敲打着，拿张纸条给我，让我去前面门诊部挂号，说检查在二楼。手续办完后，我们直接来到二楼的检查室。医生将就诊卡在电脑前刷过后说，左边做心电图，右边打 B 超。孩子放在台面上，眼睛睁得很大，没有哭，我一回头，发现母亲的脸上全是眼泪。"不用担心啦！"我说。母亲卷起衣角，抹了下眼泪，但随即又流了出来。她的担心并不是多余的，孩子的嘴唇像松树皮干裂，脸色白得像张白纸。

检查结果很快就出来了。医生说，孩子的心脏有问题，是先天性的心脏病。我听了一惊，"这病能治吗？"医生说，现在还不好说，需要到上级医院做进一步确诊。外面的天色越来越深了，母亲的脸贴着业明的小脸蛋，"宝贝不怕，宝贝不怕"。业明的眼皮盖着。"章小年的孩子就是我的孩子，谁叫我有私心取名业明呢！"我决定连夜将业明送往省儿童医院。

我们赶到省儿童医院时，住院部还灯火通明。几个医生在病房间来回穿梭。

母亲忐忑起来，这病能治好吗？

医生说，你们不用紧张，先天性心脏病是可以手术治愈的，唯一的办法就是手术，只有手术才能治愈，不过动手术得再大点来。

"不管多少钱，都得把孩子的病治好。"我对母亲说。

母亲替孩子一急，眼泪就滚落下来。"这孩子的命不好。"

"不要太担心，吉人自有天相。"我说。母亲还是放不下心，她所受的煎熬没有人知道，在面对难题时，她总是一个人受苦。

在母亲心里，业明可是她的心头肉。自从这之后，可以说是寸步不离。我和母亲说过，买菜，逛商场就不要带着业明去。可她偏不听。

有一次，母亲出门委托章百年照看孩子，结果章百年溜出去打牌了，半天奶粉一次都没有喂，回到家时，孩子的嘴唇紫得发青。母亲气得牙齿咯咯作响，叫你照看下孩子，你就出去打牌，说不定哪天孩子丢了命都不知道。可让我担心的事终究还是发生了，要是孩子没了，不仅没法交差。这对母亲来说，是无法接受的。

我并不知道，母亲的案件已上升到重大刑事案件。

第三天晚上，我意外接到欧阳蜈松的电话。声音很委婉。他的来电让我紧闭的内心突然舒张开来。他让速去趟刑侦队，并暗示我一个人去。会不会是案子有了消息呢？

我赶到刑警队时，欧阳蜈松正在分析案情。"目前调取了附近所有的监控，没有发现任何可疑的痕迹。"

我用质疑的眼神看着他。"目前唯一的证据是纤维，在你母亲的挎包上，残留了少量的纤维和一根毛发。"他又补充说："我们已送市里检验。"

从欧阳蜈松的眼神里，我感觉事情不妙。他叫我来，难道是告诉我坏消息。我感觉背后有点冷，像是一股寒冰朝着体内入侵，整个人的精神就要垮塌下来。

"孩子会不会出了意外。"我真的很是害怕，只要孩子平安，别的事情都好说。

"应该不会。"欧阳蜈松坚定的语气，顿时让我清醒过来。

"警察会不会是假的？"我终于提出了内心压抑已久的疑问。

"怎么可能？"欧阳蜈松反问我。

"现场的警察有谁知道吗？"我问。

"这不是破案的关键。"他的声音像是把一个沉重的东西过滤下去。我感觉欧阳蜈松的话有些奇怪。难道他知道真相？或者其中隐藏着与警察有关的问题。要不然，他怎么会这么回答我。我远远地看着欧阳蜈松，感觉他不是我认识的那个人，相反有股侵骨的寒气。

离开刑警队我既愤怒，又难过。从未有过的束手无措，让我感到失望。我在想，我的身份至少还是名记者，换作是普通老百姓呢？我不敢再朝下想。

母亲被抢劫的事情在当天晚上的电视新闻播出后，公安局与我进行过一场冷战。听说，恰巧是新闻播出的那个晚上，省综治检查组来宁海检查，看到这些新闻，对社会治安大打折扣，因此严重影响了考评结果。甚至，直接影响到了某些人的业绩。那我母亲呢？我在想，她是无辜的。对于一个家庭来说，母亲被打，孩子失踪，可是天大的事。

欧阳蜈松的意思十分明了，让我安静地等。如果再通过媒体"炒作"，这个事公安局就不管了。想着失踪的孩子，我也只得忍气吞声。

我觉得我整个人的精神都绷得很紧，眼睛酸溜溜地无法睁开，额头像是戴着紧箍咒。在这种情况下，我真需要有人救我，在精神层面，我发现自己真的承受不住了，体内有种东西一直在侵蚀着我。我特别地害怕，像是见到了坚硬的虫子，非常细微，但很厉害，它在吃我的肉，任何东西都无法杀死。如果想不出挽救的办法，我必定会丧命。

这时的章百年跑上跑下的，像只无头苍蝇，碰得满鼻子是灰，满眼是血丝。他的怒火不停地燃烧，越烧越旺盛，甚至有点走火入魔了。

"还没有消息？"章百年问我。

"没有。"

我给曹二棍打去电话。他说在澳门，要过些日子回来。问我有什么指示，"指示不敢，我母亲出了事，遭人抢劫了，还挨了打。"

"人没事吧！"

"没事。"

"人没事就好。"曹二棍让我别急。

"关键是小孩不见了。"我着急地说。"兄弟啊，看你能不能动用道上的人帮忙寻找。"我央求曹二棍出面帮忙。

"光天化日之下，人怎么会不见呢？"曹二棍奇怪地问我。

我把事情的来龙去脉跟他详细说了一遍，我知道他神通广大，也许可以把小孩找回来。

我去医院时，母亲好像知道了孩子失踪的事情，嘴里念个不停："这怎么得了，这怎么得了。求菩萨保佑，业明啊，你是去了哪呢？"

章百年是揿不住事的人，屁大的事忍不了几分钟。这件事他算是瞒得久的，但始终还是一五一十地和母亲说了。母亲知道孩子丢了，不急坏才怪，嘴里不停地喊着业明，好像只要不停地喊，孩子就会自己走回来。

章百年知道我在找曹二棍，像个疯子般警告着我。

"不要和这种下三烂的人往来。"

我知道章百年和曹二棍有过节。那些事情我既熟悉，又陌生。章百年从小教育我，不要和社会上的烂仔混。那时的章百年是精明的，随时能应对社会的各种变化，所谓的变化就是社会矛盾和斗争。我得听章百年的，只要是从他嘴里说出的话，我都得记住，否则是会受到惩罚的。章百年打起孩子来可厉害了，揪着头发朝着墙角上撞，再硬的头皮都会鼓包。

我从小学到初中，都是曹二棍的父亲曹松坡当班主任。我的个头高，坐在最后排。曹松坡讲课时，唾液像雾水般喷出来。表情滑腻而可笑，像鲁迅笔下的阿 Q。

曹二棍学过几年武术，在县城混得不错。民间也流传着他的很多传说，说他功夫好，一个人能抵挡十条壮汉。我认识他的时候，他是商会的党支部书记。西装革领，一表人才。眉宇间夹杂着几丝威力，我相信这个人"有打"，"有打"是能吃透社会上的事情。

母亲私下里也警告过我，叫我防着曹二棍。母亲说这话时声音很小，生怕被人听见。我的心里起了疙瘩，怎么连母亲也这样提醒我？母亲是从不说别人不是的，怎么就叫我防着曹二棍呢？

慢慢地我知道一些细节，缘由是我三妹出生时违反计划生育。夜半三更，章百年把三妹送到了山外，本来可以躲过上面的处罚的。曹二棍的父亲曹松坡举报了我父亲章百年，实名举报，丝毫没留情面。县教委很快就来人了，章百年由中学校长贬为庶民。这对母亲来说，的确是值得警惕的教训。她的意思是有其父必有其子。

曹二棍与曹松坡长得不一样。曹二棍虽然是个混混，但他仗义，私下里帮过我不少忙。所以我从来不把上辈人的恩怨带到下辈人的生活中来。我和老万聊过，他说，我就应该这么做。

母亲是我和章百年送到省一医院的。到医院已是凌晨时分，医生说，母亲这病与头部无关，是消化系统的问题。我一听，浑身不自在。医生还说，母亲这病有些日子了。

正焦虑着的时候，老万给我发来信息，问我有没有时间去玩扑克牌，两个人的牛牛。

"你是疯了吧！"我说，"这才凌晨五点钟呢？"

一会老万又纠正说，我们老人睡不着，四点就起床了，现在在牛家洲已走了三圈。

我气得不知道说什么好。

老万和章百年一样，退休后无地可去，成天想着玩扑克牌。我的几个朋友都是老人，老余、老王、老万。不知道为什么？他们和我有话说，交往起来得心应手。老余前些年去世了，曾叮嘱我为他写悼词。那天晚上，我去看望他时，他的邻居说，他已经去世一年多了。那一年，我去了北京学习。他呢？为着一个林场的事情四处奔走。我以为他会等着我回来，聊聊他的林场计划，没想到不告而别。

老王的儿子在深圳发展，他得有哮喘病，每到冬天就去深圳小住些日子，那边的气候温和。临走时给我发了个微信，说等到夏天再回来。他夏天回来的时候会告诉我，也会找我聊聊他的人生。我觉得他的计划很周全，生活安排得有条不紊。

老万呢？他和我以前在一个单位，他从部队转业就来到这里做宣传，听说年轻时很卖力，获得过不少新闻奖项。他说，从我身上看到了他当年的影子。我能有什么出息？我问老万。老万摇着头说，你要什么出息？要出息你就不会干这事。我觉得老万说得在理，干了几年，至今连编制都没有解决，还属于临时聘用人员。领导的口头禅是"临时工"，我是憋屈，有这么长的临时工吗？干得再好都不可能提拔，就连个科室主任也混不到。一批批年轻人，在身旁就像雨后春笋般，不能提拔的也调走了。有的去了县委办、政府办，担任县委书记、县长的秘书，有的去了别的单位，还有些选调去了乡镇。只有我，操着旧业，守着阵地，干着一份不离不弃的事情。老万压根就好不到哪去，除了财政工资比我高千把块钱，几乎和我享受的是同等待遇。他在单位干了一辈子的普通职工，单位三十来号人，只剩他一个老头。"你不得提拔，也不能断定你就是后进。"我说。"要不然，一个单位全是领导了。"每次提到此处时，老万的脸色灰白，没有血色，脸上的肌肉抽搐着。"他妈的，我的能力可以当局长。"老万憋得难受时，嘴里喷出唾沫来。我盯着他，紧盯着他那较劲的肌肉，感觉脸上有蚂蚱在蠕动。他瞬间脸色大变，哈哈地笑起来，"又中你的圈套了，狗日的，不扯，不扯了。"我与老万接触这么多年，熟稔他的性格和脾气，他不适合当官，性格

29

太直，眼里容不得半粒沙。官有官的道，绝不容许老万的散漫，也容不得老万的脾气。老万时常孤人守月，怀念部队的日子，把沾满灰尘的证书给我看，上面粘着厚厚的黑土，鼓励我寻机跳槽。老万的话都让我的耳朵长茧了，不是我听不进去，实在是找不着出口。我和老万一样，都是在一棵树上吊死的人，觉得除了这份卵事，再没有比这健康的职业。我给老万回信息说，最近恐怕都没得时间，还请见谅。他给我回信问我是不是发生了什么事情？我说，也没啥事。我们算是臭味相投，有话可聊，甚至算得上是同病相怜。

母亲出事前一周的夜晚，我和老万两个人单挑，一直玩到凌晨两点，老万还不过瘾，非要我玩个通宵，我实在熬不住，眼睛酸胀，就拒绝了老万。深更半夜回到家，感觉整个人晕乎乎的，根本没来得及洗刷，就钻进了被窝。翻来覆去，怎么也睡不稳。楼下令人讨厌的歌声，还在高低起伏地呻吟，唱的是一首八十年代的老歌。"铁门啊，铁窗，铁锁链……""他妈的东西疯了吧！"我愤怒地朝窗外吼着。声音慢了点儿，没有停止，像蜜蜂一样还在嗡嗡地发着声响。天刚亮时，手机嗡嗡地震动，睡梦中感觉是楼下的歌声，像是一只跳蚤，在我的耳根上爬，"人渣"这么早就打电话来，真是不想活命了？我以为是老万。烦躁地拿起手机，再也没有了睡意。我的天，她不是死了吗？我一遍遍地拍打脑袋。我以为自己还在睡梦中，这不是梦，我得端正态度，立马就冷静了下来。我断定，打电话的人肯定不是她，如果是她那真是活见鬼了。声音真的好像，简直是复制出来的。挂上电话，我强迫着睡。没几分钟就迷迷糊糊地睡着了，睡梦里全是我和她的过去。那个地方太熟悉了，真的是我们的过去。中午十二点钟醒来时，太阳挂得老高，从窗台的玻璃上折射进来，闪着刺眼的白光。母亲从外面回来，将一张蜡黄的纸放在我的枕边，连半句话都没说，就去了厨房。这是一张县公安局的"没收保证金决定书"。内容写着：因你在取保候审期间公安机关传唤你未及时到案，根据《中华人民共和国刑事诉讼法》第五十六条之规定，我局决定没收你交纳的保证金两千元。这是十几年前的决定书，传唤书呢？我可没收到过传唤书。如果给我寄过传唤书我一定会到案的。我爬起来，问母亲，这张传唤书是从哪来的？怎么到现在才给我看。母亲说，刚刚在翻橱柜时箱底找到的。我知道母亲把什么都收着，每一张票据、收条、借条从未丢过。这成了她的生活习惯，母亲说，当时把钱交了，此事就过去了。可他没有告诉过我，估计是怕悲伤。看着这张"没收保证金决定书"，我的眼前发白，这是个不符合程序的处罚，可事情已经过去了十多年呢！

第一章　安金莲的告别

她看起来还是年轻，不易生皱纹的脸，灿烂的笑容，骨肉停匀腰细分明，还有双水灵灵的眼睛，闪动着神秘的光。她的名字叫安金莲，是我的第一个女人。我十九岁时与她相识，她比我大两岁零两天。我们相识时，感觉那时的天空很蓝。蓝得像是可以看透整个苍穹，包括苍穹深处的无限空间。

我二十二岁生日是她陪我过的，她给我点蜡烛，脸紧贴着烛光，笑着让我许愿。我至今忘不了她的笑，像是一束暖阳，照在我的脸上。我很认真地合拢双手，默默地在心里说着自己的愿望。从那以后，我时常会在心底叨起那个心愿，在我的生活被逼迫得不见缝隙时，那个心愿就会出现在我眼前，她那张脸依然还贴着烛光对着我笑。

今年我三十五岁，她再也不会和我一起过生日，一起往下成长。因为她死了。她是怎么死的？至今是个谜团。

我怎么隐约觉得她还活着，像在某个地方看着我。我问过法师，人死后会不会有鬼？法师说，他也没有见过鬼。我相信这个世界上没有鬼，在无数个黑夜，我都梦幻着还能与她相遇，结果却只见不着尽头的黑夜。

二〇〇四年三月八日，我收到安金莲的告别信。信里写着密密麻麻的字，很工整，我喜欢她的每个笔画，每一笔都能写进我的内心。也就是从那时起，我收藏着她的字迹，一笔笔深刻在心里。起风时，我会听见她的声音。

我一直以为她不会离开我的，我们在一起时有太多相同的生活习性。我觉察得出，我身上有很多个点，她都特别喜欢。我们彼此能够领会到彼此的心思，当然，这仅此是我的个人自信。可是，让我无法预料的是，她还是离开了我。而且就像是凭空消失了一般，她会去哪呢？我望着无边无际的天空，看不见一

31

只鸟儿，天空像是被洗干净似的。

实际上，我生活在一个卑微的童年。我十几岁的时候从村子里流浪出来，一个人四处漂泊。最头疼的事情，是没有一个固定的居所。刚刚到宁海县城时，花两百块钱租住在李家巷的破屋子内，这是一栋六十年代建设的旧建筑，屋子粗糙，墙体有点倾斜，像是要倒塌下来。在六十年代，这是宁海县最牢固的建筑，也是最好的建筑，就算是现在破烂不堪，不发地震，也是倒不下来的。不过，现在这里住着的是我。我的心在不停地晃动着，从黄昏一直到天明，都在不停地晃着，不知道为什么？内心就是沉淀不下来。一到五楼都住着人，夜晚会有人坐在阳台上哼曲。他们倒是住得很安稳，这里离菜市场和单位都近，挺实惠的，屋内冰箱、洗衣机，一应俱全。

我刚住进来时，是照着街头电线杆上的小广告联系到房东的，一个六十来岁的老人，他说房子是他自己的，怕我住不长久，特地签了一纸"三年不涨价"的协议。我当时觉得有点贵，但是三年不涨价，就觉得不算贵了。

接下来的事情，我并不愉快。再也没见着那个老人，来收房租的是个五十来岁的大姐，她的脸上挂着两坨圆肉，说是来替他弟弟收租钱。一个老姐姐帮弟弟收租钱？我看着她，我没见过，必定不会给，况且那时我一分钱都没有。她倒是很从容，从裤兜里掏出一个两寸的四方手机，和老人打通电话，让我说话，我一听是老人的声音，可我偏说不是，非要老人自己上门来。

我隐约感觉，这房子有问题。后来打听到，这房子是二次出租。可是房租与楼下的住户不相上下，过些日子也就把房租给付了。

她说，她要去一个很远的地方。她没脸和我在一起。

看着信，我一句话都说不出来。她在信里说，在她很小的时候，只有几岁的时候，在村子里，她奶奶隔壁家，一个男人诱惑她去他家，然后猥亵了她。那时她还小，不知道是干什么。她上小学的时候，一名小学老师猥亵她，那时班上好多名女生都受到了猥亵。那时，她的父母在外地打工，把她寄在姑姑家，她姑父居然也猥亵了她。十四岁那年，她大姑父的儿子强奸了她。这期间，不间断地发生关系。她一直没有和父母说过此事，她害怕责骂。上高中的时候，依然还是寄住在亲戚家，那个亲戚家的男主人用五百块钱诱惑她跟他上床，她和这个男人发生了很多次关系。念高中的时候，她慢慢觉醒，意识到自己被多个男人强奸了。从此就天天哭，想着自己跟这么多男人上过床，觉得自己和别的女孩不一样，低人一等，然后就疯狂地折磨自己，精神状态越来越不好。渐渐地觉得自己患上了精神病，在高二的时候看了大量的小说，受到小说内容的影响，她有了第一次离家出走。在火车站的网吧里找到了一份工作，也就是这个时候开始，她再次掉进了旋涡，被人骗去了夜总会，在那里认识了一个五十多岁的重庆男人，他带着她去了几座城市，在这期间和那个男人发生了关系。毒害她的是后来的那个男人，是一名房地产开发商，他带着她吸毒，带她接客。现在她还和那个男人保持着不正当的关系。

我的眼前一阵发黑，一时半会无法清醒过来。

楼下对面有块废弃的空地，空得干净利落，几个用作地基的水泥桩黑色生锈。地面的土质坚硬，任何草籽落在上面都不会发芽。几年前有人搭建过房子，几个水泥桩一直挺立在那。

没有获得政府批准，是被强行拆除的，听说当时房屋的主人，提着煤气罐站在地基上，与执法人员对抗，最后只能是失败告终。我做过了解，那时整个县城都在盖违章建筑，到处是一片乌烟瘴气。不法分子从中牟取利益，政府部门有人参与其中。我知道建设局一名股长，就收了两千多万的好处。那个股长害怕事情败露，清查时夹着赃款跑路了。跑得了和尚，跑不了庙。没跑多远，就被抓了回来。

不过，很多买不起商品房的市民进城后，几乎都在这些房子内安家。后来，调来了个强硬彪悍的县委书记，当兵出身的，硬是要把这些建好的、在建的房屋统统拆除。一时间搞得人心惶惶，很多人都睡不安稳。其实，这块地的性质有些不同，是房屋的主人祖上传下来的，以前是个旧祠堂，一把火烧了。烧后政府不许再建，趁着这个违章抢建的机会，房屋的主人打算盖几间房，早不建迟不建，恰巧碰在刀刃上。

拆除没多久，那块地奇怪地长满了茅草，与县城格格不入。还有一些破铜烂铁堆放得老高，政府开始计划征收用作绿地的，由于地块的主人和政府有过冲突，所以再也不信任政府，想把之前的资本捞回来，要政府出高价收购。政府没有同意，想以房置换，彼此僵持不下，谈了几次都没有妥协，慢慢地有人在这里堆放废品。每到黄昏，就会有股沉甸甸的尿骚味弥漫而来。明显影响了空气质量，但居住在这里的人们从没有投诉。

李家巷的前面是一条旧街，有一个好听的名字叫燕子步行街。听说以前有几棵大树，经常会有燕子在这里歇脚。可现在呢？连鸟屎也见不着。别说是燕子，就连麻雀都不会来。那几棵大树先是被雷电劈去了树枝，后来树干钉满了钉挂着各种玩具。冬去春来，树兜裹满了厚厚的水泥，白蚁在里面安上了家，住得舒适而安全。

东侧的尽头有家酒吧，叫老男孩酒吧。说起老男孩酒吧，全城的人都知道，不是老男孩酒吧有名，而是喝酒的人特别多。城里人说去喝酒，下句就自然说是"老男孩酒吧"。

我去过几次，倒是不觉得这家酒吧有什么特别的，门框有点旧，挂着几个小灯笼。起风时，来回荡漾。我喜欢那股酒味，像是停留在空气中。

老男孩酒吧的老板是个女人。我进去时，她翘着个屁股对着我，长得清秀，眼睛深不可测。像个俄罗斯姑娘，笑起来的样子很好看。

每次我经过她的门口时，她就会伸出脖子来问我要不要喝点什么？喝点什么？除了酒还会有别的？我是个不会喝酒的人，但遇上投缘的人，还真的能来几杯。所以对喝酒这东西，我的酒量到底有多大，连自己都不了解自己。

很多时候，我感觉这个女人在哪见过。在哪见过呢？仔细想时，又想不起来。

不过可以肯定的是，我不是西门庆，她也不是潘金莲。我和她没有纯粹的关系，一个是店主，另一个是顾客。

哈哈，实际上，我是有色心无色胆的人。很多时候会顾及情面，担心自己的举动连朋友都做不成。每次蠢蠢欲动时，总能冷静地克制自己。所以，我这种人会让很多的女人失望，缺乏男人的粗暴，太过文弱，这点女人是不喜欢的。当然，这不是绝对的。

我以前喜欢往酒吧跑，可是现在已经戒酒了。其实我并不好酒，喜欢的时候不觉得烈，慢慢清醒地意识到，酒这东西真的不适合我。我的家族没有遗传病，几年前我却意外查出慢性肝炎。医生叮嘱说，这病不能饮酒。早些年，我在一个小镇上务工。忐忑地与酒结缘，而且发生过故事。

记得那家酒馆非常著名。来这里喝酒的人就像河流里的水，川流不息，就像是唐朝的某个边陲驿站。小镇里说到酒馆，可谓是无人不知。"来半斤二锅头。"实际上我的酒量顶多是二两，而且是在餐桌上与客人慢慢饮。我是喝不得急酒的，一杯下肚，立马就会喷出来。脸嘛，比关公还红。医生说，红脸的人不适宜喝酒，喝酒会伤肝。我不是好酒，总感觉这酒里有故事，有情趣，还有幻觉，我特别喜欢喝醉时的幻觉，那种幻觉特别好。整个人像是在月球上，我有恐高症的，喝酒后什么都不会害怕。最主要的是，来这喝酒的都是半斤八两的，喝得太少显得不够男人气。就算是装逼，也得装出个硬男的样子来。喝不完趁黑倒掉，或者剩着。老板只管自己卖酒，照账买单就行。点碟花生米，一个凉菜。说是酒馆，菜的价格比酒贵。鸭肉、牛肉、驴肉是这里的主打，味道是好，没有这个口福。

刚坐下，我发现女老板的眼睛向我这边瞄了好几次。她的眼神特别地妖媚，像是一口深不见底的井，又像是块磁铁，所到之处微风轻动。

"怎么一个人喝酒！有心事啊？"她终于坐不住了，上前来和我打招呼。

酒馆不大，没有吧台。进门的右边墙角开着一扇门，后面有间小屋。所有的酒水都是从小屋端出来的。我真的很好奇，小屋内会是怎样的一番光景。几条光亮的长凳，像是几个光秃的老人，历经着岁月的沧桑，依然精神抖擞。

"是啊。"我带着半冷半热的腔调。我最讨厌主动的女人，当然专指酒吧的女人。我对酒吧的女人有歧视，我承认自己有偏见。我发现酒吧的女人，容易勾搭男人。当然女老板是出于生意上的热情，也不排除她是寂寞女人里的一种，要不然不会选择这种职业。

"是第一次来吗？"女老板的声音带着勾魂的醉意。伴随着一股清香，她那丰厚的屁股落在我的一条凳子上。然后把嘴唇凑到我耳根上，仅隔着一根毛发的距离。她那丰满的胸部压着我的手臂，软绵绵的，弹力十足。我感觉，有一种特别的东西慢慢地侵入我的血液，随之膨胀着蔓延了全身。

我小心翼翼地朝左边挪了小半步，"是啊！"这不会有什么猫腻吧！心里叽咕着。得了，火速找个机会脱身，这个女人恐怕不好惹。我转过头，屋内人声鼎沸。这不像是水浒里的母夜叉，再说这是什么时代了？这么想着，很快就平静了下来。

我坐在暗处，她根本看不见我的表情。不过，她还在不停地浮夸地说，你像个艺术家，真的，看你的眼睛，眉毛，都特别有艺术感。真的吗？我的心里像是有浮云掠过。这种话我很喜欢，有种自我虚荣的满足。"我家世代是农民，除非上辈子是个艺术家。"我笑了起来。她白了我一眼，也跟着笑了起来。她问我还想吃点什么？不用我买单。

"谁买单呢？"我笑着问。

她笑着摇了摇头说："欢迎你下次再来。"

"我可不是白吃的。"我认真地说。而且，我点的也足够了。

她起身朝屋内的一个地方走去。没几分钟就回来，端来了一盘牛肉。还冒着腾腾热气。"我师傅的手艺，刚出炉的，你尝尝。"

"不吃肉，我信佛的。"我笑着说。

"酒肉穿肠过，佛在心中留嘛！"

味道很香。很正。还是第一次吃到这么好的牛肉，十分鲜嫩。我示意她坐下来。给她倒了一斟酒，她端起酒杯小品了一口，沾湿了嘴唇。"我的酒量很小，不敢多喝。"她微笑着说。

"不是酒量小，是陪得多吧！"

"我只卖酒，不陪酒。"她认真地说。

我发现这回判断真的有失误，对她有了另外的见解。女人嘛，总有让人读不懂的地方。

我们之间隔着一张窄窄的木桌子。这张桌很薄。在昏暗的灯光下，我看清楚了她的脸。鼻梁有点高，左侧的脸有些深陷。眼角处隐约有一丝小小的皱纹，右边有个小三角形，像是个图案。右下角的小酒窝此起彼伏，像是在弹奏一曲钢琴曲。我猜测她的年龄比我大，至少大两三岁吧！身材好，很丰韵。

我坐的地方正好灯罩挡住了光。她没有看见我的脸，不知道我脸上满是烦恼。

我慢慢地知道她叫安金莲。让我意外的是她以前不仅是位画家，还在电视台担任过节目主持人。但她说，很讨厌那种生活。喜欢过属于自己的日子，自由，散漫，满屋子酒香。

一开始我并不能理解。我初中毕业就辍学来到这个小镇打工，干过门卫，拉过板车，现在干的是锅炉工。每天面对着锅炉，半边脸烤成了猴屁股，通红通红的。画家和主持人都是我从小梦寐以求的职业。

"来，干杯。"

"不是说不会喝酒吗？"我问。

"酒逢知己千杯少呢？"

"好吧！"我端起酒杯，仰着头喝了一半。平常我不会喝得这么爽快的。眼前这个女人有些让我不由自主。

半斤酒很快就喝光了。记忆中，后来还喝了半斤八两的。

已是深夜，我的腿软得站不起来。这酒的后劲足，趴在桌子上睡着了。我听见滴答的声音响了很久，我才意识到自己在微微地颤抖。分明感觉到有一个可怕的家伙，瑟缩在我的体内与酒精的余威一起使我戮觫不已。我是在睡梦中惊醒过来的。耳朵里有个奇怪的声音，就像是风铃在来回荡漾。我梦见我的自行车被盗了，然后在一家废弃的修理厂见过。当我走近的时候，发现自行车又不见了。

从小酒馆里出来时，已是凌晨四点了。外面黑得不见光，酒馆里还播放着轻微的音乐，安金莲趴在最里面的桌子上睡得正香。除了我和她，屋内再无其他人。我想，这个夜晚她是为我守店的，我是她的客人。我打算向她道别，对了，我突然想起，还没有付酒钱。可我有点不忍心，这个钟点正是好睡的时间，我想改天来付也不迟。

这里的盗贼特别多，就像老鼠一样，明着和猫抢食。我还得骑回去，这可是我的唯一交通工具，没有它我无法上班。风有点大，嘎嘎地响。我的酒醒了一大半。明天厂里还有重要的事情，我住的地方离工厂足有十多里路，没有自行车恐怕得走一个多小时。我经常因为迟到，没被车间主任少骂。

倒霉透了，自行车真不见了。我懊悔不已，遇事就悲观。周围都找了一遍，都没有，是不是被小偷盗走了。我到台州三年里，被盗了四辆自行车。

黑夜突然变得明亮了。这个偏僻的地方是没有出租车的，我逼迫回到了小酒馆内，安金莲还趴在原处。我打算叫醒她，立马打住了。不知道为什么，我害怕她看见我的脸。

我是跑步去的工厂，跑得有些急，以至于扯破了裤裆。下班时已近黄昏，老远看见厂门口一个女人推着一辆自行车站在那里。我定了定神，是安金莲。她手里推着的正是我的自行车，她的秀发被风吹在脸上七零八落的。我的心头一阵狂喜，但立马又变得酸溜溜的。这是我第一次在阳光下见到安金莲，这个女人与在酒馆里见着的不一样，她的确很美丽，比在昏暗的灯光下更加灿烂。

我的车间主任叫赵四角，是湖北人，长着一张肥肥的脸，两坨肉鼓得老高，戴着高度近视眼镜，听说大学毕业就到了这个厂里，他学的是技术，工资是我的十几倍。不知道为什么？他特别不喜欢我。打我来厂里的第一天就蔑视我，看我的眼珠子是横着的。我从不敢看他的眼睛，害怕那双毒眼挖苦我。我认真琢磨过，回想过进厂的细节，真的没有得罪过他。我是厂长助理招聘来的，进厂就分到了他的车间。要不是这个车间的工资稍微偏高，我早就申请换了部门，或者干脆辞职另谋他业。我没有这么做，我太需要找份工作。要知道，一块钱对我母亲来说，都能买三个鸡蛋。后来我尽量远离他，躲避着他的视线。尽量让他当作我的不存在，即便是这样，我还是吃了不少的苦头。怎么躲避，还是

37

没有逃过他的眼睛。说实话，那几年，我的肉体能量压榨到了极致，就像一个极限长跑者，尽头若隐若现，而我像是气力耗尽，始终没有拿到冠军。

我不敢走正门，怕被安金莲看见。我怕见着她时紧张无语，只好和厂里蠕动的人流一起从侧门挤了出去，我想等到晚上再去小酒馆把自行车取回来。顺便喝上一杯，把上次的酒钱结了。

安金莲依然站在门口。她的长发依然飘在风中。

那个上午，我走的是小路，匆匆忙忙地赶回了巢穴，可能是害怕她看见我猥琐的样子。我第一次这么在意一个女人，我的傲慢在她面前变得寡淡。

我已经好久没有洗澡换干净的衣服了。很长一段时间里，我的心都是封闭的。我就像是个患有自闭症的孩子，我活在自己的世界里，我的屋内凌乱不堪，衣服没有洗，袜子丢在床头柜台上，散发出恶心的臭味。我渴望阳光，又不敢站在阳光下。我害怕刺眼。

我租住的地方只有一个公共的洗澡间，一个淋浴喷头挂在半空上，冷天没有热水。我害怕冷，冬天里几乎不洗澡。

不知道为什么？见到安金莲后，我发现自己像是变了一个人。一些恶习瞬间改良了。我打开喷头，咬咬牙，将赤裸的身体置身于冰冷的水中冲刷。冷水像刀刃切割着皮肤，我紧紧地闭着眼睛体会着那种濒临绝境的刺激。不觉中，冰水慢慢有了温度。冲洗完澡刮好胡子，给自己找了件像样的衣服出了门。

我在酒馆的角落刚坐下，一个熟悉的身影从门口晃了进来。是赵四角。赵四角怎么会来酒馆呢？我觉得自己有点可笑，我能来赵四角为什么不能来呢？应该说，赵四角去的地方，我是不会去的。我起身，打算趁赵四角不注意时悄悄地溜走。刚站起来，安金莲像一阵风吹到了我的面前。对了，我上次的喝酒钱还没有结账呢？自行车也没来得及取走。

我感觉全身上下很不自在。有种怪异的感觉。我不知道自己为什么这么讨厌赵四角，还是赵四角给我心理上造成了障碍。

男人的直觉告诉我，安金莲和赵四角之间有层特别的关系。到底是什么关系呢？我一时也说不上来。

我发现那些日子，赵四角的脸色很不好看。一副失魂落魄的样子，成天拿着手机在办公室玩游戏，声音特别大。我喜欢他的这种状态，他在玩游戏时会忘记我。不会用正眼看我，也不再挖苦我。

我不敢叫醒他，害怕他醒来时会毒害我的生活。

我对安金莲有过幻想和渴望，线条十分诱惑。对安金莲的身体，我极具好奇，我想一定是美不胜收。

　　我再也不去安金莲的小酒馆了。我和她之间像是有道沟壑，一些说不清道不明的东西，像只蚂蚁在体内缓慢爬行。

　　比起安宁的生活来，女人也不能算什么？何况凭我的能力，我是驾驭不了安金莲这样的女人的，除非她喝醉酒了，不，即便是喝醉了也不一定能得逞，就算是得逞了，后续的问题还是解决不了。想到这，我再也不后悔自己的选择。我和安金莲中间隔着一道海岸，那是一道不着边际的禁区。

　　没有了安金莲的酒，我的生活就像一片干枯的沙漠，变得不见半点生机。耳朵成天起哄，各种声音朝着耳膜袭击。

　　我开始不安分起来，对那份干了三年的锅炉工作，变得很不满意。不知道从什么时候开始，我发现锅炉在与我对抗，不停地挑起事端，火的温度变得极不稳定，有时会趁我不备，烧伤我的手臂，疼痛得炸裂。记得刚进厂时，每月五百块钱的工资高兴得几晚没合拢眼，现在涨到了一千零九十元。通宵加班还能每晚增加十五元。这可不是笔小数目，章百年在村子里教书，一年到头的工资也就六百元。

　　那几年，我除了正常的伙食费外，积淀下来的钱都给家里寄回去。我刚给家里寄钱时，章百年很羡慕我。常年日久，这笔钱可在村里盖几间砖瓦房。我们村那时全是泥巴房，茅草房，还未见着砖瓦房。章百年可没打这个主意，寄回去的钱分毫都没有做它用。全部积淀起来，说是打算留给我娶妻生子。

　　我的身体越来越糟糕，几个痛点，折腾得晚上睡不着。很多时候感觉有人影，在某处位置偷窥。凌晨两三点就会惊醒，翻来覆去怎么也睡不着。

　　那天下午，我到厂房后门的小山坡散步，这是我常去的一个地方。久了，这里长的草和树都和我成了朋友。我发现自己的内心有点儿乱，像悬空在云端不着地。草会调戏我，和我开玩笑。弄得我很害羞，但我清楚，我的心思草是不会往外说的。

　　我头朝着树的深处，树下是一条狭窄的小道，一只东西忽地从林子里飞出来，那是一只成年的白鸟，全身洁白得像陶瓷，它带着山野里的那种新鲜和刺激，像一道白光划过我全部的空寂。

　　我看见了那张脸。我的眼睛僵硬地看着她，我猜测那只鸟是从她的手上飞起来的。我深沉地望着她，听着她的呼吸。

那个黄昏，我充满了恐惧和快乐，我一直呼哧呼哧地喘气，希望赶在太阳落山以前回去。

接下来的半月，我确定了现状。不再由着自己的内心生长，我不停地挣扎，不是要挣扎成别人，而是想挣扎成另外一个自己。我想象着自己的生活，被围困于敌人中，我深刻地爱着自己，不敢有半点冒险。

我极力地躲避着她，就像当初躲着赵四角。我不愿意和一个善良而纯白的女人有任何的关联，更不愿去破坏她的家庭，即便是深爱，我都愿意放手。我知道，这种撕扯和解构对自己来说特别地疼痛，但我还是不希望那颗种子长大。我故意克制着自己，计划着一个不告而别的逃离。但我的念头仅此是一瞬间，人都是自私的，我也毫不例外。

一个周五的下午，我在返回出租屋的路上，远远地看见安金莲和赵四角在路旁吵架。我没有听到吵架的内容，但我敢肯定，安金莲和这个男人之间的关系。赵四角看着我，目光很平静。安金莲看我的时候，我回避过她的眼神。这是我回家的必经之路，我小心翼翼地走过这条路时，感觉我们仨都很陌生。

我开始思考着一些问题，回忆和安金莲的往来的片段。我的自行车还在她那，除了那辆自行车我们之间没有任何关联。

我的房主是个六十来岁的男人，长脸，个头不高，偏瘦，脸色有些发黄，夜半里他来敲门，问我是否还住，说着房价还可以便宜之类的话。

"我没有说不住啊！"我说。这个晚上我回来得较晚，敞开房门伏在出租屋的桌子上写日记。深夜，我经常会听见屋外有来回的脚步声。那声音不像是声音，而像是印在我的耳朵里。后来我知道他眼下没有女人，好像是与第一任妻子离婚了，留下了一个儿子，儿子在读技校。现在和一个女人结了婚，但名存实亡，那个女人不在这座城市，一年难见上一面。他大概是害怕我搬走了，院子越来越冷寂。我还是感觉有点奇怪，在这里住了三年，也不见他问过话。

"你好！"是一个熟悉的女人的声音。

"请问你找谁？"是房东的声音。

"缸穷住在这吧？"缸穷是我的名字。

有些时候我真的有点费解，我父亲的名字叫章百年，我弟弟的名字叫章小年，怎么没有把我的名字取作章大年。而是取了这个叫来拗口的"缸穷"。

"你是什么人？"房东问。

"朋友。"

有这么晚找朋友的吗？真是阴魂不散，居然找上门来了。

她穿着黑色的连裤袜。小小的臀部，圆圆的，看上去像个十七八岁的少女。

"找我有事吗？"我问。

她走了进来。屋内太乱了。两床被子卷在床上，床头柜上放着刚脱下的臭袜，椅子上搭着裤子，垃圾桶边还有几张餐巾纸。

季节是好的。善良的上帝告诉了她我的住处，就算是我隐瞒也隐瞒不过上帝的眼睛。她的出现，就像是一场雪，下在了季节中的一个隆重节日，将所有现实的、纷乱的、急躁的东西全部给柔软了下来。

我将门轻轻地带上，走过去，揽住她的肩膀，没有一丝一毫的迟疑——不是这一天，而似乎一辈子我都在期待这样一刻——事实上，她比我更加激烈，舌尖死死缠绕住我，手臂抱住我，她以让我吃惊的动作迎接我。这一天就像是世界末日一样。

"今天是你的生日。"她认真地说。

"你侵犯我的隐私？"我说。我的生日只有我母亲知道，我不知道她是怎么得来的。

她沉默了。

我是个喜欢独立的人，时常会将自己独立起来。可是，当我发起脾气来，就像一个活得很不开心的孩子。

"十二点以前，还可以吃到夜宵。"我说。

屋子里实在没啥好招待的，我得换个环境，要不然房东会站在门口。他闻着女人的气味就兴奋，像喝醉酒一般不由自主。

那个晚上，我们坐在一个夜宵摊的小桌子前，开始用心地聊天。聊着一些过去，一些鸡毛蒜皮的小事，聊到自己的喜好，喝着台湾来的烈酒，喝得高兴时，她吹着口琴，我还当场为她作诗。

在这期间我找过一回赵四角，打一个工资证明。我去找他时，表现得不冷不热。他急着朝外走，让我过些时间再来。我追赶着，想他停下来。他跺着脚跟说，"缸穷啊，叫我怎么说你呢？"我这才知道，赵四角老早就读过我的诗，他不喜写诗的人，认为那是附庸风雅，卖弄风骚，不实在的玩意。我理解了赵四角的高冷，令人生厌的高冷。

我再去找他时，没有见着人，给他打电话无人接听。我知道安金莲和他有关系，但我不知道安金莲是他妻子。准确地说，安金莲是他的前妻，安金莲给他戴过绿帽子。

安金莲刚来时和赵四角生活在一块，都在这个厂里上班。因为安金莲长得好看，厂长想发挥她的作用，有饭局就让她去作陪。安金莲明白这是厂长看得起自己，不好推辞。赵四角的车间主任就是这么来的，这个岗位不仅轻松，待遇是之前的两倍还多。厂里的业务与销售是鱼水关系，厂里经常会请销售老板吃饭。那次吃饭，厂长让安金莲坐在老板旁边，天庭饱满面色红润的老板见有位美女相伴，情绪高涨，连连碰杯，大谈企业销售经，谈企业和人文的关系。

安金莲见老板被酒精烧得红里透紫的时候，老板总是用腿有意无意地碰她的腿，手与她的手黏得很近。安金莲是一位高冷的女人，很少见有笑意。她敬老板的酒，也是在厂长的催促下逢场作戏。在喝得极度高潮的时候，安金莲问了老板一个问题，平常你喝的是不是水多？喝得两眼通红的老板，啊，啊，我平常喝的就是水。老板又借机聊起了他的家乡，说那是个山水都好的地方，山水好的地方出美人，女人水灵灵的，能掐出水来。满桌子人都跟着起哄，说有机会去他的家乡看看妹子。老板喝得再多，脑子里是清醒的，在酒喝得混乱的一刻，趁机用肥腻的手抓住了安金莲的一只细滑的手，安金莲感觉胃部一阵阵恶心，她想挣扎开老板的手，老板越攥越紧，手劲越来越大，怎么也抽不开，拉近安金莲，朝着她的脸吹了口酒气说，我们公司的订单全给你。厂长见老板有些神魂颠倒，站起来端起酒杯说，"来，为兄弟刚才的话，我们干杯。"安金莲感觉耳朵嗡嗡作响，再也无法控制翻滚的胃，"安金莲这杯你必须得喝下去。"安金莲已经听不见厂长在说什么，老板端起她的酒杯，把酒送到了嘴唇边。安金莲紧咬着牙齿，可酒还是从牙缝里灌了进来，她推开酒杯站起来，打算离开座位去卫生间吐，但被老板的大手给攥住了，攥得生痛。她感觉那刻，头脑里高速运转，一股酸味朝着咽喉处冲，她感觉马上就要吐出来了，左边是厂长，右边是老板，前面是餐桌，不能吐在餐桌上，也不能吐在厂长身上，可老板攥着她不放，"哇"的一声，带着酸臭味的污物朝着老板白色的中式对襟上衣喷去。还好，没有吐到老板的脸上，老板被这一吐有些措手不及，松开了安金莲的手，安金莲转头朝着卫生间冲去。

安金莲吐了酒在老板身上，老板并没有责怪她。本来她是负责出纳的，结果厂里给了她两万块钱提成。不过她成了与老板对接的业务经理，老板会经常给她打电话，她也借机向老板道歉，老板哈哈地笑着，说不在意这点小事。

那天下午，安金莲接到厂长的电话，说厂里来了个大客户，要她过去陪。

想起酒安金莲的头皮就发麻，她讨厌这些应酬，不过她想起自己的家境，便想着急需赚钱，当初和赵四角结婚，也是因为钱，她母亲重病，急需要八百块钱救命，是一面之缘的赵四角帮她解了燃眉之急。八百块钱可是他一年半的工资，安金莲是感恩于他才和他结婚的。现在有了赚钱的机会，她当然不会放过。

　　这个客户是上市公司的董事长，安金莲早有耳闻，听说拿下这个客户，厂里的产品可稳操胜算了。安金莲走进厂长办公室的时候，一个肥大的男人靠在办公椅子上，挺着大肚子，系着衣服的扣子像要崩开了，鱼鼓眼向外鼓着，两只肥手不停地拢着那头稀疏的染发。董事长说话的时候，喉咙里像是掐着根鱼刺，发出奇怪的呼噜声，还有气不够的呼哧。安金莲给他倒水，介绍着厂里的产品。安金莲和董事长聊了半天，两个人还算投缘，话题没有重复的话。董事长问安金莲是从哪来的？有没有追求她的男人？安金莲说，我是从农村来的。那天，安金莲没有一点征兆。中午，厂长请饭还是她作陪，没有大肆喝酒，她感觉鱼丸的味道很好，带着鱼肉天然的鲜美，汤汁浓淡也恰到好处。董事长让她试过一口，亲耳听见她的称赞。

　　接下来的好些天，安金莲都在围着这个董事长转，厂长和她说这单下来，她至少得拿到十万元的提成。一个女人，面对这个庞大的诱惑，为了赚钱，不得不适应。她轻声地念出她最喜欢的那些经典诗作：黑夜给了我黑色的眼睛，我却用它翻白眼。俗话说得好，男人不花心，除非来月经；女人不能骚，档次不够高。糟就糟在这里，人世间，一切的东西都是被金钱腐朽的。一些爱恨罪恶，在这个时候会坠落得很深。

　　最后一抹余晖落下来，掉在安金莲白色的脸庞上。像是涂上了一层釉彩，她低头踩着细碎的步子，把落在肩头的光线一块块抖下去。

　　我不在意安金莲的过去，无论她发生过什么。我喝得有些醉意的时候，在黑暗中跟着安金莲，来到了一栋屋子前，这屋舍和其他屋子结构差不多，但显得更大一些，而且是独立的洋楼，地上有些潮湿，好久没有人来过。

　　我胆怯地站在门口，有些儿紧张。但内心就像是埋在地下滚烫的岩浆，那股炽热在熊熊燃烧着。穿过低矮的门廊进屋，空气里充满着木柴的烟味。气味里没有火药，很是友好。安金莲似乎是心事重重，扑上来紧紧地抱着我。我有些渴望，又有点抵触。渴望和抵触是内心的矛盾，她仰着脖子不停地搜寻我的嘴唇。

　　我闭着眼睛，感觉脑海里一片漆黑。我和她在起居的地板上做爱了。我看见她的胴体线条明快，自有一番完美之处。尽管在整个过程中，我有些贪婪，高潮之后我立即就昏睡失去了知觉，身体就像被掏空了一样。

醒来时，她还闭着眼睛，身体压着我的腿。她的丝袜和内裤皱成一团，丢在一旁的地板上。我体会到一阵深切的满足感，而且这种感觉一直没有消失。

安金莲是一个故事，也是我看到的时光。我是这个时候开始写小说的，我的理想不是诗人，而是小说家，这点赵四角是不会知道的。我想把安金莲的故事写出来，为了留住思维在故事里，我成天拿着一张白纸画着故事的边迹。

"我得走了。"我说。

一会儿工夫，她穿着整齐地送我到门口。

我本想写首诗向安金莲求爱的，想起赵四角就没有了诗意。自这之后，我像是变了一个人，抛弃了邋遢的习惯。

我开始失眠，躺在床上，无法睡去。或者刚刚想要睡着，又猛然惊醒，时常被一种不能细致分清的东西包围着。夜半爬起来读卡夫卡的小说，那些情节把我逼在一个死角，朝着我噼里啪啦地开枪。所幸我还是活着，还能够飞来飞去。

我发现赵四角的好景不长了，安金莲有彻底背离他的意愿。对于一个男人来说，是竹篮打水一场空。他还想与安金莲有修复的可能，安金莲彻底死心了，她想重新拾起属于自己的生活。赵四角和安金莲的婚姻真的很乏力，从赵四角的外部看还是挺狠的，他没读过什么书，脑子不太好使，智斗不过别人。安金莲最伤心的地方在这，她离开也有充分的理由，和赵四角在一起的日子不短了，她用身体把该还的还清了。在她身上出现了一种光芒，这种光芒是遮挡不住的。如果硬要把赵四角和安金莲放在一起欣赏，会让人大跌眼镜。当初她没有思考过未来的日子，只是觉得那时急需要有个男人。只要那个男人不恶不坏就可以了，别的她都可以忍受的。

那段时间，我隔绝一切的外界往来，我只停留在我的世界里。我有过暗自拷问，想着自己还是个青年，怎么会无故爱上一个经验十足的女人呢。她以这样的方式爱我，我也不会把她娶回家。我得冷静下来慢慢思考，一些东西是不是会和秋天一样，气候到了，就会瓜熟蒂落。可我母亲是个死板的人，她的眼里有她的传统，她是不轻易打破这个传统的。即便是她会同意，章百年也不会同意的。他虽然是个乡村老师，可他的教育模式一直陈旧，祖训是他持家的教鞭，是不允许我们闯关的。我知道章百年的脾气。在我还不能完全做主之前，我只能顺从章百年，听取他的指导意见。现在想来，长辈的建议不是与时俱进的，他们自己所经历的曲折，中间的坎坷，是谁也体会不到的。

我对章百年的观念自然不满，我认为真理是生命体验出来的，而且时刻在发生着变化。反着来说，我不能怪章百年，我对他的成见不是建立在沟通上，我是被他的神态逼进死胡同的。遇上他的眼神，我就无处可逃。

不过章百年的秘密我也是了如指掌。我有偷窥隐私的恶癖，他邮寄的信我几乎每封必读。我拆信有套高明的技术，根本用肉眼辨别不出来。感谢上帝，我的恶癖章百年从来没有发现过。我知道章百年的很多意图，比如计划供章小年上大学，他大概意料到章小年是块好材料，必定会取得好成果。

"讨债的，不得好死。"章百年骂人时，不像是个老师。什么臭话、狠话、毒话都骂得出来。鼻梁都会被他骂歪。

愤怒是可以理解的，那是谁都无法接受的痛苦。对于不理解的人来说，那是何等的无奈和无聊。不过对于我们这些孩子来说，任何咒骂都是习惯，我们不会在意他的任何表情。可是，我不再是个孩子了，我发现我的身高与胆量一点都没有长进。我害怕见着他的愤怒，那将会伤到很多人。尤其是我母亲，母亲见不得他辱骂孩子。

我得小心翼翼地和章百年说话，不敢大声，说话时得观察他的脸色。他的脸就像天上的云朵，随时会发生变化。

我和安金莲有许多许多的时刻渗透着这样或是那样的热度，她的一个小小抬眼都会让我刻骨铭心。或许那时我过于单纯，幻想得太过于饱满，忽略了很多现实的考量。我的身体对这件事很认真，不只是精神上的认真。

我的小说还在继续。对小说的执念，就是人生最大的理想。比一份别人看来光辉的工资要亮得多。但是在小说的某一角，一个三十来岁的女人，当着父亲的面跳下了高楼。她爱上了一个比自己小十多岁的小男孩，因幻想过于遥远，她只好选择将一个绝望的青春掩埋。

第二章　安金莲的纯白

　　我再见到安金莲时，她在厂房门口的树荫下等我。一个影子立在树兜处，问我是否可以捎她一程。地上到处潮湿，有些地方长着苔藓。她坐在我的自行车后座，摇摇晃晃的。她的手紧紧地揽在我的腰上，我们朝着那条不知道重复过多少来回的路上奔跑，像是要去一个终极的地方。

　　我的生活其实是简单的。我长期处于一种梦幻的状态，我希望她能叫醒我，使我能够看得见自己的角色。其实，这并不难，万事都得细心。在细小处，才能嗅到灵动。

　　某日，我们相约在一条小巷里，这条小巷的哀伤的支脉并不与别处相连，这是我们两个人独自的伤感地。与别人无关，与时代无关，与天气和健康都无关。她说，比起我的人，更喜欢我的故事。那些故事虽然伤痕累累，但有自己活着的姿态。

　　当时我读不太懂她话里的意思，至今也没有明白过来。想想，她是个自由的女人，不考虑后果在做一件震惊世界的大事情。我不知道她要做什么？

　　很多时候，我能从她的眼神、手势、气息上感觉得到某种契约。我以为这是上天谋划的，有些相遇就得在阳光下，有些一定得是大雪纷飞的冬天。小酒馆成了我内心的系马桩，很多个夜晚我是在那里度过的。即便是到了打烊的时间，还眷恋着不愿离开。我开始忌讳赵四角，不是那个老板和董事长，那时他已经消失了好长一段时间，接替他工作的是一名副主任，也是湖北人，他叫徐四喜。他们俩的名字很接近，我开始以为是兄弟。徐四喜说，赵四角与他隔着一座城市。问过后，其实彼此互不相干，他们之间没有半点关联。这哥们与赵四角不同，虽然身材魁梧，长得厚实，可仗义，心肠善良。这是徐四喜留给我的印象，我以为徐四喜就是个这样的人。

天将黑的时候，徐四喜来找我，说下班请我去小酒馆喝酒。他好酒我是知道的，见他诚恳的样子不好拒绝。可我穿着的一件被油渍玷污了的衣服，只好摇头，我不想被安金莲看见我邋遢的样子。实际上，这才是我的原形，我平常就是个这样子的人。我是个最底层的小人物，内心无比地自卑，很难重新树立信心。我和安金莲见面时，会精心地做一番修整，会装出一副模样来。

徐四喜当然不会这么想，他的骨头里像是长着刺。总要把一个完整的东西，弄得血肉模糊才叫好。他的思想看起来深邃而复杂，抽着烟，露出诡秘的笑。他不喜欢装扮自己，粗糙，简朴。我猜不懂他的想法，他大概知道我的内心，强行把我的上衣剥了下来，给自己换上，把那整洁得大出很多的衣服套在我身上，恐怕我再也找不出拒绝的理由来。

走到半路，我们心照不宣地改变了主意。也许是徐四喜碍于面子的原因，我们去了一个叫北四路烧烤肉的地方，餐厅在天桥二楼，厅里的人很满，我们站在人群的后面排队。徐四喜指着对面的酒楼问我，门牌上写着什么？我的眼睛有点近视，这么远的距离自然看不清楚。他说之前这里是块空地，后来盖起了酒楼，可惜的是连停车的地方都没有了，到处拥堵得水泄不通。瞎操心个尿，我心想，这也是我喜欢徐四喜的地方，他就像只画眉，有事没事时总会叫几声，声音好听，但传播不了几米就被淹没了。

终于轮到了我们。桌子在最里边，旁边有个厕所。没有了别的空位，徐四喜说，要么换个地方吧！去哪呢？我们刚起身，就被人占用了，一个年轻的男孩和一个姑娘，我们彼此苦笑着。服务员走了过来说，你们还得等等，等那一桌吃完了才轮到你们。忘记在这里吃饭是先买单的，我们无奈地看着彼此。我背靠着厕所旁边的墙角，徐四喜站在过道中间，不时转换着身体，让来往的客人借过。

我们羡慕着那对男女，不过这回还算是满意。

我给自己斟酒，失神时漫出了酒杯。

刚坐下，徐四喜开口说的话题就是死亡。"在消极的时候，我有过去死的念头。"徐四喜说。说这话时，他神情恍惚，脸色黄白，瞳孔迷乱无助，怜悯又绝望。

"是跳楼？还是吃鼠药？"我问。

他和我一样，徐四喜之前也是车间的锅炉工。受到过打压，凌辱。在他生活失去颜色的时候，遇到过一个女人，是那个女人让他重新认识了生活。

"跳楼和喝鼠药都不是好的选择。"徐四喜说。

"那溺水呢？"我问。我不确定溺水，能否在短时间内死亡。我亲眼见过一个跳河的姑娘，掉在水里冒着气泡，呛了几口水后不停地呼救，但没有人能把她救上来。

徐四喜端起酒杯，喝了一杯。"你喜欢哪种死法呢？"他半开玩笑，半认真地问我。

"我喜欢死得利索，一点也不拖泥带水。"我认真地说。我害怕痛苦，牙痛都受不了。

徐四喜喝得太多了。他说，这狗日的世界没有他的安身处。嘴里唠叨着那个女人，还有孩子，可她们与自己没有关系了。他的女人和他生有一女儿，女人走了，女儿也跟着走了。

"去哪了呢？"我问。

"刚刚遇见的时候，给过我理想。"他低着头，搓揉着额头，"现在想想就悲哀，没有女人更省心，更自由。"

我刚到工厂的时候就觉得好奇，像他这么壮实的男人怎么会连妻儿都守不住。那女人又不是潘金莲，要是潘金莲就得学武松。屠了她不就一了百了。

徐四喜不是没有脾气，发牢骚的时候，是地动山摇的。

"散了，散了，好聚好散得了。给她一条活路。"徐四喜说这话时，一副庄严、清灵、情怀的模样。

"为什么呀？"我问。

"这不能怪她。"

徐四喜说，真正的爱情是因为想念，他时常会想起和那个女人道别时的情形。那时心思是单纯的，心里装着的只有百般地呵护和细微地笑。

他仔细地回忆起那个夜晚，那是他第一次和女人约会，那是一场话剧，他不喜欢话剧，所有人物现场表演的他都不喜欢，在他小时候，村里会上演一场接一场的大戏，他厌烦了。大戏能和话剧一样吗？舞台上肢体碰撞着火花，弥漫在剧场内。看完后商量着一起喝酒，酒精发作的时候，女人用她那肌肉线条完美的手臂和大腿紧紧地缠住了他。"拜托，大家都是成年人。"那个夜晚，街道上星星点点。万没有想到的是，一个月后女人怀孕了。

在正式见面前，他并不知道她会是个什么样子的女人，在这座城市性爱游戏也不算是什么罕见的事情，有很多人像吸毒般把自己活活折磨而死。但女人不是那种折磨人的人，"她说有了我的孩子，要和我结婚。"这对于徐四喜来说，不算是大喜吗？天上掉下个媳妇，还给自己生个娃。他本来是只能喝半斤酒的，发现酒量长进了不是，一斤是没有问题的。

"你确定那是你的孩子？"

他点着头，孩子生下来后，在医院做过鉴定。

我感觉很离谱。离谱就是不切实际，不接近真理。"你要负什么责任吗？"

"没有，孩子生下来就带走了。"

我有几种猜疑，但都是正常人能想到的。徐四喜都不认可，说我的思维正常，我不会往坏处想的。女人生孩子的真正目的，是用骨髓拯救另外一个人。

这点的确让我倍感意外。

"你会同意吗？"我问。

"当然会同意。"他说，女人的决定他从来都不反对的。

"你还在写小说吗？"徐四喜问我。徐四喜问我的时候，抖动着耳朵，耳背上像有条暗流，在不停地此起彼伏。

"写是写，写到最后却烂了尾。"我说。笔下的杀人事件，我停留在三分之二的地方。

"还有什么新的计划吗？"

"如果可以，把你和她的爱情写下来，可以吗？"我已经从他的眉宇间感觉到了计划的成功性。虽然我还是有些担心，上句话刚过，下句话就会有巨浪冲来。最终可能性就只属于零，见不着半点痕迹。

"很好啊，不过你得取个好标题。"

他笑了，很快就收敛了笑容。碗筷叮咚地碰着响，像是女人折叠的星空。我还没有见过这样明亮的星图。

"那真是一个神魂颠倒的夜。"徐四喜眯着眼缝说。他说，现在想来，只是命运为他开的绿灯。

"你知道她哪去了吗？"我问。

"前段时间，我还在电视上看到一则新闻，结果又发现不是她。"徐四喜说。

"嗯，也许她还会回来的。"我说。

"为什么呢？"

"本能吧。"

我不再继续这个话题，徐四喜却滔滔不绝，话题没有打算停下来。

必须得承认，女人给徐四喜带来了麻烦。那是个特别寒冷的冬天。徐四喜从工厂下班回出租屋的途中，凭空被一群警察围堵。他拼命地跑，后面的人穷追不舍。最终还是没有逃脱，被几个肥汉扑倒。头撞在沙石路面上，鲜血直流，紧接着胳膊剧烈地疼痛。容不得他做丝毫解释，就戴上了白哧哧的手铐。

我们四目相对。我说，"没和你做任何说明？"

"有没有犯罪心里清楚，警察似乎是确定我的罪行。"

"会不会是抓错了人？"

他是抢劫罪入狱的。没有辩护律师，就连女人都不知情。站在寒冷和黑暗里，他一次次地回忆，是不是遗漏了哪个部分。他甚至怀疑自己会有过一场梦幻的抢劫，可他想着的时候内心生冷。

他出来的时候，女人改嫁了。在监狱里的那几年，村子里的人都以为他死了。让他万分意外的是，女人找回了他的村子，在村子里带着孩子艰难生活，不再有往日的风韵了。他父母见女人可怜，将女人嫁给了村子里一个憨憨的男人再生了一个女儿。那个憨厚的男人是他二叔，五十岁未娶妻的处男。

那是个夏天的夜晚，村子里蚊虫乱飞。在他的心里还积淀着一种自我满足的情节，在他最孤独的时候会给自己带来快意。那个漂亮得如仙人一般的女子，白生生水灵灵的瓜子脸，时常在他的脑海中来回跑动。

女人垂着头。"问他这些年去了哪？"她的头发白了一半，就连耳孔也已覆没了。见面时吵得很凶，叫嚷声不断拔高。那种熟稔的陌生，如牛皮裹刀。隔膜而又似是而非。这是一次漫长的出走，整整五年，她那耳孔是他用钢针戳穿的，答应他回来时给她买对金耳环，让她风光风光。

二叔耳朵聋，不知道他们在说什么。一副严肃的表情，看着徐四喜，不时露出点笑意。后来他才明白，女人来村子里寻亲时，他母亲以为是来了妖姬，害怕把她留在家里，就赶到他二叔家去，他二叔说啥也就一个人，结果夜半把她摁住强奸了。

怪谁呢？他真的连杀人的心都有了。要不是他二叔，不论换作是谁，他都会大开杀戒。他二叔可是个聋子，一辈子没碰过女人，送上门的，他能不要吗？看着傻子般的二叔，他有点糊涂了，二叔会是这样的人吗？但是他弄不明白，女人为什么不逃跑呢？

对了，她还有个孩子呢？那份艰难，晒着阳光是不能体会的。女人曾经割破过自己的手腕，居然是那个孩子用茶树帮她堵住的口子，这才活了下来。当时徐四喜是义愤填膺，觉得刀子不对，要是死了更好。

经历牢狱之灾和思念的折磨，他瘦得像只猴子。脸上的骨头凸得像座小山，眼睛深陷到了井底。遭遇的伤害和屈辱，把他也换成了另外一个人。

"我以为你死了呢？怎么还活着。"女人说。不像是以前的声音，以前的声音是细腻的，没有这么粗糙，不受节制。

他的耳朵里像是有个巨大的东西在撞击。"就当我死了吧！"徐四喜用冰凉而哆嗦的话回应着女人。

"妈，他是谁？"是一个女孩的声音。

徐四喜吓得后退两步，他生怕被那个孩子看见。

"你不认识的。"女人说。他当然不认识，他甚至都不知道有这个孩子，要不是帮孩子寻找爸爸，女人不会来到这里，现在呢？他见着孩子也不敢站出来相认。女人已是二叔的妻子，孩子就是二叔的女儿，这是怎样的一种罪过，他已无法想象得出来。

女人已经习惯了和二叔生活的日子。家里打扫得干干净净，二叔的穿着也整洁。灶台上放着一个大锅，半锅水上漂浮着半边猪肉。村子里的老习惯，都是下半年吃猪头。

再过几年光阴覆盖了一些过往，又新生了一些新芽。世界如此连续，繁华和苍凉，悲哀与愉悦都是人间的情绪。苦难与荣光对他来说都是一样的，他已习惯了那种甘苦的日子。

徐四喜拿起酒瓶，酒瓶已空。徐四喜说，我操他妈的，那是个天大的冤案，我没有抢劫，估计是警察抓错了人，或者被当作替罪羊了。

"你没想过翻案吗？"我问。

"那是铁板子钉钉的事，我现在还是被管控的，公安随时会传唤的，要不是乖乖的，恐怕还会弄进去蹲几年。"徐四喜说。

"世道真有这么黑吗？"我说。实际上世界从来都没有黑过，只是光亮没有被肉眼发现。

"世道并不黑，黑的是一些人。"徐四喜认真地说。"我们太穷了，有钱人，是可以洗清冤屈的。我们没有钱，连酒钱都付不起。"说着哈哈地大笑起来。

我也跟着哈哈大笑起来。"服务员，拿箱酒来。"我吆喝着。

"别。"徐四喜摁住了我的手。"兄弟真的不能喝了。"

"我请你喝，别担心，酒钱还是有的。"我认真地说。

"我知道你够义气，少喝点吧。"徐四喜认真地说。

徐四喜知道我不会喝酒，不会喝酒的人，多喝对身体是没好处的。

我有点蒙，徐四喜面对酒，从来没有保持过清醒，每次都是喝得烂醉如泥才肯罢手。这次让我出乎意料，真伪难辨出来。

"真不喝了？"我问。

我们的内心都有些失落，徐四喜的酒量本身比我大。尽管酒精不停地冲击着脑袋，心里还是保持着足够的清醒。耳旁的声音叽叽喳喳，心中有种冷笑而过。

自从有了这次经历，徐四喜就像是变了个人。对任何东西都看得清淡，干活提不起精神，喝酒没有味道，我算是他的朋友。

晚上十一点钟，小酒馆里几乎无人了。一名服务员过来，客气地说，差不多到打烊的时间了，我微笑着回应。见她脸上露出真诚的微笑，我们才起身离开。

我都忘记是谁付的酒钱，或者说根本没有付钱。

"还有冤死的呢？兄弟，我算命大的。"徐四喜的脸色越来越严肃。从他的表情上，不见半点委屈。我知道他坐牢的经历，是因何事坐牢却不得而知。

我觉得事情有点不可思议，我要是律师一定去查查他的案卷，总感觉里面的事情不像他说得那么简单。我坚持让徐四喜去上访，现在国家法律越来越健全，绝不会冤枉一个好人的。徐四喜摇着头说，"兄弟，都已过去了，认栽了。"

走出酒馆，我们歪着脑袋，相互搂着脖子在街上瞎逛。风从指缝间直灌进衣服内，凉飕飕地不觉得冷。徐四喜很兴奋，说这种醉酒飘飘的感觉非常好，世界像是我们两个的，走着唱着，突然话题又扯起那个女人，他又泪流满面，哭得像个孩子。

第二天凌晨，天刚蒙蒙亮，安金莲突然来找我。那时我还在酒的麻醉中，安金莲一遍遍地敲着门。我听得出她的敲门声，掀起被窝爬起来，搓揉着眼睛，打开房门，一股狂浪粗糙的冷风呼啸而来。"你得离开这里。"安金莲的声音急促得比蜜蜂还小，像是一场惊天的地震来临。我顿时睡意全无，她有些慌乱地说，"你得现在就走"。她从裤兜里掏出一张纸条和一沓现金给我。我不知道发生了什么事情，但还是有些害怕。我怕摊上徐四喜那样的冤案，要是那样的话我这辈子都无法面见章百年。我在台州待了三年，好不容易习惯了这里的日子。

最主要的是，除了会烧锅炉我再不会干别的事情。去哪呢？我迟钝了一会，大脑里一片空白，我还没有醒过来。

我卷起衣服，如箭一般蹿进夜色里。安金莲看着我这支箭射出去，落在黑魆魆的茅草丛中。

到处是一片清冷。我没有听从安金莲的话立即离开，而是悄悄地蜷缩在街旁的树蔸下，可惜身上没有烟，要不然肯定会点燃一支。我不喜欢抽烟，但遇上紧张的事烟会缓解疲劳。我父亲章百年抽了一辈子的烟，抽得多的时候一天三包。我缓过神情的时候，看见巷子里闪烁着灯光，还有尖叫声，一阵慌乱后，两个穿着黑色衣服的男人，动作极快地将一个女人押上了警车。她是安金莲？我的心里怦怦地作响。我没有犯罪，怕什么呢？我想冲上去，把安金莲从警察手里夺回来。脚弯处越发麻木得厉害，像是被子弹打中了腿，手指撑着地面用力，整个人翻滚在地，半晌不得动弹，仍由树上惊落的叶子盖着脸。我的咽喉里像掐着鱼刺，发出啧啧的声音，一阵风吹过，什么话都没有喊出来。

我顺着黑溜溜的街道，一直朝前无拘无束地奔跑。我感觉身后有一只大手，像皮弹弓般朝我这边射来。只要稍作停留，就可以被抓回来。

我坐上了一辆大巴，一个人逃到了广州的白云区。走出广州火车站，我再也站不稳了。倒在一棵棕树下，从早上一直睡到下午。醒来时，几个乞丐围在我身边，他们各自忙着些事情，没有惊扰我的清梦。

我爬起来，从裤兜里找出安金莲给我写的纸条，这是个陌生的地址。一个人神情恍惚地坐上了出租车，找到了安金莲纸条上的地方。七拐八拐的一条小巷，像是在梦里见过。给我开门的是个年轻的姑娘，见着我像是熟悉过的，伸过手来给我提包，然后指着门边的鞋架子说，"拖鞋在那，适合脚的都可以穿。"正说着，屋内又走出一个大姐来。身材有点肥胖，和我打了个招呼，示意我进屋里来。厅不大，但整洁干净。一张不长的沙发靠在门边，屁股刚粘着沙发，大姐就端着热茶过来。我还没有自我介绍说，我还未开口，大姐好像知道我要说什么。"你是安金莲介绍来的吧！"我一听从头警惕起来，安金莲介绍我来这干什么呢？我没有问。"不着急，来这先熟悉环境。广州这边的工资可高啦，是你在台州的几倍数。"我点着头。我相信安金莲，她把我推到这个地方来必定有她的用意。

我的兴趣完全是来自屋内的两个女人，那两日她们对我的伺候很贴切。这种伺候我只在电视上见过，女人的伺候让我迷失了方向。我对她感兴趣，但知道好景不长。很显然，一个陌生女人不会无故对一个陌生男人好。这种目的性像棵小树苗，生长得特别快。一个深黑的凌晨，我还在做着美梦。给我开门的那个姑娘悄悄地推开了我的房门，坐在我的床沿上，用她那柔软的手抚摸着我的眼皮，我被吓得惊醒过来，看着她那亮得像狼的眼睛。"我给你找了份工作，待遇还不错。"她笑着说。神色间我感觉她的嘴角处，不太像是正常的微笑。"快点起来。"真的还早着呢？还没有半点天亮的意思。我知道还是下半夜，我是不喜欢起早床的，看来赖床是没招的。她的指甲特别长，不起来就在身上掐，抵抗不住，只好作罢。我和她东拐西拐跑了几条小巷，巷子又旧又小，从底部朝楼上又是东拐西拐几条巷子，到了一处隐秘的房屋门口，外面寂静无声，打开房门时，里面一股气味扑面而来，就连踩脚的地方都容不下。满屋子人头，人全蹲在地上，前面挂着一块小黑板。"早上好。"一个穿着干净的男人站在黑板下，用劲吼着。他的脸苍白，眼睛出神。"好。"下面的声音更大。我环顾了下窗外，这么大声音不会影响到居民睡觉？窗户都是密闭的，用泡沫和橡胶缝合着不见缝隙，再大的声音都密闭在屋内。我听不进去他在说什么，只感觉耳朵里像蜜蜂一样嗡嗡地叫着。好不容易熬到中午，爬起来时差点晕倒在地。我有个不良的习惯，只要早餐不吃，就会饿得满脸发白。我知道这病又复发了，只要吃点东西就能缓过来。我强忍着站起来，靠在墙边，很多双眼睛看着我，脸上的汗不停地蹦跳出来。"我得去医院。"我说。那个女人和前面的男人叽咕着，最后决定送我去医院。刚刚走出小巷，可以看见街上的车辆了。我用力甩开她的手，像只老鼠在街上东奔西窜。她跟得紧，我怎么都甩不掉。我知道，再这么跑下去，必定会晕倒在街上。幸好，前面有个警务岗亭，里面有警察，我朝着警务岗亭跑去。再回头时，没有看见她的人影。

　　我啊，就像神魂出了窍似的从广州跑回了老家。赣西北一个叫复兴大队的小山村。我回来时，已经是深夜。从小镇到复兴大队有十五里的公路，还有三里多的山路。我回来的那天晚上，天上下着鹅毛大雪，回复兴大队的路被冰冻得连走路都难。到集镇时天已黑得不见五指，旅舍离我很近，我还是铁心赶着雪回家。厚厚的积雪，几乎分辨不出路来，我捡来路旁的杂木，借着雪光，老远看到了我家的房屋。门前的柞树，被雪压垮了。不时听见竹子的折断声，噼里啪啦地响。我母亲刚从梦里醒过来，她知道离天明还早，爬起来生着火，柴都是章百年前些日子砍回来的，湿得难以点着，得先用茅草熏，才能勉强燃烧出火焰来。她刚起身，听见门响，没有留意，掀开被子躺下，这才听见我的敲门声。母亲用胳膊碰了碰章百年，"你听，是不是有人敲门。"章百年睡得很死，听说有人敲门，立即翻了个身竖起耳朵听。"莫急。"章百年翻起床头下的手表，用手电筒看了一遍又一遍说，"是风声。"他转过身子又响着呼噜，"还在响。"母亲说。其实那时我已经全身无力了。"不会是孩子回来了吧！"母亲说。我刚刚做过一个梦。被母亲这么一说，章百年翻过身来，他害怕门口蹲着野兽，所以把耳朵侧在门背仔细听。母亲听出了我的呼吸声，"是孩子回来了。"母亲这才打开了门。

章百年高兴得昏了头。说来可笑，回来后，我用安金莲给我的钱当学费，和村里的一名土中医做学徒。我不喜欢学中医，要是喜欢的话，当初就不会背着章百年往外逃，我回来了，还带回来了钱，章百年夸我是个孝子，说我懂得父亲的想法。他认为，学中医是我最好的理想。嘿，这不是我的理想，但我不敢告诉章百年，我宁愿做个烧锅炉的，就不愿意学这鸟东西。当然我不敢说出来，我不说出来章百年是不会知道的。

那段时间我像个患有自闭症的孩子，活在自己的世界里，只有上帝才听得见我说话。村子很闭塞，到处杂草丛林。一封寄往村里的信，要在路上跑一年。因为邮递员，只有年终才到村里来。有些在外面打工的人，给家里寄回的信，回来时还躺在邮局里。这也不能怪邮递员，邮局总共一个人，偌大的镇子，一年得骑坏几辆自行车，我们这地方太远，根本顾不上来。那晚夜路，将我的内心彻底击溃了，没有了往外走的勇气。我就把过去的那些事情，当作是一个隐藏的梦境，深埋在漆黑的记忆里。

有一天，我在村里装着满满的一担鱼挑到镇上去，从黄昏一直走到天亮，走得实在动不了的时候，就把扁担横担在两个竹篓上，屁股坐在扁担上开始卖鱼。

邮递员是张熟面孔，他以前是名代课老师，我在他班上读过半年。见我卖鱼，聊了半天，买了半斤鱼，在裤袋里掏来摸去，弄了半天，红着脸说忘记带钱了。"没事，没事。"我说。回来时，给我一封信，寄到半年啦！看不见村里的人，只好留到现在。"谁的信呢？"我问。"安金莲的。"的确是安金莲的。奇怪的是收件人是安金莲，寄件人是谁呢？我没有告诉过安金莲通信地址，她并不知道我的真实姓名，我却意外地收到了寄给她的信。我开始惊恐不安，最让我担心的是，警察会不会找来？我犯了什么错呢？我发现蹲得太久，虱子爬进了裤腿。

这些日子，我一直在折磨着自己，爱情就像是圣火在心里燃烧。

"这鱼还卖不卖？"四五个小伙子站在我的面前粗暴地喊着。

"什么？"我哼哼地瞪着眼睛。"买多少呢？"

"不买了。聋子。"

我站起来，紧握着扁担。

"混蛋。"一个男孩朝我挥舞着拳头。另一个男孩死死拉着他粗暴的胳膊。我没有躲闪，我想，只要他的拳头打到我的脸上，我手中的扁担就会劈断他的腿。

鱼没有卖完。人们都忙着看热闹，谁也没有心思买我的鱼。

我忍着涌上心头的愤怒，回家把所发生的事情和章百年仔细讲了一遍，生怕错漏了其中的细节而影响了章百年的判断。章百年说，鱼没有卖出去是小事，幸亏没有闹出其他的事来。章百年不是个怕事的人，他大概是担心我一个人吃亏。我这才想起，邮递员的鱼钱没有给。章百年一听，说，他当年就吃了这点亏，要不然民师就转正了。邮递员和章百年以前是搭档，章百年喜欢他的散漫和自由。

半夜，我困不着，听见章百年的呼噜声响起，我悄悄地爬起床，在微弱的灯光下拿出信来读。

……给你寄了几封信，总不见回音，心里真有些埋怨。真想当面向你认错，不要再为我烦恼。如今再回忆往昔，心里十分想念，如果有机会再能见面，希望还能和你饮上一杯，若此生不能见面，请你保重身体……这算是道别吗？我看见毛毛月光从窗户的报纸缝隙里照进来，散淡地在床沿上画着一个椭圆形的圈。我仿佛被一个熟透的声音喊了又喊，人清醒以后那个声音还在耳边。

我和村里的一个女人好上了，是章百年安排的。她的皮肤灰暗，一双眼睛饱经风霜着无奈，仿佛早已习惯了各种苦难。我们计划第二年春天结婚。大伙都在张罗着我的事情，我却若无其事地在村里奔跑。

我还想着安金莲，我知道该和她断绝关系了。但我不死心，静静地捉摸着远山的神色，然后一只苍鹰朝我这飞来，告诉我，安金莲来了，这回她就留在村子里。

我亲着她的眼睛，鼻子和嘴。

她迎合着我。感觉思想和肉体融合在一起，满地是盛开的鲜花。

很多个夜晚，我用沙哑的声音和她说着话。她就像是我的上帝，填补着我亏空的心灵。我就这么胡思乱想着，就这么走着，从早晨一直走到黄昏。章百年对母亲说，这孩子估计是出了问题，叫母亲要看紧我。

母亲看着我的眼神充满哀伤。

我也发现自己很不正常，像是个着魔的疯子，我的行走彻底不听从大脑的支配。

我出事了。那天我从电话亭离开时，被两个便衣警察抓走了。

我靠，神经病。我没法相信自己，我不可能干出这等事来。"所长，请你再调查调查。"我母亲说。

"嗳，安静。"所长皱着眉头。

我对这种突然来的惊奇，十分可怕。"你得沉住气啊！"我听见一个声音在耳朵里响。是徐四喜。徐四喜呢？

我被关押在派出所的楼梯下，楼梯间就像个岩石的裂缝，低矮潮湿，很压抑。我一个一米八身高的男人，佝偻着连腰都伸不起来，心脏像是被挤压着，闷得连呼吸都难。楼梯间满地是屎尿，散发出刺鼻的臭味，闻着就恶心呕吐。就算是犯了罪，也用不着这么折磨吧！但我没有犯过罪，哪知道警察是怎样对待罪犯的呢？我心里有数，只要不是遇上假警察，很快就会释放出来。

其实，事情没有我想象得那么简单。

那天深夜，我在睡梦中，有人拼命地喊我。我感觉自己一个人走在一个陌生的地方，看不清楚前面的路。我拼命用劲，才勉强醒过来。"快点来救命啊！"我吃了一惊，是爱丽婶生小孩难产。"我不会接生的。"我说。"不会也要接啊，这去哪找医生。"春英叔婆踮着脚跟说。爱丽婶是春英叔婆的媳妇。我是村里唯一的医生，可我不会接生，咋办呢？我慌里慌张地穿上衣服，朝着爱丽婶家跑去。太过慌张，踩着石头摔倒在地。爱丽婶躺在窗户下的床上，一张薄薄的蚊帐挡着她光着的下身。我看见爱丽婶的手揪着蚊帐，我担心她把蚊帐撕垮。"过来，过来。"春英叔婆用哀求的眼神看着我。"你是医生，不要害羞。"我不是害羞，真的不懂，不仅不敢往前，反而很害怕，脚板像铁钉钉在地上，怎么用力都挪不动。

"用力啊，用力。"春英叔婆本来就是村里的接生婆，说她是接生婆，只能接顺产的，遇到半点问题就束手无策。孩子的半边头掐着，生拉硬拽怎么是生不下来的。

村里还有个接生婆，叫德金子，他是个五十出头的男人，春英叔婆年轻的时候是他接的生，可他讨厌这个男人，说这男人的手脚不干净，死都不叫他，人活着得要面子，我媳妇可不许他占便宜。章百年是在我的脚跟后赶来的，你得去请他来，别人请他是不会来的，章百年催着春英叔婆，你得想着孩子。命，这都是命，春英叔婆的火一下蹿到了脑门心，她踮着小脚怒气冲天地说，活不成也不叫他。爱丽姆的眼睛一下子翻白，看来就顶不住了，快去请人吧，再迟就来不及了。春英叔婆，哦，哦，转头朝门外跑去。

德金子还未进门，屋内传来一声虚弱的沙哑声。春英叔婆说，我的儿啊，你忍忍，德金子来了，来了。人的生死掌握在神的手上，也掌握在人的手上。

德金子嘴里唠叨着，仿佛眼前是个无形东西主宰的世界。他敬完各路鬼神，转身从他洗得发白的帆布包里掏出旧纱布、剪刀、钳子等。春英叔婆端来一盆热水，他的一双手在水里来回地搓洗。"使力，快使力，看得见头了……""忍会，再忍会。"我看见剪刀一刀一刀在身上剪着，爱丽姆忍着，她是想着孩子忍住的。"只能保住一个。"德金子说。"是保住大人还是小孩？""保小孩。"爱丽姆说。这是什么理呢？孩子还可以生的。爱丽姆没有同意，她说，她已经不能生孩子了。我不明白她话里的意思，在那短暂的时间内，我还没有法帮她把思想工作做通。就听见了孩子撕心裂肺的哭声。

是个男孩。春英叔婆满满的高兴。爱丽姆却走了。

那半盆血水，一直搁在床沿处。几个人坐在火炉前烤着火，七嘴八舌地讨论着死后一些安葬的事情。也有人提出喜事办在前，丧事办在后。也有人说，死者为大，该先办丧事。

爱丽姆的男人还没有回来。他去广州打工去了，只有在年底的时候才能回来。爱丽姆有过一婚，前个男人也是去广州打工，后来就和她闹翻了。听说，是那个男人嫌弃她没有生男孩。她抛弃了那个男人，在外闯荡了几年，经人介绍就落户我们村子。章百年早说过，爱丽姆嫁进这家，迟早会毁灭自己。

章百年说话带毒，他开口我就塞耳朵。当然，我对章百年的这种反感，是慢慢觉察到的。一开始我的记忆模糊，也没有这么糟糕。他就像一个病菌，在悄无声息中生长。

生活的意义，往往是爱，爱丽姆大概是在选择属于她的爱。有人说，她怎么会爱上这么个男人呢？其中的理由只有爱丽姆知道。爱的分子是变化的，会因环境，性格等因素，磨合在一起。

我打着冷哈欠。感觉整个人飘在半空中。我只能接受这是一个到处流传的命运，这个命运会随时从天上砸下来，砸中谁也不知道，这便是人间的悲欢离合。此刻，我只希望孩子平安。能够健康地生活，健康地长大。一切都希望时间能改变，当前也许是个悲剧，有很多不能尽人事的地方，也不符合大道理，可时间总会认定尊严，我想她有个人的特殊意义。

德金子没有再接生了，村子里有人说，要不是德金子，那小孩是产不下来。春英叔婆有恩怨在，这算不算真恩怨呢？对于春英叔婆来说，那是段不光彩的记录。

黄昏腐蚀着村庄，我想过了这一夜，太阳又会酝酿新的一天，那时爱丽婶已不知所去。除了这个孩子，仿佛生活吻合着自然，人这么渺小的东西，似乎与其他物质是一样的，在存在与消失中看日落。

章百年的脸色就像天上的浮云，此起彼伏。这个事情对我打击很大，我成了一个阴沉的小鬼。

简便地说吧，几日后警察来村子，我的人生也改变了。

章百年跑了十几天，找遍了所有的人。仍然没有放我出来的意思，大概我的问题严重，严重到不得不办的地步。我就是个倒霉蛋，该倒霉的我，运气不佳，别无选择。

我听见外面有脚步声由远而近，紧接着传来铁门的响声，我睁开昏睡的眼睛，眼前一道光刺过来，我又紧闭着双眼，我没有时间，麻木地窝着身体，就这么静静等待着。有人来开门，扔给我两个馒头。是个男人，有点肥胖，年纪有点大，头发有点凌乱。叫我承认，说只要承认了就可以出去。能承认吗？我承认什么呢？我问自己。我压抑不住内心的愤怒，像哄孩子一样的声音说："我一定承认，一定承认。"这样的戏码，我已经觉察到了，作为不专业的演员，我很难做到字正腔圆。像是苛刻演员一样，对我指手画脚。

时间在分秒中度过。那个男人再没有来了，要是他再来，再劝我，也许我就会听他的话。接下来的人，可不像他，见我坐在屎尿贴地的地面上，身体僵硬得半点不得挪动，反而视而不见，强加羞辱。

我实在是扛不住了。我的生命是经受不住这般折腾的，那些喊声不停地冒犯着我，无论我怎么解释，都是无济于事的。

"我什么时候可以出去？"我对着楼梯下问，我不知道问谁，感觉会有人听得见我的声音。

当然没有人回答我。

第四天，来了个长满胡子的粗汉，他把我从屋子里拖出来，我感觉尿胀得疼，我不习惯在这拉尿，憋不住时勉强拉，也只能抖落几滴出来。"我得上个卫生间。"我说。粗汉拉着手铐，我就像只羊羔，得顺从他跟在后面走……

我最终还是被释放出来了。我母亲是个可怜人，不论我对错，她都照顾着我，总是把我的错揽在她身上。我关进去的日子，她失去了精神的自由。母亲是遇事就求神卜卦，朝着寺庙跑。总觉得只要给菩萨烧了纸，就一定能逢凶化吉。

母亲去过几次派出所，见不着人，她就蹲在门口哭。

进进出出的人，没有人理睬她。哭着哭着，就像个小孩站了起来。只要是穿警服的人，她就会拦着问，问不到什么，谁也不会和她说，不知道是不能说，还是根本不想和她说，就这么前前后后跑了六趟。

她说，这世道有钱能使鬼推磨。搞到了钱，我就出来了。她和章百年说半天，章百年不同意，一分钱都不同意出。

我是交了两千元保证金赎出来的，母亲见着我时，什么话都没有说。这四千块钱是她从信用社贷款借来的，只是不知道用什么做的抵押。

我和母亲一路上走着，听着那粗糙的呼吸声，我的心里就十分害怕。我知道母亲为了我背负着沉重的煎熬。

案件就像是草绳打结，结得有点离奇，案件说我盗窃了电信的公共设施。非常地可笑，村子里那时还没有通电话，就连送信的人都极少进来，哪来的什么电信设施。这明显是栽赃害人嘛！

对了，是不是记错了呢？警察是在哪抓的我呢？我明明记得是在电话亭，可章百年说抓我时，我睡得像头猪，几个人把我抬走的。

我从公安局回来的时候，章百年不问青红皂白，说要把我推到河里淹死得了。我一个人找个哭的地方都没有，感觉身躯内有个东西，我总是找不准它的位置，我倒是希望章百年气急败坏地打我一顿，可母亲说，还没弄清楚是啥事呢？"还有什么好弄清楚的呢？"章百年咆哮着。母亲低着头，就像个犯错的孩子。

那天夜里，外面的风很大。像是要把整个村子翻个遍，非要把我的犯罪证据找出来。

章百年的脸色苍白，在屋外贪婪地吸着烟。

"我打算明天去广州。"我和母亲说。

第三章　我和刘凤凰

稀薄的云朵，遮挡着阳光。人间不过是一场卑鄙的骗局，昨天晚上，悲剧的意义越来越大，一群自卑的蚂蚁，被风压迫得不停地喘息，争吵的不是如何度冬，在下雪之前，一哄而散。

冬晨淡弱的阳光，轻轻地映照着残雪和泥泞，搅拌在一起闪着微弱的黄光。

我时常会想起那个屎尿骚味的楼梯间，感觉那股气息一直都在，我用鼻子闻闻，像是一直在我的体内。我看见另一个人的背影，那会是另一个自己吗？我担心自己昏迷不醒，请了尊神像到家里来。开始摆放在显眼的位置，开头几夜能解开心结，脑海里经常会出现一些熟悉的场景，风景也是静止的，一片树林，蓝背在林间来回穿梭。几个月后，我就能听到梵音。有时候，我也会像个患有精神病的孩子哭起来。

后来我渐渐觉得，人在任何一个时期其实都是在一种莫名的病里。

我的心病没有治好，也不可能治好，成天恍惚着，我知道我这种病一旦患上，一生都不可能摆脱，但我摆脱了章百年给我预定的婚姻。在间隙的时间内为自己做了一些事情，这些事情还是有它的光鲜的。

我离开村庄后，我再没有回过村子。我重新选择了另外的生活，这点章百年是高兴的，他知道我只有离开村子，才可能从头再来。他可能不知道，面对陌生的一切，我会失去勇气。

我自然是被迫的。离开村子时，我满脑子里都是想象。我以为外面的世界全部是我的，那些红色的绿色的颜色，也全部是我的骄傲。我给家里写信时，也是报喜不报忧。

村子里的人们习惯听风就是雨。一丁点消息，就会以讹传讹，加入各种细节，飞快地在村子里传播。

我自认为，村子里很长的时间都在议论我。没有别的话题的时候，扯些旧事反复来细嚼，还能品到另一种味道来。

安金莲和我的关系，远近距离，像是被压缩过一样。她和我之间的关系，终究是个片段。一颗心与另外一颗心，在不同的身体内跳动，人和人两样的声音，只有耳朵能听得出来。在很多时候，我看见安金莲伸出双臂，做出要拥抱的样子。然后又后退两步，眼里闪烁着泪光。

我遇见现在的刘凤凰的时候，恰是春天。晚八点，我去租房，走了几个小区，都没有找着合适的房子。我想租个单人宿舍，一人一卫的。"没有，没有。"她和一个姑娘正从楼梯口出来，"你也是宁海的。"她从我说话的音调里，判断出我们是老乡。她指着路的尽头说，那个地方，全是一人一卫的房子。我点了点头，"有空过来玩啊，我住在四楼。"我回头看着窗台上挂着几个锈迹斑斑的衣架。"你先忙，你先忙。"我说。哦，转过头，我才想起没有留下电话号码。一个老妇人牵着条狗朝我走来。狗身上还洒着香水，看样子爱狗如命。

我没有电话，少数有钱人有手机。有些人在用 BP 机，收到信息就会回电话。这是我理想的生活，能搞个手机就扬眉吐气了。

我的第一台手机是刘凤凰买给我的。"等你有钱了，就还我。"那是她一年的工资，一张存折八百六十元。这个电话给我带来了业务，开始严肃地对待生活。

生活稍微好点的时候，刘凤凰和我结婚了。她和我的婚姻是时间默认的，我们没有轰轰烈烈地谈过。在彼此生活艰难的时候，两个人住在了一起。

每晚上回到家，桌子上的饭菜热气腾腾。

"刚刚买回的羊排。"

"你要烤羊排？"

"想试试，主要是你上次说，羊排可以补身子。"

"不过，我还真没吃过羊排呢？挺好吃的。"

时间就这么默默地过着。我的梦想没有停，想着成为小说家。

怎么可能呢？这个反复的梦境，醒来时，总会心有余悸。我感觉体内的那个东西在运动，像个白色的团状体，在不停地蠕动，有时候也会安静，不安静的时候会有种疼痛。我想看清楚它的样子，可又害怕，一旦发现体积长大，就会不得安心。

贾丽珍的出现，依然是春天。

我并不想背叛婚姻。婚姻是什么？婚姻不是紧箍咒，它是土壤的条件。刘凤凰见我心事重重，建议我多去外面走走，广交朋友。鼓励我去酒吧喝酒，去体育馆踢球。

我沉浸在一个环境里面。我痴心妄想地寻找着小说人物，把那些炽热都写了下来。我是不是错了呢？在暗淡的银幕下，我见识过她的才艺。留着一头乌黑的发。一对水灵灵的眼睛，颈部上有桃红色诱人的风姿。

这姑娘要是被别人抢去了，那是太可惜了。我开始打她的如意算盘，即便我的内心是抵抗的，觉得那是一种羞耻和罪恶。

七月的夜晚，没有一丝风，天气热得简直让人发狂了。

那是济南，我们都是远道而来与文学会师的。坐在酒店一楼的皮沙发上，从门口探出一个头来，一个女人的声音打着招呼，"你也是来学习的吧！"我的神情呆滞地停留在她的脸上，大概猜测到她就是那个迟到了的同学贾丽珍。我像是前世见过她，我把她的脸和安金莲比较着，不是同一个人，安金莲的年龄比她大，安金莲的头发长，声音更有磁性，安金莲的声音是会在血管里到处跑的。

我摇晃着脑袋。猜测自己是不是患了精神分裂症，这并不是没有可能的。我还处在失恋中，无法接受安金莲的消失，时刻幻想着她的样子，因为这个幻想，我陷入了一种不可自拔的境地。我用胳膊肘撑着脑袋，仰视着这个女人，心里想，我又进入一个梦境。

"好久不见。"一个男生的声音。他是从大厅的电梯里走出来的。记得好些年前我们见过面，想不起具体的见面时间。

他绷着脸看着我。"你是有老婆的人。"

说真的，阿丙，我实在想要她。我轻言细语地说。

我想起来了，他的名字叫阿丙。

"我非要她不可。"

阿丙的嘴有些歪曲。

我开始与自己争辩，与自己撕扯，这个时候，你千万别问我，你是个什么样子的人？我自己也不知道自己是个什么样子的人。等我清醒过来时，我一定会告诉你答案的。

那是一个下午，我躺在床上，阳光从窗户上照进来。

"你真的想得太过分了。"阿丙认真地说。

"女人是在醉鬼和素不相识的男人面前才会出卖自己的身体的。"我说。

"实在拿你没办法。"

"总而言之,我是一定会把她弄到手的。但您得助我一臂之力。"我看着阿丙脸上的肌肉上凹下凸。

阿丙捏着鼻子,那神情好久才恢复原状。

阿丙是个六十岁的男人,深感我这种强烈的欲望,他写作几十年,直到去年才拿了个文学大奖,这让他大松一口气。

因为热爱的缘故,他已经不止一次自费来学习。为了能刊发作品,深夜一点钟他的屋内还亮着灯。

"我可以进来吗?"门外传来敲门声,带着客气。

"哎。"

贾丽珍穿着绣着菊花的丝绸,端正地站在门口。头发一半搭在脸上,散发着一股清香。这种香味,我好像在哪闻过。对,安金莲。想起安金莲时,我的心里就像是胃酸翻滚地热。不仅是香水味,她的脸侧着的时候,特别地像。我再仔细看着时,她简直和安金莲一模一样。

我端坐在整整齐齐的盖着白布的床单上。

"这个给你。"

贾丽珍把一个装着电热蚊香片给我。

"不过能用两个晚上。"

"你是怎么知道谷子要电热蚊香片的?"阿丙纠缠不休地问。

"哎。"

贾丽珍的脸向下埋着。

"托您的福,打开窗子,引来这么多蚊子。"

贾丽珍沉默不语,嘴角挂着微笑。

第二天早晨,阿丙醒来就问我,贾丽珍是怎么给你送蚊香的。"您要是想要,我也叫她给您送一盒。"

阿丙嗯了一声,再也没有说什么。

第二天早上醒来,我和阿丙彼此看着,睡意惺忪的狼狈眼睛,都笑了起来。他当然没有完全听从我的话,在他身上有很多的不确定性。"这附近有家酒楼,可以约人家去吃虾饺早茶。"我知道那里的价格,一个早茶也得我半月的工资吧!

我没有申辩，阿丙的状态和昨天完全不同。

我的老师是个先锋派的高级写作人物，他描写性生活逼真而露骨。他有过三次婚姻，第一次是个小说家，第二次是个作家，第三次是一名乡村教师。他微笑着和我说，我面孔稍长，喜欢照镜子。

我不懂他话里的意思，每次和他说话时，两条腿僵硬，一动不动地注视着他的脸。就连咽口水时，都装着庄严的神情。

"美极了。"他高兴地说。

他说我小说里的一段描写美极了。大家都异口同声地说："真的很美。"

那段描写不是出自我之手，完全是他的杰作，他在批阅我的小说时，在我的段落中强加了这段话。

……女人便解开了拉链，脱下了连衣裙。裙子成了一圈不成形状的布，女人的动作没有停，她脱掉了文胸，脱掉了内裤，一丝不挂地站在那里。那饱满的乳房，在强光中闪耀着细瓷的光泽；腰部的线条收拢得恰到好处，凸显了胯部的浑圆；两腿间，是一抹淡淡的阴影，像是海面上漂浮的雾气。在凝视中，他再也不困了。

狗日的。你说这是写的什么东西？

不过也就是这个东西，在学员自选指导老师时，我毫不犹豫地选择了他。我觉得他身上有发光的东西，是需要我去学习的。

我们分组本来是抽签决定的，但由于我的执念，还是被安排在他的组里。这让一些学员不高兴，说我是个捣蛋的人。由于贾丽珍来晚了，正好我们组少了一人，贾丽珍也就顺理成章地补了进来。

我凝视了贾丽珍好几分钟，有些出神，眼睛离开她的面孔时，发现她的脸颊绯红。

"如今的女性确实很性感。"阿丙和我私下里说。

"是的。可惜你出生错了年代。"我不想阿丙对贾丽珍有半点非分之想。

"我只想好好吃顿饭，吃有味道的菜。"

就这样，我和贾丽珍暗地里有了往来。

实际上，和贾丽珍幽会还是尽量躲开人眼好。大明湖是个好的去处，较大。

我们走在大明湖畔，就像走在抒情的人间天堂。贾丽珍就像是只鸟儿，像云一样在天空上飞着。

四周观光的游客，大多数穿着短袖。也有刚下汽车的旅游团，脱了上衣个个汗流浃背。贾丽珍穿着粉红色的半透明的裙子，一身轻装。

我一面走，一面想着，要是有只白狐跃出水来，那会是湖里将军还是大臣呢？哈哈，也许是小偷，偷走了湖的心。

贾丽珍与我保持着距离，我猜测她害怕周围的目光。实际上，她的担心是多余的。在这个陌生的地方，我们不可能遇见熟识的人。

回到酒店。我本想还在贾丽珍的房间聊一会，听见阿丙在外面叫喊，然后是急急忙忙跑动的声音。

我站起来就朝外走，阿丙用惺忪的眼睛看着我。"缺一人呢？"

我迅速起来，关上房门。我以为阿丙会自觉地离开，没想到还是阴魂不散。他就像是一场无休止的风，非要刮得你身心不宁才肯摆手。

对了。我现在是一名在读的研究生，学的是古代文学专业。你也许会觉得奇怪，我是怎么混上研究生的。我翻开个档案，我是中专毕业的，这个我记得，在学校里我寡言不语，可还是打过几次架，每次都败下阵来。记忆最深的是被鱼刺掐过咽喉，差点丢了性命，这个是忘记不了的。幸亏被旁边的诊所的医生，用镊子伸进去给取了出来。大专和本科都是自学的，后来学的都是中文专业。这些我都不记得了。尤其是研究生，真的一点印象都没有，好像是从天上掉下来的。

我和安金莲认识时，我还在工厂里打工，对，我还在烧锅炉。我是离开村子后认识刘凤凰的，我是怎么上的研究生呢？中间那段是空白的，我怎么都想不起来。想不起来就不想了吧！先让它空着。也许会慢慢记起来的。

我记得那天接到录取通知书，我偷偷地把它夹着放在箱子里。我本以为读研究生会是件布满荣光的事情。当我收拾和整理好衣物，把大大小小的故事书装进皮箱后，才发现没有那么简单。

我对学历并不在意。我有过一段时光，拼命想通过读书来提升自己，但我很少穿学校发给我的衣服。我对校园生活已经没有多大兴趣了，很难静下心来听老师的课。

我烦死了这个乏味的地方。成天坐在校园的石头上观察着来往的人。观察他们的眼睛、耳朵和鼻梁。有的鼻梁很高，戴着眼镜，看起来文绉绉的。有的耳朵特别大，能耳听八方。美女都不喜欢文绉绉的男生。她们喜欢那种虚伪欺诈的小男生，小男生会哄女生高兴，陪她逛街，买她喜欢的包包。

我已经过了恋爱的年龄，性情就发生了很大的变化。变得焦灼不安。一个班的学员都和我不搭，他们太年轻了。我站在中间，看得出明显的年龄。

我孤独地一个人散步，一个人玩。我的室友是个年轻人，他从来不在乎我。我在与不在跟他没有关系，我们彼此像个陌生人，我是寝室里的空气。他走路时习惯性地低着头，拿着手机，不停地播放着音乐，那些曲子我都不喜欢，他将手机挂在脖子上，或者放在裤兜里，让音乐声直爽地传出来。双休日，我喜欢静静地看看书，或是写点小说，思考接下来怎么写？他的音乐总会吵得我不得安神，一直不停地播放，只好希望电池快点耗尽。我同他在屋子里住了半年，我迫使着自己对音乐产生兴致，在音乐里寻找那种井然有序的逻辑，从里面跳出来，让自己飘散。

我的头皮奇痒。

"谷子，在写作？"我不知道，以前的我是否是叫谷子，我彻底失忆了。就连自己的名字也想不起来。我记得章百年给我取的名字不是谷子，谷子是我现在的笔名。

"在写。"

"你呢？"

"喝酒。"

因为某种原因，刘凤凰晚上八点准会给我发信息。问一些生活中常见的问题，几乎每次都是这么重复着。我匆匆地关上窗户，外面吵闹声实在太响亮。哦，不知道什么时候开始，下起了雨，沙沙地响着，有些雨滴落在太阳膜上就会咚咚地响。

每次发信息都会警告我。她说那些小师妹可不是吃素的，叫我别在学校里折腾出什么风波来。要是干出不宜于家庭的事情，那是得法庭上见的。

我挠着头，认真地听着她的每一句话。

哈哈，我想起来了。我考上研究生离开那个屁眼大的县城时，刚刚搬进新家。这是我和刘凤凰的第一套房产，房产证上写着我们俩的名字。

房子挂在半山岩下，漆黑昏暗。为了买这个房子，我们都铆足了劲。一套一百一十平方米的房子，贷款六万元都觉得是天文数字。这是套违章建筑，老板没有取得合法手续做的。我们管不了这些，只要能住，便宜就行。

我本想就这么安稳地过着日子。接下来的折腾，肺都要炸裂了。

某天，我楼下来了一堆人。县里针对违章建筑进行整治，我住的这栋楼房也被盖上了"违章建筑"的印记。浩浩荡荡的队伍开了进来，紧跟身后的是硕大的挖掘机。

县里的意思是，一是拆除，二是补税。选择补税是最好的办法，可我实在是困难，买这点房子借了不少钱。欠的那点钱，大年除夕夜会找上门来。

欠债的时候，章百年是不会来的。本来我在县城里安家后，他是经常朝这里跑的，现在他不来了。

对了，我是什么时候在县城里安家的呢？我和刘凤凰结婚后吧！我开始推算，我那段空白的时间里所发生的事情。我的命运改变是在认识刘凤凰后，我回了县城，买了这个房子。税钱是没有交的，我在法院起诉了，理由是买的时候，我不知道是违章建筑，我也是受害者，政府是应该保护我们的利益的。听说，做房的老板后来被抓了，还判了刑。因此我也很不好受，他家还有一个不大的小孩，爱人患有肺癌，他这么进去了，一家子可就成天被烟雾罩着。

我写完一个快乐的故事，更愉快的时候，我在黑暗中写下了这个家庭。我是下班后六点左右去的他家，门紧闭着，我记得整个城南的违章建筑都是他开发的，通告上可是这么写的，怎么还住在这么差的地方？"叔叔，您像一个漫游者似的，您这是要到哪里去？"是老板的儿子和我打招呼。他是个聪明的孩子，在县一中上初中了。我以为他会对我有所防范，见着他时，我才明白孩子对平庸的生活很适应。

他说，这几日都没法回家了。父亲欠了不少债务。违章建筑被查处后，家里的人源源不断地来。一些衣着破烂、满嘴脏话、性格粗野的陌生人闯进了他家，让他们没法睡觉。"报警了吗？"我问。"都是来讨债的。"家里值钱的东西都拖走了。

据说，起先都是为了利益凑钱，现在出了事，谁也不愿意出来顶包，一个祥和的家就这么变得残败。"活该。"我听见一个女人的声音从屋内传来，紧接着不停地传来咳声。孩子的眼睛里不见埋怨，看不见半点的痛苦和不安全。

我相信，这样的家庭再怎么瓜分，还是有底线的。我希望他尽快从一个男孩变成一个男人，负责起这个家，我坚信他自会有出头的一天。"亲爱的孩子，要牢记，唯有美德能拯救起家庭。"

我说这番话的时候，孩子已经走远。我侧着头朝屋内偷窥，房间里空荡荡的，什么都没有。孩子回头看着我，太阳沐浴着他，笑着。我拍着脑袋，死劲地把这些记下来。

实际上，那时，我的生活越来越窘迫。不过，我已经开始改变生活了。

我在小城里办了个文学培训班。请了一个头发蓬松的作家来讲课，他说，他以前是警察，后来辞职从事专业写作。他说，悟出这个道理时他已经三十岁。他想到的是，就算再干三十年，无非是当个派出所所长，顶多混个副处级退休。当时，我的想法和他有点不同，我是明知没有结果的事情还是愿意坚持。写作我始终是当作业余的事情，我不想耗费太多的时间在小说上。我还有更多直接关乎微笑温暖的事情要去做，比如抗洪的时候，我战斗在第一线，深更半夜还在为抢险队员送夜宵。还参加过义务的救援队，在摘取马蜂时，被毒液差点毁灭了眼睛。

　　其实，我尊敬那些作家。他们所写的那些故事，那些想象，对我来说都是遥远的。我比起他们来，才华不过十分之一。我心里知道，无论是干啥，都是在为写小说做体验。我敢肯定，人间对我的任何污点，我都把它当作是上天的恩赐，我不相信，这世间会有忘恩负义恶德的人。

　　也许是内心的坚持，我的日子悄悄地发生着变化。我盘算着一个可以从头再来的人生理想，像个孩子般没有了心理障碍。

　　一个夜晚，刘凤凰在梦里哭，说丢女儿着急，我把她摇醒，醒来很释然，她没有女儿，这个梦根本不成立。梦应该是人生的补充，或者说是潜在的命运。潜在的命运总在提醒不要忘记它的存在，就经常让人做梦。想起业明时，我就会感觉有一个多元的虚拟的存在。在虚幻中，紧贴着现实，只是我们看不见。

　　我和刘凤凰有过冷战，一连半月不说一句话，我们习惯以这种方法来处理问题。我的这个毛病是很难改变的。喜欢和形形色色的女人往来，甚至说还贪图美色，但我的底牌很硬，一辈子只有一次婚姻。我不喜欢把婚姻当作游戏，当然刘凤凰也是个好女人。

　　女人是情感和婚姻的动物，从古至今都是，就算是封建时代，女人受到的男权压制比较多，贤惠的姿态都是女人的象征。

　　刘凤凰的性格很特别，时常表现出一副冷脸，遇事也能把事放下。平常时总是有意无意地警告我，不要轻易招惹女人，女人惹怒了会出事的。

　　我和她之间有过假设，问她，哪天我凭空消失了，问她会怎么办？这是个新鲜而恐怖的话题，她很镇静地说，那是不可能的。实际上，在我的脑海中无数次出现过，我站在特别高的楼上，一个人悄悄地爬到窗户上朝下望，我醒来的时候站在窗户边。

　　很多人说我是花心大萝卜。我和刘凤凰结婚的两个月后，我认识了一个叫苏晓晓的女孩。

我们在咖啡馆内相向而坐。她从口袋里掏出一块手帕，取出一只手表放在桌子上。她说，和我约见的时间不能太长。她是个情感专家，自己开通了情感微信平台，每晚八点准时会在夜空响起。

"百忙中打搅你了。"我说。

"找我有什么事吗？"她问。

"我想找个失踪的女人。"

她大概知道东门外的那起逃逸案。自媒体炒作了一段时间。

"不是自首了吗？"

"是自首了，人是我担保出来的。可现在又不见了。"

说实话，我的心里很复杂。感到烦躁极了。

"再来一杯。"

"少喝点吧！"

"不要管闲事，你们这样会找不到婆家的。"旁边的桌子上，一个男人喝得烂醉，借着酒疯还在给自己倒酒。

左边两个顾客你一言我一语地在谈话。

一个儿童的声音结结巴巴地说着："妈妈，那是我心爱的帽子啊。"

我真的后悔莫及，我和她是在按摩店里认识的，出于同情做了她的担保人。现在她不知去向，我想借助苏晓晓的声音，也许能够把她找回来。

我们相互对视了一下。

"是个妓女吗？"

"不，是个服务员。"

我本想解释去按摩店的理由，她又开始像警察般地盘问细节。

我不知道细节，她撞的是个小孩，一辆小二轮自行车。不知道咋的就撞断了孩子的腿，造成骨折，医疗费就得上万元。她没有逃逸，她是出于良心投案的，会不会又因为良心逃跑了呢？找不着人，医药费就得我来赔。

她的手机不停地抖着。站了起来，我得先走了，有消息会及时告诉你的。

第二天一早，她便给我打来电话。苏晓晓给我打来电话。声音里带着感伤的情调。说找到了那个女人的住处，她打算过去看看，问我有没有时间。那天我的确有些脱不开的事务，叫她先去，并且在那等着我。

"让你久等了。"

这里是县城一个叫张家井巷的小巷子内的一座破屋，贫困而悲惨。蒸笼上围着一条破棉垫，上面摆着两只茶碗。

屋内空无一人。

"你是怎么找到这里来的？"我问。

"有人给我打电话。"

我们相视片刻，门外传来喊叫声。

"别跑，慢点。"一个警官一边呼喊一边跑来。

"阿静！……出来别害怕。"

"阿静是谁？"我问。

"我姐姐。"警官说。

"我们弄错了。"我和苏晓晓说。"这不是我们要找的那个女人。"

"刚刚在牛头山脚下发现一具尸体。"警官说。"是女人吗？"我问。现在还不好说，警察已经过去了。

从屋里走出来，我发现巷子的转角处，一个孩子用敌意的眼睛看着我。我没有在意孩子的表情，好像是闻到一股不正常的味儿。

我们赶到事发现场时，一条混凝土堤坝上残留着一些痕迹。远处有失声痛哭的声音，那声音在城市的上空回荡。

夜晚回到家中，母亲说，后山发生了命案，死的是个女人，是男人砍死的。

章百年从屋外突然闯了进来。警告我说，做好事会让你掉脑袋的。说着，一张呆滞的脸朝我靠过来。被章百年这么一说，刘凤凰看我眼神也变了，他们好像确凿我摊上了事。不会吧！我对自己说。我反复在跟自己说明，希望这次的事情与我无关。我不会杀人的。

刘凤凰也是快疯了。

我几乎是一夜没睡。黎明时分，雨拍打着窗户。屋内非常沉寂，不时有隐约的婴儿啼哭声传来。

母亲半夜关节疼痛，起床给观音菩萨烧香。

黎明时分，警察来找过我。先给我打了个电话，约在楼下见面。叫我如实地交代问题，他们问了些问题，然后就急匆匆地走了。

奇怪的是没有提起医药费的事情。

上午我去了趟交管大队。事故处理中队的警察说，这事压根和我没关系。

说老实话，我并不能理解话里的意思。我担心的问题还不只是孩子的医药费的问题，女人逃跑的后续问题，比如结案、赔偿等等。这些事情不是都落在我头上吗？怎么和我没有关系呢？我纳闷了。

我走出交管大队，内心嘀嘀嗒嗒的。每走一步，就像是朝着深处坠。

我不停地警告自己，不能出事，小心小心。我想着想着，事情不妙，又掉转头回到了交管大队。刚才的那个警察在和几个人在说着什么，七嘴八舌的，根本就听不清楚，我的脑袋里嗡嗡的，我也不想听清楚，只关心我担保的那个女人的事情。

"警官，我还是想了解下案情。"

"了解个屁。刚才不是说得很清楚吗？"那个警察很不耐烦地说，"你没看见我正忙吗？"

"你发什么火？"我问。

他没有搭理我，当我是空气，不存在。我很沮丧，一股怒火在心窝处熊熊燃烧，本来打算去投诉他的，想想，还是算了。我估计这事也投诉不下来，而且会多生出一些麻烦。

我得低着头走路。逐渐意识到这起事故里的某些玄机。我想象了几种质疑的可能，显然，仅靠我的想象是无法想象出来的，现实的多种可能都会变化结果，我只有回来静静地等着。我突然想起那个警察，会不会这是一起人为的事故呢？我想，各种可能性都是存在的。我的耳朵会给我特别的信号，一丁点风吹草动都能捕捉到。这是我个人的身体条件，其他人不一定有这个功能。我给苏晓晓打电话，把我的一些想法和她说了。她说，一切的猜疑都是有可能的。可我们都是局外人，不可能知道内幕，内幕是需要证据的，凭空想象是站不稳脚跟的。我突然想起了业明，啊，会是业明吗？我在心里默算着业明的年龄，我简直不敢相信，那是双我熟悉的眼睛啊。还有警察，业明失踪时也是警察，会不会？我大胆地假设着。会不会就是警察干的呢？我感觉脑海中有道光芒闪过。我也找不出理由，不，是我出现幻觉了，不，警察应该是好人，我立马纠正自己的想法。

我还是想去张家井巷的小巷子内的那个破屋看看。我问苏晓晓有没有时间，她倒是挺热情的。问我确定什么时间？她随时可以来。我俩像是在合伙干着一件不可告人的阴谋，我们只是想逼近真实，除了这件事情和我有关外，也与苏晓晓有关，她已经意识到，这件事情我们就像个固体，凝结在一起很难分离。

小巷里有着往来的人。这一带的店铺关门了几十年，这些破旧的房子里的人也都不知搬到何处了。就连主人是谁也弄不清楚。估计要找到主人，得花费一些周折。屋子的门窗沾满了蜘蛛网。我把脸贴在窗户上努力地朝里望，里面太过漆黑看不见任何东西。隔壁传来一阵一阵的哭声，中间还夹杂着一些人的声音。

我和苏晓晓之间的感情也就是从这个时候开始的。我是被她的声音征服的。她说话的时候，再轻的声音都能抵达我的心脏，还会在里面游荡，像孤魂野鬼般自由。我是只感性的动物，太过感性容易泪崩。我质疑声音会不会骗人，我是个容易被声音沦陷的人。我朝前走了几步，抢在苏晓晓的前面，回头看她的脸，还好，不是别人。

我一直不停地猜疑着，用小说的思维思考问题，但脑海中并没有出现任何条理清晰的线索。浓烟一般，怎么也看不清楚。这可是令人悲伤的浓烟，如今这种浓烟一直混杂地出现在我的脑海中。

我是个容易被声音蛊惑的人。我上初中时，用微薄的伙食费来拨打"情感热线"。我就像个精神病的旅途者，不停地试图想从声音获得快感。

记得，一次与一位老女人聊天，她的声音就像个磁场，把我的耳膜弄得怪痒痒的。在我的耳朵里，声音是一个色彩斑斓的世界。到处是花朵。

我听到这种声音的时候，那时我正处于青春期，有着各种奇形怪状的想象。和她说话，很多心灵的忧伤，很快就消失了。她给我寄过一次照片，梨形身材，精力充沛，光秃的额头。和我想象中丝毫对接不上，我感觉一股强风差点把我刮倒。

"看来你是真的不想读了？"章百年那时还留着一头黑发。还是个率真的中青年，有着独立完整的梦想。但我是一个没有梦想的人，我的梦想是白色的，无所事事地在村子里跑，捕捉蜻蜓，和鸟儿做一场游戏。他真是气疯了。什么猪啊、狗啊、牛啊之类的，都骂了出来。说我是连猪狗都不如。

章百年骂人的话不是一点不奏效，很大程度上是毁了我的童年。但他自己就差点被我逼成精神病，他骂我，我就挑屎在他的鞋里，他追着我打，我就拼命地跑。我的性格慢慢地变得怪癖，像棵瘤藓，内心自卑，背地里骂章百年。骂他是猪狗生的，我是猪狗的儿子。当然，我骂这些章百年是听不见的，不然会遭到毒打。

章百年也焦灼不安，我骂他的时候会变着调子。学鸟叫，画眉骂人，乌鸦骂人，"猪八戒，猪八戒。猪大肠，猪大肠。"有时候，风会把我骂人的声音吹进他的耳朵里。听着声音的时候，他也会害怕，他以为骂声是来自自己的梦境，每次听见骂声的时候，他都徘徊在一座悬崖的边沿，仿佛只有骂声再大点，他就掉下悬崖。我的声音变得越来越小，像是从星球上传到他的耳朵里的，如同微小的声波花粉撒在大地上。

有人提醒章百年，少骂人，多积德。章百年听不进去，他一直生活在自己的人生状态里，在自己的空间里，不停地增加自己的深度。也许他的思路是对的，可不适宜于我的成长。

我对苏晓晓声音特别敏感，我慢慢地发现，她的音质和安金莲的声音一模一样。音色和韵律这些都能够反映出一个女人的面貌，听着她的声音能够走进她的生活。很难说，我是被她的声音吸引住的。我在她的声音里，听到了另外的一部分。我知道那是很薄的一种声音，薄感总会让人失望。即便是很短，爱情得像一棵植物，慢慢经历它的过程，一意孤行地经历它的自由生长。它是黑暗的，是狭隘的，因为它不能看见全局，只能看到部分。

又是一天。

欧阳蜈松给我打来电话，问我在哪？我没说和苏晓晓在一块，只说在为一个小说找素材。他知道我一直在写小说，这是个不错的借口。他读过我几本小说，尤其是商场的那部，他特别地喜欢。他问过我的小说素材来源，我说，小说是虚构的，我从不写真实的东西。欧阳蜈松问我有没有空？"有空你就来我办公室坐坐，这个题材也许你会喜欢。"

我和欧阳蜈松来往至少也有十年了吧！我对他的情况一知半解，没有什么家庭背景，破过几起大案，获得过全国特级警察殊荣，还是省劳模。从外表看，有点猛力，脸部表情却很稳。我知道，他找我并非为我提供素材，一定是另有他事。我本来经常会去他那坐坐的，可悲的是，我母亲那起案子至今还悬着，没有一点儿征兆。业明至今不知去向。在这之后，欧阳蜈松找我说过，说公安不是神，很多的案子都没法破。有些是随着时间慢慢浮出水面的，有些是其他案子牵扯出来的，有些永远都不知道凶手是谁。我相信他说得在理，但我心里还是难受。我经常会梦见业明偎依在母亲的怀抱里，尽管我已经想不起了孩子的样子，但仍然记得她的眼睛。

我有怀疑过欧阳蜈松，我觉得他不太真诚。有很多琢磨不透的地方。比如，他和曹二棍关系不一般，这点就没有和我说过。我无意中听曹二棍给他打电话，说过年送他半边猪肉，他是乐呵呵的。我还亲眼见他坐过二棍的车，大概是请他到二棍家吃饭。

我到欧阳蜈松办公室的时候，一个个头小小的女人，坐在他的办公桌对面。欧阳蜈松拿支笔在纸上写着什么，见我推开门，"进来，进来。"他和女人介绍说，"和你一样都是作家。""李小麦。"女人伸过手来和我握手。"久仰久仰。"这个名字我在哪见过。

　　欧阳蜈松放下笔，问我记不记得高平的那个"武圣"。当然记得。我说。这个"武圣"的名气可不小，不是你的兄弟吗？我问。欧阳蜈松请客，我还和那个"武圣"在一桌子喝过酒。

　　我刚回宁海时，刚上班的那阵子。我成天和公安圈上圈下，好像天下不宁，到处是案子，命案都经常发生。我和欧阳蜈松走得特别近，他留给我的印象是，一是豪气，二是会泡女人，三是会赌博。听人说他和六十多个女人有过性关系，赌博一晚能输好几万元。

　　我和他外出过破案，晚上几个人躲在屋子里赌博，拿本子记账。当然，抓捕的时候也是雷厉风行。

　　欧阳蜈松说，这个"武圣"是福建的一个逃犯。强奸并残忍杀害了他的亲姑姑，逃到咱们这边来有二十七年了，改了名字。

　　怎么发现的？我问。

　　昨天下杭派出所的小李在网上核对人口时，发现下杭村的一个人口有异常，那个人早年就去世了，他是顶替户口的。

　　人抓到了吗？我问。

　　今天凌晨抓到的。

　　欧阳蜈松很兴奋。他在刑侦大队干了十多年的大队长，虽然获得了不少荣誉，但一直不得提拔。不过，今天他脸上的表情和平常不一样，我想和他打听点别的事情，欧阳蜈松说，你妈妈那起案子还没有进展，不过我们不放弃的。每次说到我母亲的案子时，欧阳蜈松就扯开话题。

　　我想，一个人不是一只老鼠，猫见着老鼠也不会积极抓捕了。因为猫可以吃到比老鼠肉更好吃的食物。

　　扯了半天都不是正经事，欧阳蜈松喊我过来，真正的意图仿佛是和冷漠见个面。我在百度搜索冷漠，一首《一路向北》我很喜欢。

　　　带着疲惫带着愧对

　　　我的心一路向北

　　　那个曾经深爱我的人

请你不要流下你的眼泪

留下支离留下破碎

我的心还在向北

……

但我永远永远记得你是谁

蓦然回首你也许已不能体会

但我永远永远记得你是谁

刚出刑侦大队的门。苏晓晓就给我打来电话，说想找我聊聊。

"你在哪呢？立马就来。"我说。

我对苏晓晓渐渐敏锐起来的时候，是一个午后，我为一件事情苦思冥想时。我感觉自己的身体很不听话，心窝处像是有个东西在里头跑来跑去。我躺着，用手指朝里探，吓得差点跳起来，里面好大的一个包块。我首先想到的是胃癌，我外公是胃癌去世的，去世前胸口也是个包块。我又想，应该不太可能。胃癌是会引起消化道不良反应的，我还能正常吃喝。我仔细想着，我身体内的主要问题不是这个。我的警惕在我的内心产生了一些奇幻，满脑子想象着苏晓晓的身体，一个光滑的身体。我看见苏晓晓在一个小屋内，关好门，躺在沙发上，从容不迫地脱衣服，用双手轻轻地揉揉乳房，然后把小青虫放在胸口感受它爬向乳峰的蠕动，小青虫极清晰地爬到乳头，用浅浅的羽翼拍拍那枣红。

她的乳头晶红得像闪烁的宝石，有流光溢彩的蝴蝶翅膀翩翩地拍着色彩花纹，停在乳的顶端摇曳不定，那是黑夜闪烁的星光。

她紧抿双唇，脸部胀胀地，偶有局部的悸动，色彩由红而染紫，鬓丝微微而动。她闭上双目，手指在周身弹动。

衣裙从侧翼滑落，腹部下陷，浅浅的一片水泽盆地突然挤成一个岬角，那是晚风隆起的一枚满月。一次触碰便有了含羞草的开合，浸出几滴露珠，滑落下来。

我裤兜里的电话嘟嘟地响。"你到了吗？"

我突然忘记了苏晓晓叫我去哪。

我又给她打去电话。

打了几遍都没有人接听。她打电话给我时是二点三十七分，现在是五点过十分，这个约会注定失约了。

第四章　走　神

秋天。应该是十一月了吧。满街的枫树，叶子脱得所剩无几。即便还有一些，挂在枝头上，只要风轻轻一吹，随即就会掉下来。我和苏晓晓走在窄窄的栈道上。阳光晒在石头上，暖洋洋的。

我觉得和她走在一块更有生命力了。

"是不是警察和你认识的那个女人有什么关系？或者和那个凶杀案有什么关系？"她用手捏了下鼻梁，指尖在下巴顶了两下，像是想到了什么。"你现在在写什么？"她又补充说。写作于我而言有少许江湖名气了。

"写生命里的那种东西，反正自己也说不好，没有实物存在的。"我说。

"我不懂小说。"苏晓晓说。

其实说实在话，连我自己也不懂。

有时候我是不是觉得，人和新鲜事物是一样的。你见着的时候总会好奇，总会保护一种亲密的隐私。有时候当然还会有种难以言语的冷落和着阳光的温暖。

我的内心悠悠地旋转着，挂满了闪闪发光的雨滴。

她比我认识的时候更美丽。一个女人，或者说，只要稍微一打扮就会变成另外一个人。

忽然间，我感觉有种难以忍受的抑制。我在心里发誓，无论如何都不能伤害苏晓晓。"我好闷——我好闷。"我们每天都会找着各种理由见面。见面前我会在镜子前照照自己，闻闻衣服是否会有异味。

每次见面是个固定的地方。西街的凉亭，选择在这见面有它的意义。凉亭对面就是南山，南山下是古人的摩崖石刻。这里也是个悠闲自得的好地方。

她的长头发，黑睫毛，细脖子，瘦削的双肩，在我看来，那双大眼睛被某种东西从快乐的深处凸出，她大概比我小七八岁，她穿着的裙子和配有蝴蝶搭扣的鞋子中间，有着成熟女性的特征。我有意无意地想和她建立另外一种关系，这种念头想想也好，她看着我，仿佛在帮我做决定，再三考虑后，确认我的想法。

我突然听说苏晓晓要离开我们居住的小城。那天下午，我们见面时，她给我说了个可怕的事情。说那个死的女人是被精神病患者杀死的，杀她的那个人是个警察。精神病警察，我觉得不可思议。精神病患者还能当警察吗？我给欧阳蜈松打电话。他说就是个精神病警察，我们已经把他控制住了。

那个警察之前是正常的，出现幻觉有一段时间了，可当他拿着刀子杀人时他完全失去了知觉，在他的手里，刀不是凶器，要不然他也不会杀了她。

"那个人就是你帮助的那个女人。"苏晓晓说。我忽然大悟。这是一个怎样的故事。"女人撞的孩子是不是警察的？"我问。

孩子与这起案情无关，欧阳蜈松说，但是孩子的治疗也与我无关。

我还想知道点什么？欧阳蜈松说没空细聊了，有点复杂，让我找时间再问究竟。

我想着，这里面必定有文章。而揭开谜底的人只有我，我感觉心脏正中央刺痛，刺痛感不停地朝四周扩散。我把头朝后靠着，端起桌子上的茶碗，没有水了，只有几片茶叶，几片菊花和一片姜贴在碗底。记得刚刚还有大半碗的，茶怎么就没了呢？我深吸了口气，吁了出来。闭着眼睛，不停地调整呼吸。感觉疼痛缓解了些。业明是章小年的全部，业明被人偷走了，层层迷雾夹杂着，谁能找到那个孩子呢？

我发现苏晓晓的眼睛有了变化，她的态度也发生了变化。她的神情茫然，就像是一个负责任的警察面对一个无辜的案情，无法将罪犯绳之以法的样子。"凭什么就这样杀了她？"

我看见她指尖间的痉挛。

的确是个无辜且冤枉的案子。我想象着在离别前和她来一场婚外情。想把激情永远留在她的体内，简直是一场棒极了的演唱会。对于一个美少女来说，身体是无价之宝。是用无数的金钱都没法买回的，所以她得十分慎重。然后，男人的问题不是那么好解决的，她不渴求恋爱，害怕自己摆脱不了男人的纠缠。她曾忧心忡忡自己的乳头，乳晕的颜色有点深，男人会去摸吗？虽然实际上她并不想男人去摸它们，但还是从一些杂志上读到过一些操作指南，比如无声的唇吻。可她害怕，一旦身体的某些部分打开后，就再也不会合拢。

苏晓晓计划去省城的一个单位。之前我也听她提过，以为她是开玩笑。没想到果然是真的，我有点不容置疑。她说走之前会请我吃饭，"你为什么要走呢？"我问。"迟早都是要走的，不走我只会是寝食难安。"苏晓晓的眼里满是忧伤。

那个夜晚是她约的我，我本来是想去老地方，聊聊以前的过往，想想是有点煞风景。临时改变了主意，这餐饭由她来定。

我的咽喉像是卡着鱼刺。和那次卡鱼刺的感觉一样，有些窒息的感觉。我想挣扎，肌肉像是瘫痪了。只好用无助的眼神看着她，在暗黑的灯光下，她像是感觉到了我的情绪。"好好对她，我不想活在负罪感里。"我内心真的特不爽。

她取下脖子上的围巾，侧着脸朝我笑，我发现她脸上的肌肉在跳动，说不用这个样子嘛，咱们以后定会见面的。

"我是一个规矩严格的人，而且我不能忍受烦恼。"

"你会过得好的。"

这显然不是终生道别。但她的眼睛，在茶里汹涌澎湃。

我觉得这不是见不见面的问题，我和她接触的时间不长，感觉是认识了好些年的朋友。一种熟悉难舍，在我的身体里上蹿下跳。不可否认我已经爱上了她，当然，我还是保持着应有的冷静。

此外，作为一个男人应该保持克制。在一个个无眠的夜里，我会想起她的眼睛。想起她的眼睛，我就会寝食难安。"你会不会见着女人，就这样子？"我见她在梦里嘲笑着我。

整整六个月，我没有苏晓晓的音讯。打她电话，一直关机。她是故意回避我，还是在地球上消失了呢？是我多想了。只是我暂时不知道她的去向，并不代表她不在地球上。是我自作多情了，也许在她的心里，我不是最重要的人。相反，也许是最重要的。一个人活着，就会为自己的事情，不可能为别人而活。

我躺在床上听一首陌生的意大利歌曲，同时还思考着小说的一些事情。要不是认识安金莲，我不会写这个小说，她答应过我，小说写完时我们会见面。那是无意间说的话，现在想起来好像是个过期产品，没有任何的保障。过期产品还可以投诉厂家，我呢？唯一的就只有继续把小说写下去，把它写好。至于安金莲嘛，她就是我小说里的一个人物，我想起她时翻开小说，也许还能随时把她拈起来。实际上呢？有些东西忘记会更好，人总是在不停地接受新鲜事物。

其实，这个小说写得非常艰难，每次提起笔时，手不听话地在键盘上行走。所以有过想放弃的时候。一是我感觉这个小说章法太乱，语言不够整洁；二是没有好看的故事，所发生的事情都是我记忆中的碎片。我觉得这样的小说不会有人喜欢，找不到发表或是出版的机构，也就是一堆废品。对，的确是废品。我想放弃时，耳朵里又响起了一个声音，那个声音告诉我，贴着生命把生命里的片段写出来。我努力的时候，害怕起来，是不是该去医院了。上次的检查还算稳定吧，这次呢？还会和上次一样吗？医生交代我，晚饭后多出去走走，不要跑，慢慢走。我根本听不进去，回到家，我就继续着我的小说。我还在寻找业明。我害怕只要我停下来，业明就永远回不来了。

"我已经忍无可忍了。你不要逼我走上放火的道路。"我刚走进家门，刘凤凰站在镜子怒斥着，说完就哭了起来。

对我来说，她就是一面镜子，把我看得很清楚。无论社会上怎么评价我，她一点儿也不觉得我坏。和我说话时，很是和蔼。我只要有一丁点的不舒服，她就坐立不安，她心地善良，亲切多情。我很了解妻子的内心，不是迫不得已是不会反抗的。

我有点儿吃惊。她说楼下有个姑娘在等我，"谁？"我问。"去了就知道。"妻子下巴颤抖，脸色沉了下来。

我思忖着，会是谁呢？

凡事总要防个万一啊，我想不出谁来。

看着妻子的脸色，我一言不发，两个人对峙着。

"人家在楼下等你。"妻子又说。

"不去了。"

"随你的便，让别人等吧！"妻子又高声地说。鬓角的静脉鼓胀起来，简直要撑破血管似的。

刘凤凰的眼泪从脸颊上滚落下来，她似乎不想擦去。

我跑下楼。看见她时，眼角里噙满泪水，从白色的耳边淌下。

"我真不应该来找你。"她的声音有些嘶哑。

几天前的晚上，我忽然收到陌生的信息，一个图案，一个女人搂抱着男人的腰。我隐约地觉察到，淡淡的青草香。

我远远地看见一个细小的女人，蹲在地上，穿着一双黑面布鞋，一枝莲花从鞋外面侧伸过来，鞋面上是灰蒙蒙的，隐约显出粉色的花瓣。她的上身是雪青色的纺绸裣子，领口袖口滚着月白色的十字花边，腋下扣袢上掖着淡紫色帕子。她是个细致的女人，啥时候都把自己收拾得干练整洁。

我以为她真的去了省城单位，实际上又不是这样。她被人骗了，之所以回来找我，是希望我能帮帮她。她还想做个夜听，希望我能够帮她写文章。

我希望她尽快投入新的生活。把那些旧日束缚统统摆脱。

一个女人，一旦被男人骗取情感，就会变得丧失自我。糟糕的是苏晓晓的内心受到了极大的创伤，她说有过自杀的念头。对自己的惊恐，始料未及。就在昨天晚上，她还偎依在那个男人的怀里，向他托付自己最隐秘的期望和梦想。她把柔情蜜意像奢华冰淇淋一样喂进他的嘴里，她没有想到的，凌晨时分他就被纪委带走。

我看着她，没有罪恶。相反有了更多的理解，我不知道为什么会理解她。苏晓晓母亲去世的时候，她还没灶台高，她踩着板凳趴在灶台上做饭，她不会烧火，灶门里忽然蹿出的火，燎起了她的头发。她跟着父亲过日子，上学的学费是好心人赞助的，是他村小老师联系的人，她不知道那人的名字。她想过，那或许是她的恩人。苏晓晓的父亲是个酒鬼，成天喝得两眼眯缝，露出几颗智齿。忽然飞起来一脚，她的心肝都要碎了。

苏晓晓出落得水灵灵的时候，找了个靠山，实际上不是她找的，是那个男人找的她。一开始，她没有答应。拒绝的理由有很多，钱和权她都不会动摇的，她说，自己有双手。可后来，她还是妥协了。

男人比她大十九岁，比他父亲小一岁。对于男女之事，她没有太多的美好。男人像山一样的身子把她裹住时，她开始很恐惧，不停地瑟缩着，不停地发抖。可她不忍拒绝，她怕他就此离开，以后再也不来了。她想推开他，手像没了筋骨，软弱无力，任由他抱起她放在桌子上。

人活在世上，很多时候就像是蚂蚁，顾不过生活的哀怨。他犯罪了。经济罪。他就像是被请客一样，被人客气地请走。来不及有任何交代，他随之变得脆弱起来。

我回到屋里时，妻子的情绪平缓了下来。在卧室对着镜子贴面膜。但我不知道她为什么发那么大的火，兴许她是遇上其他不愉快的事情，借机发泄心中的怒火。

苏晓晓还是离开了这座小城。我们没有道别，那种特别的依恋和不舍，变成了天上的云朵。

回忆往往是一种老去的标志，但我们还是经常地谈论以往的种种。我忽然觉得，有些人的隔膜是深的，也是自己折腾出来的。

我和苏晓晓认识以来，一次约会都没有过，甚至没看过一场电影。

那段时间，刘凤凰嘴里说不在乎。暗地里老查我的通话记录。大半夜还在电脑前忙碌，她懂得一些技术，攻克我的手机密码并不难。我装着不知，主动交代，我知道，女人一旦起疑，就得主动交代。我说苏晓晓打电话来过，把通话的时间精确到分秒。聊的内容也一五一十地陈述。

爱情是一个人认知的思维痕迹。性格、爱好，都潜在思维深处。它会是世界主体的全部，不急不慢地改变光线的性质。世间有很多的爱情、亲情都是善良和同情博得感情的。人与人之间，人与爱情之间，他们有自己的场地的。

午夜，我从梦里惊醒时。我发现自己坐在酒吧内，桌子上摆放着热气腾腾的牛肉。酒瓶空在旁边。

我一直认为自己是个罪人。这些年来，我深陷在罪孽的自责中，我时常会看见安金莲在窗边走，精神恍惚，可能是要跳楼。有时感觉她拿起剪刀的手在颤抖，像是要用它刺进自己的咽喉。很多个夜深人静的时候，仿佛听见了她流泪的声音。我的内心开始颤抖。我害怕了。我开始控制自己不去想她。当然，我想她的时候大多数是想她的表情。那张让我兴奋着的脸，常常会让我产生幻想。想起这些的时候，我感觉自己身体的血液在沸腾。

我开始意识到，是不是我天生就克女人。要不然怎么和我有过情感的女人，最终都会消失得无影无踪。

"实际上我不喜欢你这样的男人。"刘凤凰口是心非地说，"我喜欢喝酒抽烟的男人，每晚泡在酒吧，或是泡在音乐会馆，留着粗糙的胡子，穿着裸露膝盖的牛仔裤，身上雕刻着鸟兽。那样才霸气，有性格，刺激。"

"你总有一天会觉得这种男人最让人讨厌。"我说，"他会给你带来太多的肮脏和无奈。"

刘凤凰歪着嘴笑着说："不可能的。"

"你就幼稚去吧！"我不想争辩，争辩没有任何的意义。

我从小就讨厌刘凤凰说的这种男人，只要看到肉体上刻有花纹的，就把他们归纳为社会上的烂仔。我知道这么定性是有些偏激，《水浒传》里很多英雄豪杰都满是文身。

一个夏夜的傍晚。或者说是春夏交替的夏天。我发现刘凤凰出了问题，变得极为不正常。异常是从同学聚会开始的，她不止一次参加同学聚会。

自从我回小县城工作后，断绝了以前的各种往来。我的那群同学，太过功利。举个例子说吧，他们有事的时候就会找你，你有事时就找不着他们。这不是我诋毁他人，实际上就是这样。我结婚买房时，没有一人上门来庆贺，他们不论大事小事总会送请帖上门。甚至开个什么小店的，总有人打电话叫你去送花篮。

后来想起来，人都是根据地位变化的。那年冬天，我家从不见人串门的，突然变得热闹起来，沙发上，茶几上，到处堆的是人。有些大惊失色。

我和刘凤凰结婚时，结婚照晒了好几个群，连点赞的人都没有。那时，我们陷入了一种精神的失落中。就连伴娘也临时请假。我不想重提，一提就悲从心中来。我发誓，从此往后再也不和他们往来。

刘凤凰那几年的运气，我都是倍感意外的。她去建设局办公室做临时打字员，是我打招呼进去的。一开始她的胆子很小，不太敢进门，也不敢和领导说话。当时办公室里就她和另一名主任，主任见她穷酸酸的，开始是冷言冷语，后来又给过些照顾。

有一天刘凤凰回来说，主任欺负她了，在她头上敲了一竹鞭。眼睛哭得通红。她说，这工作干不下去了，紧接着又哭起来。

找份工作不容易呢？我扳过她的头来看，不见有痕迹，问主任为何要敲她的头，她说开会打错了会标。我感觉身体内本来开始燃烧的烈火，渐渐地冷下来。"工作得细心啊！"我叹了口气说，"还得回去上班，把工作干好。"妻子忧心忡忡地看着我，似乎有话要说，但没有说出来。

几日后，刘凤凰回来说，她已经是办公室副主任了。她捂着嘴说，我们办公室主任提拔了，我负责办公室工作。我感觉很是意外。虽然内心很高兴，但还是怀疑这么好的事不容易得来。我特意去了趟建设局，一些熟识我的人都向我祝贺，我也不知道脸上是什么颜色。"刘凤凰是很不错的。"局长见我高兴地说，"局里明年有考事业编的机会，她可以参加考试。"

晚上，我回到家，桌子上摆着葡萄酒。"来，咱们今天晚上喝一杯。"妻子特别高兴，躺在我的怀里说，以后单位的事情你就别管了，我会做好的。

我忘记了刘凤凰在建设局的日子，她考上事业编不到半年就调走了。他们局长不知道什么原因，从建设局调到了药监局。建设局是大局，局长一般是进县班子的。药监局只有十来号人，一年只有十来万元的工作经费。刘凤凰也跟着去了。去之前没有和我商量，她说自己是办公室负责人，得跟着局长走。到药监局后，刘凤凰变成了药监局的办公室主任。

局长的家庭我不了解，我知道他再过三年就退休了。每次见到总是夸刘凤凰，说她非常有才，能干事。

刘凤凰有没有才，能不能干事我最清楚。她的确是为人老实的一个人，说到才华，我不敢恭维。

不过她当副局长完全是个意外。她所在的单位发生了一场内战，两个符合条件提拔的主任相互攻击，不停地向组织反映各自的问题，两个人都没有成功上位，最后位置空缺了出来。

填补这个位置的是刘凤凰。刘凤凰当上县药监局副局长的当天晚上，家里搞了个庆祝活动。晚上她打电话问我是否回家时，我就知道她并不希望我回来。去哪打发下都好，总之不用看我的脸色。我故意说，同事晚上请饭就不回了。在楼下的餐馆炒了个小菜，和店主东扯西扯到八点多。我以为家里该散场了，爬到楼道口听见屋内笑声一阵高过一阵。硬着头皮闯了进来。一张张陌生的头颅裹着嬉皮笑脸，谈笑风生，争先恐后地喝着酒，高度酒，客厅里弥漫着刺鼻的酒气。这晚喝掉了六瓶白酒、三箱啤酒、六瓶红酒。刘凤凰一个劲地仰着脖子往里倒，好像酒量很大的样子。她有点兴奋。到了兴奋点，不听任何人劝说，还在不停地倒酒。这是她的场，她想怎么的就怎么的。大家倒是很热情地放下筷子，站起来像是迎接贵宾。我有些不好意思说，单位来了新同事聚餐。"来来，坐下，我们敬姐夫一杯。"

一个我不认识的漂亮女人，硬是用醉话发难刘凤凰，"我亲下你老公，姐夫我有一半。"刘凤凰手朝左边一挥，就像是抛绣球一般说，"想亲就亲"。我未来得及防备，那女人搂着我的脖子，硬是在我的脸上狠狠地亲了一口，那一口特别地用力，我感觉那不是在亲，嘴唇冰冰凉凉的，舌尖明显挂到了我的胡子。我被这突然的攻击弄得晕乎乎的，内心掠过一丝波动。可大家谁也不在意这个动作，不停地交换着酒杯。刘凤凰喝醉了，没等他们离开就睡在椅子上，像是一摊泥怎么也扶不起来。几个美女拉着我非要我接着喝，我的酒量小，很快就听不见了说话声。

我睁开眼睛发现墙上的钟已指到了两点。桌子乱七八糟的，门还敞开着，我慢慢地坐了起来，发现额头疼痛得难受。我爬起床倒了杯水，一饮而尽。感觉还是渴得厉害，带着苦涩，又灌了两杯下去，感觉胃部稍微舒缓了点儿。

这个女人我之后见过面，在一所乡村小学。记得那次见面时，她离我很远，有种畏缩的感觉。她说她还记得我，我是刘凤凰的老公。我很快就想起了那个晚上。那是六月的一个晚上，酷暑难忍。

刘凤凰说，有两个女同学约她去喝酒，叫我一定去陪，大家都想认识认识我这个姐夫。我去干嘛呢？我最讨厌的就是酒场，但我担心刘凤凰会喝醉，只好听从她的话。

我们四个人要了个包间。三个女人唱着，跳着，嗨得厉害。我不时举杯应付着。那两个陌生的女人，不时会过来和我碰杯。

酒过三巡，我就半醉了。感觉整个屋子都在上蹿下跳，我用力把自己支起来。眼睛还分不清楚颜色，耳朵里有些刺痛。三个女人都躺在沙发上一动不动，是不是都喝醉了呢，我正担心怎么回家的时候，一个女人突然摇晃着站起来，拉着我手臂，"来，姐夫，扶我一把。"我伸过手去。女人像是站不稳，整个身体朝我压过来，我铆足了气力才站稳。就在我稍不留神的时候，感觉她在我的耳边狠狠地亲了一口说，要不是和刘凤凰是同学，今天晚上我带你回家。我仔细地看着她的眼睛，她更加放肆起来。"姐夫，来，亲我一下。"我担心她借酒发疯，好在整个屋子被声音埋着。我想起来了，那天晚上在我家，也是她亲了我一口。

我清醒点的时候，她已经走了，不知道她是怎么走的。我开始有些后悔，隔壁的房间空着，只要我提出来，她必定会跟着溜出来。

这次不一样，她彻底像是换了个人。见着我，脸色绯红，还有些不好意思。"那晚怎么不留下来？"我故意把嘴凑到她的耳根上问。

"酒醉心里醒，不能犯错。"她笑着说。

"能犯什么错？"我故意刁难地问。

"你知道的。"现在看来，她不是那种放荡的女人，估计是酒喝多了兴奋。彼此都笑了起来，笑得很憨。我还想和她搭话，她却冷了表情，然后慢悠悠地走了。我感觉她是在逃避，不想给我任何机会。如果我不是刘凤凰的老公，也许她不会这般对我。人嘛，都有忌讳的东西，这些东西是不可以触碰的。之后，我再也没有见过她，偶尔会想起，也就是昙花一现。

这个时候，我记得我的名字叫缸穷。我怎么都抛不掉的名字。在女人面前，我不喜欢提起，可刘凤凰偏偏"缸穷、缸穷"地喊着。

哎，谁叫我家穷呢？我小时候住过的村子里，到处是地窖，村民们也仅靠红薯过日子，我家特别穷，不要说地窖是空着的，就连家里的缸都装不满，所以，章百年给我取了这么个名字。这个名字一出口，好像越叫越响。

人到一定年龄，对性与爱的理解层次不同。我认为听觉比嗅觉更加敏锐，更加准确。我想到这的时候，围着心脏有股阵痛，不停地向四围扩张，似乎一时半会停不下来。我必定得调整呼吸，深吸气，这种方式很奏效。不知是闹钟，还是什么，在柜子顶上嘀嘀地响着。一会儿，又停了下来。

刘凤凰和我说过，说做爱是可以增进感情的，我必须得承认这是表达爱的一种方式。男人和女人之间的感情，性爱是起到至关重要的作用的。记得另外一个女人也和我说过，说她老公已经半年没有和她做爱了。"有这种事？"我当时感觉很奇怪。"如果一个男人不和女人做爱了，这个男人应该是厌恶这个女人了。"老人除外吧！只能说是正常人。我承认，一个男人不与女人做爱了，即使没有离婚，中间隔着的也是万水千山。就拿我来说，刘凤凰有段时间做了前庭腺肿手术，医生建议至少一个月不能有性事，结果刘凤凰有了心理恐惧症，我们半年都没有做一次。被这么一折腾，刘凤凰基本上是性冷淡了。我呢？很忧郁。男人想发泄的时候，做爱是一种不错的减压方式。于是跑到地摊买了几张黄片，悄悄地开车到荒野的偏僻处独自过瘾。有一次，我在家休息，刘凤凰开车出去玩。结果坐在旁边的女同事打开了播放器，我存放在里面的黄片没有拿出来。同事没有问缘由，刘凤凰主动交代，说我们昨天晚上喝醉了酒，结果就买了张黄片在车上照着做。你要是想知道其中的滋味，我可以先借给你回去体验。那女同事果真上当，回到家，刘凤凰说，你那黄片出租了，弄得我一头的雾水。

我实在压抑不住的时候，也会外出寻找女人。从外表看我性情刚烈，内心却是很脆弱。在我居住不到百米远的地方就有高档保健城，男女进出这里都是大摇大摆的。我想女人的时候，首先想到的就是这个地方，花点钱做买卖，倒是个不错的解决方式。每次信誓旦旦地走到门口腿脚就发软，失去了方向，总是担心这里的女人会传染到性病。有一次，我喝了半斤酒。一个人闯进了保健城，几个美女凑上来问我要什么服务，我却说走错了地方，多喝了酒，就在门口的长沙发上歇几分钟。仅此是两三分钟，然后像只黄鼠狼逃跑了。我发现，这个时候的我是一半清醒一半麻木的。我以为自己没有醉，猛踩着油门，撞上了路旁的水泥墩。

我开始四处寻找猎物，我不是寻花问柳，是在心底寻找一个声音。那个声音有血肉，有灵魂。女人对我的灵魂来说是完美的，我那时对男人有偏见。

　　那个相遇是风吹来的。一个比我大三岁的女老师。我在报社时，是外线记者，一些大大小小的热点新闻都是我跑。我的名字频繁在报纸上出现，算得上小有成名。我第一次去学校时，一个落落大方的美女校长接待的我，她的眼睛特别大，有东方古典的美。很健谈。我最感动的是她放弃大城市工作，来到这个偏僻的山村支教。

　　夕阳已经西下，黄牛在金色的夕阳中缓步回村，牛尾巴的影子在地上拖出一串清脆的响声。"晚上在这吃饭吧！"她絮絮叨叨地说。我一开始就交代过随同的工作人员，不管多晚都不要吃学校的饭。我想，她的开销太少。她有意把我们留下来，事先做好了准备。

　　酒香从最左边的矮屋子里飘出来。洋洋洒洒，弄得村子里都是酒香。

　　我有过逞能的时候，四个人喝了四瓶酒。那时，不知道酒是会喝坏身体的，像一场比赛，不会有任何的顾忌。端起杯子会碰得叮咚响，一口一杯。有种江湖的豪气，荡气回肠。

　　很多女人喝酒会失控的，酒前是一个人，酒后会变成另一个人。我的好朋友Z就是位被酒醉得不能自持的女人，我亲眼看见她与一名比她爹还大的男人在音乐会所的门口接吻，男人甚至把手伸进了她的裤腰里。这样的场景看起来十分恶心，而他们借着酒兴却很享受。我知道女人一旦醉酒，就会变得毫无主见，会以身献佛，任由男人摆布。当然这只是部分女人，这样下结论会有很多女人反驳，觉得这话对她们很不公平。因此我和女人喝酒时，总会保留着清醒。

　　当然，这个酒宴不一样。这是乡村的一种待客之道。女校长请来的两个陪酒的老师都是美女，她没有喝，说自己滴酒不沾，只好请两个美女来。一时我没有对策，上策和下策都是喝酒。

　　我的酒量不如两个老师，喝醉的时候，女校长还敬过我一杯。然后我就不知道了。

　　我发现我喝醉酒半数和刘凤凰有关。我就像个落魄的苦行僧六根清净。我是个正常男人，闭着眼睛就会想起女人，很多时光，我都在幻想着女人的身体。我就像是一只饥饿的老鼠，不停地撕咬着民居的门窗，我得闯进去，总认为里面会有富足的粮食。我守着某晚，房间的主人不会回来，我咬碎了纱窗门，钻进了屋内。接下来运气并不佳，主人回来锁上门窗玻璃，我被关在空洞的屋里更加饥饿。

各种焦虑让我异常不安。我的生活越来越没有追求，如何能满足内心的欲望呢？我一个人悄悄地去了酒店，我知道那个酒店里有妓女。我这是嫖妓吗？门咚咚地响了。我打开房门。

"我来为你服务。"一个画着浓黑眉毛的女人伸进头来。

"对不起，打错了。"我说。

这是我叫的吗？明明是我照着门底下的名片电话号码打的电话。女人离开了。我的心扑通扑通地跳得厉害。过了好一会，我又拿起了电话。电话没通，我就挂上了。

后来我又悄悄地去过几次。但始终没有胆量开门。

那次，我和几位朋友在一块喝酒，也许是酒喝多了的原因，整个人变得兴奋起来。

曹二棍打电话来，问我在哪？他说刚从澳门回来，问我有没有空去按摩。

我说好。刚挂上电话。曹二棍又打来电话说，兄弟，我留了个女人给你，在山青酒店你去吧！

我摇晃了下脑袋。曹二棍这家伙，我还是得防着。我去了酒店，敲开他的门，屋内空无一人。

刚刚出门，见一个高挑的女人，站在电梯旁接电话，我一听，感觉是曹二棍说的那个女人。

妈的。曹二棍这狗日的，找个这么妖的女人。不会是人妖吧！我趁着她打电话，悄悄地侧着身子溜下了楼。

没几分钟，曹二棍就打电话来，说兄弟，不好意思，那鸟日的女人说不能服务，我现在给你叫个，保证品质比刚才那个更好。

我喝醉了呢？兄弟，改日吧！我说。

他还是不停地响着，我就挂上了电话。

电话还在不停地打，我真的晕了。我得找个地方好好地睡一觉，对了，就在这吧，我重新开了房，是钟点房，三个小时的，我看了看时间，下午的三点，应该够了吧！我想够了。

黄昏时分，妻子给我打来电话，说她晚上还有个应酬，叫我随便去哪吃点，她得晚点回来。

我去哪吃呢？肚子里空空的，却没有饿意。

我在床头柜子上翻着，找什么呢？里里外外，上上下下都找遍了，没有找到我要找的东西。

我想，是不是该回家了。

电话响了。我想，是不是时间到了？

"先生，要服务吗？"

是我要找的吗？

"好吧！"我说。我没有答应，也许还会拒绝呢？

门咚咚地响着。我打开房门，说实话，我还是第一次见到这么漂亮的妓女。我的心里像播放电影，咔嚓着。我戴上了安全套，可游戏还没开始我就泄了。"我带了两个套，待会咱们再接着来。"我的心里有着强烈的恐惧，很不安，我感觉这不是我想要的。她把安全套从口袋里掏了出来，撕开后，主动帮我戴上，可是怎么都戴不上去。

"不想吗？"她问我。我没有说话，整个人僵持着。

"是我长得不够漂亮吗？"我摇了摇头。

我真不知道自己怎么啦！她不停地在收拾什么，很快就把衣服穿好站了起来。"想的时候叫我，我随时来。"我忘了给嫖资。不过她也没有来。

这一晚我都没有离开房间，我希望她还能再来，只要她来，我会把嫖资照付给她。可是，一晚上都很平静。

我离开酒店时，阳光刺眼。一条街一样的公路，路上有小汽车、公共汽车、三轮车、摩托车、自行车，还有脑袋长得像蜻蜓一样的车。这些车嗖嗖地在我眼前跑着，看得我眼花缭乱。我感觉自己像是个盲人，迷失了回家的方向。

我去问路，专门找老头老太太问，老头不说话拄着拐杖朝前一指，我就不好再问，可是前面和后面都一样啊。又找老太太，老太太是聋人，侧着耳朵大声说："你说什么，我听不见！"

我没有再问，朝着一条街走到尽头。累了，就停下来歇歇。旁边的三轮车夫，不停地朝我招手，"要不要坐车？"

我爬上车，稳稳当当地坐车。"到哪里？"

"李家巷。"车轮刚滚动，一个急刹停了下来。"去哪？"师傅又问了一遍，"李家巷。"我说。

"这不是李家巷吗？"旁边的师傅顿时哈哈地笑起来。

屋内空无一人。我透过沙发墙上的镜子，发现嘴上的胡子都不见了。我记得昨天晚上，在酒店打开了一包胡须刀，嘴上的胡子刮得很干净，没有留下一点痕迹。我这才想起，那胡须刀是有标价的，好像是二十块钱，我从口袋里搜出结账单，奇怪，我当时交的二百块钱，没有消费一分，完完整整地给退了回来。

我意识地朝楼下跑去，刚才的那辆车不知去向，整个街道涌现出许多陌生的面孔。在穿过红绿灯的斑马线时，一张张脸谱朝着我洋溢着笑。他们大多是女性，中间夹杂着几个男生。我又想起了那家工厂，脑海里浮现了加班和工资两个词汇，我对从前的那个我，怎么会那么精神？凌晨下班，还能趴在铁架子上写小说，做着一个神奇而遥远的梦。

她们经过我时，像是一个个擦肩而过的记忆。有段时间，我十分想念那段日子。

我在夜幕中重新回到家。橘黄色的路灯照亮了行色匆匆的路人。我的内心焦虑而复杂。

在离家不远处的巷头，那个算命的老先生还没有回家。还坐在那里，等着人去卜卦。除了他自己外，连经过的人都没有。他就像个瓷器，寂静地放在那里。他打开钱包，在清点着今天的收获，不时沾点嘴角的口水。

我花两块钱，买了两根玉米。我问卖玉米的老人，玉米熟的吗？熟的。果然好吃。

我再次回到家里，还是空寂空寂的。我不记得妻子去了哪？她似乎和我说过了。我也不记得她是否会回来？或者说半夜回来。

我终于忍不住了。打开电脑，进行一场战斗游戏。有些累的时候，又打开电视机，看了一会新闻。

手机有点旧了。但好用。我从旧货店里买回来时，里面就储存着几百号美女，有姿色妖艳的高级白领，丰乳肥臀的闲置少妇，长得水灵灵的学生妹。上面有详细的联系方式，我无聊地逐个点开。对了，这里面有个韩国女人，就像是一个冰雪美人，她的中文还不错，我们聊得很好。她说，她是一个瑜伽教练，那腰特别柔软。

我正聊得火热的时候，那个女校长给我打来电话。问我在家忙什么？我打着哈欠说，昨天喝多了酒，现在还没清醒过来。

我听人说，女校长的老公很小气，见不得她和男人有联系。晚上基本把她关在家里，哪也不让她去。"现在还早呢？有没有空出来喝茶？"听她口气，好

90

像目的不是喝茶，必定是有什么重要的事，要不然不会冒这么大的风险找我。

我找了件外衣，朝楼下跑去。

"我们去喝粥吧！"

"好啊。"我没吃晚饭的。开始没胃口。

"找我定有事吧！"我眯着眼笑问。

"没事就不能找你啊！"

"不是。"

"想喝哪种粥呢？"

"你喜欢喝什么我就喝什么吧！"

"好吧！"

我见她那丰厚的屁股在凳子上挪来挪去，喝粥的姿势就像是一场舞姿。

我见她的眉头突然紧锁起来。"今天晚上我不想回家了。"

我点了点头。感觉空气里穿插着凉风，朝着我的眼睛不停地扫射过来。

她问我，最近的小说写得怎么样？我说，进展艰难。

"在什么样的情况会激发你的写作思路呢？"

"写作这东西不好说。"我敷衍着回答。

实际上，我真不知道好灵感是怎么出来的？我所经历的体验转换到小说中来都变成了另外一回事。要么就是太善良，要么就是太丑陋，这其中包括我自己。我知道，女人是重要的角色，因此，在我无处下手的时候，我就会想到女人。

我给你朗读一段文字吧！她看了看我说。她的声音很小，我看见她的嘴唇在蠕动，似乎声音散发不出来。我闻到了一种薄荷的味道，我闻了闻粥，这不是粥的味道。

包厢内的灯光，刹那间暗了下来，是那种安静的暗。

我闷头喝粥。

"我们出去走走吧！"

"我来买单。"

"我已经买过了。"

我和她说，不怕你笑话，我曾经在梦里见过你。

夜晚凹凸，阴风无形。

我们朝着一条小巷子走，越走越深，我问女校长怕不怕，她不作答，只将呼吸一重一重似的。我感觉她的身体在慢慢靠近我，越靠越紧。

小巷的尽头已是空空如也。

一轮明月，从山坡上照下来，地上是一片银白色。我的心怦怦地跳到了嗓子眼处。"我不喜欢那个男人。"她说。

我应该怎么办呢？我的脑子里特别乱。这些日子，我像只畜生般四处寻找女人。可我内心是痛苦的，我看见黑色的风，在不停地侵袭着我的耳朵。

我闭着眼睛，感觉身体的每一个细胞都朝着风张开。各种颜色，在我眼前跑动。我听不清楚她在说什么，像是在给我讲一个校长的故事。不时，我听见了泪水，撕裂在夜空的声音。

夜很静很深。她没有了声音。我听见她心跳的声音，就像是水滴进了深井，余音一直在脑际环绕。我闻到了她嘴里散发出来的气味，那种气味有着特别的诱惑力。我故意把嘴贴到她的耳朵上，然后用牙齿轻轻地咬她的耳根。我感觉她的身体在抖，我咬的时候抖得特别厉害。我就这么故意地逗着，断断续续地咬。她终于失控了，感觉抱我的手越来越紧。嘴巴不停地在我的脸上寻找，用她那比橡胶还软的舌头舔着我的胡子。最后不顾一切地吻着我的嘴唇，很快，很贪婪。我发现她是个接吻高手，接吻的过程比做爱还过瘾，还深入，还透彻。她的舌头就像是一只蛇头，会摆弄各种把戏，只要你稍微配合，就会完成得非常出彩，让你回味无穷。我清醒地看着四周，只要发现有任何风吹草动，立马停止所有动作。她很沉醉，像是活在另外一个世界中。我知道，这个夜晚只属于我们两个人，谁也不会来打扰这份清净。我想在草地上野战，又害怕她的声音过大，惊动了夜睡的鸟儿。最后还是松开了。然后平静地看着对方。我看见她的眼睛还微微地闭着，睫毛在颤动。

女校长说。

我的第一个男人你也认识的。

他叫曹二棍。

我一听心里像是触动一般弹跳起来。"我和他没关系了。我们只是好过，我不想隐瞒你。"

女校长问我，你是怎么和曹二棍混在一起的？我和他算什么呢？兄弟吗？还是？我竟然一时解释不清。

噢，我喝多了。我说。我在故意扯开话题。

我能理解她，一个女人，对爱情是向往的，激情也是需要的，但她对婚姻终究是清醒的，不盲目，不虚伪，像北极绚丽的光，大海澎湃的浪，天地间的狂风暴雨，终究是短暂的，平静才是长远的。

我的心感觉被撕裂得疼，心里在痛骂，狗日的曹二棍，他妈的，你就是个大骗子。骂得痛苦的时候，又觉得这狗日的够意思。

还好现在结婚了。是个外科医生，今天是他的晚班。

我算什么呢？我害怕起来。我上周去过医院，那个个头高高的男医师，他用目光斜视着我。眼睛边框的光流动着。我一下清醒过来，会是他吗？不是没有这种可能，我搜索着那几张面孔，大概也就他最年轻。

这晚的画面一直充斥着我的大脑。像电影一样，不停地反复播放。每个细节，甚至表情和行为，像虱子在上蹦下跳，我想把点点滴滴都重新拾起来，发现又总是遗漏了部分，那部分显得相对重要。在我的心中她是个诱惑十足的艺术品，很有价值，十分有魅力，那个空间不停地膨胀，像个气球。

那种危险时刻笼罩着我。这时，我会悄悄给她发信息。我的每个脸谱都带有信息，她应该会懂，给我回信时，仿佛是大摇大摆的。有时，不会有任何表情发来。其实我知道，这时她遭遇着男人的监视。

接下来的一周我几乎是在饥饿中度过的。我的心里受到了很多挫败，这些挫败不光是来源于她。我在寻找机会，我感觉我和她没有结束。我甚至能感受到她有着同样的心理，她也在寻找与我见面的最佳机会。万一没有空隙，也许她会冒险。我得好好珍惜，不甘心就这么算了。她知道我的性格，我是不会轻易放弃的。我知道她有姐弟恋情结，曹二棍就比她小。我还知道她喜欢比她小的男人，可她现在的老公却比她大。婚姻与爱情，与性，与情趣都与她不符的。

刘凤凰中午基本不会回来的。那段日子她对工作很是拼命，很多与她同龄的人都在提拔。她得好好表现自己，想尽可能往前挪点位置。我一般不去过问她工作上的事情，更不会去询问她与哪些人往来。不过有时，她会莫名其妙地问我在哪？问有没有吃午饭？

我家是我的临时办公点，有办公桌，我得做些业务来补充收入，仅靠我那点工资混日都难。很多接待活动都是在家里进行的。客人来了，简单地在楼下的菜市场买几个萝卜、青菜什么的，他们会帮着开火，谁的手艺好，就谁露一手。如果懒得动手，就照着贴在门口的"牛皮癣"打个电话，不过几分钟就会有戴黄帽子的人咚咚地敲门。每次都不会缺酒，我的酒量很小，但有点好酒，都是朋友送的，大家兴致高，就会喝得东倒西歪。那种感觉很有味道，无拘无束的。那段时间我带了很多实习生，我比他们的年龄大不了多少，他们很喜欢我，称呼我时也不叫老师，直接呼唤我的名字。我从来不计较这些，名字本来就是用来叫的。他们经常会来我这里玩，很多时候是独处，有时是男生，也会有女生。他们的嘴巴都很甜，有时候喊刘凤凰师娘，有些称嫂子，总之都是大大咧咧的，刘凤凰对她们没有防备之心。

女老师来我家时，是晚饭过后。她有些害怕，说要是你妻子突然回来那就糟糕了。我被她这么一说，头发倒立了起来。俗话说，走多夜路会碰上鬼。可刘凤凰刚刚来过电话，上面明天来检查，和同事加班整理材料，得在办公室睡一个晚上。我装作委屈地说，那我去楼下喝一杯。"别喝醉了，可没人管你。"

我有些悲喜交错。感觉女老师就是来偷情的。她的脸绯红，眼睛里有些空。

我打开房门，楼梯是空荡荡的。屋檐下没有任何声音，有人穿过是能听得见的。这个点，恐怕所有的人都在睡觉。谁家发生了什么事情？谁也不会注意的。

"别担心。"我说。

"不。"她用力推开了我。

我回头看见屋内那张宽敞的床，十分整洁，被子四方叠着，上面还摆着一个布娃娃。

我就像是在进行一场战争。抱起她，扔在了床上。我的心跳得更厉害了。

"别这样。"她说。

"那怎样？"

她不停地挣扎着，力气很小。

"我爱你，比任何时候都爱。"连我自己都不相信的鬼话，现在绘声绘色说得真的一样。我不知道，怎么会说出这等话来。女人很喜欢听假话，越假以为越真。

"你听我说句话。"

"什么？"

"会怀孕的。要是怀孕了，怎么办？"

怎么办呢？我也不知道怎么办？

被她这么一说，我的兴奋感顿时散去了大半。我真的有点担心，除了避孕药，想不出其他的法子来。

"我给你买避孕药。"我说。

屋檐下不远处，有脚步的声音，走得很快，窄窄的皮鞋子咯咯地响。我的耳朵嗡嗡地响，好像走起来很快乐的样子。声音朝着我这边走来，越走越近，"刘凤凰，刘凤凰。"我对着窗外喊着。

"你家刘凤凰还在加班吧！"

是楼下的一个女人的声音。

"我以为刘凤凰回来了。"我说。

"大家都忙！"我忘记了，她单位的同事。每天都会见面打招呼，以往她都穿着平底鞋。

我尴尬地笑了起来。女老师的脸上表现出生气，但我并不想为难她。因为我自己也感觉这个房间很不踏实。

我知道她很紧张，甚至还很害怕。我有些慌乱起来，妻子有钥匙，风险随时会发生。可怕的不是妻子，她老公会不会跟踪来，我听说，她老公在没考上公立医院之前，是公安局的临时法医，会玩跟踪术，我这种木门，只要用脚轻轻一踢，立马就会坍塌成粉末。害怕仅仅是几秒钟，她已经不顾一切像条鱼儿摇摆着。

我不知道是不是太过紧张，她相反失去了理智。"亲我，快，快点亲我。"她的手抓得我特别紧，身体不停地颤抖着。

外面的鸟儿借着月光偷窥着她的身体。这种场景不需要布局，很自然，再好的演员也是难演出来的。我想控制自己，但还是不由自主。我们做了三次，每次都很疯狂。她的声音特别大，我生怕楼下人听见，用手捂住了她的嘴，她喘着粗气说，不叫我会憋死的。

"你不是怕捉奸在床吗？"我故意逗她。

"不怕，不怕，你千万别停。不要停。"她的声音让我很销魂。她就像是几年没有被男人碰过，对性爱有着强烈的渴望。她说，我是她婚后的第一个男人。

我不顾一切地放肆着，做着各种不同的花样。她的脸色不停地变化着，有时候像条蛇，趴在我的肩膀上，不停地咬，叫我别停，一直做到天亮。

我已经没有了力气。完事后，我看见她在穿衣服。一件一件从地上捡起来，随即听见关门的声音。她的离开没有声响，我只听见风的声音。

我与她自然没有了下文。她害怕被老公发现破坏了家庭，我更不想让刘凤凰知道。她主动提出来我们今后不再往来，我答应了。我发现，我是个非常理性的人，居然还真能够做到的。这也是明智的选择，隐藏的东西储藏着奥秘，也隐埋着无限的刺激。可暴露出来就像是座火山，可以融化山川河流。

我还去过那所学校，整个学校的面貌发生了变化。原先的教学楼拆除了，现在是一片草地。重新在半山下盖了栋楼房。女老师不在了学校，她去了哪？我没有打听。

秋天了。开始秋天是热闹的，常常会突然刮起乱风。后来，风停了，天地间就变得孤零零的。开始，我对自然很敏感，能闻出火石迸发火花时的气味，能辨别覆盖着青草底下神庙的废墟的颜色。我曾经无数次在脑海中绘制过一张新的地图，想象着亡灵复活的样子，放荡地妄想着，在某一个地方，一个小孩复活了，那会是一种怎样的复活呢？妄想是梦想的彼岸。难道这仅仅是突破悲哀的想法吗？

悲伤变成了某种彻头彻尾的东西，从未如此经历过，不是我的命运，而是真实存在的。我时常打磨着，把那些和我有往来的女人，给她们安排一段和我的经历，那些经历都没有逃脱过性关系。我的思路其实并不想麻烦，章小年和鲁小晴的故事不是我虚构的，每个环节都是真实的，这里面的真实导致了故事失去了趣味性。业明和儿子长得极像，我无意间在镜子里发现，儿子长得很像我。越是这样，我就越难受，甚至有着难以置信的痛苦。除我自己之外，恐怕没有人会觉察到我的脸，我的神情都在眼睛上，我寻思着，给自己卸包袱，可怎么努力都不见有效。

在接下来的日子里，我躲在屋子里写小说。没有人和我说话，我倒是觉得自在，我想在小说中找到业明，给她种一片果树，来年的春天可以采摘果实。业明没有出现，她真的消失了吗？

这是一个傍晚，我依然在屋子里写小说。楼下的女人说，该把葡萄藤周围的土松松了。我伸长脖子，什么时候楼下变成了葡萄园呢？我没有觉察到。因为是夜晚，看不清楚葡萄园里的人。

刘凤凰的车停在巷子口。她老远就朝我做手势，我看了她一眼，看的是一个方向，没有看清楚有人。我突然想起，还没有去接儿子，他大概还在回来的路上，我们在一片树丛下相遇。他的眼角上挂着泪花，说好的时间迟到了，天黑得有点早。我回来时，特意集中精力看了看那片园子，一股尿骚味呛鼻难闻，园子里不见果实，几片嫩叶绿青绿青的。

我记得有一次，接到一个陌生的信息，有些奇怪，内容大概是问我过得好不好？我再追问时，没有回话。打电话是空号，似乎那个号码专程给我发完信息后，就完成了它的使命。我在心底分析，打电话的人。我肯定是那个女老师，我记得她的眼睛。我不打算再讲述她的故事，我觉得，讲述即意味着从前，现在和将来，而我不知道她的从前，也不知道未来。我做过一个梦，与她隔着一个门槛，我镇静地站在门外，自我克制。门槛的韵味浓郁！

我心想着，这大概是她最后一次出轨吧！我之所以这么说，我觉察出了其中的理由。她与丈夫至今没有孩子。这对于他们的家庭来说，是极其受影响的。说话都难以凑到一块，有时还会带有暴力倾向。她竟然想到了，找人生个孩子。

很长一段时间，没有她的消息了。怎么打听都没有消息。不记得过了几年，她问过得好不好？我让她发孩子的照片给我看，她说孩子与我没有关系。叫我不要和她联系了，说生活过得很好。

我意外见过她丈夫，一个脾气很随和沉默寡言没有一点霸气的男人，完全和我当初猜测的大相径庭，他的个头矮小。他见我的时候，带着微笑，觉察不出我和他的关联。我怀疑，这会不会是一场完美的计划，一开始就在他们的设计中。

她不坦白，我就连上帝也不揭秘。每个人最爱的是自己，而在人与神谕之间，真相的真伪本身都是假的。也许你会相信，我讲述的不是真实的事情，或者不存在的事情，或者是焦虑症产生的幻想。

一段时间来，我会见着风景，事物，从纯粹的现实感中不幸幻想着发展，但很快就中断了，即便是糟糕的。在我看来，我述说的根本就不是真理，真理就是光亮。如果每个人都这么选择，时间会是怎样的一种光亮？我不敢大声说话，就像是个奴隶，再也不敢大声说话。

我还是担心，害怕这一切都是真的。我在刘凤凰面前没有表露出半点反常，像只会隐身术的昆虫把自己包裹得不见万物。我发现自己真够畜生，满脑子里都是装着与漂亮女人上床的画面。有时心里怪痒痒的，还真希望有私生子。我发现我与这些女人做爱完全是建立在肉体上的愉悦，情感上没有过半点疼痛。

事实上，我的身体内经常像是抽空了似的，让人找不着回归感。这么多年，我一直害怕去医院，每次去医院时，总感觉自己无可救药。

第五章 内心的出逃

如果不是大明湖的那个插曲，我至今都认为我不会背叛刘凤凰。我说的是精神上的背叛，这点比肉体要可怕得多。在大明湖，我看见河边的通道就是桥梁，看到水域就觉得是湖面，任何一种东西都给人梦幻。在那闲荡的岁月有一个朝圣的主题，生命布满青苔。我理解废黜黎明，从心中的竖井，渴望那片诱惑的绿，阳光挡不住。

我小的时候，对自然和小说都没有兴趣，那时我的爱好可不一样，我从不看小说，章百年把头埋到膝盖下，借着火炉光看小说时，我的心里会燃烧着一团火，想着炉火把他的小说烧燃。

出发济南的前夜，我在宁海电影院看库斯图里卡的《地下》。我很赞赏萨拉热窝的波斯尼亚人以前拍的电影，比如《流浪者之歌》《亚利桑那之梦》。他们的想象力不是简单地飘逸，而是在自由飞翔，图像和镜头如此丝丝入扣，富有节奏，以至于它们常常会慢慢变为开阔具有丰富想象的画面。那些快速的画面切换，又很快把整个想象破灭了，变成填堵眼球的妄想。

夜晚，接到村里一个多年未联系的朋友给我打来的电话，让我去和他聚聚，我说明天得出趟远门，他问去哪？我说济南。听说去济南就带劲，好像对济南特熟悉，说去了一定要去大明湖。大明湖和西湖、南湖、洞庭湖一样，都是鼎鼎大名的湖。那晚，我基本上没睡觉，在网上和他谈论国家大事，谈论工厂和贸易战的关系，谈论美国政府欠了联合国多少钱？谈论范冰冰偷税会不会坐牢？扯到快天亮，问我要不要去吃夜宵。

第二天没有睡觉，到达济南就连路都走不稳了。像芦苇一样，被风吹得摇摇晃晃的。到宾馆，第一要务就是睡觉。朝床上倒去，不一会就睡着了。

夜半，一群调皮的伙伴半夜唤我去喝酒，说美女终于来了，是我的菜。什么菜呢？我问。超级好吃的川菜。紧接着欢乐声覆盖了声音，我没有心情做夜猫。

窗外的灯光穿梭着，像火车在深山的隧道里穿行。内心有些落寞，有种孤立寒夜的味道。仿佛一窗之隔的繁华，于我仅此是眼花里的辉映。

我懒惰地看着天花板，太简洁了，没有任何造型，雪白的墙壁一尘不染。手机又响了起来，还是那群讨厌的家伙打来的。连续拒绝了三次，还是不停地重拨进来。我实在是烦躁得受不了，第四次打进来时，我决定关掉手机。我想，这是最好的拒绝方式。

我随后将手机搁在左边的柜台上，不小心将柜台的东西打翻掉在地上。是一张记录着各种联系方式的牌子，按摩、桑拿字样清晰可见。牌子上满是细小的图片，每张美女的脸都五花八门，这让人有些想入非非，女性肥臀在眼前晃动。

我提起了床头柜台上的电话，只要拨打一、二、三、四代号即可。"有没有小姐？"我问话时，冷峻。在这种陌生的地方，没有什么害羞的。我知晓一些秘密，欧阳蜈松告诉我的，这等高级宾馆，在当地是有保护伞的。宾馆与公安内部人员早已默契，就算是要来突击检查，也会提前打好招呼。所以只要不会遇上熟人，其他的事情就可以不考虑。

"先生，一次是八百元，一夜是五千元。"我的天，这是什么货色？这是在勒索呢，还是在敲诈。本以为三两百就足够了，这不是天价吗？我还是第一次听说，这么贵的妓女，是皇宫的贵妇吧！我躺在床上发呆，心里骂道，妈的，比金还贵，到底是什么货色呢？

我重新开了手机，得调整下状态。很多事情，是判断不准的，在没有获得信息前，仅凭感知是猜测不出来的。

先洗个澡吧！卫生间里有个不小的浴缸。水温正好。躺在里面，被水浸泡着，清醒了许多了。

刚从卫生间里出来，电话在嘟嘟地跳着。还是那家伙，不死心地在给我打电话。我又不是个美女，干吗这么纠缠不休呢？

"你快点来，美女真的来了。"

"来了吗？"我冷冷地说，只差没暴跳如雷。

"真的是一大美女。"根本不在意我的口气。听见一片开心的笑声，像是喝醉了。这群鬼神，是不是喝醉了说梦话，或者少了陪酒的人，想拉我去做垫背的。我不会上当的。

接下来，整座城市静不下来，到处是闪烁的光。我一直处于半睡眠状态。一个晚上，沮丧地四处飘荡，温馨的港湾究竟会不会出现呢？我像是被浪花冲击到浪尖上，浪尖是不得停留的，任何物什都不可能在浪尖上停留。我的整个身体颠簸得不适的时候，门咚咚地响着，我惊醒过来，发现已经过了早餐的时间。

我们学习的地点是离宾馆一千多米的地方。要穿过一条街，再过一条巷，在一栋院落的二楼最后面一栋的会议室。早已定好集合的时间，七点半在大厅集合，我下楼时，幸好还有一半没来。高学文昨晚睡得比我晚，至今还不见人影。他是召集人，报到时给他临时封的官，他喜欢干这种无利可图的事。

一些人在争分夺秒地聊着一些感兴趣的话题，七嘴八舌的，我无心去听他们说话，只是在观察一张张表情。从神态上分析他们对话题的感受，有些是装着应付，有些是故意大笑。

超过了预定时间的二十分钟，所有人都不显焦急。还在慢悠悠地聊着。

我倒是急了，房卡掉在房内，忘记了带记录本。跑到前台请服务员帮忙，再回到大厅时人齐了。

高学文借机和一个美女在高谈阔论，其他的人都已停止了话题。只见美女"手如柔荑，肤如凝脂，领如蝤蛴，齿如瓠犀，螓首蛾眉，巧笑倩兮"。上身是芥末色的薄毛衣，下身是一条栗红色的裙子，套着黑色的连裤袜。腰带上金色的小挂饰正好配耳环上的金色小球。像是淤泥里的莲花。高学文见我来了，微笑着介绍说，这是贾丽珍。

"贾丽珍？"我奇怪地看着。北方有佳人，绝世而独立。

名单我仔细看过。记得贾丽珍的性别是男。

"名单性别搞错了。"高学文见我吃惊的表情，解释说。

"我屋里的一个女孩，名单上的性别也是男。"过了一会，贾丽珍又补充说。"我想是我们的名字太像男人。"

贾丽珍冲我微微一笑，随即伸过手来与我握手。我想用点气力，想想，这样太不尊重，不过最后还是故意用指尖在她的手背上搓揉了两下。她感受到了我的动作，脸上顿时泛起了红晕。

"我和她聊聊。"我和高学文说。

高学文被我的主动吓了一跳。他看了看贾丽珍说，"好吧！"

贾丽珍就像是那部电影，我与她的眼睛接触时，心就被她抓走了。我第一次，被一个女人轻而易举擒获。

高学文看贾丽珍的眼神稍有点斜，就算是傻瓜也看得出来。他是个可以压抑内心的男人，不会过于主动，也不会冲动。他的自信全来自他的内心。他的想法不轻易说出来，像万物一般自然发生变化。他的这个弱点，女人并不喜欢。

我发现贾丽珍对高学文是朋友关系，一出场就定性了。女人对男人最敏感，任何枝节都能准确辨析出来。这点，不像是伪装的。要是那样的话，那也太完美了。

窗外的阳光特别的华丽，像是春天里的暖阳，光晕一团凑着一团，把整个天空装点得五彩缤纷。鸟雀欢快地叫喊着，彼此聊得正欢。

这是我第一次去北方。还没出发前，刘凤凰给我打了三个电话，叮嘱千万要带毛衣。刘凤凰说，她看了天气预报，接连几天北方的气温都很低。

"不会下雪的。"我说。这个季节就算是在哈尔滨，也不可能下雪。

刘凤凰表现得很关心，我知道关心里的另外含义。一听到她的声音，我的心里就是闷得慌，像个铁砧堵着，如果继续下去，就会气流不畅。有些话，她挂在嘴边，都没有说出来。她知道我不爱听，所以说点关心的话。就算我再讨嫌，还是会顺着她的心。

"你住几号房间？"贾丽珍打断了我的思绪。

"十楼的九号房间。"我说。

"你是一个人吗？"贾丽珍问。我房间里还有一个人。上面说，这次都安排一人一间，以免影响大家的休息。我估计，下午可以换房。

我们正聊在兴头上。高学文说，该走了。我知道高学文是故意的，他不想我和贾丽珍聊得太多，更不想我和她走得太近。

中午饭后，高学文特意找到我。说来了名旁听生，你那还有张空床，让他住进去吧。我知道高学文的主意，他是在想方设法给自己创造机会。这家伙老实，但还是会耍滑头。我说没有问题，你先把他带来。晚上见面时，高学文也来了，我说了自己的担忧，一是自己晚上要写作，二是呼噜声过大，三是会梦游。那个小男生，听我这么一说，说他亲戚在这没多远，他不想住在这里。

"遗憾了。"高学文说，"你本来可以跟缸穷老师好好学习的。"

我叫缸穷吗？这个名字我本不打算再用的，被高学文提起来时，我的脸色是灰色的。

缸穷有什么不好？我做了个鬼脸。

高学文没有罢休。

"晚上有时间一块喝茶吗？"高学文问。

"估计没有时间。"我说。

我从不说别人长短。出发前，我在网站上见过所有名单，总共是九个人，里面没有贾丽珍。报到时，后面有贾丽珍的名字，后面加了个括号，男性。

有人在我耳根说，高学文看中的贾丽珍。我理解为高学文看中了贾丽珍的才华。不过，我得感谢高学文，要不是他帮贾丽珍创造机会，恐怕我这辈子都不可能见到贾丽珍。

在此之前，我没有听说过贾丽珍。其他几个人几乎已成名。写什么题材，创作风格，我都十分清楚。

我的指导老师陈增师教授是个有才的男人，我见着他时，正在屋内和一个小说家谈小说。眼镜捏在手指上，谈得眉飞色舞。

陈增师教授一直鼓励我，他说，我的思维清晰，是个写小说的料子。我很迷茫，不知道为何？我还是抓不住小说的敏锐脉络，我的思维跨度跳跃不大，很难激发强烈的共鸣。可他时常会开导我，小说是不可思议的，一定要有正确的推论。

陈增师教授有过三次婚姻，原配是个知名的小说家。在八十年代是女性小说家的代表，可因为文学上的争议，两个人都没有过下去。

后来和他结婚的都是他的学生。学生仰慕老师，思维接近的人，是很容易引发共鸣的。两个后来都在写作，我开玩笑说，又是思想摩擦出了强硬的火花，那时她们都听你的，现在她们有了独立的思想，所以终究是选择分道扬镳。

陈增师教授对我们这十人都有兴趣。他说了句让我们都高兴的话，"未来十年高校的写作希望。"他的话总会让人引发紧张。至于当时的志向，我只能接受个人应得的一份命运，没有理想的事业，只想写点好的文字，但这种理想，很快就安排在小处。我很愿意尽一些时间来改变自己，增加更多的自信，我不相信命运，不相信未来的形势，我觉得活得最开心的是内心，内心愿意做一个怎样的人，由此决定了自己的未来志向。

贾丽珍在暗地里做了调查，根据发表作品的数量和刊物档次，分析我是未来的王牌。

很多作家聚到一起，就拼命地拉圈子，讨论文学的潮流。我的耳朵忌讳这些话题，"过来坐坐。"贾丽珍朝我招手。一群所谓的文人正在兴头上，我摇着手说，还有点事，我得先回房了。

贾丽珍还想说点什么，服务员朝我招手。说你的房锁坏了，要过会才能帮你修好。"坏了吗？"好好的锁怎么坏的呢？我一边摇手朝贾丽珍示意，一边向电梯走去。

这次学习机会，对我来说十分重要。我很少有这样的学习机会，每次都是费了九牛二虎之力才有机会出来。不过，刘凤凰是支持我的，去哪都要详细盘查，唯独外出学习，她管得最松。

我到济南的第二天，无意间听人私下议论，说这次学习的目的偏离了，办这个班不是真正培养人才。说是还有大笔经费没有花掉，得想办法处理。

第二天上午的研讨会，按理是八点开始的，结果拖到九点多钟。作协主席要过来讲话，在路上延误了时间。贾丽珍是怎么来的，有个秃顶的男人做了解释，听说此人是作协的秘书长。

事后我问贾丽珍，她说原本不是那么回事。说她有一次在北京参加活动，顺便去北京大学听课，见到了高学文，高学文问她愿不愿来？如果愿意可以补上她的名字。这可不是个普通的名额，从报名到专家评审，先先后后花费了三个多月。学习期间食宿、旅游采风，都得花费好几万块钱。我知道高学文没有这么大权力，他还得找好多人。无利可图是不会去煞费苦心的。我听了就腥得呛鼻，心里嘀咕着，贾丽珍会不会早已成了高学文的情人。想到这，脑袋就歪了下来，真的没有力气抬头看大家的脸。

不得不说，我是在体会一段黑色的时光。我是没有情敌的，但知道贾丽珍的情况后，我毫无征兆地意识到，高学文和她关系不一般了。高学文对我还不错哩，我没有理由和他抗战。为一个女人，撕破脸不值得，何况是个没有任何名誉的女人。

我的心情实在是不太好。回到房间，我朝床上扑去。整个人弹跳了起来。耳边是嗡嗡的声音。他妈的，真够倒霉的了。说实话，贾丽珍是我的目标。我知道，和她的时光非常短暂。除她之外，我对其他的女人都没有兴趣，我是会反复挑剔的。

我有些失落。没几分钟，手机响了。我不耐烦地拿起手机，是文馆先生。一个崇拜我，称我亲哥哥的姑娘。

大约是三年前的秋天，在青岛的全国散文笔会上，那是我和文馆先生第一次见面。记得活动结束的晚上，主办方组织露天酒会，文馆先生给大家献舞。她朝气蓬勃，就像是出水芙蓉。笑的样子特别可爱，两个小酒窝可以斟酒。我和他们处不来，实在是寂寞。

"哥，我来看看你吧。"

一个姑娘得跑多远呢？"不用了。"我认真地说。

"咱们好些年不见了。"文馆先生的下句是一定要来。

在去济南前，我告诉文馆先生，这次济南之行将近有十来天时间。我忘记文馆先生是山东哪个市的了，但绝对不是济南。

"我离你住的酒店仅仅两公里路程呢？我和我妈妈说了，这几天去大明湖陪你，主要是想拜你为师。"文馆先生说。

我拍着脑袋怎么也想不起来，记得她家不在济南的。

"得了吧！咱们是兄妹，我做不了师傅的。"我说。

文馆先生没有听从我的意见，还是来了。她直接找到了我的房间，站在门口时我不知道是高兴，还是惊喜。当初的那个小姑娘，变得我几乎认不出来了。不过，我们的见面非常亲切。

我问高学文有没有多余的饭票。"多余的肯定是没有，我去给你领几张，不要你的钱，算在公家的账上。"高学文想多了，他以为文馆先生来了，我就和贾丽珍没关系了。

文馆先生脱下外套，叠好放在柜子里。

"哥，我晚上住哪呢？"

"你就住这啊！"

"那我睡这张床。"我见文馆先生脸上一层红晕涌上脸颊。然后又看着我说，"会不会影响你写作呢？"

我们站着聊了起来。原来文馆先生的母亲在济南工作，这段时间她在母亲这，要不住在宾馆，跑来跑去，路上得折腾好多时间。我知道她来的目的，她非常喜欢文学，却也是经常受挫。很多稿子投出去，几乎是石沉大海。所以只要有文学活动，她都会积极参加。

我很过意不去，说，不能帮你什么忙？

文馆先生却是表情真挚，我得感谢哥，是你的鼓励让我更有信心。

文馆先生刚来的时候，很多人都以为她是我的小情人。说我招惹女人喜欢，找了个这么嫩的小妹妹。

听闻此言，我就不再做任何解释。我知道，越是解释就会越混淆。

文馆先生留给我最深印象的还是那段舞蹈，还有舞蹈过后的一段朗诵，我还记得朗诵的内容："他是吐着气息的世界中的陌生人，是来自另外一个世界的误入歧途的灵魂；是黑暗的想象所造就的东西，这想象有意造成了他无意中逃开的重重危机。"

文馆先生的眼睛，不停地朝我这边看。当时，并没有在意她的眼睛。活动结束后，我回到酒店洗漱后已是凌晨一点钟了。手机里收到一条陌生的信息，问我有没有时间出来聊天？夜已深了，外面只听得见风响。

"你是谁呢？"笔会的名单上有电话号码？我猜不出会是谁。

"我是文馆先生。"她说。文馆先生又是谁呢？我在心里嘀咕着，并没有理睬，刚脱下衣服，打算躺下，电话铃声响起了，而且是不折不挠的。我没有接。

"大哥，我是刚才那个朗诵的姑娘。"我的手机上一条微信弹跳出来。

"大哥，给个面子嘛！"

"你在哪呢？"

"就在你房间外的阳台上。"我穿好衣服，打开房门，朝阳台走去。

阳台有些昏暗，月光洒在上面带着银白色。文馆先生在一个角落的椅子上坐着，她头上缀满琥珀珠子，直直地分挂在两边的脸上。她微笑着，连牙齿都露了出来。"咱们好好聊聊吧！"她说。

"聊什么？"

她将一本薄皮书塞到了我面前。

"这是你的书？"

她脸上挂着微笑。"你先看看吧！"

扉页上的照片下写着文馆先生，照片大概是七八岁的时候的吧。照片上的她，两眼朝天，一只手朝照相机伸着，试图把它抓过去。这样的姿势本身就足够荒唐，可更使这张照片招人注意的是，她身边的小伙子，咧嘴看着她笑。

记得那天晚上，一直聊到凌晨，别时，文馆先生问我，咱们还能见面吗？

"不一定呢？"我说。南方离北方太远，我去一趟实在不容易。相遇对一个人来说，的确是非常难。

那次道别后，文馆先生一直在和我联系。暗地里，她认了我这个哥哥。我也觉得非常好，北方有个小妹妹，而且是文学赐予的，相当不错。文馆先生会经常给我寄些小礼物，比如我失眠的时候，就会寄来酸枣，说吃酸枣有效，我吃过好几瓶，也未见有真效。不过，每次寄来的我都吃了。

美好的事物，总会让人心底柔软。我决定给文馆先生找个房间，和我挤在一块显然是不合适的。何况我们之间，没有血缘上的关联。我想，如果实在无地可处，半夜再让她睡进来。她知道，我和她之间不会有任何的事情。我得想法子控制自己的邪念，绝对不会在她身上动任何的幻想。

文馆先生的精神有些异常，听说是家庭造成的，他父亲和母亲很不和，经常会有家庭暴力发生。发生打斗时不会顾及孩子。后来，父亲和母亲离婚后，文馆先生跟着母亲长大。对她来说，母爱是真正的爱，父亲是个大恶人。

她父亲和母亲离婚仅三个月，就和一个比自己小十岁的女人结婚了。那个女人是文馆先生的校友，而且是要好的闺密，她父亲和那个女人见面，是文馆先生带回来的。说到底他们是一见钟情，分秒间就烙下了标记。

"在美国，家庭持枪是合法的，只可惜在中国没有枪，要不然，我真会毙了她。"文馆先生愤怒地说。

文馆先生的到来安抚了我。

但我也有了主意。我不能把文馆先生留在我的屋内，我知道，只要她留下来，不知会招来多少异样的目光，日后不知会有多少风言风语，再者，我在贾丽珍心中的形象，就会彻底被击溃。

灵魂即家园，灵魂是肉身的家园，是以肉身灭于灵魂的寓所。

灵魂是人类的内部音乐，在舒曼回旋的进程中，于山峰、河流处漫不经意地停顿，那是音乐的步伐，触摸着人类敏感的器官，心律在动荡不安中，灵魂便在那条弯弯曲曲的小路上闪烁着蓝色的光环。

灵魂可以自由泅渡，不惧怕浪迹天涯，作为事实的精灵它自身便是最丰富最有力量的无限表达。

我得感谢贾丽珍，要不是贾丽珍的到来，我与文馆先生恐怕难以保持纯洁。

贾丽珍喜欢学舞，她听说，我房间来了个会跳舞的姑娘，主动找上门来拜师学艺。"干脆让她去你房里住吧！"我说。"好啊，反正我房间还有张床空着。"贾丽珍很乐意。"谢谢姐姐。"文馆先生自然也乐意。

夜暗了下来，在古城的上空，丰硕的晚霞，像是被神明切开的肉体；汽车在街道上响着各种所寄寓的痛苦，一条遥远的路，计算着生命不停奔劳的行程。谁会像我一样，躺在干涸而宽广的泥土上，任由来来去去的汽车碾来碾去？地底下没有青草，只有心跳的声音，一阵狂风吹过，就连心脏也被穿透百年。我看见大地的最暗处，升起了太阳，在半空中翩翩起舞。

文馆先生和贾丽珍走后，我一个人关在屋子里写诗。不知道是什么时候睡着的，见窗台上摆放着一束鲜花，三两种颜色，特别的鲜艳夺目，不知道是谁送来的。我记得晚饭前，窗台上都是空荡荡的。

夜半醒来，再也没法入眠。满脑子里是一个女人，是谁呢？摇晃着脑袋，怎么也找不着，好像从来都没有见过，又似乎熟悉透了。

拿起手机，我打算给贾丽珍发信息，想想，这个点她们睡熟了。还不算太晚吧！

我记得一个小说家和我说过，任何东西都是有可能的，何况时间和人呢？"睡了吗？"我试探着给贾丽珍发微信。没有任何声响。我想，应该睡了。放下手机，侧着身子，想换个姿势。嘀嘀嘀，手机振动了两下。

"没有。"

"怎么还没睡呢？"我问。我以为她和我一样，对一张新床不适应。

"在外面刚刚回来，几个同学聚会呢？"

花香的气味，在房间里蔓延着。

"方便来你房间坐坐吗？"我说。

"当然可以，不过要稍等会，我得先收拾下，大约得过半小时。"我的内心一阵狂欢。

凭我的经验、直觉和感官，一个女人只要不拒绝男人，这里面必定有惊喜。

我焦虑地看着墙上的表。内心开始忐忑不安。我甚至听见了学校装修的寝室阁楼里老鼠来回战斗的声音。那声音就像是有股强大的激流，立即要冲破血管溢出体外。

过了半小时，不见动静。"好了吗？"

她没有回声。

几分钟，她回了。"你方便下来吗？我一个女生半夜去男生房间不合适吧！"

"会不会影响文馆先生呢？"我问。

"她今天晚上回去了，没跟你说吗？"

我真不知道。我下楼时走得特别小心，但到处是空荡荡的。这么晚，我想，所有的人都在睡得香。

门是半掩着的。我敲了敲门。她大概知道是我来了，说："你进来吧！"我进门时，她把自己反锁在卫生间里。卫生间里哗啦的水声。我在靠窗台的椅子上坐下来，然后静静地等待着她出来。

"桌子上的茶是泡给你的。"

"哦，哦，谢谢！"我说。我的声音有些颤抖。

过了一会儿，她从卫生间里出来了，有点不好意思，一边用湿漉漉的毛巾擦拭着头发，一边说什么吃的东西也没有。

她在床边上坐了下来。我故意用笔直的眼神盯着她的脸，她垂着眼皮，像是在避开我的眼睛。脸上不时泛起红晕，一圈一圈的，像是开在春天里的花儿。

"她回去没和我打招呼呢！"我说。

"我和她说，晚上我不回来，她就回去了，说明天一早赶过来。"

她抬起眼神看着我。像是要知道我话里的意思。

"明天晚上我请你吃饭吧！"我说。我以为她会拒绝的，因为我们的晚饭是统一安排的，伙食的标准还不错，不去吃是一种奢侈。另外开灶的目的肯定不是为了吃饭，她大概也意识到了其中的寓意，点了点头。

"那就这么定啊。明天晚上我在门口等你。"

她给了个眼神。很镇定。

第二天下午，我早早地回宾馆了。我的指导老师陈增师教授话很少，一般是三言两语，简单地交代几个要点。贾丽珍的指导老师是个女性，年龄略微偏大，留着一个狮子头，脸色沉稳。她与陈增师比起来，无论是影响力，还是创作成果，都不在一个档次上。

我听说过她的事情，宁海有个作家和她一起到中国作协疗养基地疗养过一段时间。回来后，聊起疗养期间的事情，说得眉飞色舞。说遇到一个女强人，在国内的大刊发表过长篇小说，这还不算，三年内五部长篇被翻译到国外。这还不算。他聊得特别生动的时候，树上的叶子会跟着飞。

这个女人拖课是惯例。我在门口等久了，催贾丽珍能否快点，她说，还没有结束的意思，要么今天晚上算了吧！

没事，我再等等。我说。

天色渐渐暗了下来。文馆先生给我来电，我这才想起没有和她交代晚上不回去吃饭。"真不好意思，忘了告诉你，晚上我得和姐姐去外面吃。"我说，"你自己去吃吧！"

文馆先生很快就领会到了我的意思。"好嘞，谢谢哥。"

"别客气啦！吃完饭你先到哥房里看电视。"

"谢谢哥。"

夜晚有点冷。我提起酸楚的腿甩了又甩，贾丽珍带着微笑朝我这边走来。她的导师和她一前一后地走着，"走吧！"

她的导师看了我一眼，做了个手势。

济南对我来说是陌生的。女人都嗜好美食。美食街在什么地方？我是全然不知的，只好在街道上瞎逛。

走了长长的一条街道。我感觉脚板心有点痛，肚子里敲锣打鼓地响。

"就在这吧！"贾丽珍说。

这是一家旧式的咖啡厅。门口挂着两副木雕的对联，虽然很旧，依然散发着浓郁的生活气息。

里面的人特别多，坐得满满的。最里边的角落里有张桌子空着。

这是被人冷落的一个角落。餐桌上有一盘必然的海蜇。海蜇被调料浸泡着，呈现出半透明的黑褐色，尤其是经过处理之后，海蜇的身体没有那么饱满了，失去了光晕，变得皱巴巴的，完全不见晶莹剔透。

来客厅的人都愿意选择热闹的地方，光线好，有气氛。服务员见我们来了，忙着招待，把一块小木板放在桌子上，上面密密麻麻地刻着菜谱，微笑着让我们点单。

"你喜欢吃什么呢？"我问。

我第一次请贾丽珍吃饭，多少总会有些讲究。

"你点什么，我吃什么。"贾丽珍说。

我最怕点菜，很难抓住别人的胃。对吃我是比较随意的。

贾丽珍是四川人。听说四川人爱吃辣的。我挑了几个辣味十足的菜，比如辣椒炒鸡蛋、辣椒炒苦瓜，还有一个西红柿蛋汤。加了一条肥鱼。然后要了一大碗米饭。我的吃饭简单又低调。

我把点好的菜单给贾丽珍过目，贾丽珍撇着嘴说，不是所有的四川人都爱辣的。

我感觉自己真的笨拙。

"好在我不怕辣。"她笑了起来。

"真不好意思。"我说。

"要这么客气吗？"

"不要。"

贾丽珍从外表看，特别清澈温柔，实际上却是十分耿直。

"来，喝。"

"来，兄弟，继续喝。"

旁边的桌子，几个彪形大汉在火拼。

"只有在这里才能喝到正宗的青岛啤酒。"一个彪形汉说。

"要不来点。"我终于忍不住问贾丽珍。山东可是产酒的大省，青岛啤酒非常有名。"要不要喝点酒？"我们心照不宣地说着同一句话。

这是我来时在内心盘算已久的计谋。想起女人喝醉时的样子，就特别地痛快。

"你是不是想喝？"贾丽珍侧着脸问我，"如果你想喝我可以陪你。"

"服务员。"我高声吆喝着，"来两瓶青岛啤酒。"

服务员提了一个大瓶放在桌子上说："先生，只剩这个了。"

"这是什么酒？"我问。

"青岛啤酒啊。"

我还是头一回见这么大的酒瓶，比正常要大四倍。我看了看贾丽珍，想听听她的意见。

贾丽珍的表情很平静。我不想打破这种平静。叫服务员开了酒，倒上满满的两杯。

"来，喝吧!"

贾丽珍端起酒杯，犹豫了片刻。

"你喝不过我的。"她坦诚地说，"我喝得最多的时候，白酒可以喝一斤半。"

我没有惊讶。之前我见过喝两斤的姑娘，而且个头很小。我并不主张女人多喝酒，饮酒过量对身体有害。

"你喝醉了，我背不起你的。"她的声音有些抖，上蹿下跳的。

"算啦! 我奉陪到底吧!"贾丽珍低声说。

旁边的人还在叫喊着，争辩着。一条狗拽着绳子，从桌子下钻了出来，冲着他们汪汪地叫。

突然紧张的声音，松懈了下来。他们的声音低下去，一些桌子的人起身离开。

我端起酒杯，小抿一口。酒缓慢地朝咽喉的深处流去，所到之处滚动火辣。

我佩服那些端杯一饮而尽的酒徒，他们饮酒就像是喝水。脸色不见半点变化。

我有个不好的病，喝酒会发癫，像条疯狗不听管束。

贾丽珍现在是名副处级干部，她自个说，不把这当回鸟事，可她说话的口气和表现多少带点官腔。她说，来之前临市的一个常务副市长来她单位，是她负责接待的。言行间，说明她在官场还是有地位的。

她的酒量的确让我刮目相看。像她这种身份的人，很多场合都逃离不过酒。她说，酒这东西的用途很特别，有的人是酒逢知己千杯少。有的人，喝酒犯事，而且不可回头。

我有过借酒消愁，由于酒量太小，半杯下肚，醉得不省人事。后来我从医生那里得知，我的身体容不得酒。我患有慢性肝炎，而且有严重脂肪肝。肝脏不适应酒，酒喝下去，无法分解，对肝脏造成损害。

我仇恨女人的时候，就想着酒。酒是个介质，可以消除彼此的间隙，但陌生感还是存在的。酒就像是个魔鬼，潜入你的身体后，会让你更爱它。我不停地劝贾丽珍喝酒，她用眼睛瞪着我说，别想灌醉我，你的酒量没有我大。真的吗？她坦诚，只要自己不想醉，我喝不倒她的。我的眼皮火辣辣的，看来想弄醉她是不太可能的。

她没有再和我讨论酒的话题，对这个话题我是词不达意。

在成都她属于晚婚晚育，三十来岁才结婚，三十五岁才有小孩。我想象不出贾丽珍男人的样子。后来，我知道是个银行高管，毕业于名牌大学，高高瘦瘦的。有很多的成果，还出版了书，只是他写的内容和我们不一样。贾丽珍说，她本来是不计划结婚的。她说，婚姻最大的问题是束缚，没有了自由。我问她，为什么后来又结婚了呢？她说，后来想想，这是一个女人的义务。女人生来就是生孩子，繁育后代的。她也尝试过一个人的日子，可是父母三天两头地唠叨，也会让她沮丧。不时还会有人引荐，总之是一堆的麻烦。她有过更多的疑虑，最终还是选择婚姻。她决定听从父母，男人也是父亲为她安排的。她是父亲的女儿，父亲给她找的男人，必定不会出乱子。可她没有过自由恋爱，不知道恋爱的滋味，婚后，一点都没有改变她之前的想法，依然渴望一个人的自由。"最好不要挣扎，不然啊，会让你痛苦的。"我说。很多女人都是为了寻求自由，最后闹得妻离子散。

再者单身对一个女人来说，不一定是件好事情。我认真地说。"你若想想，一个女人老了，在家走不动，谁来照顾呢？"

她严肃的表情，顿时开放起来。"哈哈，你别指望孩子，孩子有孩子的生活。"

感情上总得有个寄托才行，哪怕是偷偷地爱着一个人！"我爱你，关你什么事？千怪万怪也怪不到你身上去。"这是张爱玲说的话，我说。

什么是爱呢？贾丽珍并不懂爱情。是意淫吗？还是在寻寻觅觅中虚幻着的美好。对于男人她没有渴望。

一个家庭，一旦缺乏爱，这个家庭就会变得冷寂。说到底，家庭环境会影响一个人的思想。我的父亲章百年只是个小学老师，对我是百般苛刻。我对章百年的印象，一直不得改变。我从小在大山里长大，抬头就是井口大的天空。除了晚上数星星，白天看看太阳，没有别的好奇。在我十岁之前，穿的衣服都是姐姐穿过的。屁股磨了个圆圆的洞，母亲都已经缝补了好几次，补得厚厚的像个疤。寒冷的冬天，脚趾裸在外面。风过后，那块肉就黑了。

贾丽珍的人生一开始就不同，她的出生就给了她太多的挑剔。她父亲是成都某银行的行长，母亲是某大学老师。她是家里的独苗，是父亲的掌上明珠。她的智慧却是独特的，从小就聪明伶俐。

她丈夫和她父亲在一个银行上班，是她父亲的得力干将。也许是某种契合，她父亲特别喜欢他，把他看成是未来的行长。她父亲找她谈论婚姻的事情时，一开始她没有回答父亲。她认识这个男人，经常会来她家玩，在一桌子吃饭，说过一些话。她没有想过，这会是自己未来的丈夫。

父亲自然是高兴，没几日，她丈夫就提拔了。可是事情有了很大的转变，她丈夫并不满意，很快就辞职下海了。这个选择让她父亲冷了半截，要是早知道他会这么鲁莽，他也不会把贾丽珍许配给他。可事情没有了退路，都已经开诚布公了。

本来意味着有很好的前途，他却非要干冒着风险的金融集团。在当时，也让贾丽珍难以费解。"这里面会不会有大文章？"我一半开玩笑，一半认真地说，"这会不会是你父亲的策略？"

"什么策略？我不懂的。"贾丽珍瞠目结舌地看着我。

"看来你家很快就要发大财了。"我认真地说。

"是吗？"她用质疑的眼神看着我。在等待我更为深入地分析，仿佛那就是她寻找的答案。"当然了。"我继续分析着，自立门户开设金融集团，背后没有雄厚的资金是无法支撑的。贾丽珍的父母，可谓是运筹帷幄。

她父亲身居银行高位，一有资源，二有人脉，三有资金，可谓是天时地利人和。她老公表面看似将本求财的人，实际上具有豺狐之心。可她是个淡泊名利的人，她坦然接受命运带给她的一切。

美酒佳肴，喝得有点糊涂了。服务员来过三次，"先生，我们差不多要打烊了。"贾丽珍满脸醉意，失去了自制。还是不停地喊酒，再来两瓶，喝完就走。

终于收局离开。我们相互搀扶着走出了酒吧，在济南街头深一脚浅一脚地走着。看不清楚所去的方向，我和贾丽珍说，待会我会给你一个惊喜。"什么惊喜呢？"贾丽珍侧过头问我，我感觉她的鼻子离我很近，借着酒兴，我用额头在她的额头上轻轻地碰撞了下。我看见她的眼睛里，像是有一道光闪过，很温暖。

我从兜里掏出手机。发现已经是凌晨一点过后，这个时间街上的出租车越来越少。"我们打车回去吧！"我说。

"你别想着溜。走，咱们就走路回去。"贾丽珍像是真的醉了。

这个地方离我们住的宾馆，还有二十多里的路程。走路回去，显然是不太可能。

"打车吧！"我打断了她的话。

"我喜欢走路。"

夜晚越来越静了。街上的风吹在脸上，凉飕飕的。一座偌大的城市，到了深夜，车辆都不知隐藏在何处。整座城市，仿佛只有我们两个人是醒着的。我们的对话，月亮听得见，她悬挂在半空上，微笑着脸。

我们依偎着朝前走。脚步走得缓慢，时间却是很漫长。贾丽珍突然停住脚跟，问我，在你住的小城，你敢和一个女人挽着走路吗？

我笑了起来。我所生活的地方太小，连只苍蝇的叫声都听得见。"我那个地方是招惹苍蝇的。只要你有半点绯闻，就会传得满城风雨。"

"你说的是实话，在成都不会有这种担忧。"她说。成都的夜生活是开放的，会包容许多人。

我见她的脸在风中，走和停都听从风的决定。没风的时候，人就停在那里。我听说过，女人的身体是可以预报天气的。她懂得风的方向，懂得黑夜里在哪见着光亮。

我吻她的时候，是风教会了我。她说，她是风，叫我听从她的。风好像在耳边说，那是一桩明亮的风流事。在不声不响中，风也凉飕飕起来。

　　"你爱上我了？"她的话被风吹得往后飘。

　　"应该是。"我感觉自己的话有点假，有些胡。最不算数的是晚上说的话，男人骗女人也多半是晚上。

　　"有这么快的爱情吗？"她问。

　　"有啊。"我说，"情感是一半醒一半睡的。"

　　"我说不过你。"她说。

　　夜晚变得楚楚动人起来，大明湖岸弥漫着野菊的芬芳。文馆先生给我打来电话说，几名学员请她做导游去了大明湖。"怎么不带我去呢？"我问。

　　"哥，姐姐陪着你吧？我不好打搅啊！"我暗地里高兴，这小姑娘的嘴真甜，还很懂事，故意给哥创造机会。

　　"你什么时候回来啊？我的钥匙在你那呢！"我朝裤兜一摸，果真落在兜底。

　　"你先找朋友聊聊吧，我离酒店还远着呢！"

　　"好哩，哥，不着急的。"

　　回到酒店时，隐约听见一些梦话。贾丽珍似乎清醒了点，走路时还是不见高低。

　　进门时，在灯光的交叉闪烁下，我和贾丽珍一前一后地走着。我隔着她一些距离，目送着她走进电梯，在电梯关门的瞬间，我抢上去，在电梯里，关门声像尘土一样飘落。

　　我们没有再说话，我跟着她的影子走进了她的房间。我站着好久，她也没有叫我坐下来。我也不知道她在干什么？屋子里除我站的地方有一束光外，其他的地方都是黑黑的。钟表挂在墙上，"已经不早了。"她的声音，像是被风吹过来的。我看不清楚她的表情，此刻被黑全部挡着。我朝窗户边走去，扯开窗帘，房间里亮堂了起来。"今晚的月光怎么这么漂亮啊！多亮，多圆啊！"我说。我看见她坐在床沿上，随即站了起来，慢慢地走到了窗前。站在离我很近的地方，我看见她的腰悬着，影子躲在她的脚跟下。

　　"你喜欢诗歌？"她问我。

　　"你比月亮还美。"我说。

　　"太晚了，我得睡了。"她打了个哈欠。

我给文馆先生打电话，她说出去吃夜宵了，估计还得过会儿回来。

我的天，都什么时辰了？这些小姑娘，越夜精神越充沛。

我回过头时，发现贾丽珍张开的嘴被一个黑暗吻住了。她拉上了窗帘，屋内黑得什么也不见了。接着听见一个埋怨声，渐渐地平缓着呼吸，夹杂着东一句西一句的梦话。我伸过手，在漆黑中捞到了一条胳膊，软绵绵地，开始朝我这边靠过来，就在快要靠近我的时候，瞬间改变了主意，从我的手中挣扎开了。

她有些生气地说："你就住在这里吧，我去外面睡了。"

"外面是哪里？"我问。

"我有几个同学在这边做贸易，事先有过约定的。"她似乎真的要离开，开始收拾衣服，取下挂在床头插座上的充电器。

我猜测是男同学。如果让她离开，孤男寡女的不知道会发生什么事情？

不知道是哪来的勇气，在她开门的瞬间，从后面抱紧了她的腰。抱得有些紧，弄得她有些疼痛。"你不要这样好不好，我们才认识一天。"

"我不觉得只认识一天。流星与流星只有在相互吸引的时候才能放出耀眼的光芒。一天的时间已经够多了，吸引只需要分分钟。"我说。

"我只想和你做朋友，不想把关系搞复杂。"她说。

我没有听从她的话。用力地强吻着她的脖子，她挣扎得更厉害，甚至用嘴咬我的手，但没有用狠劲，我趁她不备时，将手伸进了她的背部，快速解开了她的胸罩，抓住了弹性十足的乳房。她还在挣扎，整个身体不停地扭动。

"不要这样，真的。"她的声音很轻。

我没有理睬她。不停地吻着，我的吻使她失去了方向。她不停地喘息。晃动着那饱满坚挺的半露酥胸，轻盈地在我的胸前跳跃，旋转，环绕，犹如一只猴子，在千年古树间，东西南北纵跳。

就在我纵情所欲时，一声猫拉屎般的声音让我停止了动作。整个房间弥漫着一股异常的气味。

"这是古代一种杂耍和舞蹈合体，一种大众喜闻乐见的艺术。"贾丽珍微微笑着说。

我的手机铃声响起。我停止了动作，伸手去触摸放在柜台上的手机。

文馆先生终究是回来了。"哥，你还在姐姐那吗？"

"在呢？我们还在聊一些文学的话题。"我说。

我清醒了一大半，不好意思地看着贾丽珍，她表现得很平静，好像什么都没有发生过一样。她对文学的热爱，就像蚕吐丝般是抽取出来的。越来越长，文学的力量也就越大。不过，她在中途停滞了一些年，逼迫着干着一份行政工作，年纪轻轻就是副处级干部。

贾丽珍是写科幻的，故事编得特别好，新颖奇特，可谓是天衣无缝。在这之前，她已经在国内的一些名刊发表了大量的故事。

文馆先生回来后，直接来了贾丽珍的房间。我背靠着窗台，贾丽珍去开门。我不知道文馆先生是什么时候与贾丽珍定下同房的，"你睡那边，我睡窗户那边。"贾丽珍说。

"好嘞！"文馆先生跳上床，一副享受的表情。

我该回房了。我想了想，再赖在这就无趣了。

回到房间，我满脑子都是和贾丽珍纠缠的过程。总想着，要不是文馆先生的电话打来，接下来必定会发生什么。会发生什么呢？美滋滋地想着。

夜深，我梦见和贾丽珍做爱了。她的声音很销魂，气味会让人窒息。那种气温，就像天气的变化一样，不停地袭击着我的身心。

第二天醒来时，发现裤裆里湿湿的。那一夜都不得安眠，脑袋里还在嗡嗡作响。

我给文馆先生打去电话。"姐姐起床了吗？该去吃早餐了，八点要上课呢？"

文馆先生迷迷糊糊地说，"哥，怎么这么早啊，姐姐还没有回来呢？"

"这么早就出去了？"我问。

"她昨天晚上出去玩了，说是凌晨回来的，到现在还没有回来。"文馆先生说。

接下来我不记得文馆先生说了些什么？我的内心空荡荡的，很失落。这么晚的约定实在蹊跷，贾丽珍和我说，她是第一次到济南，会是和谁约会呢？

"有人敲门，估计是她回来了。"文馆先生说。

我们在餐厅里见的面。我坐在她的后方。我没有胃口，打了半碗稀饭，一小碟腌菜。吃到一半的时候，文馆先生下来了，她坐在贾丽珍的前面，和贾丽珍说说笑笑的。

我厚着脸皮凑上去，挪着椅子靠着文馆先生坐，周围的人用狐疑的眼神看了一下我们。

贾丽珍的早餐很简单，铺着凤尾鱼的意式干面条，上面放着蘑菇酱。她吃的样子倒是不刻意，吃得特别香。

"有空回答我一个问题可以吗？"我认真地说。

"这个时间还是有的。"贾丽珍没有正眼看我。

"昨天晚上你去哪了？"我用怀疑的眼光看着她。

"我同学家。"她说。

"真的是同学？"我有点不相信。

"废话，本科同学。"她带着生气的表情，像是在强调。

"男的吧！"我依日质疑着。

"你这是在审问我吗？我是你什么人？真是莫名其妙。"

文馆先生见状端着盘子起身，她意识到这是一场没有硝烟的战争。

贾丽珍挪了挪凳子，侧着脸对我，大概是对我的问话很感冒，我的确是不该问，我又不是她老公，凭什么呢？可我好奇，总想知道答案，可是知道又能如何呢？我的认真，只能是引得她反感。我反复思考着，是不是自己太过冲动，或者说是不是做错了事情。我想着的时候，脑袋里就会叽叽喳喳地响。我这人最大的毛病就是过于认真，这种认真出了不少问题。

我失落的时候，整个就会精神不振。回到房间，气得眼睛发黑。躺在床上很不自在，就爬起来打开电脑，我喜欢蒙古豪放的歌曲，回味着那富有磁性的歌曲时，内心就像是在长江上奔跑。

我已经无心听课，无心写作了。我的注意力全在贾丽珍身上，她却时刻保持着清醒，保持着和我的距离。

这天上午，我故意和她走得很近，故意与旁边的同学调换座位，坐在她的左边，用手撑着额头，时刻监视着她的举动。她对我的行为不接受，也不反对。我给她写了张小纸条，"希望今天晚上不要再去外面睡了，否则我会举报你的。"

"同学多年不见，机会难得的。"她回过纸条说。

"你就编吧，我知道你会编故事。"我又递过纸条说。

"哈哈，编故事你又奈我何？"

这天讲课是国内一流的小说家，是举办方特意帮我们请来的。在此之前，我并不知道他的名字。他成名得较早，八十年代在国内一流的刊物发表过大量的中短篇小说。那时，我还没到上学的年龄。我开始学写作时，他已经退隐江湖多年了。

按理探讨的只局限于小说的话题，小说家却扯了半天的爱情，他说他最近在写爱情论，把满世界的爱情诗都找出来通读了一遍，他忽然醒悟，世界上没有真正的爱情。说爱情其实是一种享受，在对方的身上感受到了快乐，这才是真正的爱情，如果感受不到快乐，就算结婚了，那也不是真正的爱情。贾丽珍听得很不耐烦，她悄悄地给我写了张字条，说这人是疯子。我觉得说得很有道理，世界本来就没有真正的爱情，他的话能与我引起共鸣。"爱是一种享受的过程，爱别的人同时自己得到了享受"。的确是如此。

我发现，我与贾丽珍在一起的时候，内心很快乐。无论她用怎样的眼神看我，哪怕是骂我，我都感觉那是一种幸福。贾丽珍呢？我不知道。在爱情面前她摆酷，我敢肯定，如果我不主动，就算她对我有意思，也不会主动侵占我的思想。我是个愿意像岩石一样裸露山脊的男人，我会在决不重生的思想面前毫不畏惧。

我想了想说，"晚上，我请几个朋友吃饭，你与我一起去吧！"

我以为贾丽珍会拒绝的。

她用平淡的眼神看着我，"都有哪些人？"

"你都不认识的，我也不认识的，在刊物上碰过面的。"我说。

"男的，还是女的？"

"都是男的。有一个女的也是个老女人了。"我笑着说。

"好吧。"她答应得极其爽快。我想，她不会再单独和我吃饭了，酒过三巡她就像是变了个人。而我呢？饭和酒是我的一个局，有计谋的一个秘密。

我给有点往来的朋友都打过电话，大家都无法抽出时间来。我突然想起了赵昌河，我和他之间的关系不上不下。他人非常热情，也有诚信，遇到经济上的事情，那是不折不扣的。我和赵昌河往来十余年，一直没有见面。赵昌河很高兴，说我来了济南，头等大事就是请我吃饭。吃完饭再请我到处走走。接着问我，明天晚上是否有空？我说，择日不如今日，今天晚上我请你。赵昌河不乐意了，兄弟，你来济南哪轮得上你来请客。很快他又话锋一转，你请客，我来埋单。

"你先坐一〇七号公交到万正路下车，再步行一百米到万福大楼，从侧门坐电梯到四楼，先到我办公室坐下。"赵昌河说。

贾丽珍不闻不问地跟在我后头，上公交车主动投币。出发前，我本来是计划打车去的，贾丽珍不同意，说坐公交更舒服。城市里找个地方，不那么容易。

东问西问，晚上八点才找到赵昌河的办公楼。一栋高大的楼房，赵昌河的公司门牌指向三楼。门是开着的，满屋子书柜，到处是书。这家伙居然还在办公室内悠闲地喝茶，翻看几本刚刚出版的新书。

不知什么时候，外面下起了雨。赵昌河说，我们就在附近的小街上找个小餐馆。贾丽珍半笑着，肌肉有点硬。"行吧，你定哪都行。"我说。我不喜欢上酒楼，那样太过高调，铺张浪费不说，吃不上几个实惠的菜。说实在的，我居住的小城最好的酒店，都不如济南大街上最小的餐馆。再说，在赵昌河的地盘只能是客随主便。

赵昌河带着我和贾丽珍在小巷里像只燕子来回穿梭。穿来穿去，最后在一条不起眼的小街前立住了脚跟。这里听不见叫卖的声音，几家店铺冷冷清清的。大城市也有冷清的地方，此处的生意倒是不如我生活的小城，我的内心多少有些凉意。我在想，赵昌河这家伙会不会采用冷接待吧？我快速地在脑海里，将和赵昌河往来的过程全部过滤一遍，在和他的往来中有没有过节？或者说，有没有发生过硬质碰撞？

我和赵昌河其实并不相识，素未谋面，此前一直是在网络上聊天，每次说话也是干净整洁，几句话把事情说明白。但我们在共同的一个小群里，这便有了不一样的意义。他做出版，我写作，机缘巧合的，有人拉在一起，遂成就了一个热闹的小集体。和大多数各自扔下链接就跑的群不同，这个群是真正用来说话的。文学争鸣、人生观念，以至喝酒吃肉、鸡毛蒜皮，无所不谈。其中相当一部分群友，还因为文学活动见过面，喝过酒，感情上自然多了一层亲近之感。兄弟姐妹的，各自对号入座，或互相吹捧，或嬉笑怒骂，随意而自在。赵昌河在这当中不属于潜水型，也不算太闹的一个。但他自觉，主动和作者拉话。问有没有作品需要他帮忙，可以想见，赵昌河的人缘大体是不错的。

在一家挂着书店字号的店铺面前，赵昌河停住了脚步。"到了，就这吧！"我以为这是他临时物色的地方，要不然不会这么费劲才找着。"在这个地方我接待了很多文友。"赵昌河镇静地说。我有点吃惊，经常来的地方还这么陌生？他见我表情异常，"济南这地方有点大，一个月来几次都找不着北。"从外面看，店铺不算低档。赵昌河刚进门，老板娘就迎了过来。"赵老师，怎么这么晚才来。"赵昌河没有解释。呵呵地笑着。熟门熟路把我们领进了他预订的房间。"你看那墙上的字，书架上的书都是我的。"赵昌河骄傲地说。

贾丽珍喜欢字,墙壁上到处挂着裱好的字,看得很入神。"这字写得真好!"

"的确写得好,必定是出自大家之手。"我说。

"你们的眼力都不错,所有的字都值钱。"赵昌河得意地说。

贾丽珍没有问起我的饭局格调,也没有问起饭局多少人?

"喜欢就好好陪昌河兄喝杯酒,待会请他帮你写几个字。"我眨着眼睛说。

"真的吗?赵老师。"

赵昌河笑了起来。"只要你喜欢,一句话。"

赵昌河带了两瓶白酒来。来之前我给他发了信息,告密我带来了一个会喝酒的漂亮女人。"女人会喝酒?"他开始质疑。"搞过接待的,干了几年办公室主任。"我怕他不相信,特意强调说。"那你必定弄几杯,你放心,我有的是好酒。"赵昌河说,办公室里满是好酒,什么牌子的都有。有十年的茅台,还有法国的红酒。

"别太破费,随便拿瓶就可以了,咱们一块尽个兴就行。"

"那可不行,你是稀客。"赵昌河认真地说。

我们围着一张长条桌子坐下来,贾丽珍主动坐在我和赵昌河的对面。

我拿起赵昌河带来的酒,启开瓶盖。一股香味顿时弥漫着整个屋子,"这酒好香,"我说。贾丽珍一开始不愿意喝,一再强调说,"我不会,我不会的。""他已经把你卖了,说你能喝半斤呢?"赵昌河笑眯眯地说。我笑着说:"昌河兄是我的老朋友,不是别人,咱们来了得酒逢知己饮。"

贾丽珍瞟了我一眼。把盖着酒杯的手挪开,我接过酒杯,慢慢地把酒倒满。

赵昌河先敬我一杯,一饮而尽,敬完后又敬贾丽珍一满杯,还是一饮而尽。我喝了半杯,贾丽珍一杯全喝了下去。"你这样不够诚意吧?"贾丽珍指着我的杯子说。"你还留了半杯。"在赵昌河面前,贾丽珍没有放过我。"你不喝,这酒必定倒不下去了。"

"好吧,我把这半杯干了。"说实话,我也就凑个热闹,酒量大小不说,还是担心身体吃不消。

赵昌河大概看出来。没再让我倒酒,拿起酒瓶给贾丽珍倒酒,"来,咱们是第一次见面,咱们喝一杯。"

"喝一杯是多少?"贾丽珍问。

"当然是喝个满的。"

"我也不能喝。"贾丽珍说。

"妹子，你这样，我就没法尽地主之谊了。再者，你还是个不小的干部。"

"别说了，咱们在一块不要扯远了，何况我对那些不感兴趣。"贾丽珍一把酒瓶夺过来，主动给赵昌河倒满，再给我倒了半杯，给自己满上了一杯。

"赵老师，这杯我敬你。"贾丽珍端起酒杯毕恭毕敬地一口喝了下去。

赵昌河慢悠悠地端起杯子，不慌不忙地喝了下去。对这杯酒他喝得并不愉快，似乎自己成了客人。

"怎么只给我倒半杯。"我说。

"你算了吧!"赵昌河半带讽刺地说，"你能喝完那点就不错了。"

一杯酒下去，我的神情开始恍惚。感觉身体内有些异常，但又觉得缺了酒，我没有参与其中。

"再给我倒点。"我故作贪杯地说。

赵昌河给我倒了半杯，就再也没有给我倒酒了。"你不用再喝了，我和妹子喝。"赵昌河和贾丽珍聊得带劲，我根本插不上话，我糊里糊涂地听见一些话，赵昌河说，缸穷暗恋你，从表面上都看得出来。贾丽珍说，暗恋也是正常的。"来，赵老师，我敬你。"只听见杯子不停地碰撞着响。

赵昌河劝酒有他的办法。东北人的酒量大，贾丽珍再会喝，几个回合下来，已经口齿不清了。

我借机上了趟厕所。赵昌河的声音很大，不停地夸赞我，说这小子不错，是个文学的天才，尤其是小说写得好，语言是一流的，还很会编故事。我听着全身起了鸡毛疙瘩，忍不住差点笑出声来。赵昌河吹捧还真有一套，说得条条在理。关键的贾丽珍愿意听，还听得很认真。我在外面溜达了将近半个小时，他们不知是喝得尽兴，还是喝醉了，谁也没有催我。我回去的时候，贾丽珍与赵昌河坐到了一块，把我的碗筷换到了对面。

贾丽珍见我进来了，指责我是逃兵。赵昌河还在叽里咕噜地说着什么，他似乎有些醉了。贾丽珍喝醉酒后像是换了个人。几杯酒下肚，就像桃花一样，毫无忌惮地放肆起来。当着赵昌河的面说我喜欢她，在路上牵她的手，还吻她。这是子虚乌有的事。赵昌河侧着头问我，有没有这回事？我不好解释，女人嘛！总得给她个台阶下。

"是吧，是就把这杯酒喝下去。"赵昌河的酒杯空着，贾丽珍的酒杯还满满的。我端起酒杯，一口喝了下去。酒杯刚放回桌上，贾丽珍就啪的一声醉倒在地上。额头正好撞在桌子边沿，立即肿起一个好大的包。赵昌河紧张起来，我也非常害怕。不知道是否会撞坏了脑袋。脸色有些发白，嘴里不停地喊着老公。旁边的人有些留下来看热闹，有些帮忙拿纸巾，有些帮忙送醋，说醋可以解酒，对贾丽珍而言，什么都不顶用，一个劲吐个不停。满地就像是小孩拉的稀。

赵昌河这家伙开始动歪脑筋。说他的办公室离得近，让我和贾丽珍去他那里睡。他办公室没有床，没有被子，我不知道怎么睡。我没有同意，故意说答应了导师，晚上一定要保护她回去，否则我有推卸不了的责任。

我和赵昌河是在网上认识的。那年湖南诗人唐益红给我寄来一本诗集，责任编辑就是赵昌河。那时，我还是个文学青年，把写作当成了理想。有出书的瘾，于是整理好书稿，问到了赵昌河的地址。赵昌河出版的都是自费书，我没有钱，太贵必定是出不起。赵昌河给我的价格有些意外，封面设计、排版、校对、印刷都加起来，总共是九千多元。我开始不敢相信网络，忐忑不安了好些天。生怕他骗钱。实际上，赵昌河还是诚恳的。可男人嘛，遇上女人就会变得不像自己了，再憨的男人遇上美女，就变得机灵起来。我注意到，赵昌河的眼睛一直在贾丽珍胸脯上打圈，色眯眯的。

贾丽珍躺在地上像个僵尸，怎么也扶不起来。被她这么一折腾，我发现刚刚喝的那杯酒起了作用。感觉眼前的房子上下跳动，晕乎乎的，突然一股呛鼻的气味冲上来，快速松开拉着贾丽珍的手，朝着屋外跑去，躲在一棵漆黑的树下吐得一塌糊涂。大约过了半个小时，我才缓过神来。房内极度的昏暗，没有了任何动静。一些人已不知去向，就连服务员也已下班了。我回来的时候，赵昌河抱着贾丽珍坐在地上。半只乳房露在外面，赵昌河的手放在里面。赵昌河见我来了，松开了手站了起来。让我抱着贾丽珍，说，"你们还是到我的办公室去睡吧！"我担心这是个不安全的方案，不知道接下来会发生什么事情，坚决提出要带贾丽珍回宾馆。赵昌河见我决意要回宾馆，也就只好作罢，说夜深人静找不到车。

时间已经接近零点。小巷里已经没有了来来往往的行人。赵昌河出去了几次，他想拦辆出租车来，街上还有些零星的出租车，结果师傅都不愿意来，这条小巷开车实在不安全，说一定要走到大街上才可以。我出去找了好几次，也没有看见车的踪影。回来的时候，看见赵昌河又抱着贾丽珍坐在地上。他见我来了，想把贾丽珍勉强抱起来。贾丽珍一点反应都没有，像是沉浸在睡梦中。在这一拉一扯间，两个白白的乳房，在黑夜里放荡着。我迅速帮贾丽珍扯上衣服，她的胸罩早已扯开了。我怀疑是不是赵昌河趁我不在的时候，对她做了什么。这个很难说。

我的腿很软，没有力气。可还是想把贾丽珍背起来。我用尽全身气力去抱她时，发现她就像是一摊淤泥，而且特别沉，背起来又滑了下去。最后是赵昌河在背后帮忙，才勉强把她背上了出租车。一口气走了一千多米远。

我在出租车上反复地和赵昌河强调，我们住的酒店的名号。我发现自己的眼睛有些黑，好像立马就要晕倒。师傅听得有些烦了，就说，你那个地方我很熟悉。我紧紧地握着贾丽珍的手，开始后悔不该让她喝这么多。就在我还未喘过气时，贾丽珍突然搂着我的脖子，不停地吻着我。我用力地把她推开，按在座位上再也不许她乱动。

我们住的酒店已经寂静了。前台昏暗的灯光下，一名服务员打着瞌睡。我背着贾丽珍，赵昌河在后面托着她的屁股，我们就像做贼般溜进了电梯。

我直接把贾丽珍背进了我的房间。赵昌河不知道贾丽珍的房间，我刷卡打开了房门。把贾丽珍扔在床上。一刻也没有停留就从屋内退了出来，赵昌河傻傻地站在门口，还没等他反应过来，我用极快的速度拔掉房卡，关上房门把赵昌河送下了楼。赵昌河注定是个陪客，他意识到离开是必然的。但我还是想掩人耳目，即便心知肚明的事情。看着赵昌河坐上了出租车，我又悄悄地潜伏回到房间。

贾丽珍一动不动地仰卧在床上，就像是猎人枪下的猎物。"脱，脱……"她嘴里嚷嚷着。"脱什么？"我有些紧张地问。她没有了半点抵抗，我用最快的速度把她脱得精光。一个丰满光亮的胴体，在微光的照耀下，像是一个诱人的艺术。我以为她彻底喝醉了，没想到她猛地伸手来抱我。

"你知道我是谁吗？"我问。我不是那种趁火打劫的人。

"你不就是想得到我吗？你以为我不知道？"

"知道什么？"我问。

"你想我喝醉。"她说，"我现在喝醉了，你想要，我现在就给你。"说着，浑身开始发出阵阵颤抖，无与伦比地舒坦。

我推开了她的身子，把屋内仅有的一束光灭了。在黑暗散落中的自由是真正的自由，每一滴黑暗都是幽冥多思的花，在瞬间绽放、放大，也许只一分秒，黑暗之花的内部又催新润泽的黑暗，激情壮大了力量，她把黑暗抚摸，不，是黑暗抚摸她，舔着她的乳房，初始如轻风掠过，如绢丝拂动，一种痒酥，继而

123

缠绕乳房，束缚，挤压，不断地搓揉，从这两个堡垒里攻击心脏，于是侵入肌肤的黑暗弥侵全身，催发一种情绪从心脏处泄露，温软的血质滑到胃部，在肠道迂回，在盆腔里推动至服役，血液潮涌般控制不住地来了，还是黑暗幽凉从那个透视孔被挤压出来了，总之通道全是湿漉漉的东西直往外泄，她在洞口穴位捧住它，甜腥的温润浸得手中沟槽麻麻痒痒，她抓了一把拼命地舔吸，这时来自洞中的力量直接而威猛地撞击她的心脏。

完事后，我没有给她盖被子，打开灯，我要记住这具裸体。整个过程中我发现她的内心彻底死了，就像一只脖子被狐狸利牙咬住的兔子。因此，此时想对她怎么样，就能怎么样，她处之漠然。她在醉意里说，让我快点，不要停下，永远都不要停下。

第六章　反常季节

　　第二天早上醒来，贾丽珍还躺在我身边。她用沉迷的声音问我，昨天晚上做了几次？我说忘记了。"还能再来一次吗？"她问。我的内心莫名地开始害怕起来。我怕她老公突然破门而入，我看过太多那样的巧合电影，何况这个晚上她老公的电话没有停过，我们做爱时，她的电话在不停地响，上面显示的名字是"老公"。从成都坐飞机到济南仅仅是两个小时，要是那样真不知如何是好。昨天晚上，我和贾丽珍完成第一次高潮时，就悄悄地给文馆先生发了个短信，我说姐姐喝醉了，又没有开门的卡，按了门铃见你没听见，所以只好把她带到了我的房间，我和她是清白的，要是发生了什么事情，你一定要为我证明。当然，这个时候文馆先生还在睡梦中，我觉得这段先知的告白非常有必要，关键的时候一定能够说明问题。

　　我拿起手机给贾丽珍，说昨天晚上好多个电话。

　　"我了解他，你放心吧！晚点再回电话去。"贾丽珍似乎觉察到了我的担心。

　　她对她老公也是熟透了的。她老公是个刁钻的企业家，只会弄经济，脑瓜子有些木讷，实际上在某些领域却风生水起。

　　"你怎么解释呢？"

　　"我就说包被小偷盗了，然后又还了回来。"

　　我觉得非常好笑，这样的理由只能用来搪塞小孩。"他会信吗？"我问。

　　贾丽珍说，这很正常的，她在成都就遇到过这样的事情。小偷偷了包，只拿走了钱，包和里面的物品都没有要。

　　我想这样的小偷，只适合在成都生活，换作在我生活的小县城就不可能。我妹夫一个晚上忘记关车门，结果连坐垫都拆了，换句话说，只要能拿走的东

125

西全部拿走了。

我和贾丽珍又做了一次。这一次，做的时间不长。

我把贾丽珍送到门口，指着她的额头说，你注意这个伤口，她把头发披了下来，"这样就好了。"

这天贾丽珍没有来上课。我想这其中的原因，一定与我和她的关系有关。她和文馆先生说，接下来几个晚上都不打算住酒店了，说是去她同学那里住。我有种负罪感，想找她好好谈谈，打过好几次电话，一直处在关机状态。

实在闷得慌，我打开电视机躺在床上看足球赛。这是古巴和德国的对决，比分是零比零，两队似乎对赢球都不感兴趣。

评论员一会用英语，一会用中文，不停地做着解说。

"你能找到这里来吗？我给你做向导。"门外一个男人一直在打电话。一遍一遍地重复着一个话题。"你不会生我气吧，我是个善良的人，是个好人。"这敢断定这是在和女人说话，我打开门，打算驱赶他去别的地聊，不要影响了我休息。见着她时，我吓了一跳，她穿着一件长长的连衫裙。见着我出来，"对不起，请原谅，我的声音是不是大了。我耳朵不好使，所以声音很大。"女人的年龄有些大，心地善良，有些狂热。我示意跟她无关，我下趟楼去。她不好意思地挥手和我道别，然后朝着另一头慢慢地走，我这才发现她的脚不好使，每走一步看上去都很艰难。

我们的关系始终没有瞒过高学文的眼睛。那天他来找过我，问贾丽珍怎么没有来上课。我回过头看了文馆先生一眼，她一副委屈的表情。这几天文馆先生是个尽职尽责的旁听生，我在想，我和贾丽珍之间的关系除了文馆先生，不可能有第三者知道。现在，高学文像是彻底死心了。

"也许有别的事情吧！"我搪塞着。

这个下午我都心不在焉，我构思着如何俘虏贾丽珍。当然不再是性关系，我觉得和她之间，除了性之外，其实还有值得保留的东西。

我想想，是该去找她道歉。

我问过文馆先生。她说姐姐还在睡觉呢。高学文知道贾丽珍不太喜欢这样的课，她是被他绑架来的，她的最大优势是写故事，完全虚构的离奇故事。在我看来，高学文也在策反贾丽珍，而贾丽珍与高学文接近的原因仅仅是捞得这次学习的机会，估计他在与贾丽珍交流的时候，放出的信息绝对是吸引贾丽珍的。贾丽珍太需要这样的学习机会了，她得依靠这些机会接触和认识更多名人，即便是和哪位大作家拍张合影，那也是非常大的收获。我发现贾丽珍对故事编写已近走火入魔。她的故事构思独特，会把人引进迷宫。

小说与故事是有根本区别的。我和贾丽珍深入探讨过，她的故事是没有规律的，但可以完美地讲述。而我的小说和她的故事有相同的地方，我的小说依然是没有规律的，一切的存在像个游荡的幽灵，没有法则的。我想大胆地把一切都反常化，我知道这样做需要付出的代价太大，比起青春和金钱，结果也许会是一无所有。我又需要什么呢？人的一辈子本来就没有任何东西是永恒的，或者说永恒的东西也都是时光的尘土。只是让生活轻松点儿，肉体更享受。精神是囚不住的，我的精神在牢房里待过。那种囚禁是少见的，把人变成了动物。任何生活习惯是养成的，处在一种怎样的环境，就会照旧习惯下去。

接下来的晚上，贾丽珍没有在酒店。我问她去了哪时，她还是照旧说，去了那个女同学家。我猜测是个谎言，她又说，就算是男的又如何？

她说，她来这的目的不是学习，要不是有个全国的交流会在这边，她是不会听信高学文来这里的。那个群体更适合她，都是一群编故事的高手，说到底那才是她的娘家，和我们在一起扯着一些纯粹的文学问题，她并不喜欢。我知道贾丽珍的性格，如果追问到底，她会道出真相的。她说，那个男人是她在网络上认识的，只是出于好奇，所以和他见面了。其实她没有具体去了解，他是怎样的男人。她说，至今也没有了解过我。"我们之间是没有感情的，我们都是生活需要。"她说。

她的视线照过来时，我意识到我们还是陌生的。

我认识女人不以相貌论好坏，在我的传统意识交汇点上，女人是我阅读的窗口。

我比较相信佛，我认为佛是虔诚的。很多个深夜，在我的潜意识里我会跪地求佛，与佛对话，独自诉说着一些心理上的问题。这些问题于我而言都是夜深时的困惑，生活中确实窘困着身心健康。如果不能寻求合适的解决途径，恐怕会种下苦果无路可回头。我喜欢这样，也许心理寻找会有另外的惊喜。

哈哈，要是白天。阴云顿时会消散，心情极好。

贾丽珍也信佛，她说，如果佛的意图是这样，她心甘情愿一辈子在精神上守着我。我一阵哄笑，她也笑了。精神上的空虚和痛苦是最难受的，会让人生不如死。我是个写作的人，自然只追求精神，远离物质。贾丽珍说，这也是她的人生观，她的价值观和我一样，是写好作品。

我们去过一个佛的殿堂，她穿着旗袍走在我身后，我们保持着距离，在我们看来，我们不算是肮脏。临别的时候，我想和贾丽珍有最后一次，但被她拒绝了，根本不给我独处的机会。我以为，是我上当了，她在找一夜情，完事后没有任何情感上的瓜葛。这样说来世界上许多的东西，我们都没有合理的逻辑去想象。而实际呢？神秘的偷情只是想心里放松，没想到我却陷入了情感的旋涡。

　　时间过得很快，文馆先生陪同了我三天。她决定在第四天前离开，她来的时候就和我说好的。但这几天，我发现对她过于冷落，我几乎把所有的心思都放在贾丽珍身上。我和文馆先生说，哥哥喜欢姐姐你是知道的。文馆先生说，她已经尽力了，那姐姐已是无动于衷，如果我硬是要和她纠缠下去，以后朋友都做不成。"真这么说了吗？"我问。"难道骗你不成。"我让文馆先生帮我打开了贾丽珍的房门，把事先写好的情诗压在她的枕头下。

　　我不知道贾丽珍有没有看到那首情诗，总之那天下午她心平气和地问我："你是不是真爱上我了？"我没有摇头也没有点头。

　　"我想抱抱你可以吗？"我问。

　　"不可以。"她说。我们才认识多久？我想找一系列理由来论证，爱情是不需要时间的。可她不想听我的理由，说嘴皮子永远不如我。

　　"要是女人就生活在女人的圈里，只在愿意的时候才允许男人去造访，女人是不是更快活一些？"贾丽珍说，这样的念头在她脑海里不止出现过一次，也许她有同性恋心理，也许她更喜欢女性做伴侣，或者说所谓女同性恋就是这样一些人，一些并不需要男人的女人。

　　她在床上坐起身，"但我还是对男人感兴趣的。"

　　我决定离开济南，有些急促。这已经是最末的一天了，按照时间安排，还可以缓一天回去。贾丽珍来时就已经订好了返程的机票，预订那个晚上十一点的飞机。我重新改签在她离开的前两个小时。晚饭后，我去她的房间，帮她整理些东西。我以为，她会给我一次机会。门是半掩着的，我正打算关上房门时，高学文来了，他强调说，今天晚上的宴会马上开始了，谁都不能缺席，尤其是贾丽珍。贾丽珍说，马上就去。这也是她给高学文的交代，这个面子一定得给。

　　高学文离开后，我借故关上房门。从背后抱紧了贾丽珍，贾丽珍用力挣扎着，没有时间了。就在我不停地逼近时，门被人敲响了。我在贾丽珍的脸上用力吻了一下，她把门打开了。还是高学文，真是阴魂不散。要不是他来捣乱，贾丽珍是不会拒绝的。

傍晚的街道上，车辆来回穿梭着。迎面而来的是飕飕的冷风。

走出酒店，我猥琐地跟在人群的后头。

我看见贾丽珍低着头，走在右边，我没有跟上她的脚步，红灯亮起的时候，我还在街的这边。

餐厅的档次不高。吃的也都是家常菜：大豆芽炒腌大白菜、炒麻豆腐、凉拌素什锦、大萝卜丝汤、烧排骨、孜然羊肉。贾丽珍和我坐在一桌，中间有意隔了一个人。我给她倒上一盅二锅头，她小品了一口说，这酒的味道真的很好。

我以为她会喝下去的，接下来，在大家的火热碰杯中，她却把酒杯挪到了边上说，我晚上要坐飞机呢！

"我们单独聊聊可以吗？"我把行李放在脚下。

"什么事啊？"

我在想，离别时还能把她搂在怀里。还能感受她那山丘般的起伏，还能听听她那喘着的粗气。

她说，在这样的夜里能谈什么呢？

确实不知道谈什么？能谈什么呢？我可不再想干那种野兽的事情。我开始后悔了，依我现在看来，我所做的是件可耻的事情。但是那种邪念像瘟疫一样，还活在内心的深处，我想把它杀死，可还是会不停地闪现出来。

漠然，平静，汽车静静地流动，闪过红灯再闪绿灯。一辆出租车紧急刹车，在我的脚跟前停下来。

"帅哥，去哪？"

"火车站。"

望着一明一暗的车灯，扫过来的强光就像要脱掉一层夜的衣裳。夜色便是保护神，或者说尴尬需要一种黑暗的掩饰。我们的相聚就像是在梦里的时光，浪漫的，美好的，幸福的。也许她很清醒。离开之后，我满脑子里都是她的身影，眼睑的翠黛，那深色虹彩发散溅出的亮光。

有件事情是我没有预料到的。贾丽珍与我之间一开始没有感情的，她说开始只是想与我有一夜情，因为她丈夫至少一年没有碰她了。我问这是什么原因，她说，不清楚呢？平常对她非常好，每次提出做爱时，他就回避了。

"会不会是背着你在外面有了别的女人？"我问。

"也许有，但是没有真凭实据。"她说。

她说，自己不是什么处女，况且好久没有和男人做爱了，喝醉了也就不想考虑后果。想想，挺害怕的。我问过她，那晚要不是我，换个男人你也会一样吗？她说，那晚只可能是我。

我突发奇想，编个谎言吓唬贾丽珍。我说，那个晚上我喝得烂醉，就提前去了赵昌河的办公室休息，第二天凌晨才回来。"那我是怎么回去的？"贾丽珍好奇地问我。"是我请赵昌河送回去的啊！"我说。她开始不相信，在她的意识里，那个晚上她和一个男人做爱了。她问我，那人是不是我。我说，肯定不是我。我的房卡都给了赵昌河。

"那你是怎么进去的？"

"请服务员开的门。"

"怎么呢？"我问，"是不是赵昌河把你……"

"没有的事。"她说，"我到酒店脱完衣服就睡着了，醒来时你就在身边了。"

我发现女人就是虚伪，找着理由推脱，她说由于衣服吐得很脏，所以才裸睡的。

我突然变卦强调说，那天晚上我和你同回来的，一个晚上都在和你做爱。她还在寻找各种理由，说自己喝醉酒会做出反常的动作。她说，平时一个人习惯了回家就反锁大门，但那晚不知道反锁了门。我感到有些恼火、不快。我感觉自己在使坏，这对她来说是个陷阱。

女人和男人是一样的，都逃不过环境的撞击。

纯粹的拥抱只是一种心灵的撞击，当接通皮肤和血孔时一切就不会变了。催温发声，然后沸腾，然后鼎盛。布满了，黑暗的心脏。布满了，人体的黑暗。

接下来，贾丽珍像是在报复我。对我进行了沉重的打击，采取冷语的方式，把我折磨得身心疲惫。我是个慷慨的男人，宁愿接受咒骂，甚至一通痛打，对这种冷语我是最受不了的。她似乎了解我的性格，朝着我的软肋处撞击。我就像是一只喝醉酒的蚂蚱，不停地旋转着，分不清楚南北。

风一次次扑打着出租车的玻璃，在车窗外的玻璃上不断地旋转，寻找不着突破的方向，我听着混淆着各种声音的风声，那种孤立感好像是充斥在阴暗的角落。

有些事情很突然的，比如"非典"。不论你能不能接受，它就那么浩浩汤汤地来到人间。我发现自己病了，这种病没有医治的良方。

我还是会给贾丽珍发微信，一些陈词滥调，发出去后，随便她回与不回。

我不知道，为什么自己这么在意这个女人。有些时候，我怀疑她不是凡人，要不然我怎么会如此迷恋她呢？我在心里愤怒地问自己。

让我意外的是，半年后，我在网络上看到了贾丽珍的获奖名单。这是个奖金丰厚的科幻文学奖。颁奖的地点是哈尔滨，高学文是这个奖的发起人。贾丽珍非常看重这个奖，领奖前给我发来微信炫耀。我再也没法平静，想到了互文性写作，我说某天咱们合著一本作品集，前半部分是你，后半部分是我。这点她很乐意，只是说书不能自费出版，她不想浪费钱。实际上，那个时候我的书大半是自费出版的。我有一颗虚荣心，不论作品的质量和水平，只在意出版的数量。这种虚荣心就像是一种病毒，肆意地在我的身体内蔓延。贾丽珍去了哈尔滨，一阵子没有和我联系。我给她发信息，打电话她都没有接。我在高学文的朋友圈里，看到发布的活动照片，很多个场合他和贾丽珍隔着距离，却暗流着某种默契。

你说这世界会有灵魂吗？信则有，不信则无，你呢？我问。我宁愿信其有，也不信其无。世界上死的人不计其数，所以世界上没有人，只有灵魂，灵魂是人的精神，有灵魂的人则精神高大，无灵魂的人则是行尸走肉。哦，一条狗拽着绳子，从人群中蹿出来，冲着善良争辩。

我明白，任何语言都无法超越善良的力量。这表明黑暗与光明纠缠，各自拼抢自己的位置。尽管我有了新的语言体悟，但文字里记录的依然是表象。一些忘却的事情，慢慢地想了起来。一些躲在黑暗中的声音，在不远处愤怒地喊。

我把与贾丽珍的合影照片粘在寝室的墙壁上。在照片的周围张贴着国内外的明星照片，密密麻麻的，用做掩饰室友的眼睛。室友喜好讨论男女的事情，他从不怕害羞，把女人和男人做爱的过程，描述得点水不漏。就连叫春的声音，也是学得极其相似。我的导师是个风流才子，年轻时有过很多传奇的绯闻，谈过无数次恋爱，却没有做任何违反职业道德的事情。有些女生给他写情书，他从不打开看，直接投入垃圾桶。这对一些爱慕他的女生来说，是个不小的打击，把他看作是白眼狼。可他心里委屈着哩，哪有才子不爱美人的。他不是个劈腿的男人，四任妻子可以说都是大美人。第一任是个美女老师，第二任是个美女医生，第三任是个美女作家，第四任是他的学生。我常常和他开玩笑，第五任师娘是干啥的？他笑着说，我这般年纪的人，不会再有第五任。前三任，除了第一任给他生了个女孩外，后面三任都没有生育。没有孩子，离婚就很简单。在一块过不下去了，就可以收拾东西走人。不是不和学生恋爱的吗？我问。没有。我和她是清白的。他将一杯铁观音的茶倒进了烟灰缸，青烟顿时弥漫着屋子。

他又说，其实所谓的爱情就是个物什，谁戴着合适就戴在谁的头上，关键的问题是喜不喜欢这个款式。

前几日，在课堂上，我不记得说什么事情时，他居然扯到了法国，紧接着扯了几个小时的法国爱情。不过，有一点，爱情开放并非性开放。他说，他只会寻找爱情的感觉，不会去找性的感觉。所以，即便是他和四个女人有黏连，但真正生孩子的却只有一个，后面三个都是纯粹的恋爱。这点，我与他有相似之处，我不会和不爱的人上床，即便是裸露着躺在一起，我也没有发生关系的兴趣。

我摘抄过导师几段描写做爱的细节：在地板上他用力把她的短衬衣往上掀，露出她小巧、完美的乳房。这时，她第一次抬起头来，两个人的目光触碰到了一起，一瞬间，什么都看清楚了。她有些慌乱，垂下了目光。

很多时候，我真的很害怕。如实说，我的内心就像是一块僵硬的石头，像是风化的石头，风吹落一地。

季节反常的时候，人也会变得反常。在与贾丽珍做爱之前，我已经有足足三个月没有做爱了。我想，我和她是不是同病相怜。她的婚姻没有我曲折，起码没有我这么传奇。

我和刘凤凰足有大半年没有见面了，不过之前急促地见过三次。每次都是我去找她。记得那次，是我们分别后的第三个月，那天阳光刺眼，室外温度极高，已过了秋天，天气还异常炎热。

我小心翼翼地走近那栋黄砖宿舍。我知道她的楼号和寝室门牌。我是趁门卫转身时急速进来的，这栋宿舍管理十分严格。门卫先得打电话给来访的人，在得到允许后才能登记，然后拿出入证进入，而且逗留的时间最长不得两小时，晚上九点钟之前得无条件离开。

两个门卫，一个守着进门，一个守着出门。我在门口徘徊了好久，我得寻找一个合适的机会。天已经黑了，屋子内的灯光亮了起来。

右边出口处的人越来越多，左边的门卫站起来，侧着身子朝右边的窗台上瞥过去。我就是在那短暂的几秒钟内，像道雷电闪进宿舍楼。蜷缩在墙根下，腿脚不稳。一阵飘然不定的风，把我吹进了宿舍楼。

二楼最里间的房门半掩着，一间双人床宿舍。床单不知什么时候扯光了。

我见到她时，她像是明白了什么，目光一避，继续着她剩下的事情。

她没有问我是怎么进来的，指着门口的凳子说，我还得忙碌一会，你先坐下吧！我一时语塞，一阵沉默。

"晚上你住我这。"她说道。"我去楼上睡。"说着就准备收拾床铺。

房间顿时像个地窖，连空气都弥漫着气味。

夜幕降临。两个人都不饿，但还是想吃东西。吃饭是一种典仪，而典仪调剂人的感觉。

我尽量用最温和的口吻旧话重提。"刘凤凰，亲爱的，你为什么不讲呢？"

外面有吵闹声传来，她站起来，走到门口，"我们出去吧！"她在前面走着，没有关门的意思。

晚饭多了两个人。一个自称是刘凤凰的闺密，另外一个是名男生。个头比我高，脸阔大。她暗地里介绍，说男生是暗恋闺密的。闺密好像是已婚女人吧？我问过。她倒是坦白，就算是已婚女人，被人喜欢，谈谈恋爱也是正常的事。现在，我还是有点担心，刘凤凰坐在他的对面。我感觉桌子下的脚在不停地滑动，像是在给彼此传递信息。我回头看着刘凤凰，她拿着叉子在若无其事地切割。

对了，差点忘了交代。妻子是我的笔友，准确地说是从高中到大学的笔友，我们来来往往写了七年的书信。书信的内容是简单的，质朴的，从不会涉猎"感情"二字。最多的也是相互问好，讲述的都是日常生活中的一些小事情。记得有一次，她与寝室里的一名同学发生口角，给我写了长长的四页纸。与她的闺密吵闹了一次，给我说了半年，其中的细节，描述得栩栩如生。我知道她有个好朋友叫黄雪萍，她给我看过照片，不是很漂亮，但女子身材窈窕，婀娜多姿。那个男人的脑袋很粗，从咽喉下方半边切下来，眼睛空空地瞪着对方。

大家都没有说话，菜盘间有些碰撞。我给刘凤凰说些家庭的事情，说这个月的生活费比上个月的来得早。说母亲患了坐骨神经痛，还得到处去借钱。她没有说话，还在盘里切割。另外两个人，也没有话，也不像是听众，在不停地搅拌着火锅里的食物。

记得我上高中时，母亲也是患坐骨神经。家庭拮据时，在学校连生活费都困难，刘凤凰给我寄电话卡，记得有一张电话卡非常的有特点，上面写着"嫁"和"娶"两个字。这张电话卡，我当作是可以收藏的"邮票"，收藏了好几年。

我的同桌是个顽皮的女生，皮肤黑得发亮，她一直暗恋我，每次见着我偷偷看信时，就会趁我不备时抢走，在教室里大声宣读。教室里乱哄哄的，谁也听不清楚她在念什么？那些写作业的学生，表情不动声色，内心却听得明白。那阵子，会有取笑声，说我干的尽是些白事，交的也是白色的笔友。

情感这东西，在早期是朦胧状态的。其中的滋味纷繁复杂，五味杂陈。在我身边的女生，我都不喜欢，她们的缺点我看得很清楚，头发、眼睛、鼻子，甚至走路的姿势，我总觉得是怪怪的。

我是依靠想象恋爱的人，在我的情感世界里，有着很多奇特的想象。面对一座山，一片云都会勾勒出一个世界。云散了，灵魂的意象也就挂在高处。

很多人对我的情感很不理解，总认为我的情感世界太小，空间和弹力急促。我和别人的看法是不一样的，我不会以平常人的思维去考虑问题，所以情感在我这的结论也会不同。情感和树木一样，没有重叠的叶子。人的情感在我这，其实也没有那么复杂，可以宽容，可以理解，心就会走在一起。真正的爱情，它是一种自然的关系，就像地球和太阳、月亮一样，他们给予地球的是温暖和光明。

黄昏一只黑色的乌鸦从天而降，落在后山的树菀下。母亲忐忑地走过来，说让我明天陪章小年去鲁小晴家。

我知道母亲的意思，章小年坐在一旁默不作声。他不提任何建议，母亲说什么都点头。我本来想听听他的想法，可他就是不肯开口。

第二天一早，我们提着母亲准备好的礼物出发了。

老远山头一栋矮小的土屋，冒着青烟。门前站着一个个头矮矮的、皮肤黝黑的、带着高度近视眼镜的女孩。她就是鲁小晴。

从章小年的眼神里看得出，他并不喜欢鲁小晴。她妹妹腊梅比鲁小晴好看很多，腊梅的个头比鲁小晴还矮。瓷器般的皮肤，柔和的鹅蛋脸，神态自信。她目光清澈，眼尾细长，笑起来眼角弯弯，朝上翘，给人一种亲切感。她用狐狸般的眼睛看着我们，像是在质疑一场婚姻，转身朝屋内走去。

我一直以为冬天是祥瑞的。业明的失踪，让章百年和母亲都不得安宁。章百年开始责备母亲，说她有不可逃避的责任。母亲的压力越来越大，神情恍惚起来，她说她是个罪人，罪该万死。

母亲的病越来越重，吃什么吐什么。那该死的医生说，你妈没得治了。你这草包，我说滚你妈的没治了，说着差点打起来。可我怎么都不信，每天晚上睡在床上感觉摇晃，都能听见母亲的梦话。

第二年春天，章小年还没有回来。夜深人静的时候，母亲一个人爬起床在房间里走来走去。我问母亲是不是哪不舒服？母亲摇着头说，晚上睡不着，起来走走。街上响着零零散散的爆竹声，已近年关了，政府禁止燃放鞭炮，还是有少数的顽固分子，趁着天黑制造点年味来。母亲叹着气说，业明什么时候回来呢？业明在哪呢？业明什么时候回来啊！业明听得见吗？我叮嘱章百年，不要在母亲面前提业明，可老两口绕来绕去，绕了半天，又绕到业明头上了。

鲁小晴和章小年的婚姻，是在业明失踪后分道扬镳的。全福表叔后来和我见面时，说鲁小晴嫁给章小年绰绰有余。她会说日语，在日本还有她的事业。听后，我很惊讶。有一种凉风从心底刮过。是章小年没有福气，只能落得如此田地。

谁都没有对错。鲁小晴不愿意把业明给章小年，如果要孩子章小年得给她二十万。说到底，鲁小晴还是要孩子，她带孩子比母亲好。

很多年后，母亲不在了。我知道鲁小晴是县职业中专旅游专业毕业的，去日本留学是个谎言，实际上是去日本打工。我还听说，鲁小晴在日本打工期间，与一个日本男人好上了，还生了一个男孩。骗了对方几十万块钱回来，这事没有确凿证据，就算是有证据，那也是她的经历，对章小年来说，已经毫无意义。

章小年的情绪低落，内心卑微。脸像是布满灰尘。

章小年的婚姻，除我和母亲、章百年、刘凤凰外，其他人都一无所知。章小年已有好些年没有回家了。他就像是在人间蒸发了一样。章小年离开后，我无数次梦见他在给老屋前的那棵槐树施肥。那是我小时候栽的，现在树干已高过了屋檐。

是的，不可否认。章小年犯过罪。他被关进监狱的事情，被鲁小晴无意发现了。那张压在箱底的改造证明，成了她不肯罢休的罪证。章小年不是恶棍，不会卑鄙地利用别人的好心。很有可能，他是替别人顶罪，或者是别人祸害的。

"很有可能。"刘凤凰说，"真的是自己害了自己。"

我并没有忘记，在我很小的时候，偷窃了学校隔壁小卖铺的饼干，他仅吃了一块饼干，就主动出来顶罪。被章百年打得皮开肉绽，一口咬定作案的就他一人。他本来是可以在村里代课的，可不安于现状，静不下心来，瞧不起这点事情。村子里只有几十户人家，整个学校只有九名学生，三个年级，一个复试班。孩子们的脑瓜子很呆滞，一个简易的题目得反复讲十遍，村民们开玩笑说，饭炒过三遍狗都不吃了。

章小年小时候是有梦想的。他曾和章百年说，想当一名教师。那阵子，村里躁动，年轻人像春天一样，想象着外面蠢蠢欲动的世界。一些伙伴们都朝着山外跑。章小年失眠了，晚上睡在床上翻来覆去，床发出叽叽喳喳的声响。他开始规划着出逃，章百年并不知道他的想法，还希望他一边代课，一边自学，争取考到国家的正式编。章小年真正出逃是上屋的山伢从外面回来，带回来一个四川的姑娘，穿着淡红色的衣裳，脸也红得像桃花，见人就会露出洁白的牙齿。

　　章小年动了心思，四处联系往外逃的伙伴。隔壁村子的水生也有往外逃的想法，有点七上八下拿不定主意。两个少年坐在枯树丫上讨论着后面的事情，水生在家连温饱都难，他已经熬不了那种饥饿的日子，但又害怕在外面无落脚之处。在水生的鼓动下，章小年偷走了章百年枕头下的三十七块钱，偷偷地溜到了广州天河。

　　一路上兴奋得两宿未睡。找了几家工厂，都不要人手。工厂极少有中途招人的，一般都是年前一次性招到位。中途个别辞工，也是熟人介绍很快就补上。连找了几天，脚走起了水泡。几日后，在龙岗海关外找到了一家五金厂，招聘一名搬运工。水生只有一米五，身高不符合条件。只好晚上，混在工人中间进入厂内，挤在一个不到一米宽的单人床上。白天累得像只猴子，连饭都吃不饱，晚上腰酸背痛，还不得安睡。

　　"咱们这么下去，能坚持几天啊！"

　　"能到什么时候就什么时候吧！你要是坚持不下去了，你就先回去吧！"章小年说。水生没有吱声。

　　"我是回不去了，要是回去会被章百年打死。"章百年打人可狠了，下手重，不问青红皂白。

　　这个厂的管理者是湖北人，说是赶订单，每个晚上加班到深夜一两点。章小年在家没吃过这种苦头，十一点过就坐不住了，困意就像是一团雾，把他围得团团转，他想强撑着，可还是啪的一声扑在流水线上。湖北佬躺在旁边的椅子上睡觉，呼噜声在车间内回荡着，有些工人实在困意难受，就趴在流水线上眯着眼。狗日的湖北佬突然醒来，在章小年的后脑勺上敲了一棍子，章小年顿时感觉头晕恶心。

　　章小年想着法子报复湖北佬。动过几次念头，还是平静了下来。后来，章小年去了哪？发生了什么事情，我一无所知。

章小年回来时，母亲着急章小年的婚事。当初，章小年在村子里时，有个女孩喜欢她，可现在那个女孩早已和别人结婚了。母亲说，鲁小晴比章小年小两岁，年龄也相符，章百年说，鲁小晴的父亲还是他的初中同学，结婚还可以一切从简。"红包还是不能少的，请人做媒也是少不了的。"章百年说。"那得多少？"母亲问。"一半总得给。"章小年的婚姻几乎是全福表叔促成的，可离婚也与他有关。全福表叔这人的嫉妒心极强，贪不到小便宜，就在背后出坏点子。

　　那天去鲁小晴家，我见章小年脸色浮动，像天上的云，一阵黑一阵白。我知道，他心里吃紧。虽然蹲过几年牢狱，但对于女人，他还是有自己的喜欢标准。从他的表情里看得出来，对鲁小晴并不是十分满意。我想和母亲谈谈，没有说出口，我知道章小年蹲牢的那些年，母亲几乎愁白了头。我找机会，把章小年喊到边上，问他是不是不中？他心不在焉地说，哪有的事。

　　我看见母亲坐在门口，一个四方的石头上，手紧紧地抓着搁在腿上的包。旁边放着半碗茶，已不见热气。她的眉头锁得很紧，眼神恍惚着，看得出内心的担忧。包里裹着我借给章小年的三万块钱，这是我多年的积蓄。我的工资待遇低，积点钱非常不容易。"不是早已经说好，三万元打包的吗？"母亲的声音忐忑得有些颤抖。在此之前，章百年信誓旦旦地说，全福表叔说过，三万块钱是打包的。意思是包括了各门礼，谁料到，交彩礼时，全福表叔站到了一边，鲁小晴家的七姑八姨就喋喋不休起来，说嫁个姑娘又不是卖只猪狗，哪有一口价的，这亲朋好友该要的还是不能少，你一嘴我一嘴，临时七算八算额外算出了八千块钱出来。母亲犯难了，傻傻地坐在那。钱是早算好了的，临时去哪拿钱？母亲半晌没有说话。全福表叔见母亲愣在那，嬉皮笑脸地走来，"娶一次媳妇不容易，总得把事情办得光彩些。"

　　"孩子表叔，你又不是不知道俺家的事，是我家少礼了，可现在裤兜空着，多一分也拿不出来。"母亲希望全福表叔能在中间说圆。

　　全福表叔没有说圆的意思。"你小儿子没有，大儿子有。"

　　"大儿子是大儿子的，他哪有责任给弟弟娶媳妇？何况这三万块钱的彩礼钱就是他的裤兜里掏出来的。"母亲说。

　　"先借哩，以后让小年还不就得了，娶媳妇是大事哩。"全福表叔说。帮章小年娶媳妇的确是大事，对母亲来说，这是她心头最重要的事情。媒人本来是出面周旋的，现在反成了障碍。见这种狗日的亲戚，我也是火冒三丈。但只能压着怒火，也不敢发泄出来。

母亲的嘴角不停地触动，没这八千块钱，婚事就得搁下来。"好吧，好吧！"我想想办法。母亲把胸前的玉石掏了出来，"孩子表叔，我先把这个压在这，过几天凑到钱再送来。"

"你这是干吗？你这么做，今天可就白来了。"

母亲真没了主意。我的手机钱包里还有点钱，我知道母亲内心焦急。"表叔，现金现在是没有的，跑到镇里银行去取都得半天时间。"我说。"只要你有钱，村里信用社有个点，可以取得到。"

章小年和鲁小晴是在第二年三月结婚的。虽说已是春天，却是春寒料峭。

那天，天气昏沉沉的。在路上耽搁了不少时间，到饭店时已是午后。前来道喜的亲戚朋友，早已把餐桌坐满。鲁小晴的两个姐姐，突然发飙，说是没有安排送亲的上席。

我也觉得不妥，送亲的人是"上亲"，按照风俗是需要安排上席的。

鲁小晴开始是不配合婚礼，紧接着号啕大哭。顿时寒意将热闹的场面弄得七零八落。章小年慌乱得东奔西窜，不知道如何劝慰。

结婚的第一晚上，鲁小晴没有和章小年同居。不知道为什么？我不希望他们同居。和章小年吵闹不休，婚房是我腾出来的，婚前母亲和我好说歹说，非要我把房间腾给章小年结婚。我知道章小年内心自卑，他没有经济能力，很多时候是身无分文，说话都得看别人的脸色。我主张他在外面租房子，宁愿我帮他出房租，那样就少去了一些不该看的脸色，生活会变得更加自由，可母亲不同意，她说，那样更没有面子。我们那个村的人，习惯相互攀比。如果在外面租房子，生活就显得更落魄。与村里的其他同龄人相比起来，可就会相差十万八千里。可无论母亲怎么做，鲁小晴都是不满意的。夜半，鲁小晴的哭声越来越大。我轻轻地敲着房门，让鲁小晴小声点，不要影响到了四围的邻居。声音小了点，哭声没有停。我刚入睡，"啪"的一声门响，屋内静静的。章小年坐在沙发上抽烟，一颗火星一直亮着。我披着衣服爬起床，在漆黑中看不清楚章小年的脸，"鲁小晴说我窝囊。"

"你不去追她回来？"我问。

"随她去吧，她打电话让她弟弟来接的。"新婚的夜晚，搞得一家人不得安宁。我想，这晚母亲也没有睡着。

再过些日子，鲁小晴给章小年捎信来，说她结婚连金银首饰都没买，如果不重新补上她是不会回来的。

母亲又开始叹息。说起了很多过去的事情,她说,她结婚的时候也是什么都没有。婚姻对于女人来说,的确是一生只有一次的事情。"到底是章小年结婚,还是我结婚?"妻子开始发话了,很不高兴。女人一旦争风吃醋起来,很多事情也就乱了。妻子开始闹情绪,屋子里人多,各种消费就大。这些她还能忍,最不能忍的就是吵架,她白天要上班,听见吵架就心烦。母亲的叹息声越来越重,"把我的那两个金耳环拿去打成戒指吧!"母亲说。这是母亲出嫁时,外婆留给母亲的。算是传家宝。祖辈传了好几代人,是从哪代传下来的,母亲也说不清楚。鲁小晴走后,我和母亲去过一次鲁小晴家。她母亲很不高兴,说我们是不认亲疏的。我很恼火,她家也富裕不到哪处,为什么一定要为金银首饰不高兴呢?我和鲁小晴聊了很久。鲁小晴说,我家实在太穷了,以后的日子真的没法过。我劝鲁小晴说,日子只会越过越好。夫妻俩一定要齐心协力,鲁小晴点头,表示赞成我的说法。

过了好些日子,鲁小晴回来了。她大概意识到该是回来的时候了。回来就蜷缩在床上,章小年从外面刚回来,见着鲁小晴将门反锁上,紧接着听见鲁小晴的叫声。没一会,鲁小晴就打开了房门,满脸通红地走出来。"你在外面待了那么多年,你的钱呢?"鲁小晴一直误以为,我住的房子是章小年买的,她根本不知道章小年在牢里蹲了好些年。我本来想找个时间,和鲁小晴好好说说的。可母亲并不同意,说章小年的事情一定要保密。谁说出来,就和谁拼命。母亲可不是闹着玩的,她说,这事要是被村里人知道了,那可是天大的笑话,会被别人指着背脊咒骂几辈子的。母亲说的话,不是不在理。蹲过牢狱的人,在村里人眼里就是坏人。那可是坏得彻底的,人见人躲不说,如果是村里发生了偷鸡摸狗的事情,账都会算到他的头上。我们村里有个偷鸡摸狗的人,他早已改邪归正了。接下来,村里发生任何邪神的事,都说是他带来的霉运。

实际上鲁小晴的家庭也不好,她的两个姐姐都离了婚。一个不听话的弟弟长年在外赌博,全家就指望她有出息,可以弄点钱回家。

婚后的第二年,鲁小晴的肚子大起来了。生了个女儿,我给她取名业明。章小年说,我儿子叫业聪。他想取其中的一个业字,所以我给她取名业明。名字取好,给章小年去上户口时,鲁小晴不高兴了。说取什么名字不好,非要取什么业明?我让章小年自己取,他说就叫业明,业明好。哥哥叫业聪,妹妹就业明,两兄妹加在一块就是聪明。"还愚蠢呢。"鲁小晴一直在唱反调,最后上户口时,还是用了"业明"这个名字。理由是,出生证明上写的是"业明",已经改不动了。

孩子生下来后，母亲说，孩子她替章小年在家养着，让他们夫妻俩安心去外面打工。让他们安心去外面赚钱。其实这是个非常不错的计划，按照母亲的意思，夫妻俩过不了几年就可以买房子。章小年征求鲁小晴的意见时，鲁小晴拒绝了，说她不能去外面打工，放不下孩子。说让章小年先出去，等孩子断了奶再去。我觉得鲁小晴这话并无道理。

章小年只身南下，去了广州。接下来，鲁小晴再也不提起外出打工的事情。就这样过了两年，章小年与鲁小晴过着有名无实的夫妻生活。章小年没有找到好的工作，生活压力越来越大，艰难地苦熬着日子，总感觉四处昏暗。

毕阳红是湖北人。在章小年厂里当学徒。毕阳红不爱说话，沉闷着脸，那几丝特有的姿色，惊动了章小年的心。毕阳红知道章小年结了婚，她不在意。给章小年买馒头，包子，有时还会有鸡蛋。章小年也算是半个师傅了，一开始章小年以为是毕阳红在巴结他。在牢房里的五年，他已练就了一套手艺。

不说话的毕阳红，开始在他面前倾诉。他的男人对她不好，经常打人，打得遍体鳞伤。"你怎么不离婚呢？"在章小年看来，脱逃的方式只有离婚。"去年离的。"毕阳红说。实在是挺不下去的时候，毕阳红还是选择了离婚。一个女孩，现在跟着她。男人不愿意承担任何责任，所以连孩子的抚养权都没有要。的确是个悲哀的女人，一个人在外打工，无依无靠的。

"要么咱们一起做饭吧！"章小年说。毕阳红没有拒绝，也没有答应。某天出现在章小年的出租屋内。谁先下班，谁去买菜。没有人统计每天花费多少钱，就这样一起生活了半年。毕阳红一直管章小年叫师傅。

"师傅，我请你去吃夜宵吧！"那天晚上，毕阳红第一次约章小年去吃夜宵，脸上的肌肉绷得很紧。

章小年不太想去，一个夜宵得花一百多块钱。毕阳红每月的工资只有六百多块钱，章小年不忍心吃她的。无动于衷地坐在那里，说别浪费那个钱了。

"师傅，能给点面子吗？"

"不能，我不喜欢吃夜宵的。"章小年说。

"你真不给面子。"毕阳红有些失望，"我今天有点闷，所以想请你去喝一杯。"毕阳红又说。

"算了吧！我陪你去走走。"章小年说。他的心里空荡荡的，见着女人就心虚。他害怕，一不小心就会被人戳穿他过去的罪责。他想掩饰自己，密不透风。生怕风太大，把老底给揭开。

那天晚上，毕阳红的话题特别多。章小年发现，毕阳红没有那么单纯了。表情之间有着明显的变化。她是个有思想的女人，会有自己的想法，这种想法就像个气球，慢慢地长大了。很多时候，会有意无意地向他倾诉爱意，他明白，如果继续交往下来，必定会把她推进泥潭。可在这孤寂的地方，实在需要一个女人打发时光。那样日子没有那么乏味，没有那么单调。他真切地感受到了这种感情越来越强烈，越来越清晰的召唤，开始对鲜活的刺激，激情的超越和无限的创造产生了遐想。他开始思考人生，规划未来，他知道，他不仅是为自己活着，还应该做一个有担当，有责任的男人。

毕阳红没有读过什么书，但她很善良。她看月亮的样子，就像是深陷在月宫里，她说月宫里的世界可丰富了。那里面有一条小狗，成天在她的脚下圈着。与她聊一些大道理，她都听不懂，像是对牛弹琴。她内心的执念却是让人惧怕的，她说，她不会轻易爱上别人，如果爱上了，就算死她也愿意。章小年听着有些惧怕，他是个有孩子的父亲。结婚对他来说是个难题，现在他要做的就是按时把钱寄回家。

有段日子，章小年没有按时领到工资，鲁小晴的电话就像是连绵不断的春雨，哗哗啦啦地响着不停。章小年的心像在锅里翻来翻去，全身热烘烘的。"怎么了呢？"毕阳红见着章小年心不在焉的样子问。章小年抠着脑袋，思来想去，还是决定把自己的家事告诉毕阳红，借此断了毕阳红的念头。让章小年料所未料的是，毕阳红听完后十分平静。从裤兜里掏出一张卡，"你去取吧！"

"不知道什么时候还你呢！"章小年说。"随便你什么时候还。"毕阳红说。章小年接过卡，紧走几步又回来了。毕阳红像是看出了他的忧虑，"你想借多少呢？我晚上取好给你。"

"一千就够了。"章小年说。第二天，毕阳红给他一个白色的信封，里面是两千块钱。实际上，这两千块钱名义是借的，毕阳红没有打算让章小年还。

章小年开始对毕阳红动了心。像是闻到了春天的花香，感觉到命运接下来要发生什么。此时，鲁小晴与母亲在家搞窝里反，母亲时常给章小年打电话，说鲁小晴懒得不行，什么家务也不愿干。母亲患有糖尿病，很多时候，糖尿病会让她痛苦不已。可鲁小晴不会照顾孩子，连饭也不做，碗也不洗。这让母亲十分怒火。"还是个家吗？寄人篱下的日子，我一天也过不下去了。"母亲的电话刚挂，鲁小晴随即就会打电话给章小年。在电话那头，要么是鬼哭狼嚎，要么就是责备。无论哪样？都让章小年不得平静。

鲁小晴说，她没法和母亲相处了，母亲太毒。我也不知道母亲怎么了？她看鲁小晴的神情的确是变了，眼里藏着一束灰黑色的光。

自从章小年离开家后，鲁小晴在家不是哭就是闹，说章小年寄回的钱太少，还不够孩子吃奶粉的。其实，业明穿的衣服，吃的奶粉都是母亲买回来的。章小年寄回来的钱，鲁小晴一分也没有用在孩子身上。

黄昏的时分，我从外面回来。鲁小晴半躺在沙发上，不停地向我诉苦，说这点钱是我娘俩喝水还是喝汤。"小晴，你这样说就不应该了。小年在外面多不容易，你在家里把孩子带好就可以了。"

毫无疑问，母亲是希望鲁小晴早点去章小年那。待在家里，每天早上出门，晚上回家。不出门时，也就窝在屋里，穿着睡衣荡来荡去。

每天早上，母亲都会召唤鲁小晴起床。她的声音在屋内回荡，以至于鲁小晴把门踢得啪啪响，"能不能让我睡个好觉？"鲁小晴的心里憋着一些话没有说出来，你以为在你家我过得好吗？有什么好稀罕的。

章小年虽然不在家，可家里的事情，他可是点滴都知道。刚给鲁小晴寄回去两千块钱，怨声载道的电话没过三天又嘟嘟地吵得耳朵直起茧。

那天下午，章小年没有去上班，在出租屋里睡了一天。晚上也没打算起床吃饭，就这么耗着。要不是毕阳红来敲门，他打算这么睡下去。

"师傅，开门啊！"毕阳红一遍一遍地敲门。

"别吵，我要睡觉。"章小年想把眼睛睁开，可怎么努力就是睁不开。

"把门打开。"

章小年用手撑着床沿，努力坐了起来。感觉浑身冰冷，像是冰块在凝结。

"把门打开。"毕阳红的声音里带着一丝丝的沙哑。

章小年咬着牙齿，穿着内裤把房门打开了。一股风从门外穿了进来。

"发生什么了呢？"屋内分外寂静。

"没事。"章小年摇着头。

"师傅，你洒脱点好吗？你要是有什么话就说出来，别憋在心里，憋坏了自己。"

章小年望着毕阳红的眼睛，目光渐渐地软了下来，长长地呼了口气。把与鲁小晴之间的事一五一十地与毕阳红说了。毕阳红说，女人都是这样的。你也不用记在心里。夫妻吵架是很正常的，床头吵架床尾和。再说她肯定花不了那么多钱，也许存在银行卡上。被毕阳红这么一开导，章小年把一肚子的酸水全倒了出来。

农历十二月二十九，章小年从外面回来了。鲁小晴已经离开家有小半年了，谁也不知道鲁小晴去了哪？孩子撂给了母亲。鲁小晴在外面说，她不想低三下四地住在别人家里，那样头也抬不起来。其实，我和妻子都没有把她当外人。不知道为什么，她的心怎么也融不进来。

母亲说，她基本上住在她大姐家，说是要等章小年回来，去接她才肯回来。章小年听了，顿时眼前一抹黑，清除心里的路障真的很难。"随便她回不回来，不回来最好。这狗日的，这也不是，那也不是，到底要我怎么样？"

章小年的这个婚姻，跟自由恋爱无关。母亲是一片好心，可也有责任。婚姻是捆绑不得的，没有感情的婚姻就像个炸弹，随时都可以爆炸，我真担心就这么下去，章小年的婚姻迟早都会完蛋。

黄昏时分，鲁小晴回来，一手挽着包，一手推着孩子坐的摇摇车。章小年见着孩子，飞扑上来抱着亲吻起来，孩子发出咯咯的笑声。

"什么时候到家的？"鲁小晴问章小年。

"今天上午，我不是给你打过电话么。"章小年说。

"我以为你回来几天了。"鲁小晴话里的意思，是章小年故意不去接她回来。章小年一副满不在乎的样子，的确是让人见着受气。

"等到孩子大点，明年和我一起出去不？"章小年问鲁小晴明年有没有打算和他一起出去。鲁小晴开始说得很好，她说两个人劳动比一个人赚的钱多。

第二年春天鲁小晴和章小年去了广州，在广州相处了两个余月。这两个月是章小年与鲁小晴结婚以来相处最长的时间，但也让章小年看清楚了这个女人。章小年知道鲁小晴根本不是他的菜，可为了孩子，他想继续维持婚姻。但和鲁小晴的感情越来越淡，两个人躺在一张床上，满脑子想着的居然是毕阳红。

鲁小晴不愿意上班，成天窝在出租屋里。什么事情都不愿意干，无论章小年几点钟下班，都不做饭，也不炒菜，有时候等到半夜，还嫌弃章小年炒的菜不好吃。

章小年有了其他的想法，开始寻找女人。在他的工厂做事的很多女人，都是孤独一人来的，他们的男人都留在家里。这些女人都比较好强，所以男人都很听话。很多女人耐不住寂寞，会主动找男人做爱。工厂对面是个电子厂，全是女人窝，晚上满屋子的女人疯子一样蹦跳着，甚至连洗澡也不拉窗帘，不关灯。

两个月后，鲁小晴就回来了。她说，她想业明。在那里一天也待不下去了。母亲那时候，糖尿病越来越厉害。她还真希望鲁小晴回来替她照看些日子。

鲁小晴走后，章小年也离开了广州，他又去了台州。毕阳红在台州，章小年还是放不下毕阳红，他租的房子一直没有退，毕阳红帮他付了半年房租。除毕阳红外，章小年不想和任何女人有关系。

章小年的工友老郑喝醉酒和章小年说，毕阳红可不是什么好女人，他肯定地说。一个离婚女人，你和她在一起不会有结果的。章小年不愿意听，整个人就像个疯子。

一到夏天，毕阳红的脸渐渐透出阳光。

那天晚上，章小年约毕阳红吃饭，毕阳红是跑步来的。她的脸色绯红，坐在章小年的对面。

章小年说，今天心情糟透了。想喝点酒解闷，毕阳红从柜台上取了一瓶酒下来，打开了瓶盖，"我陪你喝。"毕阳红先给自己倒酒，先倒了半杯，给章小年满上了一杯，酒瓶刚放下，又拿起来，把刚才那半杯给满上。只叫了几碟小菜，一瓶酒喝得所剩无几。离开时，章小年差点跌倒在地，毕阳红左手立马挎住。她晃了晃脑袋，感觉天地像是倒了过来。平常喝半杯是不会醉的，多喝了点，没有吃东西垫肚子。章小年还知道住处，脚像是踩在浮云上。两个人的手紧紧地粘在一起，没有分开的意思。

章小年不在的日子里，毕阳红躺在床上，脑子里总会浮现一些莫名其妙的、无法佐证的心慌。

章小年躺在床上，一直在胡言乱语。毕阳红把半边身子压在他的身上，嘴里喃喃地喊着老公。半边乳房裸露在外头，很光滑，乳房圆得像座小山丘。

章小年醒来时，发现毕阳红身上一丝不挂，他也只剩一件裤头。毕阳红睁着圆圆的眼睛看着他，"你怎么啦？"

章小年推开了毕阳红，"我是个已婚男人，我们不能这样。"

"我真的不在乎"。毕阳红说。

第七章　干旱的九月

有件事情，封闭在我心里像块铁。这件事成了捆绑我毕生的紧箍咒，我和章小年一样坐过牢。只是我坐牢的事情，除了我自己外，再也没有人知道。我无数次，给自己寻找脱罪的证据，始终没有勇气揭开那道伤疤。

我第一次见到刘凤凰时，她是一位孩子的母亲。那是在广州的一个晴天，满天白云就像是棉絮一般。

她不是来找我的，她表妹在广州办厂，她有十多天的年假，所以带着孩子出来玩。我在广州白云区的一个物业做保安，这是我和安金莲断绝往来后，第二次来广州。

我们自从大学毕业后，就断绝了书信往来。彼此留有电话，不过从未通过话。她结婚时我在监狱里，我结婚时和她有过联系，但没有向她发请帖。她给我发来信息，祝福你。在大学时，我们设想过许多见面的场合，后来都没有实现。那些场合，在时光里变得空空如也。渐渐地生活淡淡的，见面于我们，没有追求和渴望。所以见与不见，对我们来说都是一样的。

我看见刘凤凰远远地站在那，穿着白色的裙子，一头秀发格外的清爽。全神贯注地看着对面的高楼。

"看什么呢？"我问。

她停了下来看着我。看着我的眼神特别亲切。

"时间太快了，我们认识有八年了。"我说。

"有认识吗？我好像没有见过你。"她问。

"有啊，你忘记了吗？你的记性太差了。"我笑了起来。

她保持着她的清冷。那种清冷被一层厚厚的冰裹着。

我胆怯起来，内心很不平静。我与她交往八年，我在想，是什么引力让我们无话不谈的。见面为什么这么紧张呢？我们聊的一些话题都是不着边际的，很不自然，我开始讨厌自己，怎么留这么粗的胡子，像个男人吗？怎么鞋上还沾了薄薄的一层灰尘。

无论如何，刘凤凰在我眼中是个完美的女神。她的眼睛、嘴唇、下颌都特别漂亮，甚至说话时的语气，我都十分喜欢。我在想，为什么我就没发现她是我最理想的女人呢？我在回忆问题出在了哪？她给我寄过照片，我也给她寄过，照片怎么啦？照片就平平常常。我不喜欢平平常常的女孩，喜欢那种有硝烟味的，或者清高点儿的。现在我突然变了，这种冷冷的我也喜欢。

可是她是别人的女人，我也是别人的男人。

"晚上我请你吃饭吧！"我小心翼翼地说。

"今天不行呢？我答应了妹妹晚上回去的。"她说。

"改天吧，你走之前，我请你吃饭吧！"我说。

"非要吃饭吗？"她问。

除了吃饭，我真想不出别的来。

"要是有空，明天陪我去看海。"

"好啊。"我的内心一阵轻松。她伸出双臂，"抱下吧！"记得我们在书信中说过，见面一定要给彼此一个紧紧的拥抱。

我抱得很紧，抱着就不想松开了。

早上七点钟，小鸟开始在枝头叽叽喳喳，她给我打来电话。"今天的天气怎么样？"我问。

"阳光很好，适合看海。"她笑着说。笑的声音很清脆。

我们坐上出海的船，她趴在船头很兴奋，不再像见面时一脸的清冷。

她回过头，看着我，想说点什么，结果什么也没有说。

"第一次看海吗？"我问。

"是啊，多自由啊！"她说。

"要是长期居于海上，那该有多好。"我说。

"有什么好啊？"她问。

"自由啊！"我说。

"对，自由。"

有了这次相遇，我和刘凤凰始终保持着较为密切的联系。对此她并不感到奇怪，她说我们是八年的闺密笔友，在我们交往的八年中，她没有提过"闺密"这个词。她身边有很多的朋友，这些朋友都是后来结识的，不是同学，让我无法想象的居然是一次逼婚。

故事听起来有些传奇，也有些不可思议。那是个疯狂的男人，提着酒瓶站十六楼顶，说她不答应这门婚事非要跳下来。她害怕闹出人命就答应了这门婚事，之后她发现这是个戏剧系。这是别人为她丈夫策划的一出戏，也只是装装，不论结果的。那个男人不是什么好人，部队服役前去过刘凤凰的学校当教官。刘凤凰喜欢那种威武的男人，才与他有了来往。她没想过会嫁给这个男人，当然她更没想过会嫁给我，要是能预测得到，我们书信来往的八年间就该相互表白。

刘凤凰与他前夫离婚与我没有半点关联。她与前夫离婚的真正原因是前夫在外面有了女人。是她认识的一个朋友，就住在他们隔壁。刘凤凰知道这事情一开始并没有追究责任，之后却是万箭不能回头。我与刘凤凰结婚后，我觉得她不是那种无法容忍男人的女人。我和她开过玩笑，要是我和别人上床被你抓住，那该怎么办？她说，我不会抓，即使是偶然，我也不会大哭大闹。她说前夫有很多让她难以忍受的地方，这个男人的学历太低，做爱的时候像个乞丐，甚至没有半点情调，说话粗鲁得让人恶心。

一个女人与一个男人在一起，至关重要的不是心灵上的交流，而是思想，只有思想统一到了一块，两个人才可以过得幸福。

刘凤凰是个爱书的女人。她与不爱书的男人住在一起，显然不可能处得来。我送了她几本诺贝尔奖得主的著作，法国作家法朗士的《忘灵的弥撒》，美国作家福克纳的《干旱的九月》，以及南非作家J.M库切著的《耻》。这些书，我周围朋友没有一个喜欢的，他们只爱看故事，悬念的，武打的，对这些文学方面深层次的著作，一概视为垃圾产品。我倒是能够理解，任何东西都有自己独立的喜好，有人喜欢吃辣，有人却拒辣于千里。

刘凤凰给我打来电话，问章小年的婚姻怎么样？我说，鲁小晴不提出离婚，章小年是不会主动离婚的，章小年不想伤害孩子，孩子是他全部的希望。"那他愿意就这样一辈子屈就自己吗？"刘凤凰也意识到，鲁小晴和章小年的感情发生了裂变。我没有回答。我在想，只要鲁小晴顾家，章小年就会和她安稳过下去。

鲁小晴终究向章小年提出了离婚。她从很多人传的绯闻里听说章小年与毕阳红上了床。这话并非是空穴来风，毕阳红当着很多工友的面说，章小年现在已是她的男人了。章小年劝过毕阳红，不要玷污了自己。毕阳红并不在乎，她说最看不惯鲁小晴这样的女人。毕阳红的话一出口，有人羡慕，也有人恨。羡慕是明知章小年是已婚男人，还要这么死缠烂打不休，恨的是厂里还有那么多个单身的小伙子，喜欢她的人多的是，她却拒人千里之外。

刘凤凰说章小年有福气，有女人缘。我说，这不是什么女人缘，完全是一场孽缘。"你就见不得他好。"刘凤凰认真地反驳说。在刘凤凰的眼里，没有真正的对错，也没有绝对的好坏。她在想，我怎么可以这样对待章小年呢？

刘凤凰说，发现我的小说写得很奇怪。问我是不是和鲁小晴有什么关系？或者说，喜欢鲁小晴一样的女人？刘凤凰的话就像敲山震虎，猛烈地撞击着我的心灵。我说，她是章小年的妻子与我有什么关系呢？"算了，算了，不说了。"刘凤凰的话变得有气无力。

我的性格的确有些顽皮。说实话，我和章小年都不是听话的孩子。这让父母很伤心。章百年对我和章小年也是非常不满意，对章小年的那段历史认为是铁的耻辱，永远都不可能洗干净。母亲不让章百年开口，不让章百年提起来，立马打岔说别的事情。章小年回来以后，他再也没有叫一声儿子。我知道，章百年是太多失望了。他感觉在章小年的身上，已经费尽了气力。

我也很心痛。从那后，章百年变得格外安静。目光中总是带着疑虑，甚至还会莫名其妙地唱歌。母亲的身体也不如从前，经常会晕倒。我真不知道，这种情况会在什么时候结束。这几年，我一直在构思一部《耻辱》的小说，写一个男人和同学轮奸一位十八岁姑娘的故事。对于那位姑娘来说，那是她一生的耻辱，可对于我而言，牢狱之灾，也是我一生的耻辱。我的内心有些扭曲，总会有意无意地去想象这些事情。以为那些完美是用肉身拼凑而成的。

刘凤凰对此很不认可，她认为小说只是小说，虚构与现实永远隔着遥远的距离。就比如婚姻，如果可以设计谁不想美满，谁不愿意过得温馨。可到头来呢，一切的温馨都备受煎熬。世界的完美都是相对而言的，都是人心缔造的。我觉得妻子说得对，要想完美还得驱散私心。

我问过鲁小晴，愿不愿意为了孩子，委屈与章小年继续下去。她说那是对人性的一种摧毁，毁灭她与毁灭其他人是一样的，只要是人都应该争取在自由的空间里生活，在尊严的阳光下生活。有些人愿意在牢狱中度过，对于他们而言，牢狱也是生活的场所，而我们不向往这样的地方，因此，我们得付出更多，去寻找自由。

"如果我继续和他过下去，我发现，自己的一生被他毁灭在人性里。我得自由，如果世道没有自由可谈，那我只有委曲求全。于孩子而言，这是她的命，谁也不想让孩子孤苦成长。"她叹了口气说，"孩子始终会长大，长大了自然会理解母亲。"

离婚的时候，鲁小晴很开心。在她看来，离开了章小年，她获得了更多的自由。章小年有一种催人泪下的哀愁，隐含着一种惶恐的病态。我一手搭在他的肩上，不再说话。我的耳朵仿佛竖立了起来，费力地听见一个声音在放荡着。一瞬间大家都喧闹起来，似乎惊醒了全场的迷梦。当我醒来的时候，周围的一切陷入了黑暗。散乱的草发出浓郁的香气，而且有点潮湿了。我看见稀稀落落的苍白的星星，晚霞早已散去，最后余光在天边残留着浅浅的鱼肚白，但是在不久以前闷热的空气中，通过梳理散落的屋顶的细木条，静悄悄地闪烁着若隐若现的星星。

"你真的好狠心。"鲁小晴说，"太狠心了，在和你认识之前，就和那个女人有往来，你是帮她顶罪的。她把你告进了牢房，你还帮她养孩子，现在你为她居然和我离婚。"

"鲁小晴在说什么呢？"我问章小年。

"你听得懂吗？"

真的没有人听懂。她说的话，再也没有人相信。就连全福表叔都不信。

"小晴，已到这般田地了，悲痛也没有用，大家好聚好散。"全福表叔说。

他又悄悄地把鲁小晴拉到一边，继续说："没有什么解决的办法了，留在这里也没有了意义，感情散了什么都散了。"

"为什么呢？"鲁小晴盯着全福表叔问。

"瞧你这样子。"

两个人都默不作声了。

离婚不久，就有人去鲁小晴家提亲。一个大龄未婚男人，样子阴森森的，比章小年足大了二十岁。鲁小晴没有考虑，"我并不要求什么……我并不要求什么"。她啜泣着，用双手挡住了脸，继续说，"不嫁人，我以后怎么过呢？我还会有什么样的遭遇呢？我这短命的人会遭遇到什么呢？我只能嫁给自己不喜欢的人……哎，我就是个苦命的人"。

鲁小晴不停地唠叨着。絮絮叨叨的。

章小年担心的还是孩子，那个继父会不会对她好。我和鲁小晴说，你以后要是重新嫁人了，你又不想养孩子，你就把孩子给我。鲁小晴的嘴很硬。在她看来，孩子已经与我家没有了半点关联。

我本来想说句话，突然的伤感不知道说什么好。只见鲁小晴把脸贴在业明的脸上，悲伤地痛哭起来，她全身痉挛地起伏着，后颈骨忽高忽低，长时间压抑在心里的悲痛终于滔滔不绝地说出来。

我发现鲁小晴的眼睛变了形。一大，一小。她说自己患了甲亢。我说，咱们毕竟是一家人，你得抓紧治病，医药费我帮你解决。她站在那里张口结舌，我不懂，我帮她出钱，她为什么还是不愿意去治病。

其实，我清楚地知道鲁小晴是个悲剧。"别生气，以后好好过日子。"我说，"你有什么要求，尽量满足你。"

"我并不要求什么……并不要什么，"她吃力地回答。

她的眼泪像泉水一样淌下来。

"我并不要求什么，"她哭着，用双手挡住了脸，继续说，"我会过好以后的日子。我这短命的人，无论遭遇什么，都与你们这家人没有关系了。"

那天晚上，我接到刘凤凰的电话。我听见旁边嘈杂的声音，她好像喝得烂醉。"你别碰我，我没有喝酒。别碰我，你没听见啊"。嗅觉告诉我，刘凤凰在酒吧或者在音乐会馆。总之已经喝醉了，旁边的人也一定是个男人。我紧张起来，怎么办呢？我知道女人在酒醉时，想到的那个男人是最信赖的。

"我在广州呢？就算是现在有车，起码也要十多个小时啊。"我说。

"我不管，就是要你现在赶来。如果你在明天天明前回来了，不，我给你一个限定的时间，明天早上六点之前。如果你回来晚了，我就与这个男人去开房。"

我知道她酒醉心里醒。我也知道这一切都不可能。可我还是想勉强去做到，不知道是为了什么。我拦了几辆出租车，就算给两千元他们也不愿意跑这么远的路。就算是愿意去，也不可以在六点前赶到。我垂头丧气地回到了出租屋。

我很奇怪地看见安金莲站在门口，我抹了抹眼睛，我再定神时，是隔壁的一个小姑娘，刚刚搬进来的。她问我发生什么事情？"我得立马赶回去，立马，现在。"

"正巧我哥哥买了去长沙的机票，今天晚上十一点钟的飞机，让他把机票让给你吧。"

"这样行吗？"

"你拿他的身份证去，回来再还给他。"小姑娘的哥哥在天河一家营销公司，经常去全国各地，没想到会这么巧。

我到长沙时是晚上十二点十分，在机场花了五百块钱打了个的士，直朝刘凤凰居住的那座小城飞驰而去。我再打她的电话时，是一名女生接的，她说刘凤凰醉倒了，怎么扶也扶不起来。

我见到刘凤凰的时候，身上吐得脏兮兮的。一只脚穿着鞋，另一只脚上的鞋跟不知所去。

我把刘凤凰背上了出租车，把她放在后座躺着。司机问我去哪时，我一脸茫然。"到城中心。"我说。"是广场那里吧。"司机问。"是的。"我答非所问。刘凤凰不顾一切地反手抱我的头，不停地勾着我的头吻我。司机在反光镜里看得很清楚，我又迅速把她按了回去。刚穿过一座大桥，我看见有一个不大的宾馆。"不好意思，师傅，就到这吧。"我说。"我那边房子忘了带钥匙。"我们下了车。刚下车刘凤凰就瘫倒在地上。像淤泥一样，怎么也扶不起来。

夜风带着凉意，让人感到颤抖。我把刘凤凰扶在路旁靠在台阶上，然后朝宾馆跑去。"麻烦帮我开间房"。前台见不着服务员。"服务员。"我叫了三遍，才见一个四十岁的妇女从里间房里出来。打着哈欠说："不好意思，今晚住满了。"他妈的，真是活见鬼。我气得几乎说不出话来。"哪里还有宾馆吗？"我问。"前面拐弯处还有一家。"我扶着刘凤凰走了大半个小时，才看见那家高大的宾馆。门前挂着两个红色的灯笼，亮着微弱的光。

服务员站在前台微笑着看着我，像是今晚特意在等我这笔生意。"单间九百元，双人间八百五十元。"服务员说。我的天，这鸟宾馆怎么这么贵。我侧着身子掏出钱包数了数，整个钱包只剩下四百六十元。还不够住一个晚上，这可如何是好呢！"不好意思，我先出去下。"我回到门口时，发现刘凤凰已进入睡梦中。这下怎么办呢？不可能带着她在大街上露宿。酒店的保安见我们在门外，问我是怎么回事，我说，我老婆喝醉了酒回不了家，身上带的钱不够，我想就近找个便宜的地方住下来。门卫皱着眉头，指着对面的小巷说，你看那一排，都是旅馆，便宜的，贵的都有。"那麻烦你能不能帮我抬下脚。"我指着躺在地上的刘凤凰说。保安帮我把刘凤凰抬进了最近的一家。三十块钱一个晚上，连门闩也没有。我就想不通，只隔着一条街，怎么区别就这么大。我把刘凤凰放在床上，帮她脱去了外衣和鞋子。折腾了这么一晚，她睡得很香。我在她的额头上轻轻地吻了一下说，这么多年的笔友，我就不知道你是这么漂亮的女人，要是早知道我肯定不会放过你。刘凤凰翻了个身，屁股翘得像棉弓。

我躺在她身边，靠得很近。中间却还是隔着距离，我害怕她是假装睡着的，随时都有可能醒来。我害怕她看到我睡在她身边时惊讶的神情，连衣服也不脱勉强靠在身边。我一个蹲过监狱的打工仔，何德何能娶了美人鱼呢？我开始担心，她是不是打错了电话。

凌晨外面还一片漆黑，我听见叽叽喳喳的声音。我微微地睁开了眼睛，刘凤凰坐在床头上看抗战。见我醒来，一副严肃的表情。"怎么住这么破烂的地方。"

"哈哈，你想住什么地呢？"我问。

"当然是高档酒店。"刘凤凰说。

"不好意思啊！"我说。

"你怎么回来了？"

"你不知道？"我问。

"知道什么？"刘凤凰故作不知。

"昨晚说的话还算数吗？"我问。

"当然算数。"

"你说只要我回来，就一定和我结婚。"我认真地说。

"说过了吗？"

"当然说过。"

"只要说过，一定会兑现的。"她咯咯地笑了起来。

我真不明白她是一个怎样的女人。第二天，我还是回了广州，她没有来送我，说刚刚去单位事情很多。

我感到很失落，心里孤寂寂的。我开始后悔没有乘人之危。要是那样的话，至少我还与她有过一夜情。后来想想，要是她不情愿的，恐怕将来我们连朋友都做不成。

回到广州后，我很快就把这事淡忘了。原因非常简单，我知道那是不可能的现实。这时我会莫名地想起安金莲，认为我是不是应该去找安金莲。我时常会想起安金莲那完美的身体，散发着磁性的光亮。

我开始反思，章小年和鲁小晴的婚姻，会不会一开始就是个错误。现在孩子是无辜的。

那天晚上，我的同学祖贵过来找我玩。他在华南石油公司，高中时我们同班，住在一个寝室。这家伙在高中时比我差远了，成绩也比我差得远。我上的大学也比他好，结果我就比不上他。他和我聊的自然都是他那光彩照人的事，而我呢？依然是难以启齿，但还是要聊，我说，要不是那个姑娘太漂亮，章小年是不会做出那样的事情。我这才知道，章小年是强奸了一个姑娘被关进监狱的。这有点不可思议，我了解章小年，他是绝对不会干这种事情的。

"你知道那个姑娘是谁吗？"祖贵问。

"不知道。"

"说出来你都不相信，她是阿华的妹妹。"

"哪个阿华？"我问。

"就是高中时掉到河里淹死的那个，你还捐了一千块钱的。"祖贵说。

"不会吧？"我感到很巧合。

"真的啊。章小年不是提前出来的吗？"

"不是啊。"我想了想，章小年真正服刑的时间是五年四个月，实际是坐了五年，那四个月是减刑的结果。可全是他在里面的表现，所以才减了那几个月。

"那就奇怪了，章小年关进去不久，她主动向法院写了申请书。"祖贵说。

"写什么呢？"我说。

"自愿的。"祖贵说。

"怎么会这样呢？"我问。

"大概是不想章小年判刑。但是没有发挥作用。"祖贵说。

我没有咨询过律师，也不知道到底有没有用。不过，我后来和刘凤凰说起这事时，她说不管在什么时候，当事人的申请书一定是有用的。她在政法委待过，我想这其中必定有其他缘由。

我偶尔还是会想起那个受害姑娘，只是不知道她也在广州。

我开始后悔，这事情不该和祖贵说。我感觉全身很冷。其实，即便是我不说，祖贵也早就知道章小年的事情。我问过祖贵，章小年蹲牢狱的事情你是怎么知道的？祖贵支支吾吾好久。"我也是听说的。"

"听谁说的？"我问。

"算了，都是过去的事情了。"我感觉这里面一定隐藏着巨大玄机。

"你放心，我不会告诉任何人的，否则五雷轰顶。"

我发现祖贵不是来找我叙旧的。我开始找人打听祖贵。之后，得到的答案让我十分震惊。章小年强奸过的那个女孩，实际上是祖贵的未婚妻。是祖贵把她带到广州来的。她来的原因也就是因为当年我赞助的那一千块钱。我和他哥哥是好朋友，我知道他有个妹妹在上高二，知道家庭十分贫困，就向我母亲要了一千块钱给她，我不想看到伤心的场景就托祖贵送去，祖贵是我们学校的学生会主席，有一点是我怎么也没想到的，祖贵把这一千块钱当成是他赞助的。女孩对她感激在心，所以才有了之后的以身相许。我想，那么漂亮的姑娘怎么也不可能看上祖贵，祖贵半边疤头，就是清华北大毕业人家姑娘也不会稀罕的。

章小年被判刑的第二天，祖贵的未婚妻去过法院，她知道章小年与他是同乡，在章小年的资料里发现我和她还是同校。她暗地里问过学校老师，打听章小年的品行，老师知道我捐过一千块钱给她，这是后来学校做记录时我报上去的，证明人就是祖贵。这时她已经有了祖贵的孩子，要不是在章小年强奸之前，她去过医院检查已有身孕，我还真怀疑那孩子说不定是章小年的。对了，忘了交代与章小年一起轮奸的另外一个同学。他叫子建，是个老实过头的孩子，要不是章小年发动他，他是不可能成为帮凶的。他有没有干成谁也不知道，他只判了两年，现在去了哪，没有人知道。估计他是想躲着我吧，不想再提及那段耻辱的记忆。

这样说来，章小年该是减了刑。实际上章小年早知道了那姑娘身份，以为她不会报警的。很多在广州打工的女孩，被人强奸后都默不作声。她去法院帮章小年减刑的时候，是章小年拒绝了签字，良心让他在牢狱里多蹲了两年。

很多人说章小年傻，其实我觉得一点也不傻，难道不是吗？我听说这件事时，心中的怒火消除了一半。当然了，我想祖贵也不会揭开这道伤疤，他那么爱她，要不是有这段插曲，她怎么可能和他结婚生小孩。回过头来，祖贵除了半边疤头外，全身上下都是健全的，在石油公司混到了中层，就算在老家嫁个帅哥，未必会有与祖贵在一起幸福。

人生就像是一杯水，什么样子的颜色是调制而成的。这个时候，章小年对幸福有了重新的认识和理解。开始拼命在网络上寻找家乡的各种应聘消息，给我打电话，问我有没有合适的地方可以介绍去。我批评他说，你任性的时间太久，父母都为你操碎了心。

章小年看着我，想说点什么，又没有说出来。我总感觉事情蹊跷，这里面必定有文章。我不是公安民警，没有办法去翻看案卷，不知道在章小年身上到底发生了什么事情？

章小年被关进监狱的那年，我接到宁海县委宣传部副部长曾平的电话，说宁海报社招聘临时记者，工作比较辛苦，基本工资只有四百元，稿费另外统计，每天还要签到四次，如果迟到每次扣十块钱。"一个国家的新闻单位就这么抠门？"曾部长说，"临时工"都是这样的，正式的待遇是临时的三倍多，临时的事比正式的要多得多。我想想，工厂里起码只有老板使眼色，可单位使眼色的人可多了。怎么办呢？我想到了刘凤凰，给她发了条信息。她说，如果我真想回来，可以考虑去她那里的报社。她那边经济发达些，凭借她的人际关系进去做个临时工没有问题。

我老家距刘凤凰生活和工作的小城不算远。她属湖南，而我属江西，中间只隔了两座山。她居住的这个小县城经济已进入全国百强。我听了她的话。

那时，我已经在报刊发表了不少文字。报社老总看了我的文字说，"我们报社还没有写得这么好的记者，如果你愿意留下来，我先给你一千块钱的基本工资，稿费另外算，一个月下来不会低于两千块钱。你是本科毕业生，报社每年都要正式录取记者，今后你还可以参加考试，报社会考虑优先录取你。"见老总这么肯定我，我十分高兴。那天晚上，把住宿安顿好后，给刘凤凰打电话，我说，这次真是亏了你，我得好好请你吃顿饭。

"好啊！"刘凤凰也很高兴，"不过，我得说明，这是你的实力。"

我与刘凤凰结婚的第二年，意外考取了公务员。第一站在乡政府当文书。由于我有在报社工作的经验，很快就受到了重用。只干了两个月，就由文书提拔为办公室主任。县里换了新的书记之后，给我带来了非常好的机遇。"青干班"是一种直接提拔的方式，很多在事业单位的其他工作人员，转入"青干班"学习后，直接上马副乡长。在这批"青干班"的学员里，我是最出色的，因此半年之后就破格提拔为乡党委副书记。按照正常的人事调整，或者提拔重用，这都是不可能做到的。县委书记表现出超常规的做法，使得很多人如鱼得水。

第三年我顺利地调入县委组织部担任副部长。副部长是副科级，基本上都是正科级担任的。一般乡镇书记才有资格。我去的时候，只挂副部长，待遇还是副科级，即便是这样我也很满足了，组织部可是个牛逼的部门，很多领导干部都看组织部的脸色。部长找我谈话，说叫我不要有心理负担。在组织部的时间里，我基本保持着低调的状态，与外界保持着紧密的距离。害怕因为形象而

155

毁灭了自己。果不其然，在组织部我仅担任了四个半月的副部长，就调到了县委宣传部。如果是调到乡镇当书记或者当镇长之类的话，在外人看来是正常提拔，如果调入县委或者政府办公室当主任，那前途必定是不可估量，这种提拔会引起很多人不满。从组织部副部长调入宣传部任副部长，实际上是降级，幸亏兼任了报社社长，这才算是从副科提拔到正科。报社是总编辑负责制，社长只是个空头闲职。所以，外界并不关注这种提拔，最关键的是这个岗位没有吸引力。继续在组织部副部长的位置停留，正科是一定的，而且之前所有的副部长都是正科兼任。不过，对于我一个外地人来说，在陌生的小城能够从一无所有混到这个位置，是连做梦都没有想到的。

刘凤凰这几年还在原地踏步。她不想继续留在药品监督管理局，她说这个单位实在乏味。调到县预防疾控中心当过几年主任，虽然是一把手，但是副科级别。她想借此机会混个卫生局的副局长，看起来是顺理成章的事情，结果还是不尽人意。在药品监督管理局多年相安无事，在预防疾控中心差点出了大事。具体的事情我太清楚，说是有人用了过期的药品。领导负有不可推卸的责任，最后还是调回了药品监督管理局。回来时，由原来排最末的副局长，排到了书记后面。这个变化对于刘凤凰来说，的确是值得庆贺的。

一切都因杨志学的到来，彻底地打破了昔日的宁静。杨志学是何许人也？北京某国有企业的干部，来县里挂职副县长。在北京虽然是大企业，可是小官，根本没人把他放在眼里。副县长在县里可是少之又少，围着他转的人多的是。杨志学来了之后，刘凤凰就像变了个人。

我也感觉奇怪，连续几年来县里挂职的都是一些央企的基层干部。这些人对地方工作是一窍不通。杨志学一米八的个头，长得很憨。看上去不是那种讨女人喜欢的男人。我想不通，刘凤凰怎么会与他扯上关系。

卧牛风景区是县里有名的景点。之前我在报社做记者时，听说过几起乡干部的风流韵事。这里是个库区，方圆几十里，政府盖在山头上。干部下村得坐船，来回得几个小时。有个晚上，乡政府一名干部下村去了，按理晚上是不回来的，阴错阳差半夜请船工划了回来。夜深人静回到家，刘凤凰不知去处，对面书记的房间灯光大亮。出于好奇，趴到书记的玻璃窗外一看，他几乎傻了，刘凤凰和书记在床上翻滚。这样的故事在卧牛景区多得是，很多县里的干部带着情人去村里度假。

那天我从省城回来，无意听人说刘凤凰和杨志学去了卧牛小住。我吓了一跳，心凉了半截，我知道，只要去了，必定不会有好事。我到家时，刘凤凰在家里，一副若无其事的表情看着我。没有铁的证据，我不会轻易说话，没准会惹得家庭破碎。自从结婚以来，刘凤凰基本上取消所有的夜生活，拒绝了同学朋友的全部聚会，几乎把工作之余的全部时间都用在闭关写诗。比如《昨夜，昙花盛开》：我坐在这里期待，这深处之花 / 欢快的光芒。/ 它略微动了动，仰起了脸 / 完美，恒定而羞怯，像神 / 徐徐下降。近于快感，又像是疼痛 / 这多美啊。/ 它在夜里醒来，裸露在那里，任音乐 / 飘舞。背对苦难和情感，向前奔涌 / 扑开死神之门。变轻 / 这儿就是尽头了，它一直在朝这里挨近 / 举止安详，低垂睫毛 / 转身，断了尘缘 / 只剩下，手足无措的我。茫然若失。我非常喜欢刘凤凰的诗，意味埋得很深。

不过这次她的表现失常得像这首诗。以往我出差回来，她非要弄个你死我活才放手的。这次，她像是没有了兴趣。躺在床上背对着我，我伸手去摸她的乳房时，她也推开了我的手，说最近很烦，对这些没有兴趣。

我开始相信别人的传言，开始相信无风不起浪。对于女人的异常，我总是无法猜透。我趁刘凤凰熟睡的时候，偷偷爬起床查她的通话记录。没有任何的痕迹，就连短信也是一片空白。这很不正常，让我警觉起来。在网上移动营业厅，查询她的通话记录。结果让我大吃一惊，有个号码几乎每天都有通话，每次最少都有几分钟，最长的时候居然有一个多小时。这人是谁呢？第二天，我没有去上班。以交话费为由，查询电话真名。"是杨志学吗？"营业员问。我听见"杨志学"这个名字就像是晴天霹雳，好久都没有缓过神来。"不好意思。"我撒谎说记错了号，离开了营业厅。不过营业员见我一脸的苍白，她大概知道我在查询什么。

这一整天，我的头就像乌云密布。我在想如何挽救这段婚姻，我真的不想再离婚了。我已经是结过两次婚的人，不想再有三婚或者四婚，要是那样的话，我真会被活活折腾死。我又不像那些独行者，可以自己一个人过日子，成天在外打秋风，可以与任何一个女人上床。我只想过稳定安逸的生活，没有人侵扰，小资小调。

刘凤凰似乎知道了我对她的警觉。那天晚上，她不由分说，说一定要出去。就连去哪也不愿意道明，完全不在乎我的感受。我就像是一只落汤鸡，躺在床上四肢无力。你说我算什么？内心的愤怒再也无法压制。我给她打去了电话，她说同学回来了，估计要晚点回来。我问晚点是几点，她说大约是十一点吧！

十一点过后，我给她打电话，电话关机了。我给她玩得最好的姐妹打电话，问知不知道她的去处。"唉，有什么好问的，她去玩就让她去玩下吧！"我听了就烦躁，怎么都是一伙这样的朋友。连续给她打了几个骚扰电话，她说真的不知道，你再打我只好关机了。

十二点过后，我听见楼下有汽车的声音。是一辆小面包车，刘凤凰从车上下来了，一个男人挽着她的手，送她上了楼。我故意灭了灯，装作听不见敲门声。过了好久才慢悠悠地打开了房门。一个陌生的男人挽着她站在门口。这个男人不是杨志学，我猜测与刘凤凰没有任何关系。他说，你家刘凤凰喝醉了，是我和几个朋友送回来的。我把刘凤凰扶进了卧室，她已经醉得不省人事。我帮她脱光了衣服，想闻闻身上有没有什么异味。没有发现任何异常。这晚，我趴在她身上做了三次。边做边问她是不是爱上了杨志学，我发现她全是答非所问。后来我问过贾丽珍，喝醉酒做爱是否会失去知觉，她反问我，你会失去知觉吗？我有醉得不省人事的时候。我说。那不就得了。贾丽珍说。

第二天起得比较晚，醒来的时候刘凤凰去了单位。我打电话问她晚上的事情，她支支吾吾地说，整晚上都和同学在一起，也包括我打电话的那个在内。我断定，这是个骗局。可我还是要装糊涂，我在寻找最佳的机会抓现场。只有这样才能泄心头之恨。

曹二棍是我要好的朋友。他留着粗糙的胡子，背刺着黑龙，穿着邋遢的拖鞋。胸部的肌肉向外凸着。从他的外表看，很多人都认为他是社会上的烂仔。我却不这么认为，我和他的认识说起来十分奇怪。我做过一点私人生意，开诊所。那是我在报社上班的时候，工资待遇过低让我有开私人诊所的念头，专治淋病和性病。在很多人眼里是肮脏的，在我看来是最好盈利的生意。对了，忘了交代。我大学时上的是医学院，学的专业是临床医学。我有相应的医师资格证和从业资质。我的诊所开在三环路背面的小巷里，这里非常拥挤，也很偏僻，我选择这个地方的主要目的是，没有人会注意到我的存在。我没有办理相应的营业手续，我白天都在报社，只有晚上才能回到这里，何况得了淋病和性病的人，都不会大张旗鼓去医院看病。这两种病都非常顽固，所以不会找一般的医生。好像整个县城，本科毕业开诊所的人甚少。这是我瞒着刘凤凰进行的，要是让她这个药品监督局的副局长知道了，非要我关门不可。

最初我想的是个两全其美的办法。白天在报社上班，晚上住诊所。门前放着的是一块可挪动的牌子，开业时放在门口，停业又提了进来。曹二棍是我的第一个病人。他是黄昏时分来的，我正在诊所里收拾杂乱的垃圾。"那狗日的女人患病了，弄得我的鸡巴全是白泡泡。"他主动脱下裤子给我看。说实话，我判断不出这是什么病。胡乱猜测是一种梅毒。我给他打了两瓶吊水，先锋六号用了十二支。我平常很少这样用药，考虑到他的病情严重。仅用两个晚上就治愈了。"多少钱？"他问我。"二百元。"我说。他没有讨价还价，也许二百块钱对这种病来说不算什么，到医院做几个检查就要好几百。但对我来说已经是赚了很多，一瓶盐水加皮条，十二支先锋六号总共的成本就十五元，一百八十五元是纯粹的利润。

从这之后，曹二棍有事没事往我诊所跑。不打针，来聊闲天。一来二往，我才知道曹二棍在我的斜对面开了家金店。生意很清淡，混自己都难。

我的诊所仅开了半月就关门了。按照相关规定，我是不能开诊所的。卫生条件和场地都不符合国家管理范围。县里对非法行医抓得很严，我不关门不行，要是被查到，仅罚款就得好几万。再者，真正来治疗淋病和性病的人很少。在那半个月里，除了曹二棍，还来过一个女人，女人的身材非常好，皮肤也非常好。我让她躺在床上，故意说要做检查。她主动揽起衣服，表现出一副紧张的神情。在她的肚脐下用力按了几下，她说很痛，这痛一半是她病的问题，另一半是来自我的指尖。我说，你这病已经很严重了，至少要打一星期的吊水。她问，一星期要多少钱？一星期也就三四百块钱。"那好吧，一星期就一星期。"这件事情过去后，我才知道这是曹二棍的阴谋。他见我的诊所太过清淡，特意请个女人来这里打针。知道真相时，我的诊所已经关了门，曹二棍的金店也因亏损关了门，说是去缅甸贩黄金。我不太相信，开始他会给我联络，说些他在那边的情况，之后也就不知道他所向。那个女人还在县城里，我碰到过她几次，她说曹二棍是个不错的男人，可惜我与他没有缘分。我说，人是个好人，就是有点不正经。她笑着说，"他的病是和我做爱后得的，你说我要不要治。"我这才恍然大悟。也知道她是发廊里做妓女的，自从曹二棍走后，她就金盆洗手不干了，现在在一家超市做服务员。我建议她找个男人嫁了。

"嫁给谁呢？我这么肮脏，谁还会要我呢？"

"过去的事情都会过去的。你这么漂亮，追求的男人一定不少吧！"我开玩笑地说。她的脸上露出了灿烂的笑容。"我还是喜欢曹二棍。"

"曹二棍有什么好呢？"我问。

"曹二棍有曹二棍的好。"我问过曹二棍，怎么会有那么多女人愿意跟他。

他说，和他做过爱的女人都不会忘记他，这点不是吹的。

我只是笑笑。没有把曹二棍的话当回事。

曹二棍为我做过狗腿子。那是他在缅甸回来探亲的时候。开始他并不愿意，他说，要是事情败露，被嫂子知道了，我就没脸再见她了。"我们兄弟亲，还是嫂子亲？"我问。他做着鬼脸说，当然是兄弟亲。

"是兄弟亲你就得按照兄弟的话去做。"我说。

"你放心，凭我的本事，绝对不会露出半点马脚。"

晚上九点，我接到了曹二棍的电话。他说要和我见面。我正在报社忙着赶篇稿子，十一点前要发版，明天凌晨要印刷出来，早上八点要发到订户手中。

"什么事嘛？我正忙着呢！"我说。

"十万火急的事，一刻也耽误不了。我在你楼下，赶紧下来。"

平常没见曹二棍如此慌张。我放下手中的笔，朝漆黑的楼梯走去。

远远地看见曹二棍鬼鬼祟祟地蹲在那。"什么事啊！"我问。

"我查到了。"

"查到了什么？"我问。

"嫂子和一个男人。"

我感觉事情不妙，精神高度紧张。在此之前，刘凤凰给我来过电话，说娘家人病了得回去。十分钟前还给我打电话，问我睡觉没有，叫我早点休息，不要太晚了。

"你看清楚了？"我问。

"看清楚了。"曹二棍说。

"什么地方？"

"车站宾馆。"

我听了，头嗡了一下。

我和曹二棍朝车站宾馆奔去。"你亲眼见他们进去了？"我的心里就像是在打鼓。

"不会错的。看得千真万确。"

我们奔到前台时，服务员蜷缩在下面。见我们来了，头像鸭子一样伸了出来。

"麻烦你，我要查下登记。"

服务员看了我们一眼。"你们是谁啊？"

"刚住进来的。在哪个房间？"我问。

服务员拿起电话，大概是朝那房间打电话。无人接听。

我抢过了登记本。我的天。是杨志学。这畜生，真是他，还是副县长呢？怎么这么不要脸。我和曹二棍冲上了楼。曹二棍让我冷静，不要闹出事来。我已经忍无可忍了，一脚踹开了房门。

"我老公来了。"是刘凤凰的声音。我立即打开了灯，灯光下，刘凤凰和杨志学赤裸着躺在床上。房间里还弥漫着浓烈的酒味。刘凤凰脸色惨白，看样子喝过不少酒。杨志学见状，吓得从床上滚了下来，抱着衣服想逃跑，还是被我截住了。我猛地朝他下身踢了一脚，他就像猴子般翻了个滚，跪在地上动弹不了。曹二棍不停地用脚朝他的大腿猛踢。刘凤凰不停地哀求。"放过他吧，都是我的错。"说心里话，我真害怕被曹二棍踢死。我打算拨打110报警，转念一想，又冷静了下来。这事只要暴露出来，明天我和刘凤凰、杨志学都会成为全县、全省乃至全国的热门新闻。当然不止这些，会变成人人喊打的过街老鼠，就算单位不开除，也没有勇气在这个地方继续待下去。很遗憾，我必须得承认，我是个内心脆弱的男人，不会趁势追击。

回到家，刘凤凰跪在我面前。不停地哀求着我。鲜明的记忆是从曹二棍开始的，现在判断起来这很有可能是一个阴谋。我记得刘凤凰在上高中时谈过恋爱，而且是在教室里被那个男人强行失身了。那个男人是不是曹二棍我不知道，如果真是，那必定是个早就策划串通好的阴谋，同时曹二棍和我的关系，也不难与刘凤凰有关，他在这其中必定扮演着重要的角色。想到这，我就像是个溺水的人。不过还没到完全窒息死亡的地步，在我的心底安金莲还在，即便我们不再见面，可她还是安详地活在我心里的一个角落。

我没有去理睬刘凤凰，但感觉到她身体在颤抖。我突然发现，这个外表漂亮的女人，内心是如此肮脏，我甚至后悔，当初不该和她结婚，要是那样，至少我不用受到这么大的伤害。想到这，我就想哭。我想起了章小年，章小年与鲁小晴相处的这么些年里，包括离婚后，我都没有听说过半点她与男人之间的绯闻。大约也就是这样，我喜欢的女人不背叛我，爱得极深。那种爱是一种享受，不会变轨。有些东西，一旦破坏了，就一辈子也回不去了。

"还是打死我吧，没有了你，我没法活了。你不要我了，这世间的一切我都无所谓了。"刘凤凰一直在忏悔。

"没有必要吧！你应该知道我的脾气，我这人说话是算数的。"我是这样的，只要是怨烦的东西，就不可能留下来。灵魂一旦出走，就不知道去了何方？

可能会有安金莲，还会有第二个，第三个情人。可是我想到这，我的内心也是痛苦不堪的。

"他对你怎么样了？"我就像是头疯了的狼咆哮着。

刘凤凰哭声越来越大。

"是不是他逼你的。"刘凤凰不停地摇头。

"那是你自己愿意的。"她还是不停地摇头。

"你们发生了？"她还是摇头。

"你自己交代吧，不说我们就离婚。"我还是希望刘凤凰找个借口来安慰我。说她和杨志学没有做爱，只是喝醉了睡在一张床上。

可是刘凤凰的话，却让我非常失望。她说，她有事求杨志学。她在这个副局长的位置待得太久了，受了多少委屈我是不知道的。局长和书记是两个草包，他们还要挥霍自己的权力。她的话没有人听，就算是真相，在权力面前是多么地苍白。"你混自己的日子，管别人的事干什么？"我问。

刘凤凰突然咆哮起来："那是我的工作，现在到处乌烟瘴气，很多老百姓怨声载道，说假药满天飞，吃死了人谁负责？"

我没有再说话。

"杨县长是好人，他愿意帮我。亲自带我去找县委书记汇报，我当副局长以来是第一次直接向县委书记汇报。"

"那你就一定要和他上床吗？你这样做与畜生有什么分别？"我愤怒起来。

刘凤凰与杨志学之间的关系是药品监督管理局的人造出的绯闻。没想到，这一次居然把绯闻变成了现实。

多少年后，我知道刘凤凰与杨志学有过很长一段感情。在这之后，我怎么也没法原谅刘凤凰。没想到的是，刘凤凰和杨志学的关系是从那晚开始的。本来那天晚上，并没有发生肉体上的关系。但我知道，她的头脑固执得有点糟糕，那时在她的耳朵里，只容得下一个声音。即便是个游戏，可她还得陪着玩。她离我的距离越来越远，甚至半句话也不想和我说。那种僵硬的姿态，让我十分害怕。

半夜，印刷厂厂长给我打电话来，问报纸版面怎么还没有传过去。我顿时冷静了下来。"领导刚刚又改了稿子，估计还要等两三个小时。"我说。"那你快点，否则耽误了印刷时间。"我打开房门，迅速朝报社奔去。对我而言，这才是大事。

这个晚上我在办公室没有回家。一张折叠床，一床单薄的被子。一栋楼都死气沉沉的，我想除了一个门卫外，这栋楼内再没有其他人。我是第二天九点才醒来的。总编看到我疲惫不堪的样子。"昨天晚上在加班？"

"一个通宵呢？"我说。

"赶紧回去睡吧！"我这才想起昨天晚上的事情来。

我站起来，伸了个懒腰，感觉全身上下特别疲倦，脖子睡歪了，酸痛得厉害。

付记者，新来的小同事，一脸的沮丧跑进来："主任，你昨天说的那个采访取消了？"

"怎么取消了。"总编回过头来问。

"听说杨副县长回京了。"

"怎么回事？"总编问。

"是回去了，听说不来了。"付记者强调说。

"政府办昨天给我打的电话。"我解释说。

"奇怪。挂几天就走了。"总编嘀咕着回到了办公室。

走了好。我心想，可以省事了。要不然，那种暗无天日的日子，会把我逼疯。

回到家，屋里空荡荡的。我不知道刘凤凰去了哪？我想，像她这么聪明的女人，绝对不会做出其他的傻事来，这事是因为她而起的，我希望她自己去解决。

晚上，县药品监督管理局局长给我打来电话说，刘凤凰的电话怎么打不通，没有向单位请假，人不知所去，明天县委组织部要过来考察。"考察什么？"我问。"她早就是正科级后备干部。"局长补充说。我倒不希望她当什么正科级干部，我只希望她做个平凡而普通的女人，一个安分守己的刘凤凰，这才是我想要的结果。

我一坐下来，不由自主地倒在沙发上睡着了。可是这个时候，我听见章百年在谈论杨志学的事，有人在不停地插嘴。我不停地挣扎着，想尽快醒来，阻止章百年不要讨论别人，可是很快又沉睡过去了。

"家里有妻子，有小孩，估计是太孤寂了。"大街小巷到处流传着杨志学的绯闻。那些绯闻透出强烈的示威味道，我从床上爬起来，愤怒地看着床头上的结婚照片，恨不得取下来烧成炭灰。

冬天的风一阵吹过一阵，像是要吹透这个季节。刘凤凰始终没有回来。莫非她真的陷进了情感的旋涡？我开始着急起来，她会不会跟着杨志学去了北京？我想，只要她去了，就再也回不来了。就算是回来，也不可能和我在一起。

我是个男人呢？就算我丢得起面子，我也受不了这般耻辱。

第二天，局长给我打了几个电话。我不耐烦地说，她不想搞什么正科，在回避呢？她想把机会让给其他人。"局长你想想，这是多少人希望的？"局长挂上电话后，就再也没有打电话来。我的心里莫名地痛苦起来，想想她这些年也确实不容易，现在这么好的机会就这么毁了，我真不知道接下来会给她多大的打击。我开始怀疑，这就是命，一些东西是命中注定的。

黄昏时分，我接到了一个陌生的电话。她说她是黄雪萍。这个名字我当然知道，她是刘凤凰的好朋友，高中的闺密，在我们来往的书信里经常会出现的名字。刘凤凰说黄雪萍与她的感情非常好，可惜这辈子投错了胎，变成了女人，要是男人那该有多好，她一定会娶黄雪萍，而且发誓一辈子对她好。

"你家刘凤凰在我这，你来接她回去吧！"黄雪萍说。

我想说点什么，黄雪萍打断了我的话："无论她做错了什么，她还是你妻子。"

我见到刘凤凰的时候，她的头发蓬松，脸色苍白，筋疲力尽的模样，估计是一天没有吃东西了。

"干吗要这样折磨自己呢？"我问。

她没有说话。

"跟我回去吧！"我说。

"回去吧！"黄雪萍在旁边催促着。

刘凤凰突然抱着黄雪萍大哭了起来。这是脆弱的哭声，前所未有地脆弱。我见黄雪萍的表情有点慌乱，因为看着她的眼睛时，她总是看着别处。这一天，我们都关闭了内心的话，做着表面的收尾工作。

我很心痛，这么多年，没见过她这么失败，我知道她很在乎我，在乎我的感受，所以才哭得这么伤心。

整个冬天我们都是分床睡的。不记得冷战了多久。从冬天到春天，再从春天到秋天。我们相互独立着。我不想碰她，不是嫌弃她的肮脏，我是想，像她这样的女人，不拿点颜色给她看看，她是不会记在心底的。

她依然上班回家。我没有坐她的车，我离单位近，要么是走路，要么是骑电动车。我没有与她结婚之前买过一辆，开始打算卖掉的，一次她与单位的一同事都谈好了价钱，我都拒绝了，我说，天晴的时候可以骑电动车去晒太阳。她不愿意，像她这样身份的人，没有人再愿意骑电动车，更不愿意坐在电动车的屁股后。我性格有点特别，但我还是喜欢还原本真的生活。那时，从家到单位步行也就半小时的路程，天气冷的时候，抬头看看太阳，人就会变得更加精神。

我考研究生与这次有着密切的联系。我想找个时间，在空间上与她拉远距离。我不是想真正离开她，而是通过自己的行动证明，我是一个非常有潜力的男人。让她对其他男人死心。我感觉，我与她维持婚姻的元素不是别的，而是我会写小说，虽然她自己并不爱小说，可每次拿到我的新书时，是一个非常忠实的读者，她能读懂小说，也能读懂我。

之前，我一直在酝酿外出学习的机会。我和刘凤凰说过，她也赞同。我们都不到三十五岁，我的很多同学都是最近几年读的研究生，毕业后都有很大的变化。我说的不是婚姻，也不是爱情。但是观念彻底变了，变得更理智，也更疯狂。

我的英语一直都不好，在大学的时候就没有学好，记得那时我最头痛的就是英语过不了关，一而再再而三地补考。刘凤凰知道我的底细。她说，我这是妄想。是的，我承认。可这次，我却不这么认为。我得去试试，哪怕是失败，哪怕失败得不可以重来，我还是想去试试。我觉得我有天分，还有运气，说不定理想就变成现实了。

我报考的是武汉大学古代文学专业。对一个学医的人来说，我这样的专业的确是不太对口。即使我现在已是弃医从文，但我不是鲁迅，如果是鲁迅考个这样的研究生也许不难，他在国外留过学，可以翻译很多的外国文字。

那日下午，天空很蓝，一只鸟也没有。宣传部部长给我打来电话，叫我去她办公室一趟。我都忘记了现在是星期几。自从我当上报社社长之后，我基本上不去宣传部办公室。宣传部是清水衙门，我和一名社联主席共一间房。因为都是正科，考虑到办公更方便，相互不打扰就把一间房用厚厚的不透明玻璃隔成两半。我是报社社长，基本没有人来宣传部找我，所以让我在里面办公。报社我还有个专门的办公室，报社是总编辑负责制，我因为挂了个副部长，社长也仅仅是个空头衔。总编辑尊重我，安排轮岗让我看看版面。实际上，以前的社长什么事也不干，成天玩。甚至不去报社上班，有什么会议打电话通知就来。说社长是部领导，不用长期坐在报社。这样的位置就连傻子都不会来的，但我愿意，我需要这个平台。这几年，可以说是我的创作高峰期。已经出版了两部小说，我需要的是时间，有利的写作时间。部里的大大小小官员，都知道我有这个爱好，一般情况不会打扰我。

"县里现在搞创卫，我们宣传部牵头。我想把这个副总指挥交给你，这项工作是看得见的，你还这么年轻，创建成功你至少可以去个大局搞局长。"部长开门见山地说，"现在报社的总编辑才四十岁，你才三十五岁，去乡镇当几年书记，凭你的才华，没准将来可以进县班子。"

我知道这是部长的一片好意。我相信部里几个副部长都在争这件事。

"听听你的意见。"

"谢谢部长。"我在想，找一个最合适的理由拒绝。

我突然想到，有一部作品是省委宣传部重点扶持的，快到了交稿的时间。

"那部书稿还没有完成，接下来的事情没有办法，我想只有把这机会让给别人。"我装作一副十分委屈的样子。

"没有办法推后？"

"这事我向部长汇报过。要不然，我也不可能长期不去上班。"

"那也只能这样，以后再找机会。"部长说。她不知道，那部书稿我早就完稿了，现在已经进入出版程序。

我终于嘘了口气。

我的录取通知书下来了。还是寄在宣传部。办公室主任没有征得我的同意拆开了特快信封。"祝贺你，考上了研究生。"

他了解我，知道我潜伏着做一件惊天动地的事情。可怎么也没想到是考研究生。

我像只兔子，飞快地朝办公室奔去。刚一进门，全是祝贺的声音。我感觉，此时整个空气里流动的都是幸福。

我在微信里发布了这一消息。刘凤凰很快就知道了。回到家，她的表情很平静。

"什么时候开学？"这是我们冷战近半年来的第一句话。

"八月十七日。"我说。

"这么早？"

"是啊！"我回答。

"把通知书给我看下。"我一开始担心她会把通知书撕成碎片。我想，就算她撕了也阻挡不了我上研究生的决定。无论如何我都不会放弃的。

"你还真行啊！祝贺你。"

我以为，我们可以就此和好。但是没有。接下来的日子，我很多次搂抱她，想弥补过去的那些日子，都被她推开了。

166

开学的那天，她送我到火车站。之前她说给我订机票的，我不同意，我害怕坐飞机，害怕飞机会掉下来。

"好好学习吧！"刘凤凰说。

我与她道别，本想和她有个拥抱，谁知她转过身就走了。我的心里凉飕飕的，发现我们之间有着很远的距离。我怀疑，接下来的两年，我们会变得更加陌生。我想，趁现在还算年轻，在大学里物色个女人应该不算啥事。

校园很大，来来往往的人很多。我发现那些年轻的女孩虽然平常都叫我大哥，实际上把我当成了大叔。我是个有性欲的男人，在手机微信"附近的人"里物色了很多美女。有个叫刘荔荔的大三学生是湖南人，地域上与我接近，她比较内向，较为沉默，我主动搭讪时，她会和我聊些事情。

记得那次，她与班主任吵架，想从中文系调到物理系去。一连两个多月，每个晚上都会来找我聊天。很多夜晚，都在吃安眠药。人一旦陷入深深的思索与焦虑，就会出现各种幻想，权衡和斗争就会席卷出来。她说一定得离开这个地方，这辈子也不想学中文了。她去找过物理系主任，物理系欢迎她去，因为她的物理学得非常好。中文系不同意，物理系单方面同意是无效的。我的导师是中文系主任，这给我创造了条件。主任开始对我多管闲事的态度表示愤怒，接下来在我的强烈攻击下，当然那两条烟起了很大作用，他还是点了头。不过，事情很快就失效了。班主任的态度非常坚决，就算是系主任点头也无用。这给我添加了非常大的压力。我找过学校领导，领导说如果系里不同意，学校不能随便帮她调换。想想，这不是菜园门，自然不是儿戏。可接下来还真被我搞定了。我是软硬兼顾，先是给班主任送钱，两千不多，可也不少。他自然是不愿意收。紧接着，我就天天上门，选择的时间老是在半夜。被我这么敲敲打打，弄了一个星期。那班主任最终还是答应了。答应时露出一丝不快的神情。

我把消息告诉了刘荔荔。第一次见到了她灿烂的微笑。

在一家餐厅里，她说，今天晚上我请客庆贺，你想吃什么都可以，还可以来两瓶啤酒。

刘荔荔比我小十三岁，才二十二岁。一个三十五岁的男人与一名二十二岁的小女生坐在一块显然不搭，可我还是厚着脸皮没有半点羞耻。我没有太多的食欲，心里闷闷地看着窗外。

"来喝酒啊！"刘荔荔端着酒杯敬我。两盘蔬菜，一盘炒豆角，一盘西红柿炒蛋。"我平常就炒一个蔬菜，烧一壶米酒，今天不一样，你是上等客人，所以多炒了一个。"我说。

"你的生活真的很节制。"刘荔荔和我说着一些生活的事情，比如她家的麦子多，一年都够吃了。院子里有几棵杏树，杏子卖了，盐的钱也就够了。鸡下蛋，蛋也能卖钱。一年下来，所以生活得有滋有味的。她说，门前的地坑下有棵魔法树，来到树下，就会丢失很多想法。她说，人就和树一样，每个分支和格局，都是在完善一个人的人生。有一天她在屋内，听见一个特殊的声音，一圈一圈地朝四围扩大。就像是恋爱，像是看到了爱中的那个人。

"看到了他的样子吗？"我问。

"当然啦，他在我的心里。"

"像我这样的男人，你说能找什么样子的女孩？"我说。

"你的条件很好，找个女孩容易啊！"她说。我们聊着一些话题，研究驴和人之间有一种怎样的隐秘关系。气氛松散，不断听见刘荔荔的笑声。

我们喝完酒已是深夜了。我发现刘荔荔有点醉，出门时差点摔在地上。我连忙把她扶住，一直将手掐住她的右臂。

"我不想回宿舍了。"我说。

"那去哪？"

"去外面找个地方睡。"

我至今都无法忘记第一次和她做爱的情形。在宾馆的地板上。我发现整个过程她完全听从我的摆布，那种前所未有的快感，很快就把我催眠了。

我醒来的时候，刘荔荔赤裸着偏着头躺在我身边。她双目紧闭，像是沉浸在另一个世界中。我将手伸进了她那件粗糙的短衫内，故意搭在她的乳房上。她的衣裤丢在床沿上乱成一团。她早已醒了过来，用力推开了我，很快就重新穿戴整齐，站在卫生间的镜前梳理了一会，然后轻声地对我说："我得走了。"头也不回地关上了房门。

我从地板上爬了起来，感觉全身上下冰凉凉的。幸亏这空调争气，要不然睡在地板上一个晚上，真不知道该是什么样子。

我还想睡。可是尿憋得厉害，口干舌燥。从卫生间回来，刚趴到床上，发现床头上有张纸条。上面写着一首不太像的诗。

我的酒名是如何传播的

瞬间

> 竹子就被两瓶酒换走了
> 难道
> 我已经回到了原始社会
> 进入物物交换的年代

沉默。除此之外，我无法理解别的意思。

我追求刘荔荔，只是希望一种短暂的关系——速战速决。可现在她的意思恐怕没有那么简单。她想玩什么把戏呢？

没有戴避孕套。所有沉醉的念头都变得恍惚起来。但很快就没有了感觉，她还在念大三呢？

一个小时后，她又跑了回来。叫我去帮她买避孕药。她的声音带着磁性，像是从远处奔跑来的。"哦，差点忘了。"我说。

我的手机响了。是刘凤凰的电话。"家里来电。"我解释说。

"刘凤凰的？"

"是啊。"她知道我和刘凤凰还处在冷战中。从眼神中，我看得出她不是捣乱的人。

我还是躲到卫生间，反锁了门。"我想去武汉看你。"刘凤凰的声音很轻。

"什么时候来？"我问。

"就今天。"刘凤凰说。

"我去接你。"

挂上电话，很甜蜜，却又担心。

"我要走了。你再睡一会儿吧。我中午回来，然后再谈谈。"一个喘气声朝我扑来，吻了吻我的脸说。我真不知道此时她把我当成情人，还是未来的男朋友，或者只是个性伙伴。

刘荔荔离开房间后，我猜测她不会那么快回来。决定退房。

"你在说什么呢，丈夫？"隔壁传来一个女人的声音，我吃惊地把耳朵贴在墙壁上。"和你这位武士之间，能有什么争执呢？如果有，那他得先把我打倒。"

刘凤凰没有来。就在我退好房的时候，我又收到了她的短信。"看样子你在那边过得很好，不想我来我就不来了。"

"我还是希望你来。"我说。

"想我了吗？"

"想。"我说。

"看来你一点也不关心我。今天是县里召开三级干部大会，我被评为全县优秀党员了。没见你点赞。"刘凤凰说。

"真的吗？太好了。祝贺你。"我说。

也许是我的话有些陌生，再次刺痛了她的内心。她挂上了电话。我打了三次，她都没有接，重复拨打第四次的时候，她已经关机。她就是以这种方式来挫击我的内心，她的这种性格真的不是一般男人受得了的。

我本来还想着与刘荔荔见面的，如果有可能，躲在某个地方生个孩子，刘荔荔会和我结婚吗？我变成了一个聋人。我随时都可以看见她的眼睛，耳朵，鼻子，甚至身体的气味。

第八章　黄　牛

　　刘凤凰是个十分敏感的女人。不过，我还得感谢她。我太孤单的时候，她又会给我打电话来，探讨那种形而上或空洞无趣的问题。

　　我不想再提过去的事情。想想自己，做足了对不起她的事。而她呢？仅清高这一点，男人就接近不了。

　　不过有一次，我喝得烂醉，半夜打电话给她，我说回家了，叫她开门。我听见了电话那端紧张的神情。她说，她还在办公室加班。我说，立马就去办公室找你。我隐约听见了一个男人的声音。已经是下半夜了，我想没有那么重要的事情。

　　这晚，她回了家。没有见到我回来，也没有打电话骂我。我断定，她去了哪个男人家过夜，或者是杨志学来了，他们在外面开房。我做过调查，杨志学是有家室的男人，他的妻子是个大明星，说啥也不可能离婚与她过。最多也就是逢场作戏罢了。想到这里，我开始恨刘凤凰，刘凤凰怎么就这么贱，这么傻。

　　第二天，刘凤凰和我有过解释。说是我江西的一群同学来了，陪他们在酒店打麻将。这点我相信，我那群同学这几年总是阴魂不散地纠缠着我。黄鼠狼给鸡拜年是没安好心。也许是距离过近，很多人在这么搞经济，做房地产投资的特别多。有些会来报社做广告，所以我不会直接拒之。一万元的广告有百分之十五的提成，有时一次投入十万以上，起码解决了我一年的汽车油费，这种何乐而不为的事干吗不做呢？

　　我有个同学一直对刘凤凰有意思。我也是睁一只眼闭一只眼，我知道刘凤凰和他走得很近，也很相信他的每一句话。可她绝对不会和他发生什么！刘凤凰不喜欢这样的男人。我最担心的是，怕她出去喝酒，一旦喝醉了，估计就不会考虑后果。

我实在是担心，怎么劝就是不听，她说酒里的东西，我是不会懂的。有一次喝醉了酒，像是要发病似的。她喝醉的时候会疯狂打电话，我想，她应该没有喝醉。我给几个同学打电话求证过，他们的晚饭的确是刘凤凰安排的，一直到晚上十点钟才离开。刘凤凰接下来的几小时一直是个谜，我不想问，也许寻求的答案就在小说里吧！也许答案是时间给予的，可能在某个时间段内会传进我的耳朵内。

我的耳朵自己会发烧，能听到脆弱的声音。眼睛的景色变得模糊起来，这究竟是花还是纸呢？我看见一个男人和一个女人，一边在窗户边聊天，一边无所顾忌地接吻，大概还有更大胆的动作。我看着，一身燥热起来，就回过头来在电脑上敲字。那一夜，各种各样发狂的声音在我的耳朵里像暴风雨般呼喊，里边还听到了人们的议论，县城涨了大水，三个年轻的干部开着昌河去喊居民，人和车都被水冲走了。可怜的是，那两个年轻干部才刚刚结婚。实在是太年轻了，撕心裂肺地哭了好久，现在情绪稍微好点了。我看见一个女人，走得很慢，磕磕碰碰的，好像在路上寻找什么东西，口里还念念有词。找什么呢？我想努力听清楚她说的话，可是怎么也听不清楚。

我耳朵就像是春天的小溪一样，欢快地涌动着希望。白天的很多时间，都伏在玫瑰花中假寐。从那天开始，我就生活在耳朵的阴影世界中，在耳朵的深处隐藏着一个"隐私"，这个隐私实质上是个谜。当我稍微有点甄别能力的时候，埋藏在心底的渴望，被培养得特别地繁忙，甚至频频与外界交流。我时常看见两个熟悉的身体，疯狂做完爱后便不约而同地在黑夜中寻找。

我开始在黑夜里不顾一切地物色女人。想尽办法征得她们的芳心。我是第二学期红火起来的。我给广播室送去了第一篇散文。标题是《浪漫的秋天》。读我文章的播音员是一名大三的姑娘，她热爱文学，对文字的感觉总能抓住人的心理。那天中午，她主动来宿舍找我。说，第一次听说最美的语言是思想。"最美的语言是思想"，是我文章中的一句话。

我的女人缘本来就不错。只是我内心受过重挫。到了午夜，万物俱寂之时。我的耳朵里便会出现一些奇怪的话，那是一个遥远的讨论。我却感觉是真实的。听起来焦虑，艰苦，绝望。要不是那几年牢狱之灾，要不是发生那件事情，也许我会在某个乡村卫生院，也许当上了院长。我的性格不适合从事这个职业，我怨恨过章百年，见我们村的两名赤脚医生都赚了钱，非要我上医学院校不可。

我毕业后，在外辗转很多地方，就是不愿意从事这个职业。我像是在挑战章百年，一定不会如他所愿。我有好几年不喊章百年，总是怨恨他，这个违背心灵的志愿，的确是害了我。我第一次外出打工的目的，就是憋着气走的。心灵的压制和扭曲，让我失去了正确的人生观。

章百年知道一些我的事情。他翻看过我的电脑，我不知道他为什么要翻看我的私人空间，这是件比出卖灵魂还龌龊的事情。他不仅没有认识到自己的错误，还咬牙切齿地痛骂我，除了痛骂，还是痛骂，他那张嘴吃什么都快，喝滚烫的茶都喝得快，骂人时总会骂得骨头痒。我对那个贫穷的家，没有任何的奢望和依靠。我固执地认为，我的命运是这个家造成的，是章百年没有努力去改变家庭的结果。如果他把家庭造就得更富裕些，给我快乐的成长环境，我的未来也许就会更好。

有件事情本来是秘密。可到后来我想不应该是如此，说出来不管有没有人信。强奸祖贵妻子的事情是没有证据的。我是总策划，当年我捐款时，我见她和一个男人搂抱在教室里。我见着就恶心，女人都是这样的吗？我很不服气，那次策划算得上是个报复的阴谋。你想想，像我这等聪明的人，怎么也不会那么轻易让人抓到把柄。公安在排查的时候，把我和那同学圈了进去，我警告过他，死活都不要承认，我们戴了避孕套，避孕套早丢进了大海，就算是做 DNA 也不会有结果。

几名男公安连续审了我一天一夜，见没有成效就派了个女人来。的确是让我动心的女人。

几个小时下来，我都在和她耍嘴皮子。她也没有把我当罪犯。"像你这样的高才生，不可能做这样的事情。"她说。

"怎么不可能？你现在不是把我铐在这吗？别把我放出去，否则我会找机会强奸你，保证你寻找不到证据。"我说。

"那要看你有没有这样的本事。"

这个夜晚竟然把我关在楼梯下，连腰也伸不起来。尿骚的味道冲得人想吐。这是在想方设法折磨我。

第二天早上，我躺在楼梯下冰冷的地板上装死。是几个人把我抬出来的。

那女警和另外一个人商量了好久，其他人都走了，也不知道是在哪弄来的半碗稀饭放在我面前。

"别装了，喝吧，饿的可不是别人的肚子。"她说。

这话说得挺有道理，我端着瓷碗，一口气全喝个精光。

我已经差不多一天没有上厕所了。一日三餐的馒头，几乎一滴尿也拉不出来。我敢肯定，是那稀饭害了我。

我感觉下面胀得厉害。

"我要上厕所。"我轻声说。

"说什么呢？"女警问。

"我想上厕所。"我说。

"好吧！"

一名长得很帅气的男人。要不是他留着平头，我真以为他是个女人。他拉着我的手铐上了二楼。

这是一个很小的卫生间。我以为他会让我一个人走去。没想到，他跟随着一起进来了。我开始忐忑，是不是他担心我会逃跑。当着一个男人的面，我还真拉不出来。

我发现他靠得我很近。我开始有些颤抖。不知道他要做什么。他说，只要我承认，他会想办法把我放出去。我想到了他也许真会帮我。下楼我就按了手印，但很快我就被移送到了其他地方。不过，我得感谢那个女警，我后来问过在公安干的兄弟，他们都说，稀饭一定是女警自己买的。

我醒来时，在一陌生的地方。远远地看见，监狱里章小年的背影。他和一群人在干活，看着章小年，我喊叫起来，他什么也听不见。他若无其事地看着我，和几个囚犯聊几句，就找机会进屋子去了，我对他说，你必须得想法子逃离这里，要不然，你会完蛋的。

我母亲是个可怜人。出了这等事情，章百年把所有的责任都推到她身上。我觉得可笑，子不教父之过，这事怎么也轮不到母亲。母亲说，孩子，是妈的错，妈没有教育好你。母亲哭得似个泪人，老天啊，能不能救救孩子。母亲的话深深地刺痛了我的心。我出生在大山里，所有的幸福都是母亲给的。章小年被关进监狱的时候，我最恐惧的不是他在监狱里的几年折磨，而是母亲一千八百多天的苦苦思念。在监狱里，章小年获得了两个荣誉证书，我把两个证书都寄给了母亲，然后写了封长长的书信。我仿佛看见了在昏暗的煤油灯下，章百年念着信，母亲皱着眉头听着。她一辈子希望孩子争荣光。

我与刘凤凰的感情，也是母亲改善的。"请你站在她的立场谋划谋划，婚姻除了生活，还要考虑健康。最主要的问题，是后代的问题。这是一个年龄段考虑的问题，也是一个人的责任问题。恋爱是一切的悲喜剧……"

"我得抽空休息一会。"母亲打断了我的话。

我本来打算暑期和导师去做项目的，母亲给我打来电话，说她想来我家住段时间，想着母亲为我吃了那么多苦，我答应了暑期回家好好陪陪她。

"你几点到车站，我和刘凤凰去接你吧！"说实话，这半年间，我真不知道刘凤凰会和哪些男人有往来。我闭上眼睛，就见着一个野蛮的家伙，吸血鬼，跟在她的后头。反正我已经无所谓了，这时追求我的女生已经很多了，她们早不会嫌弃我有过两婚，更不会说我比她们大了一圈，只会说我是武汉大学的才子、名人。这块牌子可不是那么容易树起来的。女人一般在走近你的时候，上床不算是什么事儿了。刘荔荔基本上就成了我的性伙伴。我不给她打电话，她是不会主动找我的。她害怕影响到我的学习和写作，知道我想冲击诺贝尔文学奖。她居然相信我有这样的抱负，还说我获奖是指日可待。我自己都觉得好笑，充其量我最多也就算个三流作家。她把和作家上床当成了荣耀。

母亲和刘凤凰早已等在了出站口。她们看起来似乎没注意到我，眼睛仍空洞地看着远方。我站在刘凤凰面前，做了个手势，母亲才缓过神来。

一路上，我听母亲说老家的事情。母亲说，老家变样了。全村的人都"移民"走了。"移民"这个词，我在广州打工时就听过。当时，我知道移民得花费几十万，我听着就害怕，连做梦也不敢想，村子里部分有钱的人，那时就搬走了。我记得村庄就是从那个时候开始衰败的。而我呢？基本上不愿意回去，怕那些儿时的伙伴看到我一事无成。我甚至怀疑，我坐牢的事情早就泄露了出去。没有人启齿的原因是，碍于章百年和母亲的面子。"我得回老家去看看。"我说。我记得我离开村子时，那条成年的公狗，走起路来步履艰难。它的阴囊一半呈黄紫色，肿得像只气球，另一半沾满了凝固的血块和泥土。据村里的人说，这是与狗吵架时咬的。不过这条狗看上去挺聪明的，精神也挺好，还有些好斗。

狗对我有感情。我离开村庄的时候，摇头摆尾送了我好远。我还想和那条狗好好说说话，可是狗被人害了命。

听说杀那条狗时，狗下跪饶命。最终狗没有逃脱死亡，被吊在稻草上活活烧焦。

"狗的情感能与人平等吗？"刘凤凰问我。

"我认为生命都是平等的。"我说。我自认为，任何能见到光亮的动物，它都能够嗅到世界。而它们也是生命，也在繁衍，也在为平衡地球而做出努力。

当然最终的受益者是人类。"杀戮"这个词对我非常敏感，我对世界的观念是善对一切，也许面对一头毫不讲理的豹兽，它在残害人类生命的时候，我会毫不犹豫地杀死它。对于与人类友好的动物，我会尽最大努力去保护。

地球到底是谁的？这是命运所决定的。也许残暴的动物有它生存的天地。对于狗的情感，我从来没有清醒过。

"你对狗的情感这么深？"刘凤凰有些生气。

"趁我现在还年轻，你们要早些生孩子。"母亲说。

我的心很沉重。我对人生有了另外的思考。

事实上，刘凤凰也开始了写作。它以动物为主题的诗歌，发表在全国的各大刊上。我读过一两首，但我不知道会是她。

回到湖南的第二天，当地的作家朋友请我吃饭时，我才知道那个湘西的女诗人是刘凤凰的笔名。朋友们都说，你家的那个女人出手不凡。你写了这么多年，你的诗没有她的写得好。

回到家，我特意借她电脑找了几首诗出来读。的确写得好。我对狗的思考，在她的诗里理解得十分透彻。

母亲给我们倒了两杯茶，还想说说生孩子的事情。

"妈，等他研究生毕业吧！"刘凤凰说。

"现在一个在南，一个在北，生个小孩总不能全部给你负担吧！"刘凤凰又补充说。

说实话，我还真不想生小孩。我现在没有多余的钱，刘凤凰即使是有，她不会全部拿出来。这些年，她的钱去了哪，我没有问过。偶然我见过她借钱给朋友或是同学，我都没过问过，不过有一次我极力阻拦。她的一个女同学做一个保健品，一次性要她借两万块钱，而且说，这两万块钱可以送她一年的保健品，我说这是肉包子打狗的事情，劝她不要去参与，她一开始对我还保留着意见，后来还是采纳了我的建议。

应该说，我们没有任何经济纠纷，不会因为钱的事情争吵。就算是我回报社做临时工的时候，我也没有向她要过一分钱。问女人要钱，男人不会有尊严。她有点讲江湖道义，因此经常会请人吃饭，上酒吧唱歌，她有点好酒，我最讨厌的就是她和男人出去喝酒。男人有几个是不近美色的，像她这样的女人岂会没有男人追求。对于孩子，母亲的想法和我是不一样的，母亲只想着孩子早生早长大，而我呢？总觉得有了孩子，还会是个包袱。刘凤凰的想法，似乎很简单，有了孩子就不会再快乐，成天得守着一个家庭。

我和刘凤凰在一块，我先是甘拜下风的。她的生活方式，我基本是掌控不了。我就只能蜗居在家里，敲打着自己脑子里想的事情。除此之外，我的特性是喜欢美女，我基本是用美女来平衡内心的，要不是这样估计会天天吵架。她说各找各的。你在外面找什么样的女人我不管，别惹出事来，要是闹得家庭四分五裂，你是知道后果的，自己惹的事自己摆平。她说是这样说，可只要看到女人给我发信息，就要看内容，只要说了半句暧昧的话，就一定会纠结不休到半夜。

"等你的诗写到一定数量时，咱们合作出版一部诗集吧！"我说。

"你有那么多美女诗人粉丝，和谁合作不可以啊。"

我和她的话没法继续下去。

母亲知道我们在斗气。她总想来化解一切，我怀疑这次让我回来，不是母亲的主意。甚至生小孩也是她借母亲之口在试探我。

"妈，我想过了。你想抱孙子，我们就生吧！反正早晚是要生的。"我说。

"谁要和你生了，要生你自己生去。"刘凤凰没好气地说。

不想和刘凤凰再斗了。她可是我的恩人。这些年，其实一直是她在鼓励我，支持我，遇到困难的时候，想着法子叫我抬起头来。可我心里还是怪怪的，冷静的时候，我能够反思，很多时候我觉得我是窝囊的，就是个废物。关键的还是取决于她的解围，要不是她，也许我还在广州的工厂里。还是工人。

"那年要不是你叫我回来。"我说。

"你别说了。"刘凤凰说，"我不该让你来这。"

我的话触动了刘凤凰的内心。也许男人本来就不该那么小气。我想原谅刘凤凰，也原谅我自己。可是我一想起那个叫杨志学的男人，内心就莫名地冒着烈火。恨不得把他的头砍下来，我的力量太小，估计见着他的时候，我又会变得不像个男人。我和一个警察朋友说过，这事你只能吃闷亏，家丑不可外扬。我仔细想，他分析得不是没有道理，可我的自尊心往哪搁呢？

刘凤凰呢？起初她可不是个这样的人，要一开始是这样，我不会选择和她在一起。也许，我一开始就没有把她认识清楚，还是认识清楚后依然会这么选择？我真的有些糊涂了。难道这就是我的爱情吗？我忐忑地问自己。

第二天是星期三，我起床时，她还窝在被子里。电话一个紧接着一个打进来，很多个电话都没有接，即便是接了，说话的口气也不再温和。

那晚，我们是分两间房睡的。她和母亲睡一间房，我故意睡在客厅的沙发上。那天晚上，我一整晚没有了睡意。几次从沙发上掉下来，地上冷得刺骨，可我就这么僵持着，不愿意爬起来。

漫长的暑期就像是天上的白云，很快就过去了。

那天下午，我接到北京的电话。说让我准备去济南学习。我一听，耳朵就欢跃起来。我可喜欢听到这样的消息，说老实话，走出去总会有些机会。我的很多作品，写好后都锁在抽屉里，刘凤凰不愿意听我说，我连个交流的人都没有。我看了看日历，发现这群人真是疯了，离通知的时间还差两个月呢？我正处在一种奇怪的情绪中，难道此行可以绕开心结？

电话那头说，学习前得交一到两篇小说，一定得是你的代表作。看来这次学习是动真格的。如果没有作品，可能连结业证也拿不到。我这才明白，这是真正目的。

学员名单是去济南之前传在我邮箱里的。上面还有详细的报到地址，包括课程安排和讲课的老师名字，都写得一清二楚。我仔细地看了一遍，没有发现太过熟悉的人。

在此之前，高学文在网上问过我学校的传真号。说这次培训非常正规，所以得向学校发正式的通知。用意还想得到学校的支持，让学校报销来回的路费。

恰巧此时刘凤凰要我陪她去福州。她的同学黄雪萍去了福州发展，在那边买了房，买了车，日子过得有滋有味的。

"就是你那个闺密？"我问。

"是啊，你见过的。"我对黄雪萍的印象特别深，她的两个酒窝很有特点。总感觉那两个酒窝可以装下半杯酒。那副眼镜也还有特色，一对眼睛隐藏在里面，看起来文质彬彬的，说话的声音也很清脆，像画眉的声音，总能传得很远。

刘凤凰说，她的下身出了问题。我知道她半夜爬起来，朝着下面不是洗就是涂药。这段时间特别严重，就连下雨天都会潮湿。我真猜不透，怎么会出现这种毛病。她说，这是正常的，一个女人没有点毛病相反是不正常的。好吧！她说什么我都不反驳。我知道反驳只会是自讨没趣。刘凤凰说，黄雪萍比她还严重，听说那边有个老中医，可以治好这个病，而且是药到病除。"真有这么厉害？"我不太相信江湖郎中真有本事。"绝对的真实。"为了证实是真的，刘凤凰还拿出与黄雪萍的聊天记录给我看。这大概是黄雪萍的秘密，这都说，还有什么不能说的呢？我对那些乱七八糟的对话不感兴趣，"有用就去试试吧！"刘

178

凤凰听后有些高兴，说是我体贴她。有问题的时候就我体贴，我差点就把这句话说了出来。本来我是不打算去的，看了黄雪萍的聊天记录，就答应和刘凤凰去福州。说到底，我不是相信那个老中医，而是相信黄雪萍，还想去看看黄雪萍，说不定这女人还会玩什么把戏呢！

我没有去过福州，但是对这个名字的印象非常好。有这样的机会当然是求之不得。我想去看看福州的文化古迹，看看福州的自然风光。

我们坐的是高铁。从湖南到福州也就不到十个小时。一路上，刘凤凰嘀咕着说，她的妇科病是我造成的，每次月经完后的几天都不好受。我感觉很冤枉，已经有半年没和她做爱了，怎么会怪到我头上来呢？她说，我是抵赖不掉的。我看见，车窗外的广场上，一对年轻人蹦蹦跳跳的。

我在思索，这种折磨的思路，一遍遍不可理喻地在我耳朵里回响。我闭着眼睛，梦见天地间下着好大的雪，真荒唐，这个时候怎么会有大雪呢？

刘凤凰的样子有点心不在焉，显出一副着急的表情。

"这有什么好抱怨的呢？"

"我抱怨吗？"

"我感觉你有点抱怨。"我说。

那老中医九十多岁了。头发花白，面孔浮肿，目光狡狯而温和，前额宽大，上面浮现着一条深深的皱纹，他已经是名人，求他看病的人排着长队。我不相信这是活神仙。刘凤凰说，不看怎么知道？

老中医让刘凤凰在他面前坐下来，在下腹用力按了几下，说这是输卵管堵塞造成的。把脉时说她的妇科病很严重了。看手掌后说她有乙型肝炎，还有肝胆管结石。前面的我不相信，后面的果真是如此。刘凤凰与我结婚前做过体检，的确是有乙型肝炎和肝胆管结石。我学过医，当然知道这些都不好治疗。老中医说，这病只需吃两到三个疗程就可以彻底治好。我在想，难道真遇上神医了？老中医也让我在他的对面坐下来检查检查，说这女人的病与男人有关。我不太情愿，会不会是刘凤凰的前夫传染给他的，或者是杨志学和其他的男人。

老中医用力地在刘凤凰的下腹按着。"痛不痛？"刘凤凰摇了摇头。

"这里痛不痛？"刘凤凰还是摇了摇头。

"这里痛不痛？"老人大声地问。刘凤凰还是摇了摇头。"你这怎么看病嘛？"老中医又用力地顶了下。这老头的力气还真不小，弄得刘凤凰真是哭笑不得。

"痛。"刘凤凰说。

"这就对了嘛！药得两个人用了才能发挥作用。"老中医说。

"你要不相信就别来看。"说话的是个男子，个头矮小，很瘦，塌肩。他身上的蓝色西装显得过大了些，浑身冒着烟味。二十三四岁的样子，穿着一件蓝色的长裾土布外衣。看起来像是个活跃的工厂工人，身体不太健康的样子。他眨着眼睛，急促地呼吸着，手不停地发抖。

"你过来下。"黄雪萍把我叫了出来。

她指着刘凤凰说。"你得顾及她的感受。"

我不太会掩饰自己的神情。

我知道黄雪萍的情况和刘凤凰的差不多。我问过黄雪萍，她说，女人只要生过孩子，就容易得妇科病。当然，直接的关联离不开男人。

我认真回忆过。我的性伙伴刘荔荔在和我做爱的时候，强调要我戴避孕套，说上回和我做爱后下身就很不舒服。我不知道她所说的不舒服是什么问题，我没有追问，之后很长一段时间，我发现自己的小腹上经常会奇痒。我经常听人说，艾滋病的潜伏期很长。我开始害怕起来，我不知道是不是自己把病毒传染给了刘凤凰。但有一点在我内心是不会否认的，一个男人有多个性伙伴时，一旦有病毒或者真菌感染，就一定会交叉传染给其他女人。

"对不起。"我走到刘凤凰身边，轻声地说。我以为刘凤凰不会追究的。

"给我站住。"黄雪萍有些生气，"你不能就这么走了。你还没听我把话说完呢？"

黄雪萍与刘凤凰的性格有些区别。她的性格没有刘凤凰那么硬，但关键的时候也不会考虑你的感受。风尘仆仆的，谁也阻拦不住。

"药钱没付，怎么就走了呢？"刘凤凰说。我愣住了，脸上的肌肉在跳动。药费不是很贵，中西合在一块，总共是三百二十元。

刘凤凰觉得我没在黄雪萍面前给她足够面子。"这么木。"丢下三个字，让我无地自容。

"好吧，我付。"我就像个做错了事的孩子。

在福州的几天，黄雪萍带着我们跑遍了大街小巷。我走在两个女人的身后，就像个跟屁虫，心里闷闷的。福建有很多名牌服装，而且市场价格比本地便宜好几倍。我试了几件，每件的感觉都很贴身。刘凤凰这回很尊重我，抢着为我买单。往日的那种强势女人的气焰悄然消退。我比较喜欢她小鸟依人的样子，本来就是个小女人，非要把自己弄得杀气腾腾，哪个男人又受得了呢？

黄雪萍私下找我聊过。问我是不是进过牢房？这一定是刘凤凰和她说的，我气得差点就喷出血来。"她对你比我还信任。"我说，我们没有谈过恋爱。"你想过没有，如果一个女生，对一个男人一点感觉都没有，她会给你写那么多信吗？"我想想，她说得在理。"无论换作是谁，都会有自尊的，你想过她的自尊没有？"我真的听不下去了，我来这不是来受教育的。都是些什么东西？我气得牙齿咬得咯咯地响。

那个晚上，我的胃不停地倒酸水。夜半起来倒水喝，不小心把一个玻璃杯打翻在地上，瞬间划破了寂静的夜晚。没过几分钟，发现手臂疼痛得厉害。玻璃划破了手臂，地上到处是血迹。刘凤凰不知道时候起来了，打开灯问我发生了什么事情？我不想说什么。"你怎么这么不小心？"黄雪萍听见响声也爬了起来。两个女人，一个拿纱布包扎，一个拖地，倒是不见白天的傲慢了。

我开始自我反省。但无论我怎么反省，我就是忘不了那个晚上。我目睹她和一个男人赤裸裸地躺在床上。对了还有一个细节，我进去时她来不及穿衣服，还死劲拉着我的手。这算是正常吗？就算是那个男人没有和她发生什么，起码她已经脱光了衣服。是男人帮她脱的，还是她自己脱的呢？如果是男人，一个帮女人脱衣服的男人，他会放弃不和女人发生关系吗？如果是她自己脱的，这又代表什么呢？我不敢继续往下想。如果他们是清白的，那个男人为什么第二天就滚回了北京。还是曹二棍帮我解的惑，他说，问题一定出在嫂子这。我想过去北京找杨志学的妻子，但很快就打消了念头。如果是刘凤凰自愿的，她可以和杨志学，就不可以和其他人吗？杨志学已经走了，就算我大闹天宫，最终我能得到什么呢？

离开前，我和黄雪萍推心置腹地聊过。这是我第一次和她聊天，我发现这个女人有爱心，也挺善良的。她说我最大的缺点就是太过小气。一个女人对你好与不好，关键你知道是看什么吗？看什么？我问。"就看她在不在乎你。"

"她在乎我吗？在乎我的感受吗？我是个男人。"

"对，你是个男人。她有和其他男人跑吗？有和你提出离婚吗？即使她有一夜情，那也仅仅是一夜。"我发现黄雪萍也是疯女人。

"你愿意和别的男人有一夜情吗？"我问，"你老公知道了不生气吗？"

"我和他都有过，我们很公平。"她说。她知道老公蠢蠢欲动的时候，她向老公摊牌，给彼此一个夜晚，无论发生什么都要心平气和回来。"我不相信你在外面没有女人。"黄雪萍不仅认为刘凤凰没错，相反还认为错的人是我。我知道再怎么纠结下去都不会有答案。走在街上的时候，她故意拉着我的手，说闺密的老公她有一半分。我很不自在，刘凤凰也不在意。

回到家，刘凤凰忙着煎药。满屋子都是浓浓的药味。一连好些天，药味都像是阴魂不散。

"这药真有那么神吗？"我露出质疑的神情。

"不试怎么知道。痛痒都不在你身上。"刘凤凰说。

我想说，你活该。可没有说出口，我知道，只要说出来，一定会争吵不休。反正再过几天就要回学校了。

"他回来找过你吗？"去车站路上是刘凤凰送的我。

她没有说话，把音乐调得很高。

我感觉，她和杨志学没有结束。

"我安排了曹二棍跟踪你，要是再发现你和哪个男人鬼混，咱们就离婚吧！"我说。我这样说，是想挽救这份感情。我得把些话公开说清楚，起码证实了我的态度。

我本来还想和她好好谈谈的，她已经很不耐烦了。

"没有什么好说的，还是让曹二棍再抓次现行吧！"

我又回到了武大校园。这次回来，我发现自己的心很累。当然，重新有些新的发现和认知。

很多个夜晚，我把那老中医开的药方有意无意会拿出来研究，总体分析，药方还真有用。我室友的母亲也是个医生，他说，从小就懂得一些药物的用途。"我怎么看像是个女人的方子，是想生个男孩吧！"

"什么？中医还有这种功效？"我问。

"什么功效？我可没有说什么啊！到时候，生个女孩别怪我。"

"不怪你，你又不是医生。"说着，我们都笑了起来。

我给黄雪萍发信息说，药方真的有用处。

她只给我回了五个字。"你一定要用。"

难道是我生小孩，真是莫名其妙。

第九章　手　机

我又想起了贾丽珍。离开济南后，小说和大明湖，两个不相干的符号，却成了连接我写作的象征。

闭上眼睛我就会看见贾丽珍的脸。像天上的星星，一眨一眨的。

想着和她做爱的情形，怎么也不得入眠。于是我把所有的精力都投入小说创作中。我想，只有小说才会给我带来乐趣。就算是昏昏沉沉瞌睡的时候，满脑子里都是玄幻的情节。

凌晨两点，我给贾丽珍发信息，她都会及时回。说还在忙着写另外一个题材。我本以为，我们的故事会变成大明湖上空的云，慢慢地不会留下任何痕迹。一连几日，我试着给她发微信时，都没有回。过了好些日子，我意外收到了她的回信，说手机坏了，刚刚修好。"没有手机，自己就像是个盲人"。她说。我得感谢手机，把我们拉近了距离。我在想，假设没有手机，也许我们真不会联系。

哦，对了，贾丽珍比我小三岁。是四川成都人。大学毕业后在成都地质队上班。她与刘凤凰有很多相似的地方。比如，在我上武大的第二年，刘凤凰也随之考取了研究生。而贾丽珍呢？不甘示弱，虽然没有脱产，但也报考了在职学习。性格都属于倔强的人。

贾丽珍与刘凤凰唯一不同的是，她们恋爱的方向不一样。

贾丽珍大学毕业，刚到单位的第一年就被派到一个钻探项目实习，在山林中一待就是大半年。她喜欢地质工作，山间的生活自由而冒险，让她年轻的心得到了满足。她说，喜欢跋山涉水，在踏遍一座座青山、蹚过一条条河流后，便觉得自己寻找到了生命的归宿。也就是在这一年间，她喜欢上了一个叫段韵云的男孩。然而，不久后的一个晚上，她无意看见一男一女在她宿舍的楼下接吻，开始她不在意，后来觉得那个男的眼熟，仔细一看，男人发达的肌肉被灯光照亮，竟然是段韵云。贾丽珍为他高兴，但内心很失望，也很不解，无论怎么比，她都要比那个女孩强，他怎么会喜欢别人呢？贾丽珍闻到一种烂苹果的味道，这种味道比任何东西都浓，令人窒息。贾丽珍还趴在窗户上，她想再多待一会，实在受不了那种味道，才关上窗户的门。

那是她的第一个情人。离开地质队后上了研究生，几年的学费都是贾丽珍资助的。

"怎么会结束了呢？"我问。

贾丽珍摇头不语。

我很想知道贾丽珍的故事。她却沉默。女人都是这样的，不到开口的时候，打听任何东西都不会开口。一旦开口，就像是决堤，把你不想知道的部分也全部说了出来。说我是小说家，可以凭借想象力来满足自己。那样究竟起来，还会有很多可退缩的地方。

不过我觉得贾丽珍有点傻，至今她都在帮那个男人还网上的贷款，她打算把那笔钱帮他还完。那可是笔不小的数目，本来跟她没有半毛钱关系。

通过在大明湖的那晚后，我基本知道贾丽珍是个怎样的女人。我已经深深地感受到，一个女人决堤是件可怕的事情。她喜欢男人泡她，只要你想和她上床，就一定会有机会。本来我会很讨厌这样的女人，但是她的确有我喜欢的地方。比如率真。即使很多方面她不愿意用言语表达出来，可最终还是明示了想法。当然，她把爱情和性区分得很明白。

那天晚上，我和贾丽珍视频聊到深夜。基本是我在说，她在听，聊的也全是小说的话题。如何把生活转变为小说，如何把小说语言表达得更好。聊到最后，贾丽珍说，她困了，想去洗澡睡觉。

"我还不想睡呢？"我说。

"我得去洗澡去了。"贾丽珍说。

"你把视频对着洗澡间，我看着你洗。"我说。

"你想得美。"

"你不想我吗？"

贾丽珍不敢正眼看我。没有说话。

"你不是说明年春天来成都的吗？"

"不想去了。"我说。

"为什么？"

"你不想我是不会去的。"我说，"要是你想我，没准今天晚上我就会到成都。"

"武汉到成都只要飞两个小时。"贾丽珍补充说，"要是你来，我去机场接你。"

"现在出发，凌晨三点就可以到。"我说。

没想到贾丽珍真的在网上寻找航班。过了一会截了张图片过来，"今天晚上有航班，但是订不到票了"。她认真地说。

我只是和她开个玩笑。"以后有机会来的。"我说。

我开始设计各种见面的机会。贾丽珍说，她不太想我去成都。害怕被他老公发现捉奸在床。成都虽然是大城市，如果她老公是个曹二棍那样精明的人，被抓是完全有可能的。我最害怕被人不小心打死，那样将没有任何尊严。

我给成都的一个朋友发信息，我说明年找时间来学习。他在一个地级市的散文学会当秘书长，是个喜欢炫耀的人，经常会在他的微信朋友圈看到举办各种活动的信息。他满口答应。说等到明年五四期间，那时成都的天气好，到处是花的海洋，适合去杜甫草堂。我把这消息告诉了贾丽珍，贾丽珍说，也许这是最好的见面方式。事后，我又觉得这并不妥。那朋友所在的地方离成都几十公里。"咱们见面很不方便的。"我说。"我可以去看你啊！"然后，开始漫长而无尽地等待。

我有深刻的感觉，我在贾丽珍的心里只是个精神和肉体的消遣者，或者说更偏向于肉体。她写小说的时候会给我看情节，问这样设计是否符合逻辑，我是个比较传统的小说家，不会大张旗鼓去夸张，只会在现实中罗列，罗列得很有条理。她说我致命的弱点是不会虚构，不会夸张，说到底还是想象力不够丰富，一部缺乏想象的小说，必定是没有生命力的。她说，那天晚上知道我会和她做爱，所以才把自己灌醉给我创造机会。自己不是处女也不用在乎那么多，再说已经好久没有和男人做爱了。我们谋划见面的目的非常简单，只是为了性，在彼此的身体上疯狂，好像只有这样才能满足精神，或者无论多少次也满足不了。

一开始她有些担心，说我们的这种感觉会短暂。也许再过十年，彼此就不会再有音讯。我得想象十年后的事情，她说，你是小说家就一定得想象，只有

185

在丰富的想象里才可能寻找到答案。

我给自己出了很多问题。在我的计划中，研究生毕业后再回到小城去。和刘凤凰生个可爱的娃，孩子会更像刘凤凰一些，因为她的眼睛很大。我们有房有车，还有安稳的生活，这样的小调生活应该是平和的。我经常会看见一个漂亮的女孩，屁颠屁颠地跟在我的身后。我一回头，她便端着下巴朝着我笑。贾丽珍呢？我有空的时候还可以去成都看她，或者她来看我，见面时仍然可以做爱。就这样随着时光慢慢变老。

我把想法告诉贾丽珍时，她立马就否定了。说前面的每一秒钟都没有确定性。我估算不到下一刻会发生什么。接下来发生的事情，我甚至感到恐惧。就在我和贾丽珍说完这话不到十分钟，我就接到母亲打来的电话，她用低沉的声音告诉我，奶奶走了。这是我意象不到的。

"奶奶走了。我得赶回去。"我说。"哦，节哀。"我开始怀疑，我与贾丽珍之前没有情感，至少现在没有。如果是我的朋友，听说我奶奶突然去世，必定会说很多关切的话，但是她一句也没有。好像这一切与她没有关联，是的，的确是没有关联，说到底我只和她见过一次，相处的时间也仅仅是一周，我们与别人不一样的地方，不过是我们第一次见面就做爱了。很多妓女见面就可以做爱，收完钱在大街上碰到也没有瓜葛。而我们呢？做了，但没有收钱。

我对人生有了另外的思考。奶奶对我很好。小时候我会骑在她的背上。记忆最深的是在竹林里与人争林地，与那人吵着说你跨界挖了我家竹笋，奶奶指着那条水沟说，这就是林地里的界线，竹笋是在我家林地挖的，奶奶做了些许抗议，但竹笋还是没有留下来。奶奶说，竹笋留下来也没有意义，她想让竹笋长成林。我知道奶奶的意图，自己宁可不吃，也要让林子丰满。而奶奶呢？就这样清贫了几十年，吃斋念佛，死前一年半载重病缠身。

我是奶奶在生时最疼的孙子。虽然她的孙子有十几人，嫡亲的就有九人。她有什么事情都会给我打电话，去世的头两天给我打过电话，我没有接，她已经口齿不清了，每次打电话都要啰啰唆唆说好久。我不是不愿意听，而是解决不了实际问题。她说，叔叔和姑妈都不管她，母亲又出去了。她在县城租住了十七年，其中有十年是送叔叔的两个孩子上学。按理说，叔叔应该多孝敬她，可自从婶婶与他离婚后性情大变。奶奶患的是脑溢血，瘫痪在床，屎尿都在床上，每天要洗身子，这事叔叔肯定做不了。最后，任务全落在母亲和姑妈身上。母亲是替待章百年，姑妈是自己的任务。我答应奶奶，等双休日回家推她去晒太阳。奶奶非常高兴。这成了我永远不得实现的遗憾。

那些在老屋几人围着桌子合吃两碗米饭的严冬时光，甚至那些六月无油盐下锅的煎熬日子，竟也回味无穷。有多少个深夜，我躺在床上难眠。我得把这些记录在我的小说里，这是百分之百不记录就会消失的精神财富。绵绵不绝的题材，信手拈来的一字一词，皆可敷衍成文。

"你还好吗？"我刚坐下来，贾丽珍就给我发来信息。

"好呢？"我说。

"这些天一定很辛苦吧？"她问。

"是啊！"我说。

本来刘凤凰不让我这么快回学校的。不知道为什么，奶奶归山后，我赶在刘凤凰回校前离开了。本来头七说啥也该留下来。结果刘凤凰说，奶奶在生时对她也不薄，她愿意留下来守头七。中途她没有时间回来，等满七的时候再回来。

满七那天我没有回去。刘凤凰也没有回去。贾丽珍说，她想来武汉看我，让我以矿业部作家协会的名义给她发个传真。内容是矿业作家协会在武汉举办青年作家研讨会。我有矿业部作家协会事先给我发的函，重新打印了一张通知，再将公章剪下来贴在末尾，就这么给贾丽珍发了过去。很快贾丽珍就回复了我，说领导签字同意了。

"这是一个多么容易编织的谎言。"我说。

"是啊。"贾丽珍说，她是办公室主任，领导非常信任她。"以后咱们都可以这样见面了。"

我想了想，武汉除了黄鹤楼，辛亥革命纪念馆之外，好像没有什么著名的景点。"你就住在我学校吧！"我说。

"那怎么可以呢？住在学校附近也可以。"她说。

"我和同学说，你是我老婆。"我说。

"你老婆真来了，你怎么介绍呢？上次的老婆和这次的不一样。"她说。

"那咱们干脆住宾馆吧！"

"好。"她说。

其实，我最害怕她去我学校。要真是那样的话，我就麻烦了。

我感觉这些天头昏脑胀的，喉咙还有点阵痛，痛时连痰也咽不下去。最主要的估计是劳累了，可每天晚上都睡了十多个小时。我开始害怕起来，是不是

187

身体出现了什么毛病。记得几年前，我咳吐过血，在医院检查过后，所有指标都正常，但咳血没有停止，那时我最放心不下的就是刘凤凰。我想，要是我死了，这么好的一个女人就得跟别人过下半生。想着就生气。

我又给刘凤凰打了电话，她说最近都很忙，很多的课题，任务非常重，叫她一定要保重身体。我的室友见我和刘凤凰温情，说你们夫妻感情不一般。我笑了笑说："刘凤凰在我心里就像是那块从泰山捡回来的石头，暗藏在家的书柜里，不仅有收藏价值，而且永远只属于我的。"

"你这个比喻就不确切了。这么说吧，你长时间不在家，一旦有人闯进你家，发现了那块石头的价值，偷走了，恐怕你就再也追不回来了。"室友认真地说。

我陷入了深思。刘凤凰貌美如花，喜欢她的男人自然很多。我和刘凤凰的感情与贾丽珍有极大的区别。我想去看刘凤凰，给她出乎意料的惊喜。我悄悄地找到刘凤凰的寝室时，那里早已住着别人。说这房没有人住。我问她住在哪？那女人说，按理是住在这的，可她租住在外面。我的心悬到了半空，空荡荡的。我给刘凤凰打去了电话，问她在哪？她说在学校呢？我说，"我打算这两天来看你。"

"怎么想到来看我了？"她问，"我最近比较忙，你想来，就再过段时间吧！"我打算说我已经到了学校，可是没有说出来。我去过她上课的地方，问过她的去向，同学都说她在搞课题，始终没有见到她的身影。

回到江城，我就像大病了一场。成天耳朵里嗡嗡的，各种各样的画面，在我的眼前晃来晃去，我仔细地分拣着，把一些不愿意丢弃的东西，又重复拈起来几次。贾丽珍给我发了不少信息，我一个也没有回。那天下午，很少打电话的贾丽珍，给我打来了电话。电话声响了好久我才接，她说，她到了武汉机场，问我具体的位置。我掀开被褥从床上爬了起来。整理好一切时，贾丽珍已经站在了学校门口。很清新，很安静，比以前还好看。我没有顾及到周边来来往往的人，紧紧地将她搂抱在怀里。

"怎么还像个小孩子？"贾丽珍又在批评我。不过这回我很愿意接受。我觉得，有些批评是应该接受和理解的。

"怎么突然来了？"我笑着问。

"想来就来了呗。"

"想我了吧！"

"屁。我会想你？"

"不想怎么会来了呢？"我故意刁钻地问。

"是想，你这下满意了吧！"

我怀疑，是不是刘凤凰与我心有灵犀，或者说我做什么对不起她的事情都会有感应。就在我和贾丽珍上床的前一分钟，她的电话就来了，一连几遍，像机关枪一般响个不停。我不得不临时停战，躲进卫生间里边放水，边和她舌战，足足耽误了半个小时。我回到床边时，贾丽珍已经穿好了衣服。她已经没有了做爱的兴致，说先去看看江城的夜景吧！

"看你的背又驼了。"她认真地说。

"天天坐在电脑前，不驼才怪呢？"我说。

"每天早上起床都要锻炼，否则到了老的时候弯得像弓。"贾丽珍认真地说。

夜晚，四处是张灯结彩，很喜庆。在过去的一周，江城刚刚举办过诗歌节。当然，不是为诗歌安排的夜。我拉住了贾丽珍的手，我想，如果再不拉，再喜庆的夜，也会冷却她温暖的心。

"好看吗？"我问。

不知道她是否有心思看风景。总之我是眼花缭乱，这么大个江城，晚上的人流少得可怜。

"我们走到哪，就在哪住吧！"贾丽珍说。

"好吧！"她突然甩开了我的手。"这样子的。"挽住我的胳膊说。

我感觉夜空的月亮离我们很近，特别地圆，特别地大。

夜半，我从睡梦中醒来。我才想起，今天晚上又喝多了酒。卫生间吐得满地都是，满房子酒气冲天。贾丽珍不在房内，打她的电话已关机，她会去了哪呢？

我想起了吃饭的那家餐厅。在街头老槐树下，我们去的时候里面有三桌人，除一名服务员外，其余都是男性，都色眯眯地看着贾丽珍。

贾丽珍不在乎这些。女人的最大魅力就是赢得男人的回头率。

"我想喝点酒。"贾丽珍说。

我的胃最近很不舒服，晚上睡觉时感觉呼吸不畅。

"喝什么酒呢？"我问。

"你来定，你说喝什么，我就喝什么。"贾丽珍肯定地说。

我发现有人盯着贾丽珍，目不转睛的。

"服务员。"我放大嗓门叫着。

"先生。"是一名个头粗糙的男人。

"有什么酒？"我问。

"先生，你自己到柜台上去看。"他指着收银台说。在收银台背后有个摆满各类酒水的柜台。

我不想喝得太醉。挑来挑去，最后选了一瓶药酒。这种酒的酒精度只有15%。贾丽珍很满意，说这种酒在成都很吃香，很多恋人靠这种酒来调节功能。

"能不能不谈这个话题。"我说。

"难道你身边没有相恋的人？"她问。

"没有。"我说。我们的对话没有任何遮掩。我示意贾丽珍不要再谈这个，她抿着嘴笑。

"来，喝酒。"这样爽快喝酒的女人，恐怕是很少见的。

贾丽珍似乎还没有醉意，我感觉天昏地转起来。

"我不能喝了，真的不能喝了。"我说，"你还记得回去的路吧？宾馆的具体位置？"

她做了个手势，指着门口说。"前面十字路口右拐，再左拐，星期天酒店。"

我的电话又响了。要不是刘凤凰，换作谁都不会接的。

"喂。"我拿起电话离开了座位。

刘凤凰一直在质问我，问我今天晚上干嘛要喝那么多酒。"你不知道你的肝脏不好吗？这样会要你的命的"。

"我知道，你就放心吧！"我说，"今天是有喜事，所以才喝了这么多啊。"我编造了个谎言，说获了个文学大奖。所以邀请几个朋友庆贺下。只要能蒙混过关，什么谎言对我来说都是美丽的。

我回到餐厅时，贾丽珍已经喝光了桌上的酒。坐在旁边的男人都过来招惹她，我怀疑贾丽珍喝醉了，拉着我的手不愿意离开，说得继续喝。我拗不过她，又喝了两小瓶，都喝光了。

我喝醉了。只记得出门的情形，刚走到门口摔了一跤。额头撞了个口子，鲜血顿时喷了出来。贾丽珍从包里掏出纸来，帮我擦，纸巾很快就染红了。

我记得之后去了附近的诊所，是一群人送我去的。在出租车上，贾丽珍将脖子伸向车外吐得很厉害。"今天晚上，你得留在这观察。"我哪里听得进去。"就多喝了点酒，不开车就没事。"我挥手向医生示意。

我从诊所回到了酒店，房卡是自己从口袋里掏出来的。贾丽珍没有跟进来。我努力搜寻有关贾丽珍的记忆，她没有回来会去了哪？我是一个人回来的？她没有回来，我怎么一个人回来呢？我顿时酒醒了一大半，头疼痛得厉害，伤口像是要炸裂一样。

　　我打开房门朝楼下跑去。服务员用奇怪的眼神看着我。"有没有看见与我一起来的那个女人。"我问。"什么女人？没有呢？"我看了看墙上的挂钟，已是深夜一点了。"我的天，人去哪了呢？"时间还不算晚，以往这个时候，我们还在夜宵摊喝啤酒。可是此刻，我的耳朵里很乱，我喝醉了她必定也喝醉了。我感到事情大了，要找不到贾丽珍，我该如何是好呢？我去了吃饭的那家餐厅，早灭灯打烊了，紧接着去了那家诊所，门还开着，里面空无一人。"医生，医生。"我不停地喊着。我感觉头特别痛，脚下像踩着浮云。"有人吗？"我连喊了几声。一个四十岁左右的中年人从楼梯上下来了。

　　"刚刚和我来的那个女人你看见了吗？"

　　"什么女人？"男人用奇怪的眼神看着我。

　　"我这是你包扎的吗？"我指了指额头的伤口。"是啊，记得明天来换药。"

　　"一个女人。"我又强调地说。

　　"没有，是几个男人送你来的。"男人说。我刚刚走出诊所，又走了回来，我发现男人的眼神不对。"钱是谁付的？"我问。男人摇着头说，还没有付钱。

　　"多少钱呢？"我问。

　　"还要打两天针，一起来结账吧！"

　　我站在诊所的门口，又拨了几次贾丽珍的电话。电话那头唱着邓丽君的那首歌，好似什么事情都没有发生一样。宽敞的大街已经看不见一人。"贾丽珍你去了哪呢？"我不停地问自己。

　　"有困难找警察。"我看见旁边的电线杆写着几个字，我想到了报警，可担心贾丽珍会不会闹出什么大事。一个女孩半夜失踪，说起来可是个大新闻。要真是那样的话，我怎么交差呢？我在心里埋怨，不该让她来，要是真出了事，我怎么向她家人和刘凤凰交代呢？我和她的事情，警察定会查出来的。不，我们没有通讯记录，我们是通过微信聊天的。她有立即删除微信的习惯，我想不会留下任何痕迹的。我在胆怯和不安中过了一夜。凌晨时分，我听见有人敲门。顿时没有了睡意，心跳到了嗓门。

　　是警察。两名穿着警服的警察。"你是缸穷？"

"我点了点头。"承不承认对我来说毫无意义。我的身份证已经在酒店前台有记录。

　　"你朋友在派出所，你得去把她接回来。"警官说。

　　一路上，我才知道，贾丽珍喝醉了躺在路边不愿意起来，估计是送我到诊所的那群人拨打了110。"待会你得送她去医院检查下。怎么喝那么多酒呢？"我的头一阵阵疼痛。

　　我去的时候，贾丽珍已经醒过来了。说昨天晚上把手机摔破了，得找个地方去修。警察不让我带她离开，说非要先去医院检查。如果有问题，得让她的亲属来领人。

　　"怎么回事呢？"我问贾丽珍。

　　贾丽珍摇头说不知道。

　　"我是在街边被人带到派出所来的。"贾丽珍说。

　　"不是别人报警吗？"我问。

　　"是出租车送我过来的。"

　　"是我让出租车送过来的。"坐在外面的警官说。"你是她什么人？"警官问我。

　　"朋友。"我说。

　　贾丽珍的脸色发白，我猜测这里面一定发生了什么事情。

　　"我是她的亲属。"我说。

　　"有证明吗？"警官白了我一眼。

　　"她家在成都。"我说。

　　"你们是网友吧！"警官质疑。

　　"我们是同学。"我说。

　　"真是同学吗？"他问。

　　我发现问题没那么简单，他倒是像在审问我。

　　我掏出了学生证。警官接过证件看也不看我一眼说："你先把证件放在这吧！待我们核实之后，你再来取回。"

　　贾丽珍终究还是和我回去了。

　　就在那个晚上，我看到网络上流传着一则新闻。这是路旁的监控视频拍摄的，一个喝醉酒的女人躺在路边，解说是随同的男人去宾馆开房，在离开的过程中，女人左侧被经过的汽车后轮撞中，然后视频就停止了。我开始恶魔缠身。

怀疑那个被车撞中的女人会不会是贾丽珍，如果真是贾丽珍那就太可怕了。

我去过了一趟派出所。去的时候是五天后，那时贾丽珍已经安全回到了成都。那个男警官不在，一名女警官见我来，问我是不是来取学生证的？我说，你怎么知道。这几天才出一次警，说着就把学生证取出来还给我。

我想打听点什么？她说，她是在这里实习的，什么都不清楚。在出门的地方，撞见了那个男警官，他看了我一眼，好像对我没有了印象。我不再打算节外生枝，早早地回了学校。

贾丽珍在网上和我说，我们会变成陌生人。

"怎么会呢？"我问。

"时间久了，也就自然会陌生的。"这点不假，可她答应我每年至少见一次。不过，我希望下次不要再发生这样的事情。即使是喝酒，把酒买到房间里喝。

贾丽珍没有再回应。那一天，我一个人散步，一个人看满街的灯红酒绿，回到宿舍时已是下半夜，一阵风从窗户外吹进来，几件挂在窗户上的衣服，噼里啪啦地响。没几分钟，外面就下起了大雨。既凛冽，又清新。

第十章　陌生的电话

那天心情豁朗。这几天我没有心情读书，写小说，一个人蜗居在屋子里。母亲给我打来电话，说她看见曹二棍和刘凤凰了。母亲说，曹二棍和刘凤凰就在附近，不过她知道，刘凤凰是清白的。她的声音很低，像是吟诵经文一样。

"在哪呢？"我问母亲。

"刚刚在公园里还看见他们搂抱在一起。"母亲说。我的心里像是在滴血，一滴一滴地落在心房里，说实话，在这之前我有种不详的预感，不过我还是在不停地寻求着自己保护刘凤凰，不希望她遭到残酷的惩罚。但是，今天所有的善意在背叛中起到反作用。我会让自己持久平静，虽然我知道，不会和平得太久。我看见自己朝着母亲走路的方向，与刘凤凰保持着惊人的距离，在刘凤凰的前方发现一个穿着黑衣服的男人，举起剑，开始坚持飞舞，发现刃口上有一条条的血迹。我似乎吃了一惊。

"你别胡说八道。曹二棍在哪，刘凤凰在哪？"我说。

"真是看见了，没错。"母亲又说。

母亲给我打电话时正是黄昏，公园里的灯光昏昏沉沉的，我怀疑她老花眼。挂上电话，我又立即给母亲打了过去。记得母亲头几天说要去看刘凤凰，是我给她的地址，我还特意交代说，你到了她宿舍再给她打电话，给她一个出其不意的惊喜。母亲一直听我的话。"真的是曹二棍和刘凤凰？"我再问母亲时，母亲支支吾吾说，应该没看错吧！又过了一会，母亲又说，她看见章小年了。我被母亲吓了一跳。章小年出事都好几年了。她说还看见了业明。在哪呢？我问。业明现在和鲁小晴在一起。说着就呜呜地哭了起来。章小年和业明都是几年前失踪的，那次飞机失事，至今都没有查出缘由来。我们忍着悲痛，没有告诉母亲。可母亲呢？她从章百年那絮絮叨叨的话里，大概知道了真相。可她不信，章小年坐牢的那几年也是这样的，她还以为章小年死了呢？章小年还是完好无缺地回来了。现在呢？她一直以为章小年还活着，甚至还跟我说，昨天在哪看到个像业明的孩子，是不是鲁小晴把孩子带走了。

欧阳蚂松来过我家，和母亲聊一些话题。"我眼睛不行，看不得太远。"母亲说。"请允许我建议，带你母亲去医院看看。"母亲的脑子有点傻，说她哪也不想去。我劝她不要一个人出门，即便是要出门也得喊上章百年。"章百年哪有空呢？"母亲沉默了一会说。可每天，天还没亮，她就一个人出门，沿着栈道走上一圈才回来。那天，回来时满脸大汗，我正睡得香，母亲神秘兮兮地站在我的床面前，和我说着话，说曹二棍是根屎棍。我在睡梦中，看见一个人把我推下了悬崖，"狗日的曹二棍？"醒来时，才发现是母亲在说话。我发现，母亲在梦里说话粗鲁，以前我从没有听见母亲骂人。

我开始推测，曹二棍怎么会和刘凤凰混到一块呢？他们可能维持了很久？

我和曹二棍有一年半载没有联系了，他去了哪呢？我想回忆他去的地方，怎么也想不起来。找遍了手机，也没有找到曹二棍的电话号码，真是见鬼了，我记得没有删除的，怎么会没有号码了呢？无论如何，我还是心火熊旺。我给刘凤凰打去了电话，真想给她几个耳光。

我给刘凤凰打电话，感觉像是曹二棍在身边。她说话的声音有点不一样，像是在紧张地做着什么？那种感觉，让我闻到了曹二棍的气息。

"你怎么和曹二棍混一块了？"我问。

刘凤凰像触电似的挂断了电话。我连续拨了十几次都没有接，我知道，这已经是铁的事实，她知道事情败露了。过了好一会，她才回电话来。

"跟我耍犟脾气，可不明智啊，"我吼叫道，"看看你会付出什么代价！"

我听见那边水哗啦啦的声音，似乎在不停地增加气氛的紧张感。

刘凤凰说，"我正在洗澡。你这人也太奇怪了吧！有事没事吼我干什么？"

"不用再说了。"此时，我就像是个武士，把剑极快，如果让我和曹二棍、刘凤凰面对面，恐怕两个人都要死在我的剑下。

我又给母亲打去了电话，母亲说，他们已经走了。"你先回家去吧！"我和母亲说。

我至今都不明白刘凤凰为什么要上研究生。像她的情况，读与不读是一样的。读完还得回原单位，无非是每月多几十块钱的工资。这对于她来说，不算是欲望。难道她真的是为了报复我？我不敢继续往下想。

我是晚上十点抵达刘凤凰所在的大学的。这是一所古典校园，一切的建筑格局都很老。校门的铁门是敞开着，门轮锈迹斑斑，估计从来就没有关过。

我寻找不到刘凤凰的方位，给她打电话，手机关了。发了无数条信息，估计也全阻在半空中。根据她提供的专业，找了几个教室，都是空荡荡的。也找不着知情的人，就算偶尔遇到个别夜猫子，见我就像见了鬼一样开溜了。

我是凌晨四点住进学校对面的宾馆的，在这之前寻找了任何她可能去的地方，询问了许多她有过往来的校友，甚至还给黄雪萍打了几个电话。黄雪萍在睡意中说："她自从上研究生后，就把我这个闺密忘得一干二净。"

第二天十点钟，我从困意中醒来。醒来后，我做的第一件事就是和她打电话。电话通了，我问她昨天晚上去了哪？她没有回答，反而责问我，没有事不要来找她。我听了很怒火，我发现我们已经变成了陌路人。"我们见个面吧！"我说了见面的地方，她来了。"我说你怎么对得起我呢？"她呵呵地冷笑着。"他在这里吧？"我问。"你赶紧叫他出来，如果你想嫁给她，咱们今天就回去办离婚手续。"刘凤凰还是沉默，一个字也不吐出来，任凭我站在旁边疯狂地叫喊。

"曹二棍这狗日的东西，亏我还把他当兄弟呢？"我臭骂着，"今天这事情必须得解决，如果不解决我只有报警。"

其实这算什么纠纷。我还真报警了，一会警车就来了。"有人强奸了我妻子刘凤凰。"我说，"你别乱说话。"刘凤凰狂怒着指责我刚才的话。我和警察说，刘凤凰是在校的研究生，她昨天晚上失踪了，我从武汉赶来的，她和我是合法夫妻，我们都是婚后考上研究生的，有个社会上的烂仔一直在纠缠她，让她不能安心学习，昨天晚上还强奸了她。

警察不知道我说的是真是假，刘凤凰也没有说话，我指着刘凤凰说，她有他的手机号码，让她打电话给他，他一定会来的。刘凤凰给曹二棍打去了电话，说警察来了，你得过来把事情说清楚。见到曹二棍的那一刹那，我气不过，冲上去朝他的脸上狠狠地打了两拳。曹二棍往后退了两步，没有还手，嘴里不停地说，我和刘凤凰没有什么关系。"没有吗？你这畜生，亏我还把你当兄弟。""你们认识的？"警察问。"我们以前是兄弟相称的。"我说。"人家说朋友妻都不可欺，你这家伙真是畜生。"警察指着曹二棍说。

警察拉住我。把曹二棍和刘凤凰带到二楼问话，我在一楼等着。一会警察就下来了，说这事情不完全怪曹二棍，刘凤凰有一定的责任。她说，她和曹二

196

棍是清白的。再者，除了半年的通话记录外，没有任何直接的证据证明他们有其他关系。我不得不把母亲在公园的所见道明。刘凤凰最终承认了与曹二棍有过暧昧，但是没有发生过关系。

我也不想把这事情闹大。派出所说，曹二棍这家伙底子不好，我们决定拘留半个月释放。

回到刘凤凰的出租屋，我瘫坐在一张塑料椅上，周身是一阵阵难闻的鸡毛臭气和烂苹果的腐味；这使我此生此世的兴趣一点一滴在消失。血脉里的血要这样一点一滴地流尽，恐怕得有几个星期，或者几个月，但血确实是在往外流着。一旦血液流尽，他就会像是蜘蛛网上那苍蝇的空壳，一碰就碎，比糠皮还轻，任何时刻都会随风而去。

我已经无法指望刘凤凰会和我走完一生。我得依靠自己的力量，慢慢地，耐心地挣脱黑暗的耻辱，回到光亮中去。在此之前，我得恢复正常的生活。要不是这件事的入侵，也许我还会原谅刘凤凰，可我发现她留给我的后果，不是过一段时间，身体的器官会自我修复的，而我隐隐感觉，这些器官渐渐失去了状态。我对刘凤凰的态度，就像是生活的乐趣，彻底给掐灭了。像漂在水面上的树叶，像微风中的肥皂泡，飘飘悠悠地朝自己的尽头走去。这一点她看得十分清楚，这使她充满了绝望的感觉。生命的血液正从她身体内流失，那像煤气一样闻不到气味，尝不到滋味，没有半点营养成分的绝望念头正取而代之。你吸进煤气，四肢松软，对什么都不在乎了，哪怕钢针刺进你的喉咙。

不记得过了多少天，我收到曹二棍给我发来的信息。他说自己该千刀万剐。不求得到我的原谅。我给他回了条信息，狗能够改得了吃屎吗？我开始后悔当初不该与曹二棍称兄道弟，不该和他有往来，我知道他的德行，玩弄过多少女人，上到六十八岁，下到十八岁，这畜生只要是女人，从来就没有畏缩过。我很藐视这样的男人，像复仇一样屏蔽了他的号码。我恨他的时候，恨得咬牙切齿。恨不得有把枪，朝他开一枪。

黑夜是一片比世界更黑的云，是一个满身都是眼的妖魔。在曹二棍的心里，那是个病症，在我的内心深处，那个病症也是世界末日。

我的耳朵里不停地听见裁判吹哨的声音，像是在宣布比赛的规则。一些嘈杂的笑声，轰轰烈烈地在耳背上。

每天回家，总听见有脚步声跟在后头。回头时空荡荡的，什么也没有。打开房门，一眼就看见鲁小晴门框上贴着的喜字，地上到处是老鼠的脚印，小窗上有，墙上都有，有的看不出像什么印。我纳闷着坐在沙发上，章百年已经好久没有来了，桌子上的烟灰缸里丢着几个烟头，灰沉淀在烟灰缸底部。我听见业明的哭声从鲁小晴的房间里传出来，声音刚刚消散，就看见章小年捧着业明在走圈。业明没有哭了。业聪躺在沙发上不说话，章小年晃到他面前问，"干嘛啦！"业聪没有理睬。不知道什么时候，业明又开始哭了。

五年了，五年的时间过得很快了。时间让生活无法想象，我真想时间慢下来。我真想把过去的一切，一件件地找回来。可是他们都去哪了呢？

刘荔荔给我发信息说，她获得了学校奖学金，总共是两千块钱，昨天请朋友们吃了一千多，还有几百打算与我一起去消遣。我很高兴。

小屋子很小，很闷。我们在最里面的角落坐了下来。两个人都不饿。我没有胃口。刘荔荔用温和的口吻问我想吃点什么，我摊开双臂说，你点什么我也就吃什么。刘荔荔深深地吸了口气说，"怎么每次都听我的，能不能这次找适合自己胃口的。"

夜幕降临时，我们离开了餐厅。刘荔荔意识到，我想和她去的地方。在一家酒店门口，她让我等在那，自己一个人去了前台。她没有再出来，仅仅两分钟，我就收到了她的信息，302。

"我们以后做朋友吧！"刘荔荔说。我有点震撼。

"为什么啊！"我问。

"我觉得我们这样继续下去不好，我有强烈的负罪感。"刘荔荔说。

"好吧！"

"我们之间没有爱情。"我听了愕然。我不可能和刘荔荔产生感情。她不是让人讨厌的姑娘，但我不愿意娶这样的妻子。我已经习惯了刘凤凰，如果没有刘凤凰，我可以娶贾丽珍。至少还轮不到刘荔荔。我找不到喜欢刘荔荔的理由，除耳朵背的那颗黑痣和安金莲耳朵边的一模一样外，再也没有我喜欢得彻底的地方。我知道，这是一个愚蠢的选择标准。我想与安金莲做爱的时候，又想起了刘凤凰做爱时的姿势，做爱过程中的声音，只有她的声音、技巧和安金莲如出一辙。

刘荔荔离开的时候，我就像一摊淤泥躺在床上。她还想我和她来第三次，我说真做不了。她这才离开。离开的时候说，"我交了两百块钱，如果你不想回学校，你可以在这住到天明。"

刘荔荔离开后，黄雪萍给我打来电话说，她想见我。

奇怪，她怎么会有兴趣见我呢？

"我在武汉。"我说。

"我明天去学校找你？"黄雪萍认真地说。

"你如果是为了刘凤凰的事，你不用来了。"我说。

"不是。"她说。

"不是，那你来干什么？"我严肃地问。

"哈哈，来了你就明白了。"

我只有把黄雪萍的话理解为玩笑。我知道刘凤凰的性格，她不会主动来找我。挂上电话，我看了一会儿球赛就睡着了。

第二天早晨，我被电话铃声吵醒。还是黄雪萍。"你在哪啊，我到了你们学校门口。"

"发什么神经？这么早吵死人。"我说。

"真的。你们学校是不是刚刚办了诗歌朗诵会？"

"是啊。"我说。

"对嘛，我就站在这个地方。"

我还是不相信，以为她在网上找到了图片。

"学校门口好多人，还举着旗子，好像是搞什么运动。"

我迅速滚下了床。黄雪萍背着背包站在门口。上身穿着红色的紧身褂，下身是牛仔裤。

我环顾四周。"就我一人。"她微笑着说。

"怎么跑到这来了？"我问。

"来看你啊！"

我知道这不可能。"到底来干吗啊？"

"呵呵，真的来看你啦！"

我们沿着学校门口的街道慢慢往前走着。"预计在这待几天呢？"我问。

"大约两天吧！"

"晚上我订张电影票吧！"我说。

"还打算请我看电影啊！"

"明知故问。"我说。

"今天晚上还真不行，有个活动，要么就明天晚上吧！"

"不是说来看我的吗？怎么又有活动。"

"本来就是来看你啊，顺便参加活动。"

我已经满足了。交谈中，我才知道黄雪萍与武汉有了生意上的往来，接下来隔三岔五会来。

我开玩笑地说，我就做你武汉的男友。她笑了起来，"好啊，只要你愿意"。

我发现黄雪萍的性格比刘凤凰好很多。"你知道吗？我昨天晚上在来的车上碰到一个写诗的男人，他说男人想和女人睡觉，用诗的语言说，我明天想和你一起起床。觉得这些文人既好色又含蓄。你不会也是这种男人吧，你也写诗的。"

"不会，不会。"

"不会才怪呢？只是没有碰到你喜欢的女人罢了！"

黄雪萍晚上她有住的地方，就不用麻烦我了。明天大约十点钟她会回来，还是在校门口等我。半夜，我睡不着，给黄雪萍发信息问她在干嘛，她只简单回了几个字，别吵，我在听课呢？我看了看时间，都十二点过了，怎么会在听课呢？想想，信息回得这么块，和男人睡觉是不可能。

"明天晚上没有好看的电影呢？我想问问你，去开个音乐会馆如何？"

"可以。"我发现她的手机不是自动回信息的。

我试图给她发了问号，她说，你安排啦！

见面的时间比预定的推迟了一个小时。黄雪萍说，真不好意思。我说没什么了，反正今天我没课，你难得来一次武汉，我该好好陪陪你。

"真不愧是闺密的男人。"

在音乐会馆，黄雪萍连续唱了三首歌。她不喝酒，不抽烟，很认真地看着手机，轮到她唱的时候，也不顾及别人的表情。

我一直在想，今天晚上她的去处。这么清醒，我就是想下手，也没有半点机会。

我正想着歪脑筋的时候。门开了，是一个穿着长黑衣的女人，她跑了进来，黄雪萍迎了上去，女人坐下后，她才给我介绍说，我刚刚认识的朋友。

黄雪萍是第二天早上九点离开的，她给我打过三次电话，发了微信，我都没有回。十点钟，我给她打去了电话，她说已经上车半小时了。我说，真不好意思，昨天晚上玩得太晚，刚刚醒来。

下午三点钟，导师给我来电话。问我有没有空出差？我问去哪？他说还是福州。我想黄雪萍刚刚来，我就不去了。

200

我暗地里骂，这死老头，怎么老是东奔西跑的。半个月才能坐下来听他讲两节课，就算是竖起耳朵，也只能是知其然而不知其所以然。

　　黄雪萍回去的第三天，我接到一个陌生的电话。此人称是黄雪萍的老公，问黄雪萍是不是找过我。

　　听声音阴阳怪气的，有种莫名其妙的感觉。"朋友，你到底是谁？"我追问。对方冷冷地挂断了电话。黑暗中，吃惊地见一个低矮的男人站在门口，似乎心事重重。

　　晚上，刘凤凰通过微信给我发来了一张图片。图片有些模糊，熟人一看便能认出照片上的人是我和黄雪萍。刘凤凰说，泡别的妞都可以，不要泡我的闺密。

　　我很恼火，照片是我们在音乐会馆唱歌被人偷拍的，我们隔着距离，就算我有一万个想法，那也仅此是单方面的。我想不可能，不是女人和男人相处就有关系吧！

　　"她是你的闺密，你应该信任她。"我说。

　　刘凤凰没有回信。

　　深夜两点，宿舍有人敲门。声音不是很响。我们学校是封闭式管理的，有专职保安，进出都要有详细登记，没经过允许是不能随便进出的。

　　"谁？"我问。

　　"我。"是个半熟的声音。

　　"你是谁？"我又问。

　　"黄雪萍的老公，余瑁。"我吓了一跳。这声音还真是黄雪萍的老公余瑁。我和刘凤凰去福州时，在他家吃住了好长一段时间，刘凤凰告诉过我他的名字，结果给忘记了。

　　"你怎么来了？"我问，"有什么事吗？"我感觉他是来完成一个危险的任务，所以那种恐慌的气氛让人害怕。

　　"你先把门打开。"我打开了灯。想他也不敢拿我怎么样？

　　"你得跟我去武昌一趟。"余瑁说。

　　"我和你老婆没有半毛钱关系？"我解释说。

　　"黄雪萍被一个男人拐到武昌去了，你得跟我跑一趟。"我一听，内心平静了下来。

　　"她不是回去了吗？"我说。

"怎么会回去了呢？"余瑨一副质疑的表情。

我慌忙掏出手机来，给余瑨看我们聊天的信息。我不知道，就在我和余瑨见面之前，黄雪萍给我发来了未读信息。

"缸穷，我老公来了武汉找我。你千万别告诉他我来过，也不要说我们见过面。我在武汉没有离开，明天我会找你，请一定保守秘密，谢谢。"接着发了支玫瑰花。我真不知道黄雪萍唱的是哪出。我的信息全部暴露在余瑨的眼皮底下。

"你知道她的位置？"

"当然知道。"我真害怕这是个阴谋。故意和余瑨说，我隔壁的室友明天正好要去武昌，省得他明天去坐车，把他也搭去吧！

余瑨不同意。说这事情不能张扬出去，只能我和他知道。他说，见面非要砍死黄雪萍不可。

"到底发生了什么事，能先告诉我吗？"我问。我有些担心，害怕余瑨真的做出不利于黄雪萍的事来。

余瑨很不耐烦。"兄弟，我从福州特意赶来，不是事情很严重会来吗？"

我真不想去。故意找了个借口说，明天早上学校还组织了活动呢？

余瑨的样子表现得很难看。"兄弟，今天晚上你必须得和我去。"

"你这是要挟吗？"我问。我最听不得那种阴阳怪气的话，传到耳根里格外地痒。"无非我和刘凤凰在福州麻烦了你几天，我可以补你几天的饭钱。"

"你说这样的话把我当狗吗？你他妈的不去，我现在就弄死你。"余瑨露出一张暴徒的脸。

我故意把声音放大。周边房间里的人睡得很死，门卫是一名六旬的老头，其他的保安估计都在睡大觉了。被我们这么一吵，四周开始躁动起来。不知道什么时候，老头站在了我们面前。像是在观察事情的进展。我不敢直接叫他报警，担心余瑨身上有刀或者炸药。要是激怒了他，做出不可理智的事来，那麻烦就大了。

门卫问他是怎么进来的，他有些支吾，我猜测是翻墙的。"赶紧出去，否则我就报警了。"门卫怒吼着。

"兄弟，能借我点钱吗？"余瑨转过话锋，带着央求我的口气说，"我身上一分钱也没有了。"

"我现在是一名在校学生，有什么钱？"我说。想想，在福州的确麻烦他

202

们不少，虽然吃住都是黄雪萍的面子，可他是黄雪萍的老公，要不是来头不对，我真该好好招待。

我掏出钱包来，数了数，总共是一千五百八十九元，我给了余瑶一千五百元。"对不起，这是我全部的家当"。余瑶拿着钱连声谢谢都没说消失在黑夜里，好像我是他的债主。

晚上我再也睡不着，不知道这是梦还是现实。在武汉，我没有再见过余瑶。他就像是人间蒸发了一样，有时我还惦记那一千五百元，我认为他会还，即使他不还，黄雪萍也一定会替他还。

我打电话问刘凤凰，想从她口中得知事实真相。刘凤凰说，余瑶在外面偷人了。黄雪萍眼里容不下沙子，吵闹着要与余瑶离婚。我知道，黄雪萍是大学英语系毕业的，余瑶只上过初中。按照常理，这样的知识差距沟通是有困难的。可当时死活和他结婚的人是黄雪萍，现在要离婚的还是黄雪萍。至于当时的情况，我也是从刘凤凰口中听说的。黄雪萍上大一时就成了余瑶的情人，那时余瑶在部队当兵，他们俩是在军训时认识的。在大学的几年里，余瑶是黄雪萍的公开男友。

我想和刘凤凰了解细节，她说没有时间和我谈论别人。然后就挂断了电话。挂上电话，我一个人安静在屋子里。心里却乱得像疯长的草。我有明显感觉，她与曹二棍之间的事情，没有半点愧疚感。

我又给刘凤凰打去了电话。我说，余瑶在我这拿走了一千五百元。

"是我叫你给他的吗？"刘凤凰责备着我说。我感觉像是受了莫大的耻辱，要不是她我会认识余瑶吗？再说我这是碍着黄雪萍的面子。做好人反而遭到谴责，我仿佛感觉半空中传来了神经质的幽暗笑声。

从这之后，我对女人极度地不信任。我开始不顾一切地报复女人，出入各种高档的消费场所，然后用各自变态的疾病方式折磨女人。当然了，我的心里也满是恐惧、欢乐、渴望和焦虑。有时觉得都走火入魔。

好景不长。谁都知道荒唐的梦，终有梦醒时分。有一天我去豪华的酒店开了房，这是我常去的一家酒店，我听说最近会有俄罗斯的妹子要来。两千块钱的确是挥金如土，但我还是毫不犹豫地想试试。毫不夸张地说，我上班那么多年，多少还有些积蓄吧！

要是换作在平时，我会忌讳的。不会随便去这种污泥浊水的地方，可现在不一样，我需要刺激，无聊的刺激。

狗日的，什么俄罗斯姑娘，只是个十七八岁的姑娘。估计是头一回出来。我真的不忍心，对那姑娘说，你还这么小，就出来做这种事情，你父母知道吗？女孩不像是我想的那样，早已学会了精明。"我的服务时间是从今天晚上到明天早上六点，你想什么时候都可以，不过需要戴避孕套。"她指着床头柜上的避孕套说。

　　我第一次意识到性生活的肮脏。我内心知道，自己已经走在毁灭的路上。我必须得逃避，如果再继续麻木下去，我会变成猪狗不如的动物。那天晚上，我回忆起了自己曾经坐牢的经历，想起了漂泊生涯，我意识到仇恨正一点一滴从我身体里渗透出来，我的身体正像毒蛇一样在向四周喷射毒液。当然我的复仇计划只针对我的刘凤凰，那个叫刘凤凰的女人。是这个女人把我带出了地狱，现在又是她把我送进地狱。我木然之下，付了钱，没有接纳，女孩一脸的茫然，她不想白拿这笔钱，说世界上会有这样的嫖客吗？我摇头说，没有。接着又点了点头。我不想寻找一个出卖灵魂的女人上床，何况她是被生活所逼迫的孩子，这并不代表我没有欲望，心情不好时就冒出邪恶的念头，我甚至幻想希望有两个女人来满足我，把她们变成可耻的性奴。可是一旦真的遇上时，我会考虑很多种因素，不会轻易去糟蹋自己，即使这不叫残害。我开始有了各种各样的幻想，幻想对我来说更令我销魂。

　　早上醒来时，我趁女孩睡觉的时间，把避孕套丢进了卫生间的冲水池里，然后打开了水龙头，龙卷风般顿时消失得无影踪。女孩穿好衣服，用腼腆的笑容问我，"真的不要吗？"我还是摇了摇头。她把钱拿在手上，算了算，"这些不该我得的"。她说。"这是我的问题，钱还是你拿走吧！"我说。"你不拿去，恐怕不好交差。"我知道这个行业里的一些规矩，如果她不收钱，后台的老板怎么也不会相信她的清白，到时会说她私吞了这笔钱。

　　"这是交给后台的。我陪你睡了一晚，也算了小费，那些不该我得的。"说完，穿好衣服就离开了房间。我也是头一回见到这样的妓女。

　　那天，某种吉祥的预感一直在我的身体里。我感到神祇就在我的身体里。我甚至认为接下来，我会遇上好的兆头。

　　黄雪萍终于给我打来了电话。她说，感谢我借了钱给余瑶。你们离婚了吗？我问黄雪萍。"基本确定了，判决书大约就是这几天下来。"

　　"你们不是一直好好的吗？"我说。

　　"之前是很好的，有些事情会随着时间变化的。"黄雪萍说。"好吧！"我感觉黄雪萍给我打电话的目的，不是感谢我借了钱给余瑁，应该还有另外的意图。

"对了，上次忘了问你，你和刘凤凰怎么样了？"

"能怎么样？"我说。

"这事也不能全怪她吧。"黄雪萍说。

"那你说该怪谁呢？"我问。

"当然是怪你啊，难道这与你的责任没有关系吗？"

我觉得黄雪萍这话过了。像一阵风沙吹进了我的眼睛。她不会是来责骂我的吧？这些年来，我对刘凤凰的爱恨交织。某种程度上是她在焚毁的生命上火上浇油。我的空虚，我身体的空洞基本上是她造成的，她的每句言行和每个神色都会造成我的情绪失控。只要想起她，我的心脏好像立即会融化。杨志学和曹二棍，这两个名字就像是可耻的虫子正在吞噬我的肉体。

"男人都是这样，只允许自己偷人，就不允许女人吃草。"黄雪萍的话里带着刺。我本来想大发雷霆，骂得狗血喷头挂上电话。从此再也不相往来。就是我准备发飙的时候，她说："我来武汉了，在你学校门口。"

"你到对面的绿地等我。"我突然没有了怒火，说完就挂上了电话。

离我们学校门口不远处有个广场，那儿有一片绿地，长满了未经修剪的热带植物，有苏铁、南洋杉、细叶榕、木棉以及其他我叫不出名字的植物，植物的蓬勃让我想起西双版纳。我之所以让黄雪萍来到这里等我，是因为在这里我的灵魂能出窍。我发现来这里的大多是女人，或悲伤，或狂喜，或木然。在某个瞬间，我看到她们露出像吸饱了毒似的白痴一样满足的笑容。那么宁静的笑容，清凉的笑容，雪莲一样的笑容，令我想起很多从前的事。更会想起那些离我走得很近实际上很远的女人。

走出校门，我远远地看见黄雪萍站在那，穿着裙子，很特别的裙子。裙子一半是白色的，一半是绿色的。不过，与远处破旧的院子不搭调，让人恨不得把那废弃的旧建筑拆掉。我就像一朵云一样飘到了黄雪萍的身边。她估计是感受到了我的到来。没有正面看我，闭着眼睛，大概是在想象时空颠倒的幻觉。

"不是悄悄地走了吗？怎么又回来了？"我还在对上次恶心的一幕反胃。

"不是说了还会来的吗？"她倒是表现得很平常。

"这次不会不告而别吧！"我问。

"说不定的。"

此刻我发现黄雪萍很像刘凤凰。难道是幻觉吗？也许是别离太久的缘故，我突然想起，好像我们的伤至今都没有愈合。我仔细观察黄雪萍，除了眼眶更深些，最大的区别就是鼻梁更高，长发更飘逸。

这个晚上，我再没有关注黄雪萍的去向。我带她去餐厅吃完饭就送她上了公交车，没有问她去哪？夜晚，我回到了乱成一团的宿舍，木然坐在黑暗中静静地回想往事。我看到内心的委屈在黑暗中弥漫，犹如雷雨时的云层，疾速涌动，充斥了整个房间。我如一个幽灵般把自己躲藏在角落里，再不想看到这个世界，我想着黄雪萍的表情，怎么让我无法适从其中的味道。所有的设想都不是那么靠谱。

说句心里话，我真希望黄雪萍是来找我的。把我当成闺密一样。如果真是那样的话，我也会感到很幸福。可如今不是，每次到来都会通知我，前奏是我完成的，像是要我为她消耗所有白天的时光，晚上呢？就像是幽灵一样消失，出了问题责任像是在我身上。

那晚之后，我像是变成了大混蛋。我是铁了心，如果再来，便将她的魂魄留下。念头是个非常可怕的东西，一旦在脑海里出现，就像草地上的草，搬块石头压在上面，还是会弯弯曲曲地从石缝里长出来。

在饥饿的日子里，黄雪萍没有再来。也许来过，没有告诉我。我发现自己对黄雪萍动了心。她知道我和刘凤凰之间的矛盾，也知道我一个人孤独待在武汉。

我多想和她提出一个唐突的请求：让她留在武汉。我终究没有。每次想起她的时候，眼神里就会恍惚着和她在一起的时光。她用那长长的舌头，吻着我的身体，那是我喜欢的味道，那种味道里散发着特殊的香气。我发现，她走以后，占据我内心全部的是她的身影。在夜色中，我时常会听见她的声音，就在我痴迷的时候，我的耳朵里响起两个声音，一个是安金莲，另一个是刘凤凰。安金莲在我的心里，一半是阴暗的，另一半却是明亮的。我和安金莲的记忆就像是一部电影，很多人看过之后忘得一干二净，只有我把她当作是个谜团，深埋在内心的深处，偶尔把她拿出来时，那也是迷雾重重的时候。她在迷雾里，见不着的时候，也一定会很好。

偶尔我会看到黄雪萍发的微信，一会说在上海学习，一会又说在广州，总之是居无定所，漂泊不定。照片的背景很清晰，也不像是在编造什么谎言。有时还会传几首歌。那英的《一笑而过》、庾澄庆的《春泥》、周杰伦的《青花瓷》、汪峰的《一起摇摆》，我都非常喜欢。不知道她如何学到的，又会唱歌，又会跳舞，又会弹琴……

那天的一条微信却吓了我一头冷汗，她说央视的前女主持人方静去世了。方静我认识，在北京。我给黄雪萍留了言，说好好对自己，一辈子不长；好好对身边人，来生不会再见。并且说，来武汉再吃饭。她回得很快。说找时间来武汉看我。"好，我一定会请你吃喜欢的烤鱼。"

生活吹走了很多东西。世界需要认识，也需要真正懂得并守护常识的人。

第十一章　红酒与玫瑰

手机忽然死机。

也不知道沉睡了多久，只是那个下午，不早不晚地醒来。我又想起了黄雪萍的脸。手机嘟嘟地响着，拿起来一看，是黄雪萍发来的信息，说老家的小镇做了很多房子，是政府的移民工程，她爸爸说只要把农村里的拆掉就可以在镇上不要一分钱分到一套八十平方米的房子，她认为这不太可能，想听听我的意见。我和黄雪萍至少有三个月没有见面了，以前我们见面的唯一目的就是做爱。每次都是我找她，约地点，如果遇上月经期她会故意推迟，就说下周吧！有一次月经刚刚好，她有点害怕，问我这样能不能做，我没有回答，她也没有反对，就这样我们都得到了享受。我开始想远离她，平常不会主动和她发信息，我以为她真是那种不主动的女人，以为就这样会冷却。"有谈男友吗？"我问。这是我最关心的问题，我真希望她早点嫁出去，只要嫁出去了就自然会忘记我们的事。

我尽量不提起我们过去的事情。我感觉到那是种罪行，她是受害者，但她没有耻辱，我呢？看着她的信息，我深深地嘘了口气。

"你对我好，让有些人看着眼红，气得肚子疼。"我说。

"女人在男人手里有什么罪呢？"黄雪萍说。

"你这样说我还是不能原谅自己。"我说。

"这完全不怪你的事。我告诉你，此事不许你再提了。原因是我想留份记忆，把它埋在心里，成为我永远的隐私。"

"好吧！"我说。

"我的好朋友，在章百年面前告状，说出了我和你的事情。"她又说。

"那这还算是秘密吗？"我问。

"她是我的闺密。我没想过她会出卖我，我现在后悔了，不该什么事情都告诉她。"

"你把我们做爱的事情都告诉她了？"我问。

"没有。我只是说，我爱上了个比我大的男人。我们经常有联系，她猜到是你。不过她没有我们上床的证据，我也不打算和她有往来。"

"这没有什么奇怪的。"我说，"很多人都会用自己的意气去做些事情，在很多时候我也克制不住自己的情绪。有些错误一旦冲动，就会留下一个无法洗净的污点。"

"我们不要再见面了。"黄雪萍说，"我不想继续误入歧途，更不想选择走一条危险的路。"

我不知道该说些什么好。听着黄雪萍的话，我的内心也很不好受。也许是我的话太陌生了，突然之间连世界都没有了气息。在她看来，此刻她更能理解闺密，而对我却疏离得更远。

我没有心思考虑黄雪萍的感受。我还在猜疑黄雪萍是个怎样的女人。我清楚地记得黄雪萍在福州时说过的话，她说她不是福州最美丽的女人，却是非常有气质的。我开始以为仅此是玩笑，好久不明白这话的意味。

现在我总结出来了，黄雪萍征服我的地方是气场。一种让人幻想可以占到便宜的气场，这种气场会让你或远或近。像我这样的男人知道如何声东击西，知道如何刺激女人的征服欲。我知道，想要达成效果，无非是语言的暗示和身体不经意的接触。

我这样做显然是对不起刘凤凰。在我看来，这些女人都不会和我有结果。但我还是不想放弃，哪怕仅此是一夜情。

黄雪萍没有来。

那天江城被一片黄色包围着，看上去像一张古典的图画。我知道人世间每个人都是随风飘摇的。他们把这叫作命运。

刘凤凰给我发来信息，说她病了，并用手机拍来了检查单。我是学过医的，自然能看懂。"肝硬化。"我眼前一黑。似乎听到了她粗糙的呼吸声，太突然了。她哭了起来，说来日可能不长了。"别胡说八道。"我不停地劝慰着她，一个小病没什么大不了的。

我想到唯一的办法就是让她尽快到武汉来，武汉在治疗肝脏方面有不错的专家。她开始并不想来，在我的再三催促下，她终于下定了决心。她的皮肤有些黑，扎着的马尾辫也剪去了。我很心痛。那个马尾辫曾经是我对她的全部幻想。不管从前发生了什么，我现在都不想再去计较。我得感恩，她陪伴我走过的那段时光。从前也不全是她的错，甚至我的错比她更多。

医生建议我住院治疗，说这个病需要做长久打算。那天早晨抽了七管子血，抽完后她若无其事地看着电视。我面对着墙壁忍不住哭起来。"你这是怎么啦？"她问我。"没什么。"我说。"放心吧！会好起来的。"我从刘凤凰绝望的表情里，看到了希望。

九月的黄昏，残阳如血。两个月后，刘凤凰的病情得到了有效控制。帮她看病的专家说，只要积极配合治疗，就一定能治好。我心里像十五个吊桶打水，七上八下的。这期间黄雪萍来武汉看过刘凤凰。黄雪萍来的时候，我出去了，回来的时候她坐在门口。我们彼此用眼睛打招呼。刘凤凰说，那挂壁橱柜里还有香蕉，叫我拿出来给黄雪萍吃。黄雪萍摇手示意不要拿，然后把我叫到走廊问病情，我说一切还算稳定，治疗的时间会很长。她从包里掏出一沓钱来说，这钱是我借给你的，你不要和刘凤凰说。我知道她顾忌什么，刘凤凰是个很爱面子的女人，她是绝对不会收这笔钱的。我记得刘凤凰和我说过，上大学时，黄雪萍家里困难，她借过一千五百元给黄雪萍，至今都没有还。之后在福州买房子，好像也借过四千元。再也没有听刘凤凰提起过。

病房的窗台上放着一棵仙人掌。刘凤凰喜欢仙人掌，记得我们还是笔友的时候，我过生日，她给我寄过仙人掌。那盆仙人掌一直放在我的寝室里，直到我大学毕业。由于不太好带走，我就把它留在寝室里，并且写上字条，说这盆仙人掌就送给新来的人。我想，仙人掌对刘凤凰而言，有着特殊的表达意义。

"你好好休息吧！"我说。

刘凤凰点了点头。

"黄雪萍去她同学那了，听说晚上不会再来。明天你找个时间，请她吃餐饭吧！"刘凤凰翻了个身，从枕头下掏出一千块钱说，这是她给的。

"噢。"我接过钱放在包里。

"你想吃什么，我去买点吧！"

"香蕉。"

"还要别的吗？"我问。

刘凤凰摇了摇头。

刚出门，导师给我打来电话说。他最近又要出差，问我有时间做课题没有？他知道我家刘凤凰住院，没有问半句病情，相反还给我任务。"我要照顾刘凤凰。"我说。"哦，哦，那你先照顾她吧！"导师有些心不在焉。我知道不能得罪他，否则到时候无法顺利毕业。

　　晚上，我从食堂回来。在路上撞见了母亲和小姨。"妈，你怎么来了？"我问。"我怎能不来？"我发现母亲一下子苍老了好多。我知道，刘凤凰的病对母亲的打击很大。她把所有的希望都寄托在刘凤凰身上，还指望她研究生毕业就抱孙子呢？现在希望毁灭了一半，医生说，她的身体不适宜怀孕。母亲是个通情达理的女人，她说，无论如何也要救刘凤凰。

　　刚进病房门口，母亲就哭出声来。寂静的医院顿时躁动起来。护士上前来安慰母亲，问刘凤凰，这是你什么人。刘凤凰说，她是我娘。她是害怕我的病，我已经和她说了，一会就好了。刘凤凰说。小姨说，母亲担心我们不让她来，就没有提前告知我们。在来之前，母亲特意去云居山的寺庙里求得平安符来，说刘凤凰能够逢凶化吉。

　　母亲说，她不打算回去了。得留下来照顾媳妇，媳妇什么时候回去，她也就什么时候回去。医院里不适宜太多的人，晚上睡觉的地方都没有。我和小姨说，你们就在这待两天吧。我去医院对面找个旅馆，先住下来，过两天你们就回去。"刘凤凰的病到底怎么样了？"小姨轻声细语地问。"没事。"我说。"咱们村几个这样的病，后来都死了。你可不能大意。"小姨说话的样子很难看。"你就放心吧！还没到那种程度，像她这样的，康复回家的很多。"我说。这不是我编造的谎言，事实是可以控制，治愈的也有，当然不至于会死人。小姨听了我的话，这才松了口气。

　　"你能下来一下吗？"母亲硬是要照顾刘凤凰一晚，我去了对面的旅馆住。

　　"我还在睡觉呢？"我说。

　　"我打算送早餐上来了。"她说。

　　有些混淆了，真不知道她是对我好，还是对刘凤凰。

　　我还没有食欲。"我在对面的旅馆睡呢？我母亲来了照顾刘凤凰。"我说。

　　"那我送给你吃吧！"

　　"我没胃口呢？"我说。

　　"那怎么办呢？"我没有回答。实在太困了。我真想好好睡睡。

　　"什么旅馆？几号房间。"

"对面，203。"我说。

门铃不停地吵着，吵了两遍我才爬起来。她穿着黑色的短衫，黑色的连裙袜，站在门口。

"进来吧！"我说，"我现在还不想吃呢。"

她没有回答我的话，把早餐放在桌子上。然后全神贯注地看着墙上的画。

我有些茫然，摸不着头脑。怎么才能与她靠近呢？我的心开始扑通扑通地跳起来。

"这是法国画家的杰作，画的是一种感觉和意象，能在短时间内搅动人的思绪、迅速地跳出感官世界。"我说。

就像是在热恋中，我仔细地打量着她。她感觉我站在身后，故意将手落在她的左肩上。她没有拒绝。我知道，这意味着可以继续往下进行。房门还半掩着。刘凤凰这个时候，已经吊上了吊针瓶。果真母亲打来电话问，在哪可以买到早餐，我说就在楼下，一楼的地下室有营养早餐的。她说，打算让小姨下楼去买点回来。我说，今天我打算睡晚点，估计在十一点钟过来。她说，刚才来了催款单，说是十二点之前需交一万元。我说好，会提前去办好。

看样子黄雪萍也没打算吃早餐。好像是全部为我准备的。

"我该走了。"她说。

"你等等。"我伸手拦住了她的去向。

她朝着半掩的门看了一眼。"别走了，我想和你说说话。"我边说，边走到门边，将门关上，但是没有反锁。我相信，除了服务员外，没有人有开门的钥匙。再说服务员不会这么莽撞地冲进来。

"为什么？"她瞪着我问。

"没什么。感觉和你说话是一种享受。"

"为什么我一定要和你说话？"

"因为你愿意。"我说。

"为什么愿意呢？"

"因为美丽的女人并不属于她们自己。那是带给这个世界的恩惠的一部分。女人有责任与别人分享这美丽。"

我故意将手贴到她的脸上。我感觉她说话的声音有些急促。

漂亮话对女人就像是诱奸一样。

"我得走了。今天上午我还有重要的事情。"

"好吧！"

我张开了双臂。她笑了笑。一时间，我感觉到她胸前的乳房紧紧贴在了胸口。她很快就挣脱了我的拥抱，走了。

我暗想，还会有机会。聪明的女人，一定会保持她独有的姿态的。我得找个最佳的机会出手。

我回到病房时，才想起未交医药费。"费用交了吗？"刘凤凰问我。我看看墙上的表，还有半个小时下班。便火速地朝楼下跑去。

刚刚走到收费大厅的门口，我看见一个熟悉背影，挽着一个高大的男人朝街道走去。我想到了黄雪萍。这次，我不得不承认眼前所见的事实。我就像是一条小鱼，遇到了一只庞大的鲨鱼。这虽然很不平等。我还是忍不住脚步，一直看见她坐上了宝马。我原本以为这样一女人不需要钱，也不会缺钱，精神财富会超过所有。现在看来不是这样的。

我的手机嘀嘀地响着。是黄雪萍的微信。"晚上你请我吃饭吧！明天我就得回去了。"

我猜不透黄雪萍来武汉的原因。生意、情人，我始终徘徊在这两个词汇之间。对她所做的任何事情，我都没有了兴趣去过问。那些与我没有关联，属于她的个人生活。我与她之间的某种默契，是能够融洽的，在我们独特的心灵空间和现实之间，我们能够寻找到相互磨合点。黄雪萍身上有的才华和品位，其他人身上不一定会有。

夜晚显得更加昏暗了，我在不安地等着她的电话。如果说话算数，她就一定会来。我把早已调制好的米酒，加了一种蜜糖，这种特制的米酒，进口味道甜蜜，贪杯会醉得不省人事。喝酒的女人不能自持，喝醉的女人更不能自持。只有酒醉后，女人才会毫无顾忌。会把不该说的话，也大胆奔放地说出来。

请吃饭的人是她，我自然不好打电话催。不过，我可以耐心地等。我已向刘凤凰坦白，说黄雪萍明天回去，晚上请她吃饭。刘凤凰觉得这很有必要，说最好帮她订张回去的车票。闺密之间的友谊，可不是普通情感能够替代的。

就在我心不在焉的时候。刘荔荔不知道从什么地方冒了出来。紧紧地搂抱着我的脖子，说真的想我了。我想推开她，尽最快的速度推开她，"别，就这样抱一下，一小会，今天是我的生日，就这个礼物。"

"是不是要离开学校了？"我问。

"就下月呢？实习时间提前了。"

"时间过得好快啊！我们都相识两年了。"

"只有一年半。"她撇着嘴说。

"好吧，一年半。"

就在我尽情享受着与刘荔荔的最后分秒时光时，我远远地看见黄雪萍站在路的那头。我不知道是否有看见我们，我清楚地感觉她在慢慢靠近。"我的校友。"我介绍说。黄雪萍没有正眼看刘荔荔。"哦，哦。"我又向刘荔荔介绍说，"这是我妻子的闺密黄雪萍"。

"大姐好！"黄雪萍还是爱理不理。

"我有事情就先走了。"刘荔荔说。黄雪萍装着没有听见。我和刘荔荔挥手拜拜。

"你吃过了吗？"我问。

"我是赶来请你吃饭的。"黄雪萍说。

"走吧！"我说。

我们漫无目地在街上游荡着，这个时间早已过了饭点。

"你那手上提着什么？"黄雪萍问。

"喝的酒。"我说。

"啧啧。我又不喝酒的。"黄雪萍说话的口气倒像刘凤凰，把我当成了她的男人，还在吃刘荔荔的醋。"那个姑娘与我没有关系的。"我说。

"我管你有没有关系，我又不是你老婆。"她满不在乎地说。

"呵呵，好吧！"

我们几乎是同时确定这家土窑的。太有农村气息了。进去之后，发现土窑带着浓烈的都市情趣。"我们这里有鸳鸯厅、情侣厅、情人厅、夫妻厅。"服务员一本正经地介绍说。

我指着黄雪萍，示意让她决定。"都不是的坐哪？"黄雪萍说。

"小姐，那就只有坐大厅。大厅的价格和包厢是一样的。包厢有空调，电视，电脑，还会赠送免费的红酒和玫瑰花。"这些优惠的政策倒是挺吸引人。

"随便帮我们安排一个吧！"

"最里面有个情人厅，这是我们土窑最高待遇。"服务员说。

"那就情人厅。"我说。黄雪萍没有反对。

房间的确很温馨。一看就知是为情人设计的幽会场所。外面一个小客厅，一张桌子，桌子上摆放着玫瑰花，在朦胧的灯光和浪漫的钢琴曲伴奏下，玫瑰花充满了醉意。

就在我着手策划灌醉黄雪萍时，她的手机吵闹起来，无休无止的。她说是同学，今天晚上让她过去睡。"今天晚上就别再打主意了。"我开玩笑地说。

"什么主意？"

"是傻瓜也知道那头是个帅哥。"我说。

"不是的。不信你看。"

"有什么好看的。"我说。

"可以不那么急，吃完饭去吧！"她说。

我把调制好的米酒倒进了杯子。"这个我不喝的，喝醉了醒不过来的。"她说。"我以前喝过这种酒。"我是想出了全身的招数，才劝她喝了半杯。不知道是我的话感动了她，还是她被气氛侵蚀了心灵，居然主动端杯来敬我。在敬我之前，她还特别强调说，你是喝不倒我的。我相信她说的是真话，我听刘凤凰说过，她的酒量至少是一斤半以上。这对于一个半斤就醉的人来，较量显然是徒劳的。

一个人如果想醉，勉强自己醉，就算是只看看风景，也会醉得不知归路。如果不想醉，即便是两眼冒金花，周围的事物还是会心知肚明。

我在寻找与黄雪萍肌肤相碰的机会。只有这样，才能预知到她内心的想法。一个女人愿意与男人单独相处，说明男人在女人的心里是信任的。一个女人愿意与男人肌肤相碰，至少可以确定在女人的心里，男人有一定分量。这样的前提，只要男人大胆点触碰女人，女人犹豫的心立马会崩溃。当然，不是每个女人都是这样的。首先得排除正常工作的交谈。

黄雪萍与我的故事，我至今回忆起来都很模糊。那晚我真的醉得很深，我醒来的时候她已经走了。我估计她去了另外一个男人那过夜。我只记得，我们做爱了，她背靠着墙角，我猛地剥开了她紧攥着裤腰带的手，猛地顶进了她的下腹。我听见她紧张的叫声。然后紧紧地抱着，不停地掐着我背部的肌肉。时间很短，但很过瘾。紧接着我就睡着了。一个夜晚我都没有离开土窑。

第十二章　蹊　跷

　　夜里，刘凤凰睡熟了。母亲回了老家。贾丽珍给我打来电话，说她马上登机来武汉。我几乎冒出了一身冷汗。"你这是什么意思？"我有些慌乱起来。"你不知道我家刘凤凰现在重病住院吗？"

　　我刚起床，和章百年撞了个满怀。这老头，都什么时间了，怎么还没有睡。而且不开灯，在客厅里走着猫步。章百年这些日子有些特异，总算是找到了一份可以打发时光的工作。这么大年纪了，还耀武扬威的。

　　"早点睡吧！"我说。

　　他缩手缩脚回房了。

　　"我来看看她不行啊？"我知道贾丽珍对我是没有恶意的。我感觉事情并不简单，这里面一定有玄机。"曹二棍是你什么人？"贾丽珍问。"怎么啦？"我问。"曹二棍找过我，你知道他去哪了吗？"我感觉很蹊跷，曹二棍怎么会找到贾丽珍呢？"他怎么会找到你，找你干什么？"我问。"不是你让他来找我的吗？"

　　"我什么时候让他来找你啊。"

　　"他拿走了我一万块钱，说是你让他来借的，你是知道的，我一般是不会借钱的，之前谈的男朋友，逛街都是他们买单。"我知道贾丽珍话里的意思。

　　"真不是我的意思。"我说。如果是我叫他去找你，我必定会提前和你说的。看来贾丽珍是太过于信任我了，所以碍于面子不和我通气。曹二棍是采取什么方式，取得贾丽珍的信任的？我知道贾丽珍的性格，遇到不要脸的男人她会很喜欢。这是不是心理变态的原因，究其原因发现又不是那么回事，她的心理御寒能力超越了其他人。对世俗的理解，对社会的感知，个人的建树都应该是独特分明的。除了密切的性行为，对于其他的任何事物都处理得井井有条。

我能说什么呢？可是不至于我去还钱啊！她又补充说，既然是借给你，本就没打算要你还。可是这钱的确没有用在我处，贾丽珍对我的心意我却是领了。一个女人和一个男人之间的关系，也就在这个时候变得爱憎分明。

我又想起了那个晚上。我真的糊涂了。那天晚上，换作不是我，如果是赵昌河，她会不会也毫无顾忌地和他上床。这不是推理。我怎么隐隐觉得，那是个必定的答案呢，从我那天和她的对话，基本上可以下结论。有个细节，本来我一直不想提及。贾丽珍喝醉酒躺在地上时，是赵昌河抱着她的，之后连两个乳房都露了出来。这算是什么？追究起来，是认为不是贾丽珍的问题，还是男人不守规矩。面对一个酒醉的女人，有几个男人能够把持得住？我对赵昌河有看法，贾丽珍不愿意追究，我能追究什么？

我的任何举动都逃不掉刘凤凰的眼睛。第二天，她奇怪地问过我是不是发生了什么事情？我说学校里的事，我得去趟学校晚上估计不能来陪你。她看了看吊水勾上的药单说，"你去吧，晚上没有了药，再说这里也挤着不好睡。"一张床根本挤不下两个人，我晚上翻来覆去的。一直耗到天亮才稍微眯了会。"我会赶在明天早上护士查房前回来的。"刘凤凰点了点头。

真是见鬼。机场的路很堵。本来不过半小时的车程，结果耗费了一个半小时。从成都飞往武汉最多也就两个小时。不知道前面是发生了交通事故还是咋的，堵得看不见尽头。几名交警在路面上跑来跑去，像是在梳理汽车慢行通过。

我给贾丽珍打电话，电话不通，又给她发信息说，路上堵车，你到了机场在出口等我。干着急，也不是事。我打算下车走路，"你别看目的地在那，走路得好几个小时。"还是的士师傅劝我别下车。真的不是一般的糟糕，我想这个长夜注定是要倒霉。的士师傅说，如果再这样堵下去，他得加价的。我问加多少，他说最少是五十元。打表总共才五十元，现在又多出五十元，不是钱的问题，我是感觉心情很不爽。一会贾丽珍给我打来电话，问我到了没有，我说还堵在路上呢？"那你不用来了，我和你开玩笑的。"贾丽珍认真地说，"这么晚去哪买机票啊。"我发现前面一片恍惚。

"真是倒霉。没有坐到飞机。"我对司机说。

"那是够倒霉的了。"司机说。

"那怎么办呢？班机的问题，很正常的。"我说。

就在此时刘凤凰打来了电话，问我事情处理得怎么样了。我叹了口气说，没事了。"这些天你都没有好好休息，你早点睡吧！"刘凤凰说。我感觉鼻子很酸。

我感觉手机震动了一下。是有人发微信进来。微信、短信、电话铃声我都有各自的设置。

是贾丽珍。一个微笑的表情，带着嘲笑。

"我不能理解你这样的女人。"

"我来了。"她说。不管来没来，我都得去机场掉头，高速路口没有掉头的地方。如果来了她该站在出口。

堵了多久我不知道。出了收费站，我还是勉强让司机去下出站口。我说，这女人会不会是在戏弄我。寂静的出口在白色的灯光下，显得格外地冷寂。

"到里面打个圈吧！也许会在里面。"

"算了吧！"我说。

我还是赌气般给贾丽珍发了条信息。"以后再也不想见你了。"发完信息就关了机。

车正好行到回去的收费站口时，前面有人拦车，我的心情不好，不同意让司机停车。司机也许是考虑到，这么深的夜，打车不方便，想沿途揽点生意，或者想做点好事。

"师傅，我到……"我回头时，几乎是双目对视。

贾丽珍拉开车门坐了上来。我们都装着不认识。

司机一遍遍地问她去哪？她也懒得回答。好像是司机得罪了她一样。我给司机使了个眼神，意思是让他不要继续再问。司机大概领会到了我眼神里的意思。打开了收音机。收音机里播放的是舒婷在武汉诗歌讲座的内容。末了还读了一首诗：《致橡树》。我如果爱你——绝不像攀援的凌霄花，借你的高枝炫耀自己；我如果爱你——绝不学痴情的鸟儿，为绿荫重复单调的歌曲；也不止像泉源，常年送来清凉的慰藉；也不止像险峰，增加你的高度，衬托你的威仪。甚至日光。甚至春雨。不，这些都还不够！我必须是你近旁的一株木棉，作为树的形象和你站在一起。

车开到半路，前面闪烁着警灯，像是又出现了什么交通意外。"他妈的，真是见鬼。"司机很不耐烦地说。看来这趟旅行注定是要经受考验。

刘凤凰又来电话了，我有点慌张，她说她有点冷，问我能不能过去陪她。我说，今天晚上估计不行。开始以为事情都妥当了，现在又新添出新的事来。刘凤凰安稳地挂上了电话。我的心里七上八下的，心里埋怨贾丽珍来得真不是时候。就在我神情恍惚的时候，司机猛踩一脚油门飞快地朝城区奔去。"没有障碍了？"我问。"他妈的，估计是在查酒驾。"司机说。"你见过高速路上拦车的吗？"

"真是活见鬼，我这还是头回见。"

贾丽珍很不情愿地下了车。我试着几次去拉她的手都被甩开了。发现她在生我的气，我不想解释，解释她也听不进去。我带她去了学校附近的旅馆，离学校越近就会越安全。学校周围的小店铺，是整夜经营的，凌晨还会听见吵闹声。

那天晚上，某种吉祥的预感一直在我的身体里。我感到神祇就在我的身体里。我甚至认为至少今晚好运会一直在我身上留驻，我看见了命运的转折。我总是相信预兆，我相信身体比我的理想更快抵达真相。但预兆是错误的，那天晚上我输了个精光。我发现自己的身体就像是掏空了一样，用任何词语都不好表达。

我有些累了。在黑暗中，我透过碎花的塑料浴帘，我看见贾丽珍不停地擦洗着身体。我多久没有正视过她的身体了？的确，我需要努力回忆才能想起，一切都仿佛是隐秘的，仔细搜寻才能记得起细节。

凌晨醒来时，我看到贾丽珍给我留下的字条。她说，她走了。走出旅馆，我感觉自己脚下轻飘飘的，像是踩在云层上。我给贾丽珍打电话，好久没有接听，后来拨打过来了，一句话都没有说，我听见了机场内重复着航班起飞的声音。"祝你一路平安。"我说。对于这过去的一夜，我真不知道问题出在哪？我用力在自己的额头上猛拍了两下，必须让自己尽快清醒过来。赶到医院的时候，护士已经查完了房。刘凤凰见我来了，问事情是否都处理好。我点了点头说，昨天晚上很疲劳。额头上还冒着虚汗，腿明显酸软。

"你到床上来睡吧！我想起来走走。"

"马上要打针了吧。"我说。

"护士说，今天不用打了。以后每隔一天打一次。"然后她指着柜台上的化验单说，"你看，指标降了很多，有两项接近正常。"

这是个不错的消息。顿感睡意全无。

我开始后悔，不该让贾丽珍迅速离开。这只是我的想法，事实根本不可能。我站在那里，我的脑子完全麻木了，紧接着又感到自己心潮澎湃。我一迭声地说："贾丽珍，我爱你。"当我说完这句话时，身体就浮在空中了。每次耳朵里出现贾丽珍的声音时，我就会忘记自己的处境。我是个比较守旧的男人，自从和安金莲跨越界线后，感觉世界上的女人都是安金莲，这不算奇怪吧！

安金莲是我童年时的梦想。那时的我站在土坡的高处，心绪开朗，想着深夜坐火车去远方，火车一摆一摆的，在梦里火车就像一条蛇。火车到站时，安金莲便在帮我收拾行旅，那时的安金莲是个列车员。此刻我感觉到，女人来得快，走得也快。"多么美啊！"我暗暗地吃惊，女人的青春就像是列车。

我的心情极其地复杂，怎么会这样呢？我发现精神振奋的时候，欲望开始膨胀起来。真想找个女人发泄下自己。我知道，任何一次发泄对我来说都是索然无味。最后得到的只是无限的空虚。我闭着眼睛开始幻想，最后赤裸着身体沉睡在女人堆中。

我不知道贾丽珍是否还在写小说。换作是在以前，她会把构思，情节随时与我沟通，不过小说的故事我已经忘记了，真的特别乱，但一些情景我却记得。不过，现在基本没有了她的音讯。我又想起了，曾经有那么段时间，我很喜欢听音乐，喜欢把自己泡在音乐会馆，感觉自己的歌唱得很好，自我介绍时把自己卖弄为来自香港的"阿土"。现在想来竟然没有半点意味，再也寻不到那特有的激情。我常常在想，是不是环境的影响。或者是人的影响，那群人后来严重影响了我的心情。

外面的阳光很大，在屋内待久了，发现阳光很刺眼。医院里的护士和医生照旧在忙碌着，在过巷里穿来穿去。刘凤凰连咳了几声。轻微的声音。我不知道重复过多少次的几句问话。"感觉好点没有。"刘凤凰依然是点头。

那天下午，我收到北京一家医疗爱心机构的信息。说刘凤凰的条件可以免费领到一些药品，我向医生说了这事情，医生说，这不是骗局，可以找主任办理。我去的时候，主任办公室挤满了人。有个小男孩说，他的病之前好了的，现在又复发了。我看了他的检查单，指标很不稳定，发病时比刘凤凰厉害。我稍微松了口气。

我的导师给我打来电话。问我毕业后有没有好的去处。我最早的想法是离开这个县城，去一个稍微大点的城市做文学刊物编辑，或者去大学里做老师。认识贾丽珍之后，甚至还想去成都工作，哪怕在个小报社重操旧业当记者都可以。

不过这仅仅是我的想法，我问导师有什么好的建议。他说，现在去大学做老师不是好选择了。如果我有理想抱负，建议还是去文联。我立马否定了这个地方，我说，现在刘凤凰的状况不适合我去那里。除非回到那个小县城的文联。"我的想法和你一样。"导师说。我有些头痛，这些年的折腾，竟然又是回去？我简直不敢相信这是事实。仔细想想，去哪我都丢不了手中的笔。我问刘凤凰的意见，刘凤凰问我，过去的事情还能回得去吗？我怎么发现过去的时光有两种，一种是想回去的，另外一种是不想回去的。怎么时光里就一定要夹杂这些不定的因素呢？而现在，不也随时在与时光对视，晃下眼睛它就是过去的吗？我在想，心灵的土地与现实的土地差别太大。我决定在武汉留下来，我在这里生活了两年，找份与写作接近的工作，还可以照顾刘凤凰。

　　我掐算了下时间，刘凤凰在医院里整整住了两年零三个月。实际上有一年零七个月是挂在医院，住在我租的出租屋的。没有办理出院手续，原因是挂在医院可以多报销点治疗费用。

　　住进出租屋的第二天。刘凤凰给我提出了要求，她说想给我生个小孩。听后我很惊诧，就凭她现在的身体生小孩恐怕会成问题。再者，我也不想急着要小孩。最主要的是条件不允许，我在想，刘凤凰病好后，首先要做的事情应该是回学校，继续完成学业，如果继续休学，我想她考的研究生等于是张白纸。不过，她对这些满不在乎。"就算拿不到文凭，回原单位工作该是没有问题的。"她说。"就算回去，领导岗位也没有了。而且凭你现在的身体，人家也会说你不适合担任领导。"想到这，我发现刘凤凰够倒霉的了。也许这个时候，我是她唯一的依靠。"你是不是想我病好了，与我分开？"之前我的确有过这样的想法，现在完全变了，我发现自己真不想放下她。她什么时候要去医院检查，什么时候吃什么药，哪个指标高了怎么办？甚至晚上几点该睡觉，我都是了如指掌。她病的这些日子，除了我的亲戚外，基本上没有人来看她。我给她父母打过电话，他们说太远，不认识路，没有人愿意来。我最感觉没心没肺的就是杨志学，这狗日的真不近人情。我偷偷用刘凤凰手机给他发过信息，居然不再搭理，说他和刘凤凰在一起是逢场作戏，这一切与他无关。我在百度查过，杨志学回去后没有顺利升迁，而是在一家国企担任中层干部。

　　有时候，我发现女人有一定的过错。任何事情，只要女方不同意，男人是不会胁迫的。刘凤凰与杨志学的故事在那个小城传了好久，有人甚至在我背后冷笑，说那个女人身材那么小，怎么吃得消一头牛。我听着就难受。不知道是别人故意栽赃，还是确有此事，我一直不敢相信是真的。要不是曹二棍抓到现场，给我提供了铁的证据。我不会相信，刘凤凰会背叛我。记得那天，在回来的路上，刘凤凰一直在向我道歉，也不让我报警。从她当时的表现，我发现问题是出在刘凤凰身上。

母亲给我打电话来说。移民我和刘凤凰都有指标。章百年没有。章小年有，业明也有。"章小年不是？"我刚开口，立马噎住了。"对。"我又说。母亲一直说，失踪的是鲁小晴。章小年和业明出差去了，人死得见尸，没有见尸就还活着，活在一个人看不见的地方。我开始还不信，现在又不得不信。我的户口上大学时就迁走了的，现在又迁到了武汉大学。"按照注册规定，你们都可以享受的。"母亲说。因为我们现在都是在校学生，没有正式在行政事业单位上班，是可以计算在移民政策范围内的。母亲说，最遗憾的是望丁没有。"什么是望丁？"我问母亲。"所有结婚没生小孩的都可以打一个望丁。"

那天晚上，我接到程强的电话。他说母亲的案子破了，破了？我晃了晃头。"什么案子呢？"我问。你母亲不是被人打晕了吗？我这才想起来。程强不是离开了刑侦大队吗？我赶到刑侦大队时，民警说，你那案子本来就是个治安案件。程强说，找到了当时的视频。是一个过路人，无意用手机拍下来的。母亲一个人在栈道上走着，突然摔倒在地，一个保安见状上前去把她扶了起来。紧接着，我就来到了现场。"为了帮你母亲完成这个心愿，我们可是花费了不少时间。"原来，母亲要感谢那个"警察"。可是让我怎么也没想到的是，那个人居然是章百年。

章百年是什么时候开始做保安的，我居然一点印象也没有。"我错了，向你们道歉！"我认真地向程强检讨。"这是我们应该做的啊！"我这时才明白过来，章小年和业明真的走了，走了多久，是什么时候走的，我连时间都不记得了。

我写到这的时候，章百年提着椅子坐在我前面烤火，不时还打嗝。他的胃部做过手术，一年有余了吧！母亲在厨房里炒菜，业聪在客厅里看电视，喜洋洋与灰太狼，"快六点了，刘凤凰怎么还没有回来？""今天晚上要迟点。"我说。

我从武汉大学研究生毕业后，应聘在江城文艺做职业编辑，月收入四千三百元。江城文艺是江城出版社的一家纯文学杂志。这个待遇并不高，但是加上我每月编书，写稿，一个月下来有一万多元。我在江城文艺待了半年后，发现刘凤凰意外怀孕了。检查后才知道有了三个月。下腹有些凸的时候我才发现，她说这孩子一定得生下来。我仔细回忆，三个月前我和她做爱的次数相当少，每次都戴了安全套。我没有问这小孩是不是我的，我想这个时候提出任何问题都不合适。不管是谁的，他是一条生命。既然刘凤凰想把他生下来，我也不好反对，她是个女人，有义务生个孩子，就算是为了人类的正常繁衍，她也该这么做。我呢？就像是个空壳，行尸走肉般在街上行走。

深夜我趁刘凤凰熟睡的时候，登录网上营业厅查询她的通话记录。三个月前有个电话号码频繁联系过，我把号码抄下来，第二天去营业厅以替人交话费为由，查询通话号码的人名。自这之后，我真想离开这个女人。我判断肚子里的孩子根本就不是我的，要真是那样的话，我到底在她心里算什么呢？我和我最好的朋友聊了这件事情，朋友说，也许只有安金莲是对你真心的。我觉得他说得很好笑，安金莲与我根本不可能相守一生。"那是你不愿意，毕竟那孩子是你的。"我不得不承认朋友说的话，的确是我瞧不起安金莲，而孩子也的确是我的。在此之前，我给孩子输过血。

我想哭，但是没有眼泪。我又去了医院，医生说，刘凤凰的病再过些日子就可以停药了。"她是我们治过的肝病患者中，最幸运的，不仅病治疗好了，而且还有了抗体。停药后去预防站打几针疫苗，就没事了。"那天晚上，我回到出租屋，看见刘凤凰在阳台上打电话，有说有笑的，说孩子很健康。我问谁打来的？刘凤凰有些腼腆，最后还是说出了真相。"前夫。是前夫。"刘凤凰说。"怎么还和他有联系。"我问。"人家只是关心嘛，毕竟和他夫妻一场。你不也经常和安金莲联系吗？"刘凤凰反问我。"我那是因为孩子在她那。"我说。"他只是关心下我。"刘凤凰说这话不像是在赌气。我倒是生气了。

夜半我听见刘凤凰在被窝里与前夫有说有笑的。我真的很生气，强行把手机夺了过来。也不知道是刘凤凰故意的，还是我太过用力。手机摔在地板上支离破碎，这是她来武汉后我们第一次吵架。彼此互不相让。我真受不了这种耻辱，换作是任何一个男人都不会好受。我发现她变了，变得像小孩子过家家。

她的前夫现在是河南一个工地的小包工头，到现在都没有结婚，像他这样的男人很难找到上层女人。刘凤凰是想和他继续过吗？是不是在念旧情？或者他来过武汉。很多的怀疑我都无法寻找到答案。她肚子里的孩子是我的吗？要不是我得遭多大的罪呢？我是把孩子无声地养大，还是和她离婚？我不敢继续想下去。

前所未有的孤独，使我变得单薄起来。我想到了发廊，想到了按摩店，我想找个可以发泄的地方。走到发廊门口我就打住了脚步，里面昏暗得发红，红色的灯光把老女人衬托得红晕晕的。老女人招手示意我进去。我就像个罪犯比兔子还跑得快。"真是有色心无色胆。"我听见了女人怒吼的声音。我去了按摩店，女人比我大几岁的样子，口红特别浓，她说自己不会按摩，只会推油。我问推油是什么？"你没有推过油吗？"她问。我摇了摇头。她开始放肆起来。我按住了她的手，我知道她要想干什么。我不想在女人面前甘拜下风，拒绝了她所有免费的项目。最后我住进宾馆的时候，还满脑子想入非非。想着一定得找个发泄的对象，电话机下压着一张名片，上面是个半裸的女人。只留了三个号码，只要提起话机就可拨通，我还是放了下来。闭着眼睛，强迫自己沉睡。第二天凌晨发现，满是刘凤凰打的电话。我害怕她的病情。回拨了过去，她问我在哪？我说住在宾馆。"为什么不回来。"

"不想回来。"我说。

"要是不回来，以后也就别再回来了。"她给我下达了通缉令。不知道为什么？我内心像是在给自己下命令。穿好衣服朝楼下跑去。前台的服务员还在睡梦中，在她看来没有这么早离开的客人。

回到出租屋的时候，刘凤凰坐在床头上，表情十分难看。"你一晚没睡？"我问。"我怎么睡？要是你死在外面怎么办？"

"小声点。"我连忙说。隔壁住着几名学生。夜深人静的时候，就连咳嗽听得一清二楚。刘凤凰这才安稳了下来。我发现女人真不好伺候，自己做错了事居然还拿男人出气。

说实话，我很爱刘凤凰。真的不想失去她，要是换作其他的女人，我不可能这般容忍。我得把事情往后推，即使是面对一张空白的纸。

刘凤凰说，她不想成天待在出租屋内。想去附近的超市找点事打磨时间。

我不同意。一是肚子大了，怕出意外。二是她的身份不适合做这些事情。可她固执要去，我是拦不住的。我去超市的时候，她在收银台，里里外外的人很拥挤。她倒是感到很充实，脸上露着笑容。后来我一打听，才知道超市的老板是博士毕业的。超市里的员工也多半是大学生，刘凤凰与这些人打交道自然心情会好。

第十三章 惩 罚

我最近为一些事情纠结得快窒息。我的导师做了一件比强奸还恶劣的事情。他装病住进了医院，让我打电话发微信通知他教过的学生。我知道他的用意，不就是想收点酒钱。他也太贪杯了，喝的也都是昂贵的酒。白酒、红酒、啤酒都是他喜欢的。不过他钟爱的还是红酒，国外很流行的那种。他不会小口去品，不论多贵的酒他都是豪饮，那张长满胡子的嘴就像个酒坛子。

在大学待了几十年，没有买一套住房。一直蜗居在学校的四十平方米的小楼内，师娘怨声载道，说跟他一辈子没过上一天好日子。我也觉得这男人挺窝囊的。按理说，学校并没有亏待他，可他常常说，无论何时都不能亏待自己的身体。我相信他的生活方式，听从他一些不靠谱的生活理论。

我的信息一发出去，前来探望他的人还真多。师娘站在病床的左边收礼，我站在右边细说病情，导师躺在床上装着奄奄一息。不论谁站在他面前，他都不正眼去看人。真的怪可怜的样子。

我初略算了下，接近十万元。你说这死老头抠门不抠门。

第二天晚上，我去医院时，医生说那老头已出院了。我想，他是跑了？不跑不行，必定出事。我问去了哪？医生说转院了，病情较为严重。我一听吓出了一身冷汗。火速给他打电话问究竟，没有人接听，又问医生详细病情，医生说负责帮他看病的医生是晚班，得找主治医生才能问到病情。我回到出租屋，就再也没心情写作了。我给杂志社领导打去了电话，说要临时请几天假。领导十分恼火，说杂志就这几天出刊，非要我去上班，而且多出了几个版面的校对。我一再解释说，导师出了事，一日为师，终身为父。这老头虽然与我吵闹过不少，但我知道他那是对我好。他和师娘没有生过孩子，我是他带的最后一批研究生，我不可能不管他。"如果不能及时来上班，那你以后也不用来了。"我最讨厌别人威胁我。"你他妈的，你以为你是什么鸟，你给了我多少钱工资？凭什么大呼小叫的。"我挂上电话后，就决定了辞职。心里默算了，杂志社总共还欠我一千五百元。我不打算要了这笔钱，也不想写辞职信。这个地方已经让我讨嫌了，我最怕受委屈，有些委屈还是难忍下来的。

那天下午，杂志社社长来到我的出租屋，好说歹说想让我继续回去。说我是个人才，我是啥破人才呢？要不是想我回去做事，必定不会上门来。并且把给我打电话的办公室主任也请来了道歉，说这事情与社长无关。我思考了很久，借一百个胆子给他，他也不会信口开河，这必定是领导的意思。我说，我们都是几个写文字的人，应该相互帮忙提携，不应该这么野蛮。社长低垂着头说，真是对不起。得饶人处且饶人，我也不想丢弃这份工作。虽然没有帮我安排编制，起码这是省文联主办的刊物。像我的条件，只要公开考试，拿个编制是指日可待的事。"我得打听导师的去向，没有心思编杂志。"我说。

"你的导师是我的恩人。"社长说。我感觉浑身颤抖了一下。这句话比啥都有用。"他？"我用怀疑的眼神确定。"他也是我的导师。"社长认真地说。我知道社长也是武汉大学毕业的，但我不知道他与我共一个导师。"我应该给你足够的时间，对，是他教会了我如何做人。"我们坐下来聊了好久。他在回忆校园的美好，而我无心听那些陈年旧事。我的心太沉重了，不过他说自己年轻时太困难，以至于生活费都要导师承担。我想这大概是他召我回去上班的原因。我知道，他的脾气很不好，赶走过很多人，这些人后来的影响都不小，就算是做了自由撰稿人，也能用稿费养活一家人。他说我很有潜力，未来一定会有大希望。我觉得他在取笑我，就凭我的想象力是写不出好小说的。我不喜欢看书，准确地说是不喜欢看别人的小说，很多优秀的小说家都会模仿别人的成功经验，而我不会，我从小到大没有完整看完过一部长篇。想到这我就害怕，我还要不要继续写小说。我是个活在自我世界里的人，这样的人恐怕被封闭害了自己。我的很多朋友说，我不适合写作，没有作家的任何特征。很多作家喜欢抽烟的，我却不想沾，勉强抽过几支，怎么也咽不下喉咙。他们说烟会给人特有的灵感，我不相信，硬是说吸烟有害健康。我的心倒是挺大的，想拿诺贝尔文学奖。当然这是个秘密，我不会告诉任何人。"既然是这样，我希望你给我些时间。"我说。

"你不用找了，这是他留给你的。"社长认真地说。是一个信封，里面是一沓钞票。"导师已经去了你我找不到的地方，这些钱是他为你准备的，里面有他留给你的信。"

"搞什么？死老头。这死老头。"打开信居然没有一句夸奖的话，全是我不爱听的。钱我不想要，如数退还了社长。

连续几个晚上，刘凤凰都回来得较晚。她大概是想多赚点钱，本来是三班倒的，她上了下午班和晚上班。"你的身体不适宜站得太久。"我冒火了。"那就上午和晚上吧！"刘凤凰说。"不用上班了，我想回去。""去哪？"刘凤凰问。"去湖南，我想回县城工作，就在文联做个普通干部也行。"刘凤凰像个哑巴看着我。过了一会说："你说怎么办就怎么办吧！"这个晚上，我怎么也不得入眠。我知道，这未必是个正确的选择。回去会有很多人瞧不起我，说我是在外面混不下去才回来。几年的研究生等于白读了。可我又有什么办法呢？当然最关键的是县城里还有那么多绯闻，本来随着我和刘凤凰的离去，已经销声匿迹的，现在回去不晓得会刮起怎样的风浪。

半夜里，我听见刘凤凰起床的声音。不知道去了哪？我已经没有心思关心她的去处。天明时她回来了。问我想吃什么？她说今天做早餐给我吃。"我不想吃。"我说。

"无论发生了什么事情，吃是要吃的。"刘凤凰说。"我们本来就不属于这个城市。"我对刘凤凰说。"要么我们不回湖南了。我想回去复课，你愿意陪我去吗？"我想这是个不错的选择。刘凤凰现在的身体，坐在教室里还挺适合的。我只要能离开这个城市，去哪都好，我不知道自己为什么要逃离，我想逃离的不是导师。我和刘凤凰匆匆地离开了武汉，丢下了很多东西，给社长留了个字条，导师的那笔钱如数还给他老人家。我的字条是让总编辑转给他的，谅他也不敢贪污。最让我遗憾的是，丢下了太多的书，卡夫卡的，莫言的，这些书都是我的命根子，虽然我不会完整去看，闲得荒的时候还是会拿起来翻翻。书对我来说是良药，很多时候都是书给了我希望。我曾对朋友说过，就算世界变成了黑夜，还可以在书里寻找到光明。这种光明就如是一盏明亮的心灯照着我。刘凤凰说，在武汉的几年里，最难忘的还是这出租屋，她已经习惯把这当成了自己的家，也许离开后就再也回不来了。我知道她是诗人，有太多的离愁。安慰她说，你回到学校后，又会觉得那里是你的家，而那个家又回来了。这几年，本来我们有足够的时间推心置腹地交谈，有很多机会可以坦白，但都没有，我们相互隐瞒，相互抵触，甚至会隔着一层厚厚的膜。人生真的有那么多对错吗？

如果是在法国，这都是自由，不是说法国的男人可以与无数个女人自由发生性关系吗？女人呢？也是自由的。这样说，即使刘凤凰和多个男人发生了关系，那我又能惩罚她什么？而我呢？武汉留给了我什么呢？难道是导师最后用谎言骗来的礼金吗？他大概是想帮我，这么多钱，至少可以解决刘凤凰未来的医疗费。可我不想接受，不管它出自哪里？我本来可以侦查到他的去处。只要到银行查他每月的工资在哪取的，我就可以确定他所去的城市。他不想见我，我干嘛要去找他？何况我不欠他什么？这些钱我一分也没要。我想，他自己也不会要。一个老头和一个老太婆，一个月上万元根本用不完。喝再贵的酒也够了，我最讨嫌的是，希望他不要再把这些钱给他的学生。要真的那样的话，这老人对老伴太不负责任了。师娘跟着他真没过上好日子。本来完全可以生个小孩，可他的性格却硬是不要，现在好了，孤零零的两个人，将来人死了也无挂碍也是好事。活着没有牵挂，死了也不会有牵挂。想到这，又觉得悲凉。

一路沉默。刘凤凰没有询问我逃离的缘由，我也不想过多解说。沿途的村庄亮起了灯光，刘凤凰实在太困就睡着了。我突然发现手机震响，拿出来一看，是毕阳红打来的。我很害怕，这个女人找我绝对没有好事。她问我在哪？我不想告诉她我的去向。她问我是不是还在原来的地方上班。我害怕她找到我，我说，我在一个很远的地方。我已经辞职了，我说，现在在北方打工。"北方什么城市？"她问。"我现在过得十分艰难。"我说。"这与艰难有什么关系吗？"她说。"我生了孩子，这个孩子是你的。"我顿时发现眼前漆黑一片。许久没有说一句话。"你放心，我是不会来找你的。孩子我会养大的。"说完她挂上了电话。我发现这个女人真是疯了。不是一般的神经病，否则怎么会做出这样的事情。

我感觉眼皮在不停地跳。毕阳红这事是我没有预料到的，这个时候跳出来给我添乱。刘凤凰睁开了眼睛，估计她没有睡着。"谁打来的电话？"刘凤凰问。我不知道如何向刘凤凰解释。我这一生是一笔糊涂账，已解释不清楚了。我转移话题，问："学校同意你回去？"

"学校有请假制度。"刘凤凰说。

本来毕阳红与我是没有关系的。可刘凤凰知道，毕阳红与我的那段醒醌事，我把她安排在章小年的身上，刘凤凰说，骗得了读者可骗不了她，毕阳红为你生了孩子，就是化成灰还可以做鉴定。我听见一个声音，一直响在我的耳朵里。

我把离开武汉的消息告诉了贾丽珍，我与她直接潜藏着某种预知的。我得告诉她我的行踪。她问我想不想去成都发展，至少会比我去其他的地方强。她在成都有几套住房，可以租一套给我。听她的口气，我可以不付一分钱的房租。我的心里七上八下的，总感觉不妥。不知道为什么，我好像有城市恐惧症。不想着去大城市。想老了回村子里栽树种苦竹，养猪，养狗，养鸡。刨地种菜，吃绿色食品。依然在闲暇之余写作，虚构理想中的爱情。

现在都是乱糟糟的。想找个落脚的地方都难。我问过了几家文学杂志社，招的也基本是临时工，待遇低得几乎让人窒息。基本工资只有一千多元，依靠写稿编书增加收入。我哥哥建议我回去，像我这样的学历在小县城还可以走绿色通道，不需要考试就可以进政府部门。折腾了这么久，我真不想就这样回去。内心的焦虑和疼痛，谁也不知。

和刘凤凰陪读不是最佳的方式。可她的肚子一天比一天大，我也不忍心丢下她。刘凤凰对我表现出怀疑，她说，如果我有更好的去处，她不会阻拦我的。

"你肚子里的孩子怎么办？"我问。

"你是不是怀疑我肚子里的孩子不是你的？"刘凤凰道出了我的硬伤。

"没有。"我说。

"你要是怀疑这孩子不是你的，我可以去医院打掉。"刘凤凰认真地说。

我沉默了。"也许这孩子来得不是时候。"我说。

听了我的话，刘凤凰哭了起来。我不想挖苦她。如果肚子里的孩子是我的，我们的感情还有复合的可能性，如果不是我们的婚姻必定会失败告终。

刘凤凰回到了学校。她说，她有了新的打算。如果我有其他好的选择，尽量去实现自己的抱负。我给贾丽珍打了电话，我说我有机会去成都工作，问她有什么好的安排。她以为我在说笑话，听我认真时，她又停了下来，说你认真考虑过吗？我说，当然是认真考虑的结果。她说，很希望我去。如果真去，会来机场接我，把她父母多余的一套房子腾出给我。

"你老婆和孩子怎么办？她愿意分居吗？"

前个问题我没有回答。后个问题，我说和刘凤凰商量过，她愿意的。

"那你放得下吗？"

"嗯。"我没有说话。

"为什么？"她问。

"没有为什么。"我说，"你不知道很多问题是没有答案的吗？"

"好吧，成都人民欢迎你。"她说。

"我去了，会给你带来很多麻烦的。"我说。

"为什么？"她问。

"你懂的。"我说。

"不懂。"她说。

"那我还要不要去？"我问。

我已经买好了去成都的飞机票。不过心里很不愉快。我发现自从我认识贾丽珍之后，我的心是浮着的，就像天上的云朵随风安放。我真想找个可以安心写作的地方，不问世事，那样的话至少不会这么烦。

可是无论如何都没法做到。

文馆先生又给我打来电话。在这个世界上，我认为女人忘记男人是正常不过的事情。数不清楚和多少个女人有过来往，甚至上过床，做爱的时候很忘情，叫的声音特别大，现在呢？好像基本上没有这些女人的电话。女人就像是猎物，她不会主动送上门来。当你疲惫不堪的时候，她会离你很远很远。

文馆先生不一样，也许她真把我当成了亲哥，情感只是建立在友谊上。我很难相信，天下还真有这样的友谊？记得我在上大学时，我们班隔壁有个女大学生，在校没有生活费，在网络上与我做交易，说只要我愿意给钱，她的底线可以发生性关系。那时处于青春期，对性很渴望，可我还是很怕。一是家里给的钱很少，她的胃口很大，一次要我两个月的生活费；二是害怕她无耻地纠缠。我的内心很虚伪，即使有什么事情，也要做得神不知鬼不觉。

"哥，你最近忙吗？"文馆先生问我。

我不想和她提及我的事情。"怎么啦？"

"我妈妈说，叫我拜你为师，那样的话你就可以手把手地教我。"

"教你什么？"

"教我画画啊！"我感到很意外。我曾经给她看过一幅画，那是一只苍鹰。是我从百度里找出来的，也不知道出自哪个名家之手。我骗文馆先生说，我是画家，我的画比文字还值钱。没想到文馆先生还真信了，以为我是真画家，她说她很小的时候，不是爱好文字的，而是画画，之后没有坚持，不过那颗初心还在。

文馆先生很信任我，不知道是幼稚，还是对艺术的追求。不过我始终与她保持着距离，我不想毒害她，即使我有颗万恶不赦的色心，可我仍然不情愿与她靠近，即便她愿意。

不过，我和贾丽珍之间的事情，她至少知道一半。我发现她对我和贾丽珍之间的关系，不会造成任何威胁。

我退了去成都的机票。我想回老家去静心一段时间。

在退票之前，我在网络上胡编乱造地和贾丽珍扯了一通。依据是，我无意间看到过贾丽珍与两个人的聊天记录。一是叫她姐姐的男孩说想她。还有一个是他们的队长，给她发了很多个视频。那天晚上她喝醉了，趁她酒醉问到了打开屏幕密码。

我问她与这两个男人的关系，她死活都不肯承认。说我是写小说写疯了，这是不可能的事实。我停顿了一会儿，立马就辩解。我再说，她就说没有了时间。

与之前相比，我发现她已经不再坦诚。

到家的第三天，赵昌河给我打来电话说，过几天来我家玩。我这才想起了在大明湖的承诺，答应过他和另外一个喝酒的朋友。"不是说好了贾丽珍一起同行的吗？"

"我们在成都呢？贾丽珍和我们在一起。"赵昌河说。我一听，内心冷了半截。赵昌河这狗日的东西，找贾丽珍准没什么好事。

我猜测贾丽珍这回彻底被俘虏了。我给赵昌河看过我的小说，他知道我写的是贾丽珍，摸清了贾丽珍的全部心理。我苦不堪言，几乎是我出卖了贾丽珍。

"兄弟，这个女人是我的啊！你可千万别做什么出格的事来。"我认真地和赵昌河说。

"又不是你老婆，我不干还会有别人干的。"赵昌河半开玩笑半认真地说。

我的心里有点慌，给贾丽珍打了好几遍电话，怎么打都在通话中。事后给我回了一条信息，说我是个不靠谱的人。

我开始对性生活冷淡。开始疏离女人。在我看来再漂亮的女人也都是过眼云烟，我觉得自己的身体已过风花雪月的年龄。而且对女人不得有真实情感，不然受伤的会是自己。我又开始了另外一部小说的虚构，我发现这个小说的人物栩栩如生，在审视女人时却发现女人高过了生活。

不知何故，就在我打算统统忘掉所有的女人时，贾丽珍的身影却在我面前晃来晃去。我又想起了她的身体，那么地真实，我伸手去抚摸时，就像是抚摸一片海，软绵绵的。指尖间有种清凉，特殊的舒服，也很自由。那是我渴望的，没有外界的因素困扰，就连空气都是属于我们的。

记得她问过我爱的是她的灵魂还是身体，我笑着说，爱你呼吸时胸口的起伏，爱你喘气时的生命气息。她那时笑的样子就充满了诱惑，就像是一朵含苞欲放的花蕾。

每个生命都是相对孤独的。我曾经告诉过贾丽珍，我对她的情感大概就是温暖与孤独。在孤独中感受温暖，在温暖里领会孤独。

我真的忘不了贾丽珍，也不愿意去忘记。她就像是藏在我的口袋里，当我伸手进去，带着崇敬之情抚摸的刹那，情感像是变成了风筝。

我发誓，必须去趟成都。我得当面把自己的想法告诉她。可每次我告诉她自己的想法时，她说离我们的见面时间还很远。"你的小说写好了吗？"她问的是我虚构的爱情。我说过，这是下回见面时的礼物。我写过，仅写了几小段就再也没有写下去。我给贾丽珍写了首诗，她说她不懂诗意，只懂得小说的语言。说我只是个小说家，不可能成为诗人。在我的骨子里，太少诗人的浪漫。我没有辩驳，也没有反对，她是想我坚持写好小说。如果在诗人和小说家面前，她会毫无顾忌地选择小说家。这是一个爱小说的女人，对小说的另一种情怀。

贾丽珍说，想我的时候是在下半夜，那时很想我在身边，过了那个时辰，她就不想了。她说，每年都只有春天和秋天她喜欢会客，其他的时间，就算是我，也只能拒之千里。我能够理解，她所在的地质大队，每到岁末都有一大摊子的事，而这些事情都要她逐个去解决。

而我呢？医院里还躺着一个病人。她是我的合法妻子刘凤凰，在没有下个男人来接替之前，我应该担负起一个男人的责任。

后来有件事让我倍感意外。刘凤凰向母亲提出了我们的离婚事宜，母亲当然是不同意，她知道刘凤凰对我很好，但母亲并不知道我们发生了多少事情。从表面上看，我们都很努力，都在不断地往前追求。当初要不是赌气我不会上研究生，我知道对于我这样一个追求文学的人来说，学历绝对不是提高我写作方法的重要方式。但对于一个想逃离某种境遇的人来说，除此之外也想不出其他更好的办法来。

我们和刘凤凰有了推心置腹的长谈。她说，错的不光是她一人。但这期间有一定的原因。让我意外的是，她竟然是在我考取公务员之前认识杨志学的。我记得她有过一次长时间的旅行，去过日本两个月。当时说是单位上安排的指标，不去也会可惜。我知道当时很多单位长时间安排公费旅游，去韩国、日本、东南亚的都有。她向我征求意见时，我没有多想就同意了。在此之前，刘凤凰有过外出的机会，每次我都以各种理由拒绝了。这次我的心情特别好，也就连想都没想就答应了。我以为自己会在报社做一辈子的临时工，没想到赶上了末班车，二十八岁正好是公务员招考的截止年龄。我意外地报了名，意外地录取了。这对我来说，是人生里的重要事情。

刘凤凰去的第一周，我基本联系不到她。记得在此之前，她曾在国内机场给我打过电话，说上飞机后到日本就没有信号了。我没有去过国外，想象中的中国电话在外国会失效。只有一个晚上，她给我发来了视频。在一个狭小的房间里洗澡。从进入卫生间，包括隔着玻璃洗澡的过程，我都看得很清楚。洗完后，她说有点累了，想早点睡。关掉视频后，我再发过去时，那边已经关机。我胡乱想着一些不理智的事情，此时应该说想什么都无用。我提起被子，蒙住脸，躲在被子里，想尽快度过漫长的夜。身体就像蚂蚁在爬，翻来覆去就是睡不着。最后爬起来，喝了几杯开水。翻手机看了几段黄色功夫电影，大约是凌晨两点左右才迷糊睡着。睡梦里居然看见刘凤凰赤裸着和一个陌生的男人在床上做爱。

我有些心烦意乱。连续几个晚上都在翻微信，找附近的人，看有没有长得艳丽的头像，结果没有一个人搭理我。我记得有一个政府开车的司机和我说过，他用微信猎到过一个漂亮的女人。不过她们的故事仅仅在那个下午，在他的车上，之后再也没有过往来。我比那个司机高大帅气很多，但我没有这个福气。

通过多方打探，我知道了刘凤凰回来的准确时间。她没打算这个晚上回家。我去接她的时候，在机场等过了班机的时间，也没有见到她人。一小时后她从身后冒出来，说在门口等了我好久。还叽里咕噜地说，不该来接。我很不爽，在机场整整等了四个小时，换来没一句好话。我不想回家。在半路找了家宾馆住了下来。她很不耐烦地说，这里的宾馆很脏。我发现她去了躺日本回来像是变了个人。以往只要分开两三天，回来就会热情地搂着我的脖子撒娇。这回完全不一样，在宾馆的床上不愿意和我做爱，说自己很累，非要等到回家再做。其实我并不知道，这次与她同行的人是杨志学。要我知道是他，我非得剥了他的皮不可。刘凤凰说，本来她与杨志学是没有任何关系的。在这之前，局里派她去北京招商引资。而杨志学在北京一家国有纺织厂做管理，小县城盛产蚕桑，丝绸与纺织有着密切关系。杨志学的小舅子是省人事局的副局长，刘凤凰找杨志学帮忙，我考公务员时才顺利录取。我并不知道这其中的内幕，要是知道我不会做这种无耻的勾当。事后，刘凤凰一直

233

想感谢杨志学，想尽了一切招数，杨志学都表示拒绝。策划这趟日本之旅，是杨志学的主意。刘凤凰说，本来只想与杨志学保持较好的朋友关系。杨志学呢？他不是这么想的。甚至从他出力的那天开始，就给我笼罩上了可耻的阴霾。在与我视频的那个晚上，她还是和杨志学发生了关系。她说这不能完全怪杨志学，我的话勾起了她的性欲。半夜不得入眠，才给杨志学发了信息。女人半夜给男人发信息，有几个男人能自持的。杨志学说，让刘凤凰去他房间，刘凤凰没有去。后来杨志学试探着说，那我过来吧！就坐那么一会。刘凤凰开始没有答应。最后还是答应了。

我发现刘凤凰真是个不能自持的女人，这样的女人真的让人厌恶。她当时的想法是，这事仅此会留在日本。没想到的是，杨志学有机会到下面挂职锻炼，锻炼后回去意味着直接提拔。选择挂职的地方是刘凤凰建议的。刚来的那天晚上，刘凤凰为她接的风。我清楚地记得那天晚上，刘凤凰说省里有领导来检查，晚上她要去陪饭，还要陪唱歌，估计得很晚才能回来。我是个白痴，怎么会想到这其中的秘密呢？对于刘凤凰来说又有了往上爬的机会，所以她已经不顾一切地把自己的身体交给了这个男人。

要不是曹二棍，这件事我永远不可能知道。曹二棍就像是人间的一只地鼠，从他那里总能打听到无人知晓的秘密。按理来说，我应该感谢曹二棍。可这畜生，他居然还是出卖了我。

我和曹二棍最后一次见面时，曹二棍央求我打他，说无论我怎么打都不会还手。他给我写保证书，说不会和刘凤凰往来了。我接过保证书，撕得粉碎。

我突然有很害怕的感觉，我突然想起了黄雪萍。黄雪萍也认识曹二棍，会不会她也？我不敢继续往下想。这畜生，真是猪狗不如。我痛骂着。可是我骂什么呢？我似乎看见曹二棍在朝着我笑，你也好不到哪去，你是大棍。我感觉，我的身体在不停地颤抖。

刘凤凰又说这不能怪曹二棍。曹二棍是被她反钓的。

她说，那天她真的很失落，失落时对曹二棍是嫉恶如仇。要不是曹二棍把这事捅出来，也许我并不知觉。不会带来这么大的麻烦，家庭更不会受到半点威胁。她怨恨曹二棍不是个东西，于是想了个办法。邀约了一个不算熟的男人去泡温泉。并且特意给曹二棍放了烟雾弹。曹二棍真是一头忠于主人的狗，不需要吩咐就紧跟在后。刘凤凰自然没有和那个男人共处一室。她发现温泉的洗澡间后窗是半掩着的，这给曹二棍创造了偷窥的机会。开始她本想趁曹二棍偷窥时，朝窗户泼一盆滚烫的水让他倒霉。当她躺下浴缸时，发现没有了力气。刘凤凰闭着眼睛静静地裸在浴缸上。房里没有声响，曹二棍安静地蹲在窗户外。太久没有声响，他有些焦急了。探头朝屋内偷窥时，这样的诱惑，谁见了不动心。紧张下，额头撞到了玻璃窗，玻璃哗啦一声掉在了地上。"外面偷看的男人，你想就进来啊。"刘凤凰不急不慢地说。曹二棍蹲在窗外大气也不敢出。"我知道是你，进来吧！"曹二棍这腌猪还真乖乖地进来了。他已经忘记了我们是兄弟。刘凤凰呢？就算眼前是只畜生，她也不会顾忌。她根本没有睁开眼睛看一眼这个男人，任由他在身体上爬过。完事后，她还躺在水里，静静地回味着刚刚发生的事情。要不是水面上漂浮着的精液，她真以为是发生在梦中。

曹二棍这畜生做爱的方式很独特，他就像头狗，一头没完没了的狗，鸡巴大得像个水瓢。与他有过一腿的女人，就像吃了迷魂药。总是揪着他死活不肯罢休。

我发现刘凤凰疯了。居然会主动给曹二棍充电话费，发红包，开房。我通过移动的朋友，查到了她的话费账单和通话记录，一大长串，一天得聊好几十分钟，从不间断。官场已经没有了吸引力，杨志学也没有了吸引力。她就喜欢这么个猴子，不务正业的猴子。她要这么做，谁也阻拦不了。

我想找曹二棍的父亲谈谈，一直联系不上。就在我极度怨恨曹二棍，恨不得把这对狗男女分尸解恨时。贾丽珍给我发来信息，她说她开始想我了。我晕乎乎的，真不知道她玩的什么套路。不过我得感谢她，要不是她的电话来得及时，说不定我真会做出杀人的事来。现实更毒，他会让一个厌世的人变得坦荡。

贾丽珍这么一来，我的内心冷静了许多。似乎被电话那头的情感，彻底地融化了冒出的秽气的念头。我不敢把这些讲给贾丽珍听，害怕她取笑我。或者说，我们也是同道中人。

我基本上淡忘了酒醉的事情，不过她的电话一来，我又开始纠结，开始怀疑贾丽珍不是个让人放心的女人。或许，她可以与陌生的男人临时发情，像野兽，立即上床，在床上就像是换了个人。完成性事后，她会变得冷漠，可以让外人看不出丝毫迹象。

我想去找贾丽珍，但很快就冷静了下来。贾丽珍说，她只会编故事，小说是什么？怎么写小说，她不知道。我读过她几篇故事，的确写得很美。每个故事基本是写爱情，写感人的爱情。故事里的主人公却是男人，她是用一个男人的口吻在讲与女人之间的故事。我开始认为，她会是那个男人，要不然写不到任何心理。我问过她这样写的原因，她说以免别人对号入座。小说家在虚构故事时，的确担心会引来麻烦。

我发现贾丽珍从不主动与我套近，这次有些特别，她的方式始终让我捉摸不透。她给我的印象完全是那张脸，文静可亲得让我没有怀疑的理由。她在我心里变得越来越完美了。就像是个玉器，冰凉的玉器，放在手心上像风吹过。

"你会嫁给我吗？"我问贾丽珍。

"你是写小说情节？"她装着若无其事的表情问。

"真的。"我说。她并不知道我和刘凤凰之间的关系。

"怎么突然又问这个？"她说，我以前问过，她也回答过，可我忘记了当时回答的内容。"若是没结婚，可以。"这等于是句没说的废话。在此之前，我们天各一方，本来就不会相见。再者，我的出生地不同，一个山村里的少年，大城市里的姑娘看得上吗？这样想来就很不现实了。我们村子里有个男孩，在杭州带回了一个姑娘，来的时候海誓山盟，结果在村子里仅待三天就跑了。

说到底她不是不喜欢这个男孩，她是不喜欢那个山村。山里的冬天很冷，几只麻雀在雪地里觅食。雪盖得太厚，找点粮食很难的。

很多文人就喜欢冠冕堂皇，说真爱是多么的贫贱，很多的生死爱情故事就这么流传开来。现实呢？我知道贾丽珍有段农村的恋爱经历，她和我村子里的那个男孩带回的姑娘一样，选择的也是悄悄逃离。她说，她不想做陆小曼，而是做林徽因。

我之后再问过。只不过这次我换了种方式。"若是没有结婚，你会嫁给我吗？"

"不会。"非常肯定的答案。我追问理由，她说生活目标不一样。

其实我明白，这不是真正的理由。生活目标与婚姻没有直接的关系，每个人的相处会因为各种因素磨合的。她的肯定有另外的因素，左右她的必定是现在生活的环境。我会理解，没有了冲动的理由。有些时候，也许放下不仅给了别人生活的留白，也会给自己生活的意味。

我发现贾丽珍最近的朋友圈都是她老公。在某某高端论坛的照片，或是发言。还有一些国内一流杂志的论文。也许她的心奔跑得太久开始回归了，那个地方会让她无顾忌地睡得安稳。

刘凤凰最终还是回来了。那个下午，她是伴着夕阳一道回来的。她回来的时候脸瘦得棱角分明。穿着一套暗绿色的牛仔服，衬托着的皮肤有点儿黑。她远远地站在那，我都有些不敢靠近。

不过，后来我没有成为小说家。我把写了好些年的小说交给出版社时，出版社编辑翻了翻说，题材没有新意，故事太旧，语言没有特色，最主要的问题，我一直没有体会出来。然后把稿件退还了我，叫我别想出版了。在完稿当初，很多人都以为我的小说会火的，要是那样的话不仅会出名，还会有丰厚的收入。要真是那样的话，我就不会辜负安金莲。我以为，小说出版后她还能看见，那样的话我的梦想就会变成现实了。我想站在瑞典的诺贝尔文学奖的领奖台上，然后国王向世界宣布。我知道，这是科幻。可即使是科幻，我还是愿意做这样的梦。在现实中不存在的，在我的梦里却勉强得很完美。这是我强迫症造出的，即使这个晚上不行，我得等待下一个夜晚。有时，我担心过，也许在某个长夜，我会把这个梦想埋入深宫。之后就会变得缥缈起来，到最后去了哪也不知道。

现在呢？就连刘凤凰都变了。我感觉她和我隔着距离，到底是什么原因，我努力地思索着，冥冥中我又想起了安金莲。

我开始怀疑是不是我的眼光出了问题？我的审视角度有了偏差？要不是这样，我们之间怎么会产生这样的距离呢？

从这之后，我的情绪发生了变化，几乎每天把自己逼在方寸之地。我已经辞职了，变成了游手好闲的人。这时我想起了曹二棍，想起了曹二棍与刘凤凰。我和我的一位要好的作家朋友聊起这个选题，他说这个真的值得去写，知识分子与底层关系的小说写好是有重大意义和价值的。我开始与刘凤凰冷战，我觉得像我这样的人最适应冷暴力。我想通过冷暴力来拯救家庭，当然我最舍不得的还是我的孩子。

黄昏的时候，我回到家时，看见业聪和业明围着电脑在打游戏。见着我进来，鲁小晴从厨房里走出来。

"你们都回来了？"

"回来了。"

"章小年呢？"我问。

"他在窗台上抽烟呢？"

窗台上站着一个人，头发留得老长。一股烟雾散发出来，一点都不像是章小年，章小年是不会抽烟的。我走近时，是章小年，我认识他的耳朵，小时候用针头打过洞。我看见，烟雾越来越大，整个屋子什么都看不见了。

"鲁小晴离婚了。"我听见母亲的声音。

"离了好,连业明也带走了。"母亲说。

鲁小晴是什么时候回来的,母亲没有告诉我。母亲说,章小年和鲁小晴真的不合适的,他们在一起,章小年一辈子没法出头。

母亲从裤兜里掏出一张照片给我看,问我认不认识这个人?"不认识。"我说。我从未想过欺骗母亲,好像是欺骗自己悄悄地降落在凡间,被风包裹着。

章小年咳嗽两声。声音像是从暗火中传来的,接着一个身影闪烁出来。"妈,我打算明天出去,你要照顾身体,有什么事情就得说出来。"母亲总觉得亏欠章小年的,她答应了给鲁小晴买金银首饰,这些我是不知道的,说去步行街的店铺里看过,大约需要三万多块钱。

"我得紧急赶回去。"章小年说。

章小年每次回来都行色匆匆,说过几天又要走了。又去哪呢?他去的那个地方,就是我和安金莲相识的地方。我想打听他在那边的情况,从他的口中看到了一些熟悉的影子,一些建筑,一条街道,那个酒吧。章小年说起建筑和街道时,时间让物体每天都在变化。

春去秋来,风吹雨打。章小年要是娶了毕阳红该有多好。这一切似乎都是命,假如先认识毕阳红,也许章小年会逃过一劫。要是满足了鲁小晴的口腹之欲,正式的御厨就会是她。唉,扯远了。人是有命的,一些事情,都是命中注定的,怎么也逃不掉。

我从梦里醒来时,听见隔壁有人拍打着房门。一个女人在屋里回话,马上就来,稍等会儿。那声音,怎么就那么像鲁小晴呢?我打开房门,是一个七十多岁的老太太,她眼袋松垂,像青枣,老年斑则跟阳光穿过树叶洒下的阴翳一样,匍匐在脸上。

屋内好久没有人住过了。章百年和母亲早已搬到了移民房里住,用章百年的话说,那才是他真正的家。自从搬过去后,他就极少再回来。母亲本来是不想去的,可她太想业明了。一到礼拜天,我就睡得特别晚。一个小老鼠,眼神瑟缩地在客厅里走着。

刘凤凰每天都在加班,忙些什么我没有多问。一个人卷在被子里看电视剧,直到黄昏才起来。夜半去沿江路的酒吧喝了半瓶酒,好久没有喝酒了。我心里的悲伤复发,再次感到孤独无助,酒吧里一片嘈杂,吆五喝六的划拳声。"别吵了,马上就来。"在灯光下,我看见安金莲在倒酒。我蒙了。"先生,来,干了这杯。""跟我喝吗？"在任何一张茶桌旁，我随时都听见有人在说，"活着没有意思。"听到这句话，我仿佛听见有人在说，今天的天气很好一样。没有人认为说这句话会对世界产生什么严重影响，可是如果把这句话当真起来，世界就会颠倒黑白。我感觉安金莲就像个影子，像消失在夜空的流星里。

有时候，黑暗会被哲理烧死。这在现实中是荒诞的，因为人不会因为一个人的哲学观而受到相应的赞扬或惩罚。

我真的说不清楚我是怎样死去的。那个过程没有半点印象。我是一个喜欢自由的人，对我而言，没有体面的生活，我期盼着一个人与一个世界，或者说，还有另外一个人。我想，那一定会是安金莲呢？安金莲可是个好女人，她大概有家庭了吧！我千方百计找到了她的住处。我奇怪地看见了另外一个男人，这点是谁都没有想到的，那个男人是徐四喜。一朵鲜花插在牛粪上。

安金莲和徐四喜婚后注册家公司，是印名片的。徐四喜从一个打工仔，摇身变成了小老板。环境的变化，角色的变化，需要一个破茧成蝶的过程。我看见安金莲躺在床上，她闭着眼睛，看见了平和的沙滩、海、还有海鸥。和风吹着，她仍然穿着那件衣服，她在解着胸前的纽扣，那些扣子解都解不完，她的手指急速地上下移动着。

在小说里，我无数次把自己关起来。最初我是这么想的，但是遇到一些人和事的时候，我又不愿意把自己推开。我知道，这也是我最终的去向。

有人说，我是被刘凤凰的一杯毒茶送去了性命。我仔细回想过那个过程，她的确是给我泡过茶。刘凤凰毒害我的理由很简单，她想和曹二棍在一起。她之前和我说过，她已经无法离开这个男人。我不太敢相信这是真的，毕竟我没有亲眼所见。我的死却成了个谜团，连我的父母都以为是我小时候的癫痫病复发了。我几岁的时候就开始发癫痫，持续了十多年，医生曾经和我父母说过，说不定哪天我就这样不省人事地走了。无论我是怎样走的，老人都会很伤心。

我死后被埋葬在老家的半山上，一年后，不知道是谁向公安举报揭露了真相。妻子成了主谋，被抓进了看守所。曹二棍呢？在抓捕的过程中逃了。刘凤凰关进去的时候，已有了身孕。意外的是，刘凤凰肚子里的那个孩子是我的。孩子特赦正常生了下来。曹二棍没有缉拿归案，所以刘凤凰没有判处死刑的条件。她被判了无期徒刑。我本想和她有来生，这样就没有了机会。还是曹二棍害了我。

外界的所有质疑、指责、抨击，没有人会在意去听，去思索。在狂飙中，他们不过是一片片枯叶，落在红海洋里，一点涟漪也不会荡起。

我知道曹二棍躲藏的地方，可那些警察不知道。他成天提心吊胆地活着，已经是生不如死了。"我不是恶棍，不会卑鄙地利用别人的好心。"曹二棍说得没错。我不想再去怨恨他，毕竟死不能复生。人世间所有的人，都以为我死后就什么都没有了。他们根本不知道，我就生活在他们身边。我在牢房里，没日没夜地看见刘凤凰抹眼泪。其实我很心痛，她是被人蛊惑的。不过，我真得感谢贾丽珍。我的孩子是她养大的，有件事情她骗了我，她一直是个单身女人。

我以为人死后真的会变成鬼，那是我一直以来希望的。有了这种希望，死亡对我来说就不会那么可怕了。醒来时，窗外滂沱大雨。刺眼的灯光把病房照得雪白，我看见一个穿着白大褂的护士微笑着向我走来。我定神看了看，像是安金莲，再看时又像是贾丽珍，还有点像鲁小晴。旁边的那个戴眼镜的医生有点像曹二棍，还有几张我熟悉的面孔。我像沉睡过几个世纪，直到被窸窸窣窣的手机铃声响起。我在迷迷糊糊中，听见一个熟悉的声音说："这世界，只要有人在，什么样的事都有可能"。我刚一翻身，那些清晰的画面突然不见了。我死劲地寻找，任由怎么抓破头皮就是想不起来。

我每天记录着耳朵里听见的故事，那种语言我至今都不懂。我是通过声音的吆喝声，来描写人物的嘴脸的。一个个女人的面孔，在我的故事里，像是每天的早晨，当我写着章百年的时候，我居然发现他在这个小说里没有故事。不过，他的性格一点也没有变，还是每天朝外跑，没事的时候会唱歌，一些老歌，一遍一遍地唱，弄得左邻右舍鸡犬不宁。

我幻想着业明，希望章小年有个孩子，能听见孩子的声音，我试图努力地朝着思维的深处挖下去，但是怎么也没有找出那个声音来。

刘凤凰说，下班了，你个死猪头，怎么还不来接我。我懵了。耳朵里嗡嗡地响。我这是在哪？打开床头灯，火速从床上爬起来，朝楼下跑去。

外面月亮明晃晃的。夜鸟在半空中回荡。像是在高歌。那时，孩子们骑着快马充满生机，表现出刚强的勇气和坚毅的决心。

"几点了？"我问。

刘凤凰没有回答。

我看了看车上的钟，凌晨两点。我的天。

路上已不见人影，黑洞洞的，幽深幽深的。

回来的路上，刘凤凰和我说，你们村那个叫曹二棍的家伙抓到了。

"抓到了？"我问，"在哪抓到的？"我连忙问。

"在山东的一家工厂。"

"是欧阳螟松抓的吗？"

"欧阳螟松不是出事了吗？"我仔细想着，欧阳螟松被关进监狱至少半年了吧。听说是受贿。

"哦，安金莲呢？"

"谁是安金莲？"

"飞机失事名单里的人。"

我说。

初稿 2015 年 11 月 7 日至 2016 年 9 月 23 日

修改 2017 年 10 月 21 日至 2020 年 3 月 30 日

再改 2020 年 3 月 30 日至 2021 年 3 月 23 日

图书在版编目（CIP）数据

耳朵 / 徐春林著. -- 北京 ： 中国文史出版社，
2022.9

（实力榜·中国当代作家长篇小说文库）
ISBN 978-7-5205-3655-4

Ⅰ．①耳… Ⅱ．①徐… Ⅲ．①长篇小说－中国－当代
Ⅳ．①I247.5

中国版本图书馆 CIP 数据核字(2022)第 164802 号

江西文化艺术基金 2021 年度文学创作一类项目

责任编辑：全秋生

出版发行：中国文史出版社
地　　址：北京市海淀区西八里庄路 69 号　　　邮编：100142
电　　话：010－81136602　81136603　81136606 （发行部）
传　　真：010－81136655
印　　装：北京温林源印刷有限公司
经　　销：全国新华书店
开　　本：787 毫米×1092 毫米　　　1/16
印　　张：15.5　字数：240 千字
版　　次：2023 年 1 月北京第 1 版
印　　次：2023 年 1 月第 1 次印刷
定　　价：58.00 元